Murathan Mungan
KADINDAN KENTLER

21 Nisan 1955 İstanbul doğumlu. Ankara Üniversitesi Dil ve Tarih-Coğrafya Fakültesi Tiyatro Bölümü'nü bitirdi. İlkin çeşitli dergi ve gazetelerde yazıları ve şiirleriyle görünen yazarın ilk kitabı 1980'de yayımlanan *Mahmud ile Yezida*'dır. Daha çok şiirleri, hikâyeleri, roman ve oyunlarıyla tanınan Murathan Mungan aynı zamanda radyo oyunu, film senaryosu ve şarkı sözü yazdı. Çeşitli alanlara dağılmış yirmi yıllık çalışmalarından yaptığı özel bir seçmeyi *Murathan '95*'te topladı. Şiirlerinden yapılan seçmeler Kürtçeye çevrildi: *Li Rojhilatê Dilê Min* (Kalbimin Doğusunda) ve 2007'de yayımlanan *Balgifa Mar* (Yılan Yastığı). Dünya edebiyatından öyküleri bir araya getirdiği seçkiler hazırladı; çeşitli yazı ve denemelerini kitaplaştırdı. 2000 öncesinde çıkardığı tüm şiir kitaplarını içeren *13+1* toplamından sonra 2002 yılında ilk romanı *Yüksek Topuklar* yayımlandı. 2005 yılı için hazırlanmış özel bir basım olan *Elli Parça*, Mungan'ın ileride kitap olarak yayımlanacak çalışma dosyalarından farklı türlerde parçalar içeriyor. 2007 yılını çok verimli geçiren yazar farklı türlerde beş kitap yayımladı: *Kullanılmış Biletler* (sinema yazıları), *Kâğıt Taş Kumaş* (oyun), *Büyümenin Türkçe Tarihi* (öykü seçkisi), *Yedi Kapılı Kırk Oda* (hikâye) ve *Dağ* (şiir). Metis Yayınları, yazarın kitaplaştırdığı bütün çalışmaları bir külliyat olarak yayımlamaktadır.

Metis Yayınları
İpek Sokak 5, 34433 Beyoğlu, İstanbul
Tel: 212 2454696 Faks: 212 2454519
e-posta: info@metiskitap.com
www.metiskitap.com

Metis Edebiyat

KADINDAN KENTLER
Murathan Mungan

İlk Basım: Nisan 2008
İkinci Basım: Mayıs 2008

Yayın Yönetmeni:
Müge Gürsoy Sökmen

Kapak Resmi: Neş'e Erdok, *Ayna*, 1989

Dizgi ve Baskı Öncesi Hazırlık:
Metis Yayıncılık Ltd.

Baskı ve Cilt:
Yaylacık Matbaacılık Ltd.
Fatih Sanayi Sitesi No: 12/197-203
Topkapı, İstanbul Tel: 212 5678003

ISBN-13: 978-975-342-665-7

MURATHAN MUNGAN

KADINDAN KENTLER

metis

İçindekiler

Kordonboyu'nda Ömer Çavuş Kahvesi

Ne denizden ince ince esen rüzgâr, ne gece boyunca uyumamış olmasıydı asıl neden; yürürken onu sendeleten şeyin bir tür hafiflik, bir tür baş dönmesi olduğunu sonra anladı. Özgürlükten başı dönmüştü. Uçarı bir neşeyle gelen canlı bir özgürlüktü bu; nedenini tam olarak bilemediği, hayatı hafifleten, attığı adımlara tartımını veren bir sevinç duyuyor, daha önce kendinde görmeye alışık olmadığı bir güven ve güç hissediyordu. Gülümsedi. Hayatında yeni bir şeyler başlıyor gibiydi. Uğurlu gündür diye cuma geleceklerdi kendisini istemeye. Bu yıl içinde de evleneceklerdi.

Kordon boyunca yürürken bir yandan kendini bitkin hissettiğini fark etti. İyimser, mutlu, insanın içini gevşeten bir yorgunluktu bu. Gece yengesinde kalmıştı. Bütün gece çene çalmış, avuç avuç kuruyemiş tıkınmış, gözleri akana kadar etamin işlerine bakıp televizyon seyretmişlerdi. "Ben sabah erkenden kalkıp hastaneye, babama bakmaya gideceğim," diyen yengesiyle birlikte o da erkenden uyanmıştı. Yengesi hastaneye gidince hemen eve dönmemiş, bir başına kalmak, tek başına yürümek, şehrin tadını çıkarmak istemişti. Bir zamanlar kaçamak olarak yaptığı şeyler, artık hakkıymış gibi geliyordu ona.

Sabahın bu erken saatinde İzmir birdenbire bambaşka görünmüştü gözüne. Şehrin gün ilerledikçe sakladığı bir yüzünü görmüş gibiydi. Sabahın bu saatinde şehir de, gün de tazeydi. İçini ışıtan sevinç belki bu tazeliktendi; insana başlangıç duygusu veriyordu. Ortaokulu bitirip okumayı bıraktığından beri, hiç bu kadar erken saatte görmemişti şehrin yüzünü. Nurhayat, annesini, babasını sevdiği gibi seviyordu İzmir'i. Her haliyle. Ama onu en çok ilk kez bugün gördüğü şu taze haliyle sevdiğine karar verdi. Daha önce defalarca gördüğü bütün bu yerleri, şimdi taptaze bir ışıkta yeniden görüyor gibiydi. Dünyanın hiçbir yerini İzmir'e değişmezdi.

"İzmir'i de, Kordon'u da mahvettiler," dedikleri doldurulmuş sahil şeridinin üzerine yapılmış parkta, kıyıdaki beton yolda yürüyordu. Tek tük insanlar vardı banklarda; kışın bittiğini söyleyen, ısıtan ama yakmayan bir güneşe bırakmışlardı kendilerini. Karşıyaka'dan kopup gelen rüzgârın yumuşak esintisinde sabahın, şehrin, kendinin diriliğini duydu. Okul saatinden önce burada buluşan liseli âşıklar vardı, köpeğini gezdirenler, sabah koşusuna çıkanlar, işe gitmeden önce ellerinde birer simitle sabahın tadını çıkaranlar... Akşamdan kalma olduğu, geceyi sokakta geçirdiği belli olan gözleri kançanağına dönmüş mutsuz ve derbeder görünüşlü bir adamın, düşüncelere dalıp gitmiş dokunaklı hali bile sabahın ışıltısını soldurmaya yetmiyordu.

Alsancak İskelesi'ne doğru yürürken bir eliyle uçuşan saçlarını yatıştırmaya çalışıyor, kendisini şimdiden büyümüş, alımlı bir kadın olmuş hissediyordu.

Yengesinde kaldığı gecelerin sabahında çoğunlukla yengesiyle birlikte dönerlerdi eve. Bir başına kaldığı zamanlar o kadar azdı ki Nurhayat'ın. Tek başına dolaşmanın tadını nerdeyse hiç bilmiyordu. Ya ağabeyi, ya erkek kardeşi, ya yengesi, ya teyze kızları, ya annesi-babası; yaşıtlarıyla bile yeterince arkadaşlık ve avarelik edememişti. Overlokçu olarak çalıştığı atölye, oturdukları mahallede, evlerinden birkaç adım ötedeydi. Bu bile tek başına dünyasını daraltmaya yetiyordu.

Giderek genişleyen adımlarında duyduğu güven, bunları düşünmesine izin verircesine içini çoğaltarak hayatına sızıyordu.

Cuma günü onu istemeye geleceklerdi. Şimdiden evin içinde kendisine kadın gözüyle bakıldığı hissine kapılmıştı. Her zaman sıkı sıkı koluna girip onu saatinde evine teslim eden yengesi bile, bu sabah onu tek başına eve göndermekte bir sakınca görmemişti. Ailesi onu sıkıladığından değildi bütün bunlar. Yalnızca böyle olduğu içindi. Kendi büyüklerinden gördüklerini tekrarlıyor, yeni zaman âdetlerine pek güvenmiyorlardı. Çocuklarına hep aynı şeyi söylerlerdi: "İstediğiniz her yere gidebilirsiniz, yeter ki başınızda bir büyüğünüz olsun!"

Annesi "İyi düşündün mü kızım?" diyordu. "Daha çok gençsin. Evlilik dediğin çocuk oyuncağı değil. Üç gün sonra bohçanı kapıp babanın evine yüzgeri dönemezsin. Acele etmesen diyorum." Sonra gözleri bilmediği uzaklara dalıp gidiyordu.

Annesi daha iyi bir kısmet umduğu için mi, yoksa başka nedenlerle mi bilinmez, gönülsüz davranıyor, ağırdan alıyordu. Birkaç kez ailesinin haberiyle, birkaç kez de gizlice Salih'le buluşmuş, daha ilk gördüğünde kanı kaynamış, ondan pek hoşlanmıştı. Koruyan, kollayan bir havası vardı. Evini ekmeksiz bırakacak bir erkeğe benzemiyordu. Hem insanı güldürmesini biliyordu. Gözlerinin rengi güzel, bakışları manalıydı. Yüzü biraz sivilceliydi ama zamanla geçerdi. Nurhayat'la aynı şarkıları ve şarkıcıları seviyor, aynı takımı tutuyorlardı. Askerliğini yapmış, şimdi babasının atölyesinde çalışıyordu. Ama evlendiklerinde babasıgille birlikte oturmayacak, ayrı ev açacaklardı. Daha önemlisi, Salih'in kendisini, onun Salih'i sevdiğinden daha çok sevdiğini bilmek başka türlü bir güven uyandırıyordu Nurhayat'ta; o, daha küçücük bir kız çocuğuyken bile evlenmenin ne demek olduğunu bilir, uzun uzadıya evlilik hayalleri kurardı. Okulu bırakırken de nasıl olsa günün birinde evleneceğini düşünerek üzüntüsünü hafifletmeyi bilmişti. Salih'in onun kaderi olduğuna inanmak istiyor, bütün bunları alt alta sıraladığında annesinin kuşkularının yersiz olduğunu düşünüyordu.

Alsancak İskelesi'ne yaklaştıkça, sahilin beton çevirmesine oturmuş ya da banklara serpilmiş insanların arttığını gördü. Önlerinde, yanlarında irili ufaklı bavullar, denkler duran, sivil giyimlerine karşın tıraşlı kafalarından asker oldukları anlaşılan genç delikanlılar dikkatini çekti; kimileri banklara yayılmış, kimileri ikili üçlü gruplar halinde sahil boyu bir ileri bir geri volta atarak geziniyor, parlak bir güneşle başlayan günün tadını çıkarıyorlardı.

Nurhayat birden tedirginlik duydu. Ne zaman bir yerlerde öbeklenmiş bir erkek grubu görse duyduğu o tanıdık tedirginlikti bu. Yanlarından geçerken, kendileri bir şey söylemese bile bakışları söylerdi. Hele üçü dördü bir araya geldiklerinde birbirlerinden aldıkları güç ve güvenle bakışları kıyıcılaşır, o bakışlardaki yoklayıcı ifadeden ürkerdi.

Onun tutukluğu yalnızca ailesinin sıkılamasından değil, biraz da kendi çekingenliğiyle ilgiliydi. Dünyanın ona değmesinden hoşlanmaz, bulunduğu hiçbir yerde göze batmak istemezdi. Salih de biraz böyleydi. Dikkat etmişti Nurhayat: Çoğunlukla küçük kareli, gösterişsiz renklerden seçilmiş gömlekler, hiçbir özelliği olmayan sade pantolonlar giyiyordu. Yaşıtları gibi saçlarını jöleleyip durmuyordu. Ama her zaman temiz ve bakımlıydı. Bir erkekte aradığı özelliklerden biri de buydu galiba. Evleneceği erkeğin kendi çekingenliğine yakışacak biri olmasını istemişti hep.

O asker kalabalığına yaklaştıkça, birden eskisi kadar ürkmediğini hissetti. Sanki onları değil, kendini sınıyordu. İçinde önceden tanımadığı bir güven, sağlam ve kararlı bir yan başgösterdi. Birden bunun yakında sözleniyor olmasıyla ilgili bir şey olduğunu düşündü. Nişanlanıp evlenecekti. Sanki dünya artık ilişemezdi ona. Bu güveni sonuna dek yaşama isteğiyle olsa gerek, böyle durumlarda hep yaptığı gibi yolunu değiştirmek yerine onların arasından geçerek yürümeye karar verdi. Hiçbir zaman dikbaşlı bir kız olmamıştı. Kendinde bu gücü keşfetmek hoşuna gitmiş, bunu sonuna kadar kullanmaya karar vermişti.

Tam önlerinden geçerken banklarda oturanlardan birkaçının dönüp ısrarlı gözlerle ardından baktığını hissetti, ama bundan rahatsız olmadı, hallerinde bir çocukluk vardı. Zararsız ama gürültücü çocukları andırıyorlardı. Son zamanlarda mahallesinde kopan şamatalardan anladığı kadarıyla şu sıralar askere uğurlananlardan olmalıydılar, ya da bayram iznine gelip dönenlerden... Hepsinin kafalarının aynı tıraşta olduğuna bakılırsa, bayram izninden dönenler olmaları daha akla yakındı ve ilk vapur seferini beklediklerі anlaşılıyordu.

Birbirleriyle konuşarak ağır adımlarla karşıdan gelen iki kişiden biriyle göz göze geldiğinde birdenbire Nurhayat'ın içinde bir şey yalazlandı. Ocağın ilk alevi gibi çabuk parlayan bir ateş içini bir çırpıda yalayıp geçti. Tıraşlı kafaların çoğundan farklı olarak asker tıraşı, biçimli kafasına pek yakışmıştı. Saçları ve teni açık kumraldı. Parlak güneş ışığı saç diplerini bile ışıtıyordu. Yanından geçip giderken gözucuyla baktığı ensesindeki sarı sarı ince tüyler Nurhayat'ın içini bir hoş etmişti. Her an şaka yapacakmış gibi gözlerinin içi gülen birinin bakışlarıydı bunlar. İnsana tanıdık tanıdık bakıyorlardı. Nurhayat çocuğun bir an durup kendisiyle eski bir tanışıymışçasına konuşacağını sandı. Öylesine yakın, sıcakkanlı, beklenmedik bir hali vardı ki... O askerdeyken, kendisinden mektup bekler gibi baktı. Arkalarında şimdilik bir hikâye bırakıyorlarmış da, askerliği bitip de dönüp geldiğinde aynı heyecanla devam edeceklermiş gibi baktı. Söz verir gibi baktı. Kendisine, ona ve hayata söz verir gibi baktı. Bütün kalbiyle baktı. Nurhayat birdenbire gereğinden fazla heyecanlandığını fark etti. Yanından geçip gittiler, bir an şiddetle ardına dönüp bakma arzusuna kapıldı; bunun bir kız için imkânsız bir şey olduğunu, açık bir davet sayılacağını bildiğinden boynu beton dökülmüşçesine kımıldamıyordu. Sağda uzanıp giden kıyı boyunca yan yana dizilmiş binaların giriş katlarındaki kahvelerden birinin levhası gözüne çarptı: "Ömer Çavuş Kahvesi". Yolu zaten orasıymış gibi hemen dönüp kahveye yönelirse geçip giden delikanlı gözucuyla da olsa görüş alanına girecekti. Öyle de yaptı: Sağa çark edip kahveye yöneldi. Yanılmamıştı: Delikanlının başını çevirip kendisini izlediğini, aynı gülen gözlerle ardından baktığını gördü. Yüreği eskisinden de hızlı çarpmaya başladı. Onun ardından gelmesini, peşine takılmasını, gelip kendisiyle konuşmasını istiyordu. Ansızın duyulan vapur düdüğüyle birlikte tıraşlı kafalar bir araya toplanmaya başlamışlardı. Delikanlı banklardan birinin başına gitti, orada oturan diğer arkadaşlarıyla ayaküstü bir şeyler konuştu. Yerde duran bavullardan birini önce eline alıp sonra tekrar yerine bıraktı. Halindeki kararsızlıktan ne yapmak istediği belli olmuyordu.

Kahvenin önünde açıkhavaya kurulmuş masaların çoğu boştu. Sabahları erken kalkmayı âdet edinmiş birkaç emekli ile uykusuz bir gece geçirdikleri her hallerinden belli olan elleri ceplerinde omuzlarını kısmış oturan birkaç öğrenci vardı yalnızca. Gene de oradakilere sırtını dönebileceği ön masalardan birine oturmayı tercih ederek yüzünü denize verdi. Tek başına çay söylerken kendisini bir kez daha erişkin bir kadın gibi hissediyordu.

"Ocağı daha yeni yaktık," dedi kahveci. "Bekler misiniz?"

"Beklerim."

Kalabalığın arasına karışmış delikanlı onu unutmuş gibi arkadaşlarıyla konuşup şakalaşıyordu. Az önceki karşılaşmaları daha şimdiden hayatından silinmiş gibiydi. Sevdiği kişi tarafından unutulmuş birinin duygularına benzer sızılı şeyler yokladı Nurhayat'ın içini. Gene de çocuksu bir yanı vardı delikanlının. Onun temiz kalpli, iyi niyetli, sevecen biri olduğunu düşledi. Nedense içi cız etti; onu uğurlamaya gelen hiç kimsenin olmadığını düşündü, askere gideceği uzak şehri, oranın uzun ve soğuk kışlarını, tüfeği omuzunda gece yarısı nöbetlerinde gözleri yıldızlardayken havada buharlanan soluğunu hayal etti. Nurhayat'tan mektup beklediği uzun günleri, İzmir'e, kaygısız geçen sivil günlerine duyacağı özlemi düşündü. Basmane, Bornova, Kemeraltı burnunda tütecekti belli. Askerliğe ilişkin bildikleri sırayla askerliklerini yapan iki ağabeyine ait olmakla birlikte içinde kabaran şefkat kendisine tanıdık gelmiyordu. Oturduğu kahve köşesinden izlediği şu asker çocuğu, canından bir parça gibi hüzün içinde uğurladığını ve adını bile bilmediği, başka zaman, başka yerde görse tanıyıp tanımayacağından emin olmadığı bu gençle kendisi arasında birdenbire güçlü bir bağ oluştuğunu fark etti. Hatıra kadar kuvvetli bir bağ. Sanki aralarında yaşanabilecek bir şeyleri ardında bırakarak gidiyordu genç adam. Bir hikâyeyi, bir hayatı, Nurhayat'ı bırakıp gidiyordu. Kordonboyu'nda biraz yürümek maksadıyla yola çıkmış ve bir saat öncesine kadar hiç tanımadığı birini, oturduğu kahve masasının köşesinde buğulanmaya başlayan uzak gözler ama çok yakın duygularla izlerken bulmuştu kendini. Onu üzen şeyin gerçekte bu delikanlı olup olmadığını tartacak durumda değildi.

Kendi aralarında öbek öbek toplanan asker tıraşlılar iskeleye yönelmiş, vapur iskelesinin önü iyice kalabalıklaşmaya başlamıştı. O kalabalık arasında artık seçilemiyordu delikanlı. Nurhayat derin derin göğüs geçirdi. Kim bilir bir daha ne zaman görürdü onu? ya da görür müydü? görse tanır mıydı? Ardından niye gelmemiş, niye kendisiyle tanışıp konuşmaya çalışmamıştı; ardında birini bırakmamak için mi? Belki nişanlı ya da sözlüydü. Gönül eğlendirmeye bile vakti yoktu. İçi boşalmış, aniden üzerine bir uyuşukluk gelmişti Nurhayat'ın; çocuğun gözden kaybolmasıyla birlikte sanki hayatında sorun yaratan bir durum çözülmüş, ama ardında hüzünlü bir iz bırakmıştı; asıl önemlisi bir hikâye bırakmıştı, belki başlamamış ama hayatındaki noksanlığı derinden hissettirmiş bir hikâye...

Annesi, "Emin misin?" diye sorduğunda ne demek istemişti? "Emin misin kızım, bak emin değilsen, kimseyi zora dara sokma... Acelen yok, daha on sekizine bile girmedin! Daha evde kalma yaşına çok var!"

Annesinin bu sözleri bir kez daha yankıdı kulaklarında. Annesinin sözlerinde kendisinin henüz sahip olmadığı bir deneyim bilgisinin yattığını seziyordu Nurhayat. Belki de kelimeleri yetmiyordu sezdiklerine... Emin olmak ne demekti? Bir kadın ne zaman emin olurdu? Zaman en çok ne zaman bilinirdi?

Şimdi oturduğu masada birdenbire her şeyi yeniden gözden geçirmesi gerektiğini hissetti. Mübarek cuma günü onu istemeye geleceklerdi ve Nurhayat bu evliliği isteyip istemediğinden artık emin değildi.

Vapur, iskelede biriken kalabalığın topunu alıp götürürken önceden hiç tanımadığı bir duygu olarak özgürlüğün acısını duydu. Yalnızlık ona dokunmuş, kendini birdenbire sahibi olmayan bir hikâyenin içinde bulmuştu. Cumaya yalnızca birkaç gün kaldığını düşünmemeye çalışarak temiz havayı soludu, gökyüzüne baktı, kendine bir çay daha söyledi.

Ocak-Şubat 2004

Adana Sıcağında Erguvanlar

Benzer nedenlerle
Füruzan Tercan ve
Olcay Akkent için

Telefon çaldığında, elinde epey düşündükten sonra yanında götürmeye karar verdiği kitapla salondan yatak odasına dönüyordu. Valizi, ağzı açık olarak dün geceden beri yatağının ayakucundaki şarap kırmızısı kadife döşemeli, üzerine düzenli aralıklarla mat metal düğmeler zımbalanmış pufun üzerinde öylece duruyordu. Hep bir şeyler unutacağı korkusu taşırdı valiz hazırlarken. Çoğunlukla unuturdu da; üç günlük geziler için hazırlanırken bile bir şeyler unuttuğu olurdu. Son zamanlarda sık sık valiz hazırlamak zorunda kalmış olması bu durumu pek değiştirememiş, kolaylık sağlayan alışkanlıklar kazandıramamıştı ona. Diş ipinden göz altları için örtücü kreme; kulak çubuğundan tırnak törpüsüne içindekileri hiç boşaltmadan el altında tuttuğu küçük bir el çantasını hazır bulundurma kolaylığından başka bir alışkanlık edinmesine yaramamıştı. Bu arada her zaman sorun olan çeşitli vitamin hapları, ani baş ağrısı ya da mide sancısı gibi beklenmeyen durumlar için her zaman yanında bulundurması gerektiğini düşündüğü çeşitli ilaçlar için fosfor rengi opak plastikten şık bir hap kutusu edinmişti. O hapların toplu halde şık bir kutu içinde küçük siyah el çantasının bir köşesinde duruyor olması ona yeterince güven veriyor, sanki ağrısını, sancısını erteliyordu. Bu sık yapılan seyahatler nedeniyle valiz hazırlamada kazandığı iyi kötü deneyim yalnızca bir bölümünü hafifletmişti işin; yoksa ne zaman yola çıkacak olsa, gene bir gün öncesinden kaygılar, sıkıntılar baş gösteriyordu içinde. Ne kadar saati kurarsa kursun uyanamayıp uçağı kaçıracakmış korkusuyla rahatsız bir uyku uyuyor, ne olur ne olmaz diye erken gittiği havaalanında her seferinde boşu boşuna beklemek zorunda kalıyordu. Hayatı aksiliklerin yönettiğine inanan insanlarda görülen, beklenmedik durumlara karşı sürekli önlem alarak yaşamanın çeşitli hallerini sergileyip duruyordu gündeliğin akışında; bu yüzden günü hep bir ajanda dakikliğiyle yaşıyordu. Hayat hep bitirilmesi gereken işlerden sonra başlayacak bir şeydi onun için ve bir türlü istediği gibi başlamıyordu.

Koridorun ortasında yolundan döndüren hiç beklemediği bu telefon sesi dalıp gitmiş olduğu düşüncelerin bölünmesine neden olmuş, canını sıkmıştı. Bu durumlarda mutlaka bir şey unutur, akıl defterindeki yapılması gerekenler sırasında satır atlardı. Daha doğrusu bu çeşit durumlar, sanki o bir şey unutsun diye oluyordu. Üstelik valizin karanlık bir mağara gibi ağzı açık olarak bütün gece öylece duruyor olması, hiçbir şeyi anımsamasını kolaylaştırmaz, yalnızca varlığıyla huzursuzluk yaratmaya yarardı. Ayrıca doğru kitap seçtiğinden de emin değildi. Ya bu kitaptan sıkılırsa ne olacaktı? İkinci bir kitap da taşımak istemiyordu. Kimi zaman gittiği yerlerden değil ikinci kitabın, birincinin bile kapağını açmadan geri döndüğü oluyor, onca ağırlığı boşu boşuna taşıdığıyla kalıyordu. Daha doğrusu hiçbir şeyin fazlasını taşımak istemiyordu artık. Yalnızca yolculuklarda değil, hayatta da... Gündelik hayatı yordamına koymak, zamanı doğru kullanmak, yerinde kararlar almak, hayatı üzerinde denetim kurmak konusundaki dikkati ve takibi bu konularda ne kadar deneyim kazanmış olsa da, kendi için yorucu, başkaları için de zaman zaman can sıkıcı, bıktırıcı olabiliyordu. Kişiliğinin bu yanı bir tek iş hayatında ilerlemesine, yükselmesine yaramış, özel yaşamında ise her zaman çeşitli sorunlara ve kayıplara yol açmıştı: Kocasından ayrılmış, sonrasında da birileriyle bir şeyleri paylaşmakta, ilişki sürdürmekte zorluk çekmişti.

Elini attığı almacı bu karışık duygular içinde kaldırdı. O bunca telaşın ortasındayken, telefondaki ses, "Bakalım beni tanıyacak mısın?" diye sormuş, sonra susup beklemişti. Bu seste canı sıkılan zamanı bol kadınların genişliği vardı. Onlar sonu gelmeyen diyaloglar, etraflıca tarifler ve uzun tekrarlar için zamanları olan kadınlardı. Emine ise sürprizlerden hiç hoşlanmazdı. İlk duygusu kadının yüzüne "çatt" diye telefonu kapatmak oldu. Ama bunun bir çözüm olmadığını bilecek kadar çok şey görmüş, yaşamıştı. Dünya, her şeyi, kendi zamanı, kendi duyguları, kendi durumlarıyla ölçüp biçen insanlarla doluydu ve o insanlara bir şeyler öğretmek gerçekten zordu.

Serin tutmaya çalıştığı bir ses ve mesafeli bir tutumla, "Kusura bakmayın kim olduğunuzu çıkaramadım," dedi. "Ayrıca yola çıkmak üzereyim. Valiz hazırlıyorum ve zamanım çok az." Sesinde, nezaketini korumakla birlikte, karşı tarafa hafif bir haddini bildirme tonu vardı. Bunun üzerine karşı taraf hemen kendini toparlamış, aradığı kişinin "Bil bakalım ben kimim?" oyununa hali ve zamanı olmadığını kavramış olarak, yolculuğa çıkmak üzere valiz hazırlayan bir kadının halinden anlar bir ton tutturmuştu.

Arayan Güler'di.

Onca zaman sonra Güler.

Bir aralar pek yakınlaşmışlar, sonrasındaysa hayat girmişti araya. Gündeliğin hayhuyunda birbirlerinden uzağa savrulmuşlar, zamanla ilişkileri iyice gevşemişti. Bir erkeğe muhtaç olmamak adına ekonomik özgürlüğünü kazanmak, kariyer yapmak, mesleğinde ilerlemek isteyen kadınları yalnızca erkekler değil, geride kalan arkadaşları da terk ediyor, kazanmak için mücadele ettikleri hayatlarından geri çekilerek onları tek başlarına bırakıyorlardı.

Güler'e karşı, nedenini anımsayamadığı bir kırgınlık duyduğunu hissetti. Somut olaylardan, adı konmuş durumlardan değil de, çeşitli zamanlara yayılmış hayal kırıklıklarından, nedensiz görünen uzaklaşmalardan, ayrı yönlere savrulmalardan kaynaklanan genel bir kırgınlıktı bu. Emine evliyken daha sık görüşürlerdi. Boşanıp tek başına bir hayat sürmeye başladığında nedense Güler de, kocası da çıkıvermişti hayatından. Üzerinde uzun uzadıya düşünmemişti ama birbirlerine hatırlattıkları şeyler, birbirlerinden uzaklaştırmış olabilirdi onları. Ne de olsa çevrede bir çiftin boşanması, sıranın kendilerine de gelebileceğini hatırlatır insanlara. Belki de böyle bir şeydi.

Birkaç günlük iş gezisiydi yalnızca. Pek önemli bir şey değildi; bir süredir hayatına egemen olan rutin geziler işte! Konuşmayı uzatmaya niyetli görünmüyor; kısa, kesin cümleler kuruyordu.

Adana'ya gideceğini söylediğinde birdenbire heyecanlanmıştı Güler.

"Biliyorsun Gülsüm orada," dedi. "Mutlaka gör onu. Biliyorsun seni çok sever. Hem bir şeye ihtiyacın olursa..."

Sözünü kesti hemen: "Ne ihtiyacım olacak? Şirket adına gidiyorum zaten." Bu söz öteden beri sinirini bozardı. "Bir şeye ihtiyacın olursa..." İş gezisine çıkan erkeklere böyle diyorlar mıydı acaba? Bir şeye ihtiyacın olursa... Erkek adam, ne ihtiyacı olacak!

"Olsun olsun," dedi Güler. "Belli mi olur? Ne de olsa yabancı yer. Hem Gülsüm çok özlemiştir seni. Ne zaman arasa seni sorar. Hemen arayayım onu; gelip görsün seni, en olmadı bir çay içersiniz karşılıklı. Nerede kalıyorsun?"

"Seyhan Otel'de."

"Bak eğer otelde kalmak istemiyorsan..."

Gerisini beklemeden aynı kararlılıkla sözünü kesti gene: "Hayır, seviyorum orayı. Daha önce de kaldığım bir yer zaten."

Emine, Gülsüm'ü görmek isteyip istemediğinden emin değildi. Geçmişte kalan şeyler geçmişte kalmalıydı ona göre. Bu huyu yüzünden zamanla çevresi azalmış, arkadaşları tarafından vefasızlıkla suçlandığı olmuştu. İnsanlar aynı biçimde, aynı yönlere doğru değişmiyorlardı. Çoğu kez mazi ortaklıkları şimdiki zaman arkadaşlıklarını diri tutmaya yetmiyor ama insanlar bu gerçeği kabullenmeyip her şey eskisi gibi sürsün istiyorlardı. Sanki bir şeyler hiç değişmeden olduğu gibi sürerse, hayat daha gerçek, dünya daha inandırıcı bir yer olacaktı.

Öte yandan Güler'le konuşurken bir şeyleri özlediğini fark etti. Bu, Güler'in kendisi, arkadaşlığı, ya da birlikte geçirdiği günler değildi; o günlere ilişkin belli belirsiz bir şeydi. Tanımlama kesinliğine sahip olabilecek görünür bir şeyden çok, hissedilebilecek bir şey... Kısaca adına gençlik dediğimiz, önümüzde daha yaşanacak güzel ve uzun günler olduğuna ilişkin ümitler, hayaller beslediğimiz hayata toyca bir güven duyduğumuz yarı bilinçsizlik haline benzeyen neşeli bir duyguyu özlediğini fark etti. Bir şeylere çabuk ağlayıp çabuk güldüğümüz günler: En son çıkan plakların, yeni filmlerin konuşulduğu, yeni çıkan şarkıların pencerelerden sokaklara taştığı, poplin bluzlerin, arkası açık hoppa ayakkabıların giyilebildiği sıcak yaz gecelerinin insanı çok, ama pek çok sevindirdiği günlere ilişkin uçarı bir duygu. Bize o zamanlar dünyanın daha tam ve bütün bir yer olduğunu, böylesine parça parça olmadığını düşündüren ham bir duygu. Birdenbire artık içinde hiç duymadığı bir heyecanı özlediğini fark etti Emine. Onun özlediği bu heyecandı işte. Yalnızca gençken duyulan, kalbinin çoktan unuttuğu bu eski heyecan.

Güler, işte o günlerin arkadaşıydı. O günler tarafından aldatılmış olduğunu hissediyordu şimdi. Sanki dünyanın geri kalanı gibi Güler de bu aldatmacanın içindeydi.

Kapatmadan önce, "Tamam, Gülsüm arasın beni," dedi Emine. Gene de önlem alırcasına, "Gerçi işlerim çok yoğun, ama hiç olmazsa bir görmüş olurum onu," diye eklemeyi unutmadı.

"Ne zaman dönüyorsun?" diye tekrar sordu Güler.

"Dönünce ben seni ararım," dedi Emine. Sesinde verilmiş bir sözden çok, kestirip atma tonu vardı.

Güler, Emine'yi yeniden ikna etmek istercesine, hatıraları yardıma çağırarak, "Hatırlarsın, çocukken de çok severdi seni Gülsüm," dedi. "N'olur mutlaka görmeye çalış."

Yeniden valizine dönerken ister istemez Gülsüm'ü düşündü Emine. Güler'le kendisi kanepeye yayılmış ellerindeki mecmuaların sayfalarını karıştırırken, orta sehpasına abanıp onları cankulağıyla dinleyen azıcık yuvarlak yüzlü, iri gözleri hep kocaman bakan, o sıralar adım attığı yeniyetmeliğin bütün sorunlarını fazlasıyla yaşayan taşkın bir kız çocuğu geliyor gözlerinin önüne. Üzerine bir türlü oturmayan, ya büyük ya küçük gelen elbiselerini, ailesi, onun hızla boy attığıyla, serpilip geliştiğiyle açıklasa da çoğunun ablasının eskileri olduğu biliniyordu. Gövdesi yerine oturana, vücudu hatlarını bulana kadar bu geçici zamanlar için yeni elbiseler diktirmeye para harcamak istemiyor, aile içi eskilerle idare ediyorlardı. Geçim zorluğu çeken dargelirli orta sınıf ailelerin hayat bilgisinin gündelik ayrıntılarıydı bunlar. Kimse kimsenin yüzüne vurmak istemezdi. Herkes günlerin akışına bırakırdı böyle şeyleri.

Nice sonra duymuştu Gülsüm'ün evlendiğini. Emine, yurtdışında olmalıydı o sıralar. Bitmiş bir evliliğin ardından bir süre kaybolmak, kendini tanımayan insanlar arasında hiçbir açıklama yapma zorunluluğu hissetmeden yabancı bir havayı solumak istemişti. O sıralar Gülsüm ile ailesi arasında hoş olmayan bir şeyler geçmiş olmalı. O günlerden kulağına çalan şeyleri doğrusu aklında tutmamıştı bile. Damadın ailesine ilişkin olarak, "Sonradan görme Adana zenginleri," diye söz edildiğini duymuştu. "Pamuklu dokuma, çırçır makineleri, yarıcılıktan gelme aile," gibi birbirinden kopuk sözler kalmış aklında. Asıl önemlisi, abla ile kardeşin arasında uzun bir dargınlığa yol açacak önemli bir şeyler geçmiş olmalıydı. Bu konuda içeriğini hatırlamadığı zayıf dedikodular kalmış aklında. Onların hayli uzun bir süre birbirleriyle görüşmediklerini biliyordu. Çenesini tutamayan bir kız olduğu halde Güler'in bu konuda hiç konuşmamış olduğuna bakılırsa, durum sanıldığından da ciddiydi. Şimdiyse belli ki, geçen zaman içinde aradaki buzlar erimiş, yeniden görüşmeye başlamışlardı.

O günlerden itişe kakışa gülüştükleri şeyleri hatırlayarak içini ısıtmaya çalıştı.

Olmadı. İçinde bir şeyler taş kesmişti.

2.

Ertesi gün erken yükselen sıcak daha gün ortasına varmadan ortalığı kavurmaya başlamıştı.

Emine, toplantı sonrasında otele hayli bitkin döndüğünde, danışmaya bıraktığı notlardan Gülsüm'ün neredeyse her yarım saatte bir aramış olduğunu öğrendi.

Odanın serinliği içini dinginleştirmiş, içtiği bir fincan çay ilaç gibi gelmişti. Yatağa uzanıp kitap okumak iyi bir fikir olabilirdi. Odanın bir duvarını boydan boya kaplayan pencereden otelin yüzme havuzu neredeyse kuşbakışı görünüyordu. Az sayıda insan, iki yandaki şezlonglara uzanmış güneşleniyordu. Havuzun açık mavi betebe zemini Adana güneşinin dimdik vuran ışığında David Hockney'in resimlerini andırıyordu. Bu görüntü içini durulttu Emine'nin. Bir omuzu camda, pencerenin önünde durmuş, mayosunu almayı unutmadığı için kendisini ödüllendirmek istercesine havuza girmekle, duş aldıktan sonra yatağa uzanıp serin serin kitap okumak arasında karar vermeye çalışıyordu ki, telefonların bir yenisi geldi. Yoğun ve yorucu bir gün geçirmiş, ama işler umduğundan da iyi gitmişti. Kendini ödüllendirilmiş hissediyor, bu yüzden huysuzluk çıkarmak istemiyordu.

Gülsüm'e gelip kendisini almasını söyledi.

Duşunu alıp, giysilerini değiştirip otelin lobisine indiğinde, onu, dipteki geniş koltukların birinde, rahat görünmek isterken bile diken üstündeymiş gibi tedirgin ve güvensiz bir halde buldu. Üzerinde, kabul edileceğinden emin olmayan uzak akraba kızı hali vardı. Emine'yi görür görmez ayağa kalkarak uzaktan bile fazla belli olan gösterişli bir sevinç içinde, telaşlı adımlarla ona doğru yürümeye başladı. O yürürken aradan geçen yıllar görünüyordu sanki. Bir an şefkat duydu. Sızıya benzeyen bir şefkat. Zaman, yalnızca zaman bazen içini sızlatıyordu insanın.

Yaşına ve Adana sıcağına göre fazla boyanmıştı Gülsüm. Her halinden yeni kuaförden çıktığı belli olan kısa kesilmiş saçları, fazla kabartılmış, aralarına röfle atılmış, kulak memesi altında yanaklara doğru karavel yapılarak kıvrılmıştı; bu haliyle 60'lı yıllardaki kadın başlarını andırıyordu. Yanağında bir Yeşilçam beni eksikti. Üzerinde, kendisine hiç gerekmeyen bir ciddiyet kazandıran buz beyazı ile uçuk mavi arası ince keten bir tayyör vardı. İçine giydiği bluz, havuzun betebe mavisi rengindeydi. Kumaşın kendinden köpüklendirilmiş yaka ağzından görülen ince bir altın kolyenin ucunda sallanan madalyonun turkuvaz taşı, renk uyumu konusundaki çalışkanlığına aferin bekler gibiydi. Her halinde bir eskilik vardı. Sanki yıllar geçtikçe, şimdiki zamanın kadınlarına değil de, kendi çocuk olduğu zamanların kadınlarına benzemişti. Bu sıcakta tayyör giymesinin nedeni, iş dünyasında önemli bir pozisyonda çalıştığını bildiği Emine'nin yanında kendince denge sağlamak için olabilirdi. Belli ki, çok televizyon seyreden ve seyrettiklerine inanan kadınlardandı. Oysa Emine üzerine Hint ipeğinden kolsuz, bol dökümlü, bir tek eteği ince dantelle garnitürlendirilmiş sade bir giysi geçirmişti. Ayaklarında da başkalarında gördüğünde hiç sevmediği atkısı bileğe dolanan deri sandaletler vardı. Gülsüm'ün mavi burunlu, arkası açık yüksek topuklu ayakkabılarının sesi, bu gösterişli karşılamayı güçlendirmek istercesine lobinin zemininde yankıyordu. Daha ilk anda fotoğrafını çektiği bütün bu ayrıntılar, Emine'nin içini şimdiden yormuş, hevesini kaçırmıştı; bu görüşmeyi kabul etmekle hata ettiğini düşünüyordu; ama artık yapacak bir şey yoktu. Duyguları doğrudan Gülsüm'le ilgili değildi; görmekten, yorumlamaktan ve didiklemekten yorgun düştüğü hayata ilişkin bir küskünlüğün her yeni durumda yeniden yüzevurmasıydı yalnızca.

Birlikte ne yapacaklarına karar vermek üzere, bir süre lobide oturup havadan sudan konuşarak buzlu çay içtiler. Emine ayrıntıları yorumluyordu: Gülsüm'ün kısa sessizliklere bile tahammülü yoktu. Sessizlik, ona göre yalnızlık demekti. Sürekli konuşur halde olmayı, iletişim kurmak sananlardandı besbelli. Onun konuk ağırlama telaşında, birlikte hoşça vakit geçirmekten çok, burada, Adana'da, yeni hayatında sahip olduklarını bir an önce gösterme arzusu seziliyordu.

Havalandırma serinliğinin dışarıyı unutturduğu otelin kapısına çıktıklarında vahşi Adana sıcağı yüzlerine olanca acımasızlığıyla çarparken, Emine için gün çoktan bitmişti aslında. Bir başkasının filminde konuk oyuncu olduğunu bilmenin ısmarlama adımlarıyla Gülsüm'ün ardı sıra basamakları indi.

Kapıda onları bekleyen son model Mercedes'in içinden fırlayan şoför, gösterişli bir saygıyla eğilip kapıları açtı. Üniformalı değildi ama hareketleri üniformalı gibiydi. Beyaz gömleği son düğmesine kadar iliklenmiş, koyu renk boyunbağı bağlamıştı; gömleğinin kısa kollu olmasından başka havayı hafifletecek bir şey yoktu üstünde.

Her gün son model bir Mercedes'e binmek kendisi için çok olağanmış da, şimdi asıl Emine'nin coşkusuna tanık olmak istiyormuş gibi alçakgönüllü görünmeye çalışan kurumlu bir hava içinde arabaya bindi Gülsüm. Oysa Emine, paraya ve konfora bir erkek üzerinden ulaşmış orta sınıftan gelen kadınları, onların yineleyip durdukları birbirinin eşi olan davranış kalıplarını nicedir yakından biliyordu. İş yaşamı boyunca birçok yeni zenginle çalışmak ve onların katlanılmaz aileleriyle bir arada bulunmak zorunda kalmıştı. Böyle durumlarda şimdi olduğu gibi içinde yaşanılan ânın kirlendiğini düşünürdü hep. Arkasını getiremezdi.

Az sonra Gülsüm'ün havası yavaş yavaş yerine geldi. Baştaki çekingenliğini ve tutukluğunu yenmişti. Emine'ye karşı saygısını korumakla birlikte, sesine bir genişlik, davranışlarına bir rahatlık gelmişti. Kendi topraklarındaydı artık. Bundan sonra olacakların, bildiği, tasarladığı gibi gelişeceğini düşünüyordu. Onun gösterisi başlamıştı.

Gülsüm, sorduğu soruların yanıtlarını tam olarak dinlemeden yeni sorular soran kadınlardandı. Duyduğu ilk birkaç söz ona yetiyor, arkasını merak etmiyor, hemen başka konuya geçiyordu. Ayrıca, yalnızca kendini ve hayatını doğrulayacak yanıtlar alabileceği sorular sormaya programlanmış gibiydi. Aralarında gidip gelen sözlerin bir diyalog olmadığının farkındaydı Emine. İş görüşmelerinden edindiği deneyimle, sürenin dolmasını bekliyordu.

"Istanbul'u hiç aramıyorum inan. Orada ne varsa, burada da var artık. Adana çok gelişti. Eskisi gibi değil. Avrupa şehirleri gibi oldu, birçok bakımdan. Avrupa'ya da gidip görüyoruz işte! İlk birkaç gün her yer heyecan veriyor ama sonra evini özlüyor insan; kendi evini, kendi düzenini... Ne de olsa herkese kendi memleketi... Ne demişler, bülbülü altın kafese koymuşlar da... Istanbul'dan kurtulduğuma çok memnunum inan. Herkes soruyor bana, 'Hiç aramıyor musun,' diye. Nesini arayacağım Allahaşkına! O trafiğinden, keşmekeşinden..."

"Hiç gelip gitmiyor musun peki," diye soruyor Emine.

Geldiğinde kendisini aramadığına ilişkin bir sitem sanıp hemen lafın üstüne atlıyor: "Bundan sonraki ilk gelişimde, inan ilk seni arayacağım, söz! Arada bir geliyorum tabii, ama daha çok sonbahara, kışa denk geliyor, bizimkinin işleri nedeniyle gelip gidiyoruz daha çok. Sonra çocukların yarı yıl tatilinde falan. Ayy gene o yağmur, o çamur, o kasvetli hava, tıkanan yollar, akmayan trafik , o hercümerç..." –arada bir böyle eski sözler kullanmayı seviyor.– "Burada hiç olmazsa kafam dinç. Her yer bir adım. Sıcağına da alışılıyor, bakma sen! En azından Istanbul'unki gibi nemli sıcak değil, kuru sıcak. Rutubetten kemikleri çatırdamıyor insanın!"

Adana'nın en iyi kebapçısında yer ayırtmış Gülsüm. Emine, kebapçıda ağırlamayı küçük görmesin diye de eklemeyi unutmuyor: "Bilirsin, Adana'nın kebabı meşhurdur. Buraya gelip de kebap yemeden dönmek olmaz. Ayrıca göreceksin çok şık bir yer. Adana'nın kalburüstü insanları gelir."

Emine'nin yıllardır vejetaryen olduğunu, ağzına kırmızı ya da beyaz et koymadığını öğrenmek, canını fena halde sıkıyor, bir anda program değiştirebilecek manevra yeteneği olan kadınlardan değil, kendi hazırladığı programını aksatmaktansa şansını bir kez daha denemeyi yeğliyor, üstelerse fikrini değiştirebilir mi acaba, diye yoklayan gözlerle birkaç kez ısrarlı bir biçimde yüzüne bakıyor Emine'nin. Sonuç alamayınca dudaklarını kemirerek, "Bu olmadı işte, bu olmadı," deyip duruyor. İsterse, hoş bir pastaneye, ya da şık bir kafeye gidebileceklerini söylüyor. İkna edici olsun diye gidecekleri her yerin klimalı ve çok serin olduğunu eklemeyi unutmuyor. Emine, üzerindeki giysiyi göstererek, "Hâlâ bu beden giyinebilmemi pastanelerden uzak durmama borçluyum," diyor, biraz da havayı neşelendirmek amacıyla. Nasıl olsa sonunda eve gideceklerini biliyor; Gülsüm, mutlaka evini göstermek isteyecektir çünkü. Kalabalıklardan sıkıldığını söylüyor Emine. Daha sakin, daha baş başa kalabilecekleri bir yer tercih edebileceğini belirtiyor. Bütün bunları otelin lobisindeyken hiç konuşmamışlar gibi, aynı lafları tekrarlayıp duruyorlar ikisi de. Gülsüm, konuğunu eksik ağırlamış gibi hissediyor kendini. Son bir şans kullanmak ister gibi, "Bak şehrin dışında Subaşı diye bir yer var, serin, ağaçlıklı, ferah..." diye başlayacak oluyorsa da, Gülsüm'ün günün sonunda mutlaka evini göstermek isteyeceğini bilen Emine, sesinde tartışmaya yer bırakmayan bir kararlılıkla sözünü keserek son noktayı koyuyor: "En iyisi eve gidelim." Böylelikle günü kısaltabilmeyi umuyor.

"Gerçi evde bir şeyler hazırlamışlardır aperitif kabilinden. Çıkarken tembihlemiştim," diyor yüzüne mahcup bir ifade vermeye çalışarak. Bu cümlenin tercümesinin donatılmış bir sofra olduğunu anlamak Emine için güç değil. Gülümsüyor.

Gülsüm bu kez de mobilyalarından, eşyalarından söz etmeye başlıyor. Görgüsüzce ya da övünürcesine değil de, daha çok Emine evi görmeden kendince önlem almak için; bulunabilecek kusur ve noksanlar için bir ön hazırlık yaparcasına söz ediyor.

"Şehrin hep en güzel semtlerinde oturduk. Bu Adana'da üçüncü evimiz, öncekiler de güzeldi ama, bu bambaşka. Daha sakin bir yer. Ne de olsa yeni bir site! Her şeyi yeni. Hep nezih insanlar oturuyor. Taşınmamız pek uzun sürdü. Başlarda zevkimize göre ne bulup da nasıl döşeyeceğiz diyorduk. Gerçi bazı noksanlarımız oldu, her şey istediğimiz gibi olmadı, bazı şeyleri idareten aldık. Ama inan Istanbul'daki bütün mobilyalar burada da var. Bir İtalyan koltuk takımı aldık, aynından Istanbul'da annemlere bakındık da inan bulamadık. Bir mutfak yaptırdık, ayıptır söylemesi Alman. En ufak vidası bile Almanya'dan geldi. Bütün o Vakkolar, Beymenlerin hepsinin şubesi var burada, ne ararsan bulunuyor. Diyorum ya, hiçbir eksiğimiz yok burada. Istanbul'la aynı anda başlıyor filmler, eskiden bir sene sonra gelirmiş mesela. Burada da başlarda öyle değildi, birkaç hafta sürerdi gelmesi. Ama şimdi inan Beyoğlu sinemalarıyla aynı günde seyrediyoruz."

Aşağıdan zile bastıkları için kapıyı çalışan kız açıyor. Kızın yüzünde azar arsızı olmuş yılışık bir ifade var. Meğer Emine, yıllardır beklediği misafirmiş, hanımını da aylardır görmemiş gibi manasız bir sevinç, abartılı bir kibarlık içinde buyur ediyor içeri.

Salona girdiklerinde ilk gördükleri masanın üzerinin çeşitli yiyeceklerle donatılmış olduğu. Masanın üzerini kusur arayan hızlı gözlerle tarayan Gülsüm'ün yüzüne bir memnuniyet yayılıyor.

"Rahatına bak Allahaşkına," diyor, "nasıl rahat ediyorsan öyle yap! Ne dersin soğuk birer limonata içelim mi?" Yanıt beklemeden içeri sesleniyor: "Nazike!"

Ardından evi gezdiriyor Gülsüm. Sonunda merakını yenemeyip sesine çocuksu bir hava vererek, "Beğendin mi kız kardeşinin evini hıı, söyle beğendin mi?" diye hafifçe sırnaşarak soruyor. Bunu söylerken sesine çocuksu bir ton katma gereğini duyurtan şeyin, kurmaya çalıştığı yakınlıkta ileri giderek içtenliğin ölçüsünü kaçırmak korkusu olduğunu düşünüyor Emine; sesini çocuksulaştırırsa hoşgörüleceğini, durumu hafifleteceğini düşünüyor olmalı. En azından o da, içinde bir yerde, kendisinin yalnızca yıllardır görmediği bir arkadaş kardeşi olduğunu biliyordur.

Adana-Mersin yolunda Mersin'e daha yakın bir yerde deniz kıyısında yazlıkları varmış. Kocasıyla çocuklar şimdi oradaymış. O da pazar günü gidecekmiş. Önceleri Bodrum'da, Marmaris'te bir yer almaya niyetlenmişler ama, işi gereği buradan çok uzaklaşamıyormuş kocası. Hiç olmazsa hafta sonları oraya gelebiliyormuş. Bazen değişiklik olsun diye Antalya taraflarına falan gidiyorlarmış tabii. "Çok güzel oteller açıldı nasıl olsa. Evin kahrıyla uğraştığına değmiyor insanın."

Taşradaki hayatın Gülsüm'ü yaşından önce yaşlandırdığını düşündüren bütün bu ayrıntıları hep birden aynı anda görmek birden içini yoruyor Emine'nin. Konusunu, olaylarını, sonunu, her şeyini bildiği *Madam Bovary*'yi yeniden okumak gibi bir şey bu. Değişmeyen gerçekler yalnızca yorduğuyla kalıyor. Nasıl oluyor da bu konuda yazılmış bunca öykü, bunca roman hiç okunmamış, hiç yazılmamış, bütün o filmler hiç seyredilmemiş gibi olabiliyor! Böyle durumlarda derin bir umutsuzluğa kapılıp, sanatın hayata hiç yardım etmediğini düşünesi geliyor insanın.

Albümlerini çıkartıp gösteriyor; kocasını, çocuklarını, özel günlerde, yurtdışı gezilerinde, bazı yaz tatillerinde gittikleri yerlerde çekilmiş fotoğrafları... Emine'nin kayıtsız gözleri karşısında çabuk çabuk geçmeye başlıyor sayfaları. Emine'nin pek az şey yediğinden yakınıyor. "Nereden de çıkartırsınız bu vejetaryenliği?" diye konu açmaya çalışıyor. "Sahiden beğendin mi evimizi?" diye sorarak bir kez daha emin olmak istiyor. Emine'nin birkaç kez farkında olmadan esnediğini görünce aklına harika bir fikir gelmiş gibi fırlıyor yerinden, "Seni birkaç dakikalığına yalnız bırakacağım," diyor. "İnşallah sıkılmazsın, ama inan beklediğine değecek. İstersen Nazike sana bir akşamüstü viskisi hazırlasın, şöyle çift buzlu, ben fena alıştım valla, iki akşamda bir, çift buzlu bir tek atmadan duramaz oldum." Önce kikirdiyor, ardından şuh bir kahkaha atıyor. Yolun ortasında ardına dönüp "Sakın bir yere ayrılmayın! Az sonra huzurlarınızdayız," diyor. Koridorda seğirterek uzaklaşan ayak sesleri duyuluyor.

Emine yayıldığı geniş kanepeden camdan dışarı dalarak şu sessizlik ânının tadını çıkarmaya çalışıyor. Birdenbire yorulduğunu hissediyor. O döndükten kısa bir süre sonra izin isteyip otele dönmeyi umuyor. Yalnız olduktan sonra her otel odası, ona ev duygusu veriyor. Galiba ev demek, onun için ne zamandır yalnızlık demek. "İnsan bir kere yalnızlığın tadına vardı mı, bir daha evlenemez," demişti Sevim Teyzesi. Emine'nin yeni boşandığı günlerdi. "Attan düşeni hemen ata bindirirler, hemen evlenmeye bak," diye gülerek eklemişti. Bunları söylerken yıllardır kendisinin niye yalnız yaşadığını açıklar gibiydi. Şimdi Seyhan Oteli'ndeki geçici odası bile, birçok evliliğin vaat ettiğinden çok daha fazlasını hayal ettiriyor ona. Uzaklara dalmış bakışlarla karışık düşünceler eşliğinde içini dinliyor bir süre. Yatak odasına kapandığından beri hiç sesi çıkmıyor Gülsüm'ün. Her kaygılanır gibi olduğunda, adının Nazike olduğunu öğrendiği kız ortalıkta şöyle bir görünüp kayboluyor. Her seferinde de "Hanımım birazdan geliyor," diyor. Bunu dördüncü kez söylediğinde artık umudunu kesmeye başlamıştı ki, kızın yüzündeki aşırı sevinç bu kez doğru söylediğini gösteriyordu.

Nazike koşa koşa benzerleri düğün salonlarında görülebilecek büyüklükteki dev kolonların ortasında görkemle duran müzik setinin başına gitti, yerini iyi bildiği bir CD'yi rafından çekip aldı, birtakım düğmelere basıp ayarlar yaptı; bu işte pek becerikli olduğu anlaşılıyordu. Az sonra salonu sesi hayli yüksek tutulmuş bir oryantal müzik doldurdu. Tiz bir ney, ardından ziller, tefler, darbukalar eşliğinde, şıkır şıkır bir dansöz kıyafeti içinde, salonun ağzında Gülsüm belirdi. Başının üstünde birleştirdiği ellerinin arasında yüzünü omuzlarını göğüslerini örten tülü tutuyordu. Müziğin hızlanmasıyla birlikte ortalıkta dönmeye, sağa sola bacak atmaya, elindeki tülle havada daireler çizmeye, her tarafını titrete titrete gerdan kırıp bel bükerek bildiği bütün dansöz numaralarını göstermeye başladı. Bu konuda kendine olan güveninin, profesyonel dansözlere aşık atabileceğine olan inancının tam olduğu belliydi. Raks ederken, alkış çoğaltmak isteyen dansözler gibi kendini fazla seyrediyor, figürleri abartarak gösteriyordu. Boynunu sertçe iki yana kırarken, kollarını iki yana açıp kendini geri atarken, karnını içeri çekip bırakarak göbeğini dalgalandırırken gösterdiği fazladan gayret, içinde bulunduğu duruma hazin bir boyut katıyordu. Üzerindeki dansöz kıyafeti uyduruk bir şey değildi;

malzemesi her bakımdan zengin tutulmuş bu salkım-saçak şıkırtılı kıyafete ciddi para harcandığı belliydi. Yüzüne, göğüs aralarına, kollarına ve göbeğine serpilmiş olan renkli pullar, o terledikçe daha çok parlıyordu. Az sonra kan ter içinde dansını bitirip selamını verirken oturduğu yerde tutulup kalmış olan Emine, kendinden geçercesine hanımını alkışlayan Nazike'yi görünce, kendisinin de alkışlaması gerektiğini düşündü.

3.

"Buraya gelin geldiğim ilk zamanlar, etrafta çok bar, pavyon vardı. Zengini bol ya buranın, Istanbul'un, İzmir'in değme dansözleri, ciğersöken konsomatrisleri çalışırmış hep. Yükünü tutan Istanbul'a, İzmir'e döner, tutamayan Antep'e, Kilis'e falan düşermiş. Erkeklerin çoğu çıkmazmış bu pavyonlardan. Nice kadın bu yüzden kocasından, yuvasından olmuş. Her kabul gününde, her biri başka bir hikâye anlatırdı. Erkeklerin evlerinde bulamadıklarını buralarda, bu kadınlarda aradıkları söylenirdi. Ben de kocamı evde tutmak için, akşamları rakı sofrasını kendi ellerimle kurmaya, en sevdiği mezeleri hazırlamaya, dansöz kıyafetleri diktirip tüller pullar içinde karşısına geçip göbek atmaya başladım. Eh, tabii eskidendi bu."

Bir an durup baktığı Emine'nin yüzünde neyi tarttığını kendi de bilmiyordu. "Ben buldum sanma, bana bu aklı veren başka kadınlar oldu." O gülümserken yüzünde az önceki gösteriden kalmış birkaç pul ışıyordu.

Emine, "İşe yaradı mı bari," diye sormayı geçirdi aklından, ama bunun fazladan bir yakınlık kurmak anlamına geleceğini düşünerek sustu.

Gülsüm'ün ısrarıyla biraz da balkonda oturmaya karar vermişlerdi. Gülsüm üstüne, bol çiçekli, çok yapraklı, askılı, rahat bir giysi geçirmişti. Emine, Henri Rousseau'nun resimlerindeki gür yapraklara, azman çiçeklere benzetti elbisesinin desenini. Gülsüm bir övgü duymuş gibi gülümsedi. Beklenmedik bir biçimde daha gün sönmeden bir esinti çıkmış, ortalık azıcık serinlemeye başlamıştı. Çift buzlu birer kadeh viskide anlaşmışlardı. Emine yarın vermesi gereken raporun önemini abartarak otele dönme gerekliliіğinden söz etti. Akşam yemeğine kalamayacaktı. Hafif birer sandviç akşamüstü için idealdi. Emine, viskisini açık istedi. "Cutty Sark varsa iyi olur. Kuruyemiş almam, yalnızca beyaz leblebi."

Gülsüm, sohbetin bir yerinde kendi anlatacakları azalmaya başlayınca, Emine'nin kendinden neredeyse hiç söz etmemiş olduğunu fark etti. Aslına bakılacak olursa, Gülsüm ona pek bir şey sormamış, sürekli kendinden söz edip durmuştu. Emine'nin eskiden de biraz böyle olduğunu hatırladı. Annesinin, o zamanlar bile onun için, "Herkesin her şeyini bilir, kendinin bir şeyini anlatmaz," dediğini hatırladı. İçini dışarıya tutumlu verenlerdendi Emine; her zaman kapalı bir insan olmuş, her şeyi kendi içinde halletmeye bakmıştı. Örneğin, kocasından niye ayrılmış olduğunun yanıtını herkese yıllar yılı tek sözcükle vermişti: "Anlaşamadık." Kimse o evlilik hakkında daha fazlasını bilmedi.

"İşinden memnunsun değil mi?" diye sordu Gülsüm. "Memnunum." "Çok yükseldin değil mi?" "Eh, bir kadın ne kadar yükselirse." "Aynı evde mi oturuyorsun?" "Ortaköy'e taşındım." "Kendi evin mi?" "Kendi evim." "Memnun musun?" "Memnunum." "Büyük mü?" "Büyük sayılır, bana yetiyor." "Yeniden evlenmeyi düşünmüyor musun?" "Hayır."

Bu kısa ve kesin yanıtlarla konuşmanın bir sohbetten çok bir sorgulama havasına dönüştüğünü fark eden Gülsüm sustu. Kendini birdenbire sevimsiz hissetmişti.

Emine, çok geçmeden ikinci kadehini dolduran Gülsüm'ü içkinin mahzunlaştırdığını fark etti. Kendi hüznünün farkında olmayan, ergenlik zamanlarına ait bir mahzunluktu bu. Dalmış, elindeki kadehin içine, çalkalayıp durduğu buzlara bakıyordu.

Birden başını kaldırıp, "Ben senin Etiler'de, Ulus'ta falan oturacağını düşünmüştüm," dedi.

Emine gülümsedi. "Sen beni başka biri sanıyorsun," dedi.

Gülsüm bu lafa güldü. "Peki neden Ortaköy?"

Bir süre düşündükten sonra, "Galiba erguvanlar yüzünden," diye yanıtladı Emine.

"Nasıl erguvanlar yüzünden yani?"

"Karşı kıyıda açan erguvanlar en iyi Ortaköy sırtlarından görünür. Bütün çocukluğum Boğaz'ın karşı kıyısındaki erguvan kızıllığını seyretmekle geçti. Büyüyünce de bundan vazgeçemeyeceğimi anladım."

Emine, Gülsüm'ün birdenbire hiç olmadığı kadar heyecanlandığını gördü. İlkin bütün dikkati dirilmiş, ardından tuhaf bir dalgınlığa gömülmüştü. Dipte bir şeyler arar gibiydi. "Evet, erguvanlar ya," dedi. Bunu kendisine mi, Emine'ye mi söylediği anlaşılmıyordu. "Sahi onlar ne zaman açardı?" Bu da bir sorudan çok, havaya söylenmiş bir yardım ümidi cümlesi gibiydi. Kekeliyor, belli ki doğru sözcükleri arıyor, gözlerini kırpıştırıp duruyordu. Sanki iki gözkırpımı arasında her şeyi hatırlayacaktı. "Hay Allah! Kaç yıl oldu ben erguvan görmeyeli ya..." Bunu derin bir hayıflanma ile söylemişti. "Bilmez miyim, nasıl kızartır karşı kıyıları...Tabii, hep kışları geldik Istanbul'a. Lanet kışlarda geldik! Kaç yıl oldu erguvanları unutalı!" Sesine suçluluk, pişmanlık gibi duygular cam kırıkları gibi dağılmıştı. "Biliyor musun, çocukken Arnavutköy sırtlarında otururdu anneannem, inan her gittiğimde bana karşı kıyının çiçek açma zamanlarını ezberletirdi, hatırlıyorum! Saatli Maarif Takvimi'nin sayfalarının arkalarındaki bilgileri okuturdu. Ben okurken o başıyla onaylardı." Aniden gözlerine yürüyen yaşların farkında değildi.

"'Bir Istanbullunun iki şeyi bilmesi gerekir,' derdi anneannem. 'Çiçeklerin ve balıkların mevsimlerini.' Bunları bilmeyen Istanbullu değildir. Haa, bir de rüzgârlarını tanıyacaksın Istanbul'un. Lodosu, poyrazı, karayeli, keşişlemeyi...' Çocukken çok severdim onu. Penceresinin önündeki divanın kocaman, davul gibi gergin yastıkları vardı, o yastıklara abanır, Üsküdar, Beylerbeyi sırtlarına bakar dururduk. Geçen gemileri seyrederdik. Belki de çok kahve içtiğinden, "Sesi köpüklü kahve gibidir," derlerdi anneannem için, bana da öyle gelirdi, babamı sevmez, baba tarafımı küçük görürdü, 'Say bakalım güzel kızım çiçeklerin açma sıralarını?'dediğinde sesi köpüklenirdi." Bu kez doğrudan Emine'ye sorar gibi "Önce hangisi açardı ya? Erguvanlar haziranda mı açardı? Hayır,

hayır daha erken olması lazım, herkes haziran sanır ama daha öncedir, mor salkımlardan önce olması lazım. İnan, hepsini unutmuşum... Ihlamur vardı, sonra... sonra hanımeli. Ha, bak bir de ortancalar vardı, havada parmağıyla arar gibi, "Bir şey daha, bir şey daha vardı. Hah! Mimoza! Mimozalar açardı. Leylaklar! Ama sıralarını unutmuşum." Emin olmak istercesine bir kez daha yüksek sesle tane tane saydı, o an onun için dünyada en önemli şeyin bunların mevsimlerini sırasıyla hatırlamak olduğu belliydi. "Kaç yıl oldu ben erguvan görmeyeli Emine abla, biliyor musun kaç yıl oldu?" İlk kez ona "Emine abla," diyordu. Ölmüş bir yakınının adını sayıklar gibi yürekten bir kederle, "Erguvan, erguvanlar," diye tekrarladı. Gömüldüğü kısa sessizlikten sonra bir anahtar cümle bulmuş gibi sevinçle, "Tamam, şimdi hatırladım," dedi. "En önce mimozalar açar, en son ıhlamurlar..." Sonra gözlerinden fışkıran yaşlarla birlikte hepsinin sırasını hatırlayıp yüksek sesle saymaya başladı: "Mimozalar, Erguvanlar, Mor Salkımlar, Leylaklar, Hanımelleri, Güller, Ortancalar, Ihlamurlar sırasıyla açar." Yüzüne yayılan gülüşü toplamadan daha yüksek sesle bir mektep çocuğu gibi tekrarladı: "Mimozalar, Erguvanlar, Mor Salkımlar, Leylaklar, Hanımelleri, Güller, Ortancalar, Ihlamurlar sırasıyla açar." Ardından bir çocuk gibi bütün gövdesiyle sarsıla sarsıla ağlamaya başladı. Yüzünde kalmış pullar bu kez gözyaşlarıyla ışıyor, yüzüne, bu sanki önceden tasarlanmış bir mizansenmişçesine melodramatik bir anlam katıyordu.

Emine ayağa kalkıp arkasına geçti Gülsüm'ün, omuzlarını tuttu, saçlarını okşamaya çalıştı, insan yatıştırmayı hiçbir zaman bilememişti, geçen yıllarda içi bu kadar katılmamış olsaydı, batan günle birlikte, şu Adana sıcağında gözünü diktiği kızıla kesmiş şu bozkırın ufkunda birdenbire bir mucize gibi açıveren erguvanları görebilir, o da Gülsüm gibi derinden kanayabilirdi. İçinin artık kendi erişemediği yerleri geçen yıllar içinde kendinden habersiz katılıp kalmıştı. Bu anın hüzün verici, dramatik bir an olduğunu biliyor, ama kendi fazla bir şey hissedemiyordu. Herkesin içinde kırılan yerin sahibinden alıp götürdüğü şeyler farklıydı. Nice öğrenmelerden sonra bile, yıllar geçtikçe artık birçok şeyi bilmediğini düşünüyordu Emine. Şimdi bildiği tek şey, bundan böyle ne zaman erguvanlar açsa, Gülsüm'ü hatırlayacağıydı.

2003

Trabzon Burması

"Doktor hanım görmeden ipten almayın," demiş polisler. Bu yüzden cesedi asıldığı ipte bekletiyorlardı. Sabahın hayli erken bir saati telefonla uyandırılmıştı. İçeriye kıymık kadar olsun ışık sızdırmayan sımsıkı kapalı kalın perdelerden zamanı anlamak güçtü. Önemli bir şey olmalıydı. Arayanın sesindeki telaşta benzer durumlardakinden fazla bir şey vardı.

Yüzünü alelacele yıkayıp gözkapaklarına her zamanki uçuk renk farlarından birini sürdü. Yıllardır yaptığı tek makyaj buydu. İşi ne kadar acil olursa olsun, çocukluğundan beri hep düşük olan hafif bombeli geniş gözkapaklarını boyamayı ihmal etmez, onları bulut uçukluğunda renklendirmeyi severdi. Far sürmedi miydi, gözleri, bakışları çıplak gelirdi kendine. Sanki bununla gözlerini dünyadan saklayarak bakışlarındaki çıplaklığı örtüyor, aynı zamanda kendisi de başka gözlerden saklanmış oluyordu. İlk sevgilisi ona hep, "Çok bakıyorsun," derdi. "Fazla bakıyorsun." Bir keresinde "Ne demek şimdi bu?" diye kaygıyla sorduğunda, genç adam bir süre sözcük bulmakta sıkıntı çekmiş, ardından "İnsan senin karşında kendini hep çıplak hissediyor," demişti. Düşük gözkapaklarının altından, insanın yüzüne dünyayı delercesine bakan koyu renk iri gözbebeklerinin gücünü ilk böyle keşfetmişti. Annesinin, o çocukken "Domuz domuz bakma öyle," demesinin nedeni, sevgilisinin bu sözleriyle iyice anlaşılır olmuştu, dahası sonraları onu niye terk ettiği de... Bakışlarında insanları, özellikle erkekleri ürküten bir şey olmuştu hep. Fazlasıyla gören gözlerdi bunlar. Bir keresinde de savcının biri, "Keşke doktor değil de savcı olsaymışsınız," demişti. "İnsanı savunmasız bırakıyor bakışlarınız, insan size asla yalan söyleyemez."

Bütün bunlar birleştirildiğinde, uçuk renk farlarla gözlerine indirdiği kepenk anlaşılır oluyordu.

Bazı sabahlar ayna karşısında kendinize yabancı gözlerle başka türlü bakarsınız. O sabahlardan biri olmalıydı bu.

Trabzon'un şehrin merkezine uzak yoksul mahallelerinden birinde, Boztepe'ye çıkarken Maşatlık'ta bir ara sokaktaydı aradıkları ev. İki katlı derme çatma evlerden birinin kapısının önü, sabahın erken saati olmasına karşın kalabalıkçaydı. Aradıkları yer orası olmalı.

Yüzlerinde, acıdan çok beklemenin sıkıntısı okunuyor; kapının önünde bekleşip dururken üzgün ya da kederli olmaktan çok, meraklı görünüyorlar.

Fısıltıları, mırıldanışları yorulmamış; ordan burdan duyduklarını çeşitli yorumlarla çoğaltarak aktarıyorlar birbirlerine; her yeni gelenle birlikte önceden söylediklerini tekrarlamaktan sıkılmıyorlar. Kapının karşısına düşen kaldırıma dizilmiş bekleşenlerin sesiyse, olay yerinden azıcık ötede olmanın rahatlığıyla daha yüksek perdeden çıkıyor.

Her zaman biri kendini asmaz. Her ne kadar üzgün ve şaşkın görünmeye çalışsalar da, tekdüze yaşamlarına renk katan bu sıradışı olayın heyecanını yaşıyorlar. Kendini asan kıza karşı zalim olduklarından değil bu, sanki sürdürdükleri sıkıcı hayatın acısını böyle çıkartıyorlar.

Koyu renk bir döpiyesin kendisine, erkeksi bir üniformanın tartışılmaz üstünlüğünü sağladığını biliyor. Biriken kalabalık, arabadan inen döpiyesli kadının, sabahtan beri beklenilen "Doktor Hanım" olduğunu anlıyor. Daha araba sokağın başında göründüğünde polisler, "İşte adli tabip de göründü," demişlerdi. Toprağa sağlam basan adımlarında kendilerine tanıdık gelen bir şey var. Buralara tayinle gelmiş, narin yapılı büyükşehir kızlarına benzemiyor. Tuttuğunu kopartır cinsten biri olduğu belli.

"Ben de az önce geldim," diyor Savcı. Elindeki sigarayı gene kemirir gibi içiyor. Gözlerinde hep aynı kaygılı ifade var Savcı'nın. İşinden çoktan bıkmış birinin bakışları bu.

Daha arabadan indiği andan başlayarak polislerin, Savcı'nın ona gösterdikleri saygıda bir kadına gösterilenden çok, bir amire gösterilen saygı havası hâkim. Kalabalığın gözünden kaçmıyor bu. Etrafında kendiliğinden hürmet ve itaat uyandıran güçlü bir kişiliği var. Nitekim kapının önüne yığılmış kalabalığın üzerinde de hemen etkisini gösteriyor bu güç; o, eve doğru yürürken hiç ses çıkarmadan saygılı bir sessizlikle iki yana açılıp yol veriyorlar. Sanki isterse kızın niye kendini astığını bile bilebilirmiş gibi tam bir teslimiyetle daha gördükleri an inanıyorlar ona.

Belki kendisinin de Laz olduğunu fazlasıyla söyleyen iri burnu bir ipucu olmuştur bu duygulara.

Kapının eşiğinde bekleşen hane halkının telaşından cenazeyi bir an önce kaldırma derdinde oldukları anlaşılıyor. Ölüm biçiminin uğursuz bir işaret gibi havada asılı kalmış olmasından ötürü tedirginler. Herhangi bir nedenle öldüğü için değil de, kendini öldürdüğü için mahcuplar; arkasında bir sürü soru bıraktığı için, karanlık ve kuşkulu bir hikâye bıraktığı için; intiharın kendisini, intihar etmeyi anlamadıkları için mahcuplar. Bu kızın gömülmesiyle birlikte bütün soruların ve sıkıntıların da gömüleceğini umuyor olsalar gerek. Kendilerini kapı önüne atmış, bir an önce kurtulmak istiyorlar yukarıdaki ceset gibi havada asılı kalmış bu belirsiz ve uğursuz durumdan.

Aralarında, kapı eşiğindeki basamaklardan birine oturmuş, ellerini kucağında kavuşturmuş, gözyaşlarıyla ıslanmış yemenisi yüzünü saklayan yaşlıca bir kadından başka ağlayan yok.

Ahşap basamakları gıcırdatarak üst kata çıkıyorlar. Evin içi yoksulluk ve ümitsizlik kokuyor. Belli ki ılıklığını hâlâ koruyan toplanmamış yer yatakları, sökülmüş kılıfından dışarı pamuk yumağı fırlamış yamulmuş bir yastık, her birinin yaması uzaktan bile belli olan renkleri çoktan solmuş giyitler, alelacele çıkarılıp bir kenara atılmış çubuklu pijama altı bu yoksulluk resmini güçlendiriyor.

Alışkın hareketlerle eldivenlerini, maskesini takıyor. Yüzünün çoğunu saklayan maske, gözlerini iyice büyütüyor, bakışlarını keskinleştiriyor. Onun için çoktandır sıradan hareketler olan maskesini takması, eline eldivenlerini geçirmesi, etrafındakiler üzerinde hâlâ bir büyü ayini etkisi yaratıyor.

Arka tarafta bir odayı işaret ediyorlar. Kilidinin dili dışarı uğramış ahşap kapı cılız bir sesle gıcırdayarak açıldığında, tavan kirişine asılı kızın cesedi görülüyor. Ufak tefek bir kız. Neredeyse çocuk daha. Pencereden vuran tozlu ve kavruk ışık, gecenin karanlığının sakladığı gizleri söyleyecekmiş gibi; herkes yüzünü cesetten alıp pencereye çeviriyor. Cesedin hemen yanı başında yerde bir ucu üstüne katlanmış eski bir seccade göze çarpıyor; o katlanıp kıvrılmış olan uç, namazın eda edildiğini söylüyor.

"Sabah namazını kılıp öyle asmış kendini."

Hemen omuzunun ardında biten tarazlı sese dönüyor Sevgi. Az önce kapının eşiğinde ağlayan kadın bu; onun adına af diler gibi söylüyor bunu. İpteki kızı yabancıların yanında yalnız bırakmak istemez gibi omuzlarını kısmış, ellerini göbeğinde kavuşturmuş, kapı ağzında duruyor. Buruş buruş elleri, yemenisinin sakladığı yüzünden okunamayan yaşını söylüyor. Kadına dışarı çıkması söyleniyor. "Doktor Hanım muayene edecek."

Bu sözün yaşlı kadının üzerinde olabilecek etkisini düşünüyor Sevgi; "Muayene edecek" sözünün içerdiği umut içini acıtıyor.

Genç kızın yüzü ölümünü söylemiyor. İçgüdüsel bile olsa ölüm karşısında en küçük bir direniş belirtisi görülmüyor cesette. İpe çamaşır asar gibi asmış kendini. Tamamen teslim etmiş kendini ipe, ölüme... Neredeyse son nefesini verirken bile seğirmemiş gövdesi. Çaresiz ve sessiz, ölümün gelip kendisini almasını beklemiş. Yeşile çalan çehresi, kararmaya yüztutan boynundaki derin mor çizgi, ilk bakışta görülen bütün belirtiler ek araştırmalara gerek bıraktırmayacak ölçüde tanıdık Sevgi için. Rapora ölüm nedenini tıbbi terimlerle değil, yalın sözcüklerle yazmak istiyor: Umutsuzluktan ölmüş.

Gencecik insanların umutsuzluğunda ölümü yakınlaştıran bir şey olduğunu biliyor. Fazla uzun sayılamayacak doktorluk yaşamında çok genç bedeni almıştı ipten, küvetten, bıçak ya da iğne altından; gençken ölüm de, aşk kadar mümkün. Biliyor.

Dışarıdan gelen solgun ışığın canlanmasından günün yükseldiği anlaşılıyor. Güçlenerek vuran ışığın etkisiyle olsa gerek birden kızın sağ bileğinde düştü düşecek duran bileziğe takılıyor gözleri. Bir tanıdığının yakından görmesi için uzattığı koluna bakar gibi yumuşak bir merakla eğiliyor bileziğe: Trabzon burması bu! Anasının Trabzon burması! Bunun ne demeye geldiğini en çok anasından biliyor. Trabzon burması demek, gelecek demek. Umut demek. Bir hayat demek. Bir ölünün bileğinde ışıyor.

Birdenbire bunca yoksulluğun ortasında ışıyan bilezik, bu ölümü başka türlü anlamlandırıyor gözünde. İçi kamaşıyor. Şimdi yalnızca bir cesedin başında değil, aynı zamanda kendi hayatının ansızın geçmişe açılıveren kapısının başında hissediyor kendini. İçinde açılan bir kuyuya bakar gibi bakıyor bileziğin uyuşturan ışıltısına. Bazı anlar kendiliğinden uzar. Öyle oluyor. An uzuyor. İçinde bulunduğu an, bütün hayatına yayılırcasına uzuyor.

2.

Şimdi söylemiş gibi kulağının dibinde duyuyor annesinin sesini. O daha küçücük bir çocukken bile, "Sanat altın bilezik, kızım," derdi annesi. "Bir sanat öğren! İyi kötü bir sanatın olsun."

Hayatın kilidinden söz eder gibi söylerdi bunu. Ne olursa olsun, kızının bir sanat sahibi olmasını isterdi. Onun "sanat"tan anladığı daha ufak tefek şeyler, daha kadıncıl işlerdi elbet. Bunu söylerken kızının büyüyüp bir gün doktor olacağını, hele hele gözünü kırpmadan ceset kesip doğrayan bir adli tıp doktoru olacağını hayal bile edemezdi.

Sevgi, cesedin incecik bileğinde düştü düşecek sallanan Trabzon burması bileziğe, güçlü bir tılsıma tutulmuş gibi sabitlenmiş gözlerle bakarken yüreği burkularak, bir an bu kızın yerinde kendisinin olabileceğini düşünüyor. Kendisi değilse bile annesi olabilirdi bu kızın yerinde. Kaderin karanlık taşlarıyla oynanan dama oyununda, belki de yalnızca küçük bir taş değişmiş ve bu her şeyi değiştirerek annesini ya da kendisini buradan kapıp götürerek başka bir hayatın insanı yapmıştı.

Cesedi ipten indirtirken, tuzaklarla dolu hayatta atlatılmış her kötü olasılığı hatırlamanın, insanın içinde pusuda bekleyen dehşet duygusunu yeniden harekete geçirdiğini biliyor. Zaten Sevgi için hayat, hep tekinsiz, kuşku uyandırıcı; her an, her şeyin olabileceği güvenilmez bir şeydi. Hayatı herhangi bir insan gibi değil, sürekli başına gelecek talihsizlikleri bekleyen bir suçlu gibi yaşadığını hissettiği zamanlar çok olmuştu. Sanki sırasını savuşturduğu kötü kader, şimdi bir ölünün bileziğinde karşısına çıkmış, göz kamaştıran tekinsiz ışıltısıyla Sevgi'ye, atlatılmış tehlikelerin olasılık hesaplarını, karanlık tesadüflerin kendini tekrarlama gücünü, hayatın güvenilmezliğini bir kez daha hatırlatıyor, korkularını yokluyordu.

Sevgi'den sonra başka çocukları olmamıştı; kusuru birbirlerinin üzerine atarak geçirdikleri yıllar boyunca hem bir erkek çocuğundan, hem bir kız çocuğundan beklenenlerin hepsini Sevgi'den umdular. Dönüp kendi izlerine basa basa geçmişine doğru ilerlermeye çalışırken, karşısına çıkanları şimdiki aklıyla tarttığında kendi hayatı inandırıcılığını yitiriyordu. Tuhaftır, kaç yıl sonra Patricia Cornwell'in otopsili romanlarını keşfettiğinde hayatına bir parça güven gelmişti. Varlığının gerçekliğine inanmayı, ironik biçimde bu romanlarla kazanmıştı sanki.

Hep okuldan alıp işe koşmak istediler, her yıl birincilik getirdi, "pekiyi" ile dolu yaldızlı karneler getirdi. Öğrenim yaşamı boyunca yoksul çocuklarına verilen her çeşit yardımdan, iaşeden, burstan yararlandı; yüksünmedi, eksiklenmedi. Yoksulluklarından zamanla marazi bir kibir edinenlere, hayata diklenenlere de benzemedi. Daha ilkokuldayken, kendi çocuklarının tembelliğinden yakınan hali vakti yerinde ailelerin, hep Sevgi'yi ve onun yoksulluk içinde yaşadığı kötü koşulları örnek göstererek çocuklarını azarladıklarını biliyordu. Onlarla yarışamazdı. Ne kadar çalışırsa çalışsın, hep kenarda durmayı, verilenle yetinmeyi bildi. Yoksulluk duygusu bir rutubet gibi içine işlemişti, hiçbir zaman bunun ezikliğinden kurtulamadı. Bunca yıl sonra bile hâlâ bazı geceler uykusundan fırlayıp salona çıkar, kendini inandırmaya çalışan gözlerle tek tek eşyalarına –koltuk takımına, yemek masasına, büfesine, televizyonuna, müzik setine, önünde kocaman pufu olan okuma koltuğuna– "Bu benim, bu benim!" diye bakar. Kendi gerçekliğine inanıp sakinleşene kadar bir süre gecenin sessizliğinde öylece oturur, tek tek onları seyreder, sonra ayaklarını sürüyerek yatağına döner.

Ailesinden, atalarından kendisine miras kalan Laz inadından aldığı güçle, okuyacağını, okuyabileceğini kanıtlamak istercesine okul yaşamı boyunca çalışıp durmuştu Sevgi. Babası neredeyse okuyup yüksek bir meslek sahibi olmasından çekiniyordu kızının;

aslında her ikisinin de onun fazla büyümesini istemiyor gibi bir halleri vardı. Korkuyorlardı. Bilinmezlikten korkuyorlardı. Bir an önce uygun bir kısmeti çıkıp başı bağlansın istiyorlardı. Kendine göre mütevazı hayatı olan bir kocası olsun kızlarının; helal süt emmiş bir damat, kendi alçakgönüllü hayatlarının içinde, gönüllerini hoş tutacak Allahın vermediği bir oğul yerine geçsin istiyorlardı. Kızları yükselsin elbet, ama onların erişebilecekleri bir yere kadar yükselsin istiyorlardı. Kendilerini güvensiz, itilmiş hissetmek istemiyorlardı. Kızlarının da kendilerine ihtiyacı olsun istiyorlardı. Bunca yıl bir türlü alışamadıkları Istanbul, kızlarını büsbütün ellerinden alsın istemiyorlardı. Ne zaman sıkışsalar, memlekete dönmekten söz ediyorlardı. Genç yaşta evlenip gurbete çıkmışlardı, bütün ümitleri bir gün Trabzon'a geri dönmekti. Akrabalarına kaybolmadıklarını göstermek, onlar için hayatın tek anlamıydı; yeniden toprak almak, bir iş tutmak, çarşı içinde dükkân açmak hayalleri kuruyorlardı. Bütün hayatlarını akrabaları için yaşamışlardı. Istanbul'dayken bile hiç eksiltmemişlerdi akraba gözlerini üzerlerinden...

Sevgi, Trabzon'a atanmasını isteyip buraya geldiğinde her ikisi de hayatta değillerdi artık. Trabzon'un, Karadeniz'e özgü o gür ve koyu yeşili, anasının, babasının yerine geçti. Yıllar yılı bu yeşilliği dinlemişti onlardan. Şimdi her ikisinin de koynundaydı. Onlara kalbinin gizliden gizliye söz vermiş olduğunu böyle anladı.

Istanbul'daki derme çatma evlerinde, birilerinin kapı önüne bıraktığı eski tarihli bir derginin orta sayfasından alınmış, rengi solmuş, sayfalarının tırtıklı kenarları iyice eprimiş olan Mahmut Cüda'nın "Trabzon'dan" adlı resmi, arkası çirişe bulanarak yapıştırıldığı mutfak duvarından, anasıyla babasının memleket sızısına hiçbir zaman ortak olamayacağını hissettiren bir yabancılıkla Sevgi'ye bakıp durmuştu yıllar yılı... Onların ölümünden sonra buraya atandığında, o sızı anlamını bulmuş oldu.

Hayatı ölümle tartmayı öğrendiğinde bir parça olsun içi yatıştı. Kan, irin, cerahat, salgı, ter, sidik. İnsan. Hayat. Zaman.

Tuhaftır, "Suyun sertlik derecesi" sözü ona hep hayatı ölçmek için kullanılması gereken bir birim ölçüsü gibi gelirdi; okul sıralarında ise, hayat için en doğru "ölçü"nün bir "ölü" olduğunu düşünmeye başlamıştı. Belki başkalarına pek bir şey söylemeyen, fazla kişisel bir çağrışım içeren bu akıl yürütme biçiminin, başkalarına pek tuhaf, hatta ürkütücü geleceğinin farkındaydı. Ancak Sevgi gibi kafası karışık biri böyle düşünebilirdi. Sanki ölülerden korkmazsa, hayattan da korkmayacaktı. Bunu daha ikinci sınıfta katıldığı ilk adli tıp dersinde anlamıştı. Onun gözünde hayat, ancak ölüm morunun dinlendiriciliğini keşfettiğinde sakinleşti. Çalkantıları duruldu, gündeliğin acelesi dindi. Gözleri yenilendi. Dünyayı kabullendi. "Hayat kendi malzemesiyle kanıksanmıyor. Ancak ölümün malzemesi hayatı kanıksatıyor," diye düşünmeye başlamıştı. Ölümün bilgisine yaslanmayı öğrendikçe, zaman genleşip uzamış, her şeyi içine alarak uçsuzlaşmış, ruhunu teselli eden bir şey haline gelmişti.

Doğuda eski insanların niye ölüleriyle koyun koyuna yattığını, mahallelerle mezarlıkların iç içeliğini anlamıştı. Ölülerinin fazla gözden uzaklaşmasına izin vermiyorlardı. Ölüm de bir çeşit hayattı.

Adli tıp dersi hocası olan kadın, daha ilk derste, sesinde engelleyemediği bir şehvetle, "Hayatta en çok hoşuma giden ses budur çocuklar," diyerek öğrencilerin dikkatini ellerine çektikten sonra, bir patiskayı ortadan ikiye ayırır gibi bir kadavranın beyin zarını yırtıvermişti. Bunu yaparken etli dudağına saplanmış olan, ağzına büyük gelen üst dişlerinde vampir kırmızısı rujunun izleri kalmıştı. Gerçekten de tuhaf giysileri, saç modeli, makyajıyla bu kadında hep "ucuz bütçeli korku filmlerinin vazgeçilmez oyuncusu" havası vardı. Bir başka derste, sahnede iskambil destesi karan illüzyonist edasıyla, kadavradan söküp aldığı akciğerleri, ellerinde hızla yer değiştirerek şaşırtmaca verdikten sonra "Bilin bakalım hangisi sağ, hangisi sol, hangisi sağ, hangisi sol?" diye neşeli bir bulmaca sorarcasına çocuklarla eğlenmişti. Daha ilk derste Sevgi'yi dehşete düşüren şey, bir ölüye dokunmak, onu kesip biçmekten çok, hocasının daha sonra da benzer örneklerini göreceği bu sapkın oyunlardan duyduğu haz olmuş; kadınların da gerektiğinde en az erkekler kadar vahşi olabileceğine aklı yatmıştı. Hocalarının, ölümün üzerinde kurduğu üstünlükle öğrencilerin ve hayatın üzerinde egemenlik kurmaya çalıştığını düşünmüştü sonradan. Bu kadını anlamak, hayatın bir yönünü anlamak gibi gelmişti Sevgi'ye. Ayakta ve hayatta kalmanın açık ve gizli kuralları vardı.

Her şeyin üzerinden çok yıl geçti. Her şeye inandırıcılığını yitirtecek kadar çok yıl. Düşünüyordu da: "İlkokul yeterdir," dediler. Yetmedi. "Ortaokul yeterdir," dediler. Yetmedi. "Lise yeterdir," dediler. Yetmedi. Her yaz çalışıp mektep harçlığı biriktirdi, yeniyetme yaşlardan başlayarak çok çeşitli işler denedi, tekstilde çalıştı, tezgâhtarlık yaptı, çocuk baktı, sayısını unuttuğu birçok işe girdi çıktı. Tıp Fakültesi'ni kazanan kızlarının doktor çıkacağını anladıklarında yeterince sevinemediler bile. Kızları kendilerinin istediği gibi çıkmamış, kendi mütevazı hayalleri gerçekleşmemiş, gönülleri bölünmüştü. Öğrenimini sürdürmesi konusunda bütün mahalle arkasında dursa da, Sevgi'ye başlarda türlü zorluklar çıkardılar. Çocuklarının doktor çıkacak olmasının, onlara hastalık ve ölüm karşısında bir üstünlük sağlayacağını düşünüyorlardı elbet, bununla birlikte kızlarının bütün yaşamının değişecek olmasını, onların hiç bilmedikleri, ayak uyduramayacakları bambaşka bir yaşam olasılığını kabullenemiyorlardı. Artık onları beğenmeyeceğinden korkuyorlardı; yaşamları boyunca en çok bundan korktular; kızlarının onları küçük göreceğinden; arkadaşlarına, eşine dostuna, "Bunlar benim annem, babam," diye tanıtmaya utanacağından... Çocukken de annesinden en çok işittiği söz, "Civciv yumurtadan çıkmış da, kabuğunu beğenmemiş," idi. Akrabalarının gözünde hâlâ birer kayıp olduklarını düşünerek öldüler.

Yengesiymiş yaşlı kadın. Ona soruyorlar. "Hiç takmazdı," diyor. "Çeyiz sandığında dururdu. Arada bir açar bakar, bileğinde iki dolandırır, ardından yerine kaldırırdı. Belli ki, ölüme nikâhladı kendini. Düğün niyetine ölümünde taktı şu bileziği. Talihsiz doğmuştu yavrucak. Ana yüzü görmedi. Babası hayırsız çıktı. Amca dayı evlerinde büyüdü. Teyzesinden hatıra şu dar-ı dünyada tek servetiydi garibin. Onca fukaralığa katlandı da satmayı aklına bile getirmedi."

Bıraksalar daha uzun uzun anlatacaktı kadın.

Sevgi, elinde saygıyla tuttuğu Trabzon burması bileziği, kuşaktan kuşağa geçen kutlu bir mirası devreder gibi, talihsiz kızı gerçekten sevmiş olduğuna inandığı şu yaşlı kadının dizlerinde kavuşturduğu buruş buruş ellerinin arasına bıraktı.

Az önce çıktığı merdivenin tahta basamaklarını bu kez daha hızlı adımlarla gıcırdatarak inerken, arkasında bıraktığının yalnızca bir ölü değil, ufak bir kader sekmesiyle kendisinin olabilecek bir hayat olduğunu biliyordu. Başkasının boynundaki ip, kendi boynunda seğirmiş gibi elini boynuna götürerek oradaki görünmez çizgiyi aldı.

Temmuz 2003 - Mart 2004

Yakası Beyaz Kürklü Taba Rengi Kaban

Araba gelip kapı önündeki çakıllı yolda durduğunda, o mutfaktaydı ve üzeri başparmak büyüklüğünde göçükler ve şekilsiz bombelerle bezenmiş, üfleme camdan yapılma "Leonardo" bardaklardan birini özenle yıkıyordu. Musluktan akan suyun sesine dalıp gitmiş olduğunu o zaman anladı Esme. Dalıp gittiği yalnızca suyun sesi de değildi üstelik; nedenini bilmediği, zihninde görüntüleri ve çağrışımları olmayan bir ruh sükûnetiyle içinin kuytusuna çekilmiş, kapıldığı kör huzurun tadını çıkarıyordu. Yardımcısı olan kadın, camı çok ince olan bu bardaklardan birkaçını dikkatsizlikten kırmış olduğundan artık ona güvenmiyor, her seferinde kendi yıkayıp kaldırıyordu; ama kaç dakikadır elinde evire çevire defalarca ovaladığına bakılırsa, şimdi yıkadığı yalnızca bardak da değildi; suyun altında zihninden ya da içinden akıp gitmekte olan başka bir şey daha olmalıydı.

Arabanın sesiyle başını kaldırıp camdan dışarı baktı. Gelmişlerdi.

Yola, bahçeye bakan geniş pencereyi kaplayan, büzgü aralıkları seyrek tutulmuş mutfak perdesi ve altındaki ekruli tül, tam tezgâh üstünden başlıyordu. Hafif pürüzlü dokusuyla Buldan dokumasını andıran mutfak perdesinin üzerinde kırık beyaz, açık gri renklerde iri kareler ve ancak yakından bakıldığında fark edilen dikey ve yatay olarak kesik kesik akan uçuk pembe çizgiler yer alıyordu. Güneşli havalarda buğday tarlası gibi ışıyan ekruli tül, cam önündeki ahşap yüzeye sıralanmış küçücük, rengârenk saksılardaki süs bitkileri, diri renkleriyle göz alan cam önü çiçekleri, sevimli hayvan bibloları hep birlikte hoş bir uyum içindeydiler ve bunların tümünün varlığıyla anlamlanan sağlam bir fotoğraf karesi olarak Esme'ye, bir dekorasyon dergisi sayfasında gördüğünde kapıldığı heyecanı yaşatıyorlardı. Özen ve emekle hayata geçirilmiş bir mutluluktu bu. Şu an camdan dışarı bakmakta olan Esme'nin içinde yer aldığını düşündüğü bu kare, duyduğu huzuru ve güveni kendi gözünde bir kez daha pekiştirdi. Her şey olması gerektiği gibiydi. Kendini içine yerleşmiş hissediyor, oturmuş bir hayat sürüyordu. Sanki her şey bunlar içindi. Bu güvenli ve şık karede yer almak için. Daha yeniyetme bir kızken kurduğu hayallerini gerçekleştirmiş olan başarılı bir kadının gururu ve güveni içinde ellerini kurularken, içinde yer aldığı bu ânın bir sahne olarak tadını çıkarıyordu.

Arabanın içinde iki siluettiler yalnızca. Bir bulutun gölgelendirdiği camın ardında belli belirsiz görünen ve az sonra çekip gidecek iki siluet. Bütün bir hafta sonu kendi kendiyle baş başa kalacak, ayaklarını uzatıp keyif çatacak, kafa dinleyecekti. Her zamanki gibi çok yoğun, gergin, yıpratıcı bir hafta geçirmişti. Üst kattan telaşlı koşuşturma sesleri geliyordu; belli ki, kızı onların geldiğini görmüş, son hazırlıklarını tamamlıyordu. Son birkaç yıldır bütün hafta sonlarını onlarla geçirmeye başlamıştı İrem. Sık sık da arabayla Istanbul'a gidiyorlardı. Hatta Esme'nin son zamanlarda iyice sıklaşan yurtdışı gezileri nedeniyle hafta içi de onlarda kaldığı oluyordu. Sonuçta, her iki tarafın da işine gelen bir durumdu bu. Havalar bayağı serinlemeye başlamıştı, yanına fazladan hırka, kazak almasını söylemiş miydi İrem'e? Her ne kadar sık sık "Koca bir kız oldu artık," diyorsa da, kimi zaman onun en basit şeyleri akıl edemediğini gördükçe bu konuda erken bir yargıda bulunduğunu düşünüyordu. O, hâlâ bir çocuktu.

Bu sırada arabadan indiler.

İlkin karısı indi. İnce uzun bacaklarını bir tayt gibi saran, daracık paçaları, ayak bileklerinin azıcık üzerinde biten uçuk pembe bir pantolon, üstüne peluş benzeri bir malzemeden geniş yakalı, kar beyazı, kocaman bir mont giymişti. Kol manşetlerindeki iri kemik düğmeler dikkat çekiyordu. Sıradışı bir şıklığı vardı gene. Her ne kadar Esme bu gerçeği kabullenmekte zorlanmışsa da, doğruyu söylemek gerekirse bu kadın her zaman şık, alımlı ve gösterişli olmayı bilmişti. Onun giydiklerinin bir tekini olsun kendi üstüne geçirmezdi ama o her giydiğini yakıştırıyordu işte!

Ense hizasında kestirdiği gür ve dalgalı saçlarını dağınık sayılabilecek ölçüde kabartmış ve birkaç tutamını pembe fiyonklu küçük, sevimli tokalarla tutturmuş, kendisine azıcık serseri, bohem bir hava vermişti. Ayağında hayli gösterişli yüksek topuklu, atkılı bembeyaz ayakkabılar vardı ve makyajı her zamankinden çok daha koyuydu; etli dudaklarının narçiçeği kırmızısı buradan bile belli oluyordu; alnına kaldırmış olduğu 60'lı yıllara özgü kuyruklu siyah gözlük ve rengârenk imitasyon bilezikler, bu tasarlanmış rüküşlüğün şıklığını tamamlayan seçilmiş aksesuarlardı. Bu denli hazırlanmış olduğuna bakılırsa, anlaşılan buradan eve dönmeyip dosdoğru bir yerlere gideceklerdi. Onun, hep bir moda dergisinden fırlamış gibi görünen şıklığı, çoğu kez bulunduğu ortama ters düştüğünü umursamayışı, sanki Bursa'da değil de Paris'te yaşıyormuş gibi aldırmaz halleri, daha en başta İrem'i tavlamaya, kalbini kazanmaya yetmişti. Esme, bütün bunları yalancıktan bir arkadaşlık kurma gayreti sanmıştı başlarda. Ama tanıdıkça, onun hilesiz bir kadın olduğunu anlamış, kadının içtenliği ve sahiciliği karşısında fazla direnememişti. O, gerçekten böyle bir insandı. Göründüğü gibiydi. "Cool" sözü onun için söylemişti sanki. Bütün eski eşler gibi Esme de Engin'in, kendinden sonra ona bu kadar benzemeyen bir kadında ne bulduğunu anlamakta güçlük çekiyordu.

Ardından Engin indi arabadan.

Arabanın burnunu dönerek öne çıktığında Esme birdenbire içinde bir yer kesilmiş gibi canının acıdığını hissetti. Engin'in üzerinde, nişanlandıkları yıl, ona doğum gününde armağan olarak aldığı yakası beyaz kürklü taba rengi kaban vardı ve çok uzun zamandır üzerinde görmediği bu kaban, bunca yıl gömdüğü, unuttuğu, unutmak istediği, kendine hatırlamayı yasakladığı ne varsa, bir batık gemi enkazının suyüzüne vurması gibi hepsini birdenbire suyun yüzüne kusmuştu.

Birdenbire musluğun başında kalakalmıştı Esme.

Yanı başında biten İrem'in sesini duymadı bile: "Geldiler!"

"Anne! Geldiler, diyorum."

"İçeri gelmeyecekler mi? Bir sorsan..."

"Geç kaldık zaten, sanmıyorum."

Birden o kabanı yakından görmek istedi. Engin'e değil, o yakası beyaz kürklü taba rengi kabana dokunmak istediğini fark etti o an. Yıllara dokunmak istedi.

"Beyaz şarabımı buzluğa koymuş muydun?" diye sordu İrem'e. Sesi engelleyemediği biçimde sert çıkmıştı. Birdenbire sesine inen bu hırçınlıkta, sorusuna yanıt almaktan çok azarlamak için bahane bulmak amacı seziliyordu.

"Koydum anne. İki şişe."

"Tirbuşonun yeri değişmedi gene inşallah. Senden sonra bir saat tirbuşon aramak istemiyorum gene."

İrem geldi, çekmeceyi açtı, tirbuşonu alıp annesine gösterdikten sonra tekrar yerine koydu. Çekmeceyi kapattı. Annesindeki ani değişikliğin farkına varmış, bu duruma bir neden bulmaya çalışan gözlerle bakıyordu ona. Halinde uzlaşmacı bir tavır vardı. Birkaç dakika sonra buradan gideceğini biliyor, son anda bir sorun çıkmasın istiyordu. Esme, yüzünü kızından saklamaya çalışırken bu sırada kapı çaldı.

İrem tam kapıyı açmaya gidecekken kendisi yekinip öne çıkarak kapıya yöneldi. Gerçekten o kabanı yakından görmek istiyordu. Canını acıtmak pahasına da olsa görmek istiyordu. Engin, genellikle eski şeylerini giymeyi sever, kolay kolay hiçbir giydiğini atmazdı; evlendiklerinde, kolejde yatılı okurken on üç yaşında giydiği pantolonları bile taşımıştı yeni evlerine de, o zaman çok gülmüşlerdi buna. Zaten her şeye çok güldükleri zamanlardı. Bu kabanı ise ne zamandır unutmuştu Esme. Ona, beraberliklerinin en güzel zamanlarını hatırlatıyordu. Üzerinde bu kabanla çekilmiş ne çok fotoğrafı olduğunu düşündü Engin'in. Çoğunda da birlikteydiler. Sandığa kaldırdığı albümlerin bir tekinin kapağını bile açıp bakmamıştı ne zamandır. Geçmişe harcayacak bir ânı bile yoktu. Kaban da geçmişte kaldı sanmıştı.

Bunca zaman sonra Engin'in yeniden bu kabanı giymesinin ne gibi bir anlamı olabilirdi ki? Yeni ne alırsa alsın, gene de eskilerini giymekten hoşlanan bir adam olmasıyla açıklanabilir miydi bu? Belki de artık ona hiçbir şey söylemiyordu bu kaban, üzerine sinen anıları toz silkeler gibi silkeleyip sırtına geçirivermişti sokağa çıkarken. Gerçek bu kadarcıktı işte. Esme için bu kaban hâlâ geçmiş günlere ait güzel şeylerin simgesiyken, onun için zamanla çağrışım yükünü azaltarak yalnızca sırtına geçirivereceği bir kaban oluvermişti. Birdenbire gücendiğini hissetti Esme. Neye ve kime olduğunu bilmediği bir küskünlükle içinde bir yerlerin derinden burulduğunu hissetti. Bunun, onu acıtacağını bilmeliydi Engin; bunu asla bilerek yapmış olamazdı. O hiçbir zaman zalim olmamıştı çünkü. Yalnızca düşüncesizlik etmiş olmalıydı. Düşüncesizlik edecek kadar mutluydu çünkü.

Kapıyı açtığında, Engin her zamanki koca çocuk gülümsemesiyle ona bakıyordu. Üzerindeki kabanın varlığı Esme'nin gözlerini değiştirmiş, Engin'in geçmiş günlerden tanıyacağı o eski bakışlarından biri elinde olmaksızın gelip yerleşivermişti gözlerine. İçlendiği, gücendiği zamanlara ait bu tanıdık bakışı fark etmesin diye gözlerini kaçırdı ondan. Taba rengi kabanın çoban düğmelerine takıldı gözleri, kocası, üstünü giyindiğinde o ahşap düğmeleri iliklemekten özel bir hoşnutluk duyardı. "Hoş geldin," derken uzandı sol eliyle hafifçe kabana dokundu, elini hırsızlama bir hareketle okşar gibi kabanın üzerinde çok kısa bir an gezdirdi. Kabanın içindeki adamın artık bir başkasının kocası olduğunu biliyordu ve anıların değiştirilemezliğine, zamanın gücüne sahip bile olsa bir kaban, kaybettikleri yılları geri vermeye, geçmişi değiştirmeye yetmiyordu.

Tülin, kollarını göğsünde kavuşturmuş her zamanki sıcak gülüşüyle, her zaman mesafesini koruyan zarafetiyle Engin'in arkasında duruyordu; bir baş hareketiyle selam verdi. Onların birbirlerine çok yakıştıklarını bir kez daha fark etti Esme. Bundan bu kez acı duydu. Çok uzun zamandır hissetmediği derinlikte bir kıskançlıkla birlikte, bir acı... Onların kendisinden çalınmış bir hayatı yaşadıklarını düşündü. Bunu ne zamandır ilk kez düşündü.

Esme ısrar ettiyse de hole kadar girip salona geçmediler. Zaten İrem de hazırdı. Engin geç de olsa Esme'de bugüne özgü bir tuhaflık olduğunu sezdi. Tam olarak ad koyamadığı bir değişiklik, belki daha kapıdan çıkar çıkmaz üzerinde bile durmayacağı bir hal. Esme'yi her zaman duygularını saklamak konusunda bir Japon samurayı kadar sinsi ve soğuk olmakla suçlardı. Buna karşın bugün Esme'nin zaptetmekte zorlandığı, varlığından taşan bir şeyler vardı. Belki bir ara, arabada kızına soracaktı: "Annenin bir şeyi yok ya. Bir tuhaflık vardı bugün üzerinde?" "Her zamanki gibi çok çalışıyor, geceleri 10'dan önce gelmez oldu eve," sonra parmağıyla CD çaları işaret ederek, "Tülin, altıncı parçaya geçer misin? En çok bu parçaya bayılıyorum," diyecek ve altıncı parçaya geçeceklerdi. Tülin, ona adıyla hitap etmesini istemişti daha ilk tanıştıkları gün. Sonra da birbirleri için Tülin ve İrem olarak kaldılar. Engin, onların bu denli iyi geçinmelerinden ötürü mutluluk duyuyor, kızının annesinden çok Tülin'le arkadaşlık edebildiğini, hoşça vakit geçirdiğini gördükçe mutluluğu artıyordu.

Kapıdan çıktıklarında İrem peşlerine takılıp onlarla birlikte arabaya koştururken bir kez daha içi sızladı Esme'nin. Bir an önce büyüklerinden kurtulup eğlenceye koşturan yeniyetme çocukların telaşlı neşesi içindeydiler. Kendi ilkgençlik zamanlarında onu evden almaya gelen arkadaşlarıyla evlerinin kapısından kaçarcasına uzaklaşırkenki hallerini hatırladı Esme. Ne çabuk arkada bırakılan yaşlı kadın olmuştu?

Arkalarından kapıyı kapattıktan sonra, bir süre soluklanır gibi sırtını kapıya verme gereği duydu; ardından kendini siyah-beyaz Amerikan filmlerindeki gidenin ardından kapattığı kapıya yaslanan mutsuz kadınlara benzeterek kendi klişesinden rahatsız oldu. Yaptığı her şey nedense kendisine yaşlılığı, eskiliği ve eksilmeyi hatırlatmaya başlamıştı.

2.

Derin bir soluk aldıktan sonra yabancı bir yerdeymiş gibi salonun ortasında durup ölü denecek bakışlarla etrafa göz gezdirdi; hemen her şeyin titizlikle yerleştirildiği, her köşesinin özenle çalışıldığı şık bir dekorasyon dergisinden alınmış bir fotoğraf karesinin içindeydi ama şimdi eskisi kadar huzurlu ve güvenli hissetmiyordu kendini. Eşyaların rengi matlaşmış, nesnelerin ışığı dinmişti. Arne Jokobsen stili sandalyelerden, içeriden aydınlatılmış vitrinde duran Philip Stark çatal-bıçak takımından, Alev Ebüzziya kâselerinden, duvarlarda Erol Akyavaş, Ömer Uluç imzalı resimlerden başlayarak, bugüne kadar kendini huzurlu, dingin, başarılı hissetmesine neden olan ne varsa, bir anda hepsi lav altında kalmış bir tarih kadar uzak ve yabancı gözüküyordu. İçini alacalaştıran bu duyguyu kısa sürede atlatmak, şimdi hissettiklerinin yanıltıcı, geçici olduğunu ummak istedi. Şu an en gereksindiği şeyin sakinleşmek olduğunu biliyordu. Kötümserliğe kapılmamak konusunda, en azından ağır sorumluluklar taşıyarak içinde yer aldığı iş dünyasından ötürü hayli deneyimliydi. Karşılaştığı güçlükleri altetmede gösterdiği serinkanlı, sabırlı tutumu hep hayranlık uyandırmıştı ve her zaman çelik gibi sinirleriyle övülür, övünürdü.

Gidip şarapları buzluktan çıkardı. Tekini alt göze aktardıktan sonra, diğerini açtı. Çekmeceden tirbuşonu alırken, İrem'e az önce haksız yere çıkıştığını düşündü, böyle zamanlarda kendini sevmiyordu, halbuki içinde fırtınalar bile kopsa kolay kolay renk vermeyenlerdendi. Kapakları kumlu camdan yapılma içki dolabını açıp, Paris'ten aldığı uzun ayaklı, geniş ağızlı kadehlerden birini seçti. Onun gözünde şarap içmeyi bir törene dönüştüren ayin gereci gibi bir şey olan bu kadeh, yalnızca içindeki şarabı değil, yaşanılan ânı da ışıtıp parlatıyordu. Bugün içkiye bu kadar erken bir saatte başlamayı düşünmemişti gerçi, ama şimdi şiddetle bir kadeh şaraba ihtiyacı olduğunu hissediyordu.

Salonun iki basamaklı sekisinden inerek balkona ve bahçeye açılan tarafına geçti. Kum rengi geniş L kanepenin yastıklarının kabarıklığını yumruklarıyla patpatlayarak aldıktan sonra arkasına yaslanıp iyice kanepeye yerleşti, evin sessizliğini dinledi. Bu sessizlikten içini yatıştıracak bir dinginlik duygusu almayı umdu. Halbuki bu kez ürkütücü, sinsi, ölü bir şey vardı bu sessizlikte. Sessizlik kendisine yardım edeceğe benzemiyordu. Dışarıda da çıt çıkmıyordu. İçinde bir yüzme havuzunun da bulunduğu bahçeye çevirdi bakışlarını, havuzun üstünü kapayan katran rengi örtünün üzerine düşen yaprakların görüntüsü, içinde kök salmaya başlayan sinsi hüznü büsbütün güçlendirdi. Birkaç yıl önce Bursa'da, Çekirge'deki geniş bir apartıman dairesinden çıkıp Bademli'deki bu villaya yerleştiğinde, onu buraya çeken şey, bu sessizliğin vaat ettiği huzur olmuştu. Eski Mudanya yolunun üzerindeki bu küçük köy, yeni Mudanya yolu açıldıktan sonra sapaya düşmüş, Bursa'nın ileri gelen zenginleri de buraya birer ikişer villalar yaptırarak köye korunaklı, yalıtılmış lüks bir sayfiye görünümü kazandırmışlardı. Esme ilk zamanlar kendini Çehov'un öykülerinde söz ettiği daçaların birindeymiş gibi hissediyordu. Kentin merkezinden arabayla yarım saatlik uzaklıktaydı. Sabahları her zamankinden daha erken kalkması gerekeceğini biliyordu. Patronu, tam da o sıralar Esme iş değiştirmesin diye uzun vadeli bir sözleşme karşılığı bu villayı armağan etmişti ona. Çok geçmeden köyün çevresini yeni zenginlerin görgüsüzce para savurarak yaptırdıkları saray yavrusu çirkin villalar, yan yatmış apartımanlar biçimindeki sevimsiz kooperatif evleri kuşatmaya başlamıştı. Kaçamıyordunuz, hiçbir yere kaçamıyordunuz. Ardınızdan geliyorlardı.

Çocukluğunda evlerinin mutfağında çıta kadar incecik ayakları kırılacakmış gibi görünen açılıp katlanır bir masa vardı. Annesi, okul dönüşleri Esme'nin öğle yemeği için o masayı açar, üzerine muşamba bir örtü serer, yemeği bittikten sonra da yeniden katlayarak yerine kaldırırdı. Bu resimde içini sızlatan şeyin ne olduğu kendisine hep yabancı kaldı. Nedenler, niçinler çoğu kez geçmişin boşluğunda asılı kalır; eşya öksüzü bir çocukluğun sinsi sızısının insanın göğsünden kolay gitmediğini biliyordu bir tek.

Evini her zaman yalnızken daha çok sevdi. Tek başınayken. Engin ve İrem'le birlikte oldukları zamanlar bile, onun için "ev mutluluğu", yalnız olduğu zamanlar demekti. Bencilliğin sinsi yüzü, suçlu keyfiydi bu. Her eşyanın yerli yerinde durduğu, her şeyin yerini bildiği derli toplu bir görüntünün ona verdiği huzurun yerini hiçbir şey tutmuyordu. İkinci bir kişinin varlığı, bu düzenin altüst olması demekti. Evli oldukları yıllarda ortalığı dağıtıyor gerekçesiyle çıkıştığı Engin, "Sen bir evde değil, bir dekorda yaşamak istiyorun," diyordu Esme'ye. "Sürekli dekor bozuluyor diye ayakta yaşayamazsın!"

Uzanıp sehpanın üzerinde duran kuruyemiş çanağındaki tuzlu fıstıklardan aldı. Tam ortasından kesilmiş armut biçimindeki kâğıt inceliğindeki bu seramik çanağı, birkaç yıl önce gittiği Kopenhag'dan almıştı. Gezdiği, gördüğü yerleri hep oralardan aldığı eşyalarla hatırlıyordu. Aldığı her eşya ona yaşadığını, var olduğunu hatırlatıyordu. Çağrışımlarını kıvılcımlandıran, hafızasını ateşleyen büyülü nesneler gibi, bu eşyalar yaşadığı anları tazeliyor; o günleri dirilterek içinde derin bir zaman sızısı uyandırıyordu. Bu eşyanın imgesiyle birlikte, gezdiği her kent, alışveriş ettiği her dükkân, o eşyanın durduğu her raf, o dükkânın bulunduğu her sokak şimdiki zaman canlılığıyla gözlerinin önüne geliyor; içi, nedenini, niyesini bilmediği bir özlemle doluyordu. Var oluş mutluluğuyla. Anılara sahip olmanın gücüyle. Sahip olduğu eşyalar, sahip olduğu anılardı.

Bugün birdenbire Engin'in üzerinde gördüğü kabanın, adeta içini yırtarak ortaya çıkardığı duygularla şu anda nasıl başedeceğini bilemiyordu. Anlam veremediği, düzene sokamadığı, nicedir neresinde saklandığını kendinin de bilmediği bu karmaşık duyguların kendisine pahalıya patlamayacak bir açıklaması olmalıydı. Bu kanepeden kalkmadan bunu anlamayı umuyordu.

Geriye bakmaktan, geçmişi didiklemekten hiç hoşlanmazdı. Geçmiş onun için her zaman ölü bir şey olmuştu. İnsana zaman kaybettirmekten başka bir şeye yaramazdı. Ama tam da şimdi ihtiyacı olan tek şey, dönüp geçmişe bakmaktı sanki. Bir zamanlar hoşnutlukta iliklediği o ahşap düğmelerde kalmış parmakları, ona geçmişi işaret edip duruyordu. Oradan çekip alması gereken güçlü bir şey vardı. Bunca zamandır hallettim sandığı bazı şeyleri sahiden halletmiş olduğundan artık eskisi kadar emin değildi.

Aslında her zaman yaptığı gibi, duruma bir sorumlu, bir suçlu arıyor, ama işin içinden çıkamıyordu; en önemlisi şiddetle bu sorumlunun kendisi olmamasını istiyordu. Bir ayağını altına almış, çenesini bir dizine dayamış olarak çöktüğü bu kanepede, kızgınlığını kime yönelteceğini bilemeyen, öfkesi elinden alınmış çaresiz kadınlardan biri olmuştu birdenbire. Bu durumlarda kullanılabilecek, kolaylıkla başkalarını suçlu çıkartacak klişelere sahip değildi. Bütün yaşamını bir iş idaresi, bir yönetme bilimi gibi düşünmüş olmasından ötürü hayata dair atladığı sıradan görünen önemli şeyler olabileceğinin kuşkusunu taşıyordu.

Engin'le evlilikleri bir rüya gibi başlamıştı oysa. Her şey hep istediği gibi olmuştu. Engin yönetilmesi kolay bir erkekti; Esme, sonraları "Benim ilk çocuğum İrem değil, Engin'dir," derken bir bakıma bunu anlatmaya çalışıyordu. Birçok kadın gibi Esme de kocasına hem analık, hem karılık yapmak isteyen yönetici ruhlu eşlerdendi. Ev içinde kararları çoğu kez Esme alıyor, hatta bazen Engin'e danışma gereği bile duymuyordu. Engin'in güçlü tutkuları, ihtirasları yoktu. Hayatla yarışmıyordu. Karşısındakine sorun çıkarmayan sade bir iç dünyası vardı. Hayatı, insanları, olayları olduğu gibi kabul eden, sürprizlerin tadını çıkaran rahat bir insandı. Günübirlik yaşamayı seviyor, yetinmeyi biliyor, hemen her şeyin kendince neşeli bir yanını bularak eğlenebiliyordu. Bütün bunlar Esme'nin yapamadığı şeylerdi. Hatta kocasının iş yaşamında bu kadar tutkusuz olmasından, yükselme hırsından bunca yoksun bulunmasından ötürü ciddi rahatsızlık duyuyor, bu açıdan kocasını kendisine yakıştıramıyor, ev içinde Esme'sini bu kadar rahatlatan Engin'i, dış dünyayla olan ilişkisinde sevmiyordu. Esme, evin içinde kocasının kendisinin istediği gibi biri, dış dünyada ise aynen kendisi gibi olmasını istiyordu.

Bursa'ya taşınma fikri kayak mevsiminde yaptıkları bir Uludağ gezisi sırasında akıllarına düşmüş bir şey değildi. "Bursa'dan çok önemli bir iş teklifi aldım Engin," dediğinde, güya soruyormuş gibi yaparken bile, kararını çoktan vermiş biri gibi konuşuyordu Esme.

Akşam yemeğini yeni bitirmişler, bir şişe şarap daha açmışlardı. Esme bütün gün bu konuyu açmak için uygun vakit kollamıştı. "Patron kızı olmayan hiçbir kadının Türkiye'de kendi başına gelmediği, getirilmediği bir 'post' bu. Yıllardır hayalini kurduğum bu koltukta oturmayı her şeyden çok istiyorum Engin. Ne yapacağız?"

Engin aptal biri değildi. Bunun bir soru olmadığını biliyordu. "Bursa'da hızla yükselen dev bir sanayii var. Sektörün birçok alanında yakında Istanbul'la yarışmaya başlayabilir. Yükselen bir eğri bu, kaçırmak istemiyorum."

Üzerinde uzun uzadıya tartışmadılar bile, Bursa'ya taşındılar. Engin bunu yaparken bile bir fedakârlık yapıyormuş havasında değildi; karısının mutluluğunu, başarısını ve huzurunu önemseyen hemen her koca gibi davrandığını söylüyordu. Hem Bursa, Istanbul'un yanı başı sayılırdı. "Arabayla beş saat, Yalova'dan feribotla da geçiliyor. Eh, bir tek Galatasaray maçlarında gelip gitmesi var!"

Kendilerini ve çevresindekileri iknaya yarayacak bütün cümleleri art arda kuruyorlardı. Engin'in işini Bursa'ya aldırması güç olmadı.

Esme, Bursa'daki ilk kışlarında, yerli melodram filmlerinin Uludağ sahnelerinde üzeri çok motifli rengârenk kazaklar giyen Yeşilçam jönlerine nazire olarak Engin'e doğum gününde böyle bir kazak almayı düşünmüş, ama bunun pahalı bir muziplik olacağına karar vererek vazgeçmişti. Ama düşüncesi bile onları eğlendirmeye yetmişti.

Birkaç ay sonraydı ki çalıştığı şirket Esme'yi, altı aylık özel bir eğitim için Kanada'ya gönderdi. Aralarında ilk ciddi tartışma bu konuda patlak verdi. Engin, Esme'in bu durumdan önceden haberdar olduğu halde, kendisini bilgilendirmediğini, onlar Bursa'ya taşındıktan sonra ortaya çıkmış yeni bir şeymiş gibi gösterdiğini düşünüyor, onu kurnaz davranmakla suçluyordu. Bir tek arkadaşının bile olmadığı bir şehirde yapayalnız kalmıştı; karısı yüzünden geldiği bu şehirde karısı onu yalnız bırakmıştı.

O altı ayın hayatlarında çok şeyi değiştirdiğini ancak Esme döndükten sonra anladılar. Bu süre içinde her ikisi de birbirleri olmadan hayatlarını sürdürebileceklerini keşfetmişlerdi. Yavaş yavaş başlayan bu kopuş, Engin'in Tülin'i tanımasıyla kesin bir sona ulaştı.

Engin, her zaman olduğu gibi açık, dürüst davrandı. Tülin'e âşık olmuş ama duygularından emin olana kadar bunu kimseye yansıtmamış, karısını aldatmayı denememişti bile. "Başlarda duygularımdan emin olamıyordum. Geçici bir heves olabilirdi bu, aniden ve çok hızlı kapılmıştım çünkü, gücü beni yanıltan ama sonradan atlatabileceğim bir hoşlanma olabilirdi, dürüst davranmak adına sana bundan erken söz ederek yok yere canını sıkmış, evliliğimizi bulutlandırmış olabilirdim. Anla beni, sonradan pişman olacağım bir şey yapmak istemiyordum. Emin olana kadar bekledim, artık eminim Esme: Ben, Tülin'e âşığım, onu gerçekten seviyor, onunla evlenmek istiyorum. Zaten bizim evliliğimizin çoktan bittiğinin sen de farkındasındır. Arkadaş kalabileceğimize inanıyorum. İrem'in bütün bunlardan hiçbir biçimde olumsuz etkilenmesini istemiyorum. Eğer izin verirsen senden ayrılmak istiyorum." Özellikle "boşanmak" değil, "ayrılmak" demişti.

O kadar uzun süre sessiz kalmıştı ki, Engin birkaç kez ona seslenmek gereği duymuştu. Esme için zor olmuştu. Çok zor. Dışarıdan öyle görünmese de, bunu ciddi bir yenilgi gibi yaşıyor, öte yandan kimseye zorluk çıkarmak istemiyordu. Kocasını sevdiğini hissettiği anlar, hep kıskandığı anlar olmuştu bugüne kadar; bu kez de öyle oldu. Kıskançlığının boyutunu sevgisinin büyüklüğü sananlardan olduğu için, kıskançlığını sevgi sanmayı sürdürdü.

"Eğer, ayrılmamıza izin verirsen bunu ailene ben açıklamak isterim," demişti Engin; ertesi günün akşamına Esme'nin ailesini arayarak, "Kızınızı sizden istemiştim; ayrılma iznini de sizden almak istiyorum," diye başlayan uzun bir konuşma yaptı. Canının yandığı, bu duruma üzüldüğü ama elinden bir şey gelmediği çok açıktı. Gerçekten liseli toy bir çocuk gibi sırılsıklam âşık olmuştu; kimseyi üzmeden, incitmeden duruma bir çözüm bulmaya çalışıyordu. O sıralardaki öfkesine karşın, kocasına bir kez daha hayranlık duydu Esme. Ayrıntılarda gösterdiği dikkate, özene; kendine, başkalarına ve yaşadıklarına saygısına... Bu evliliğin bitmemesini isterdi ama Engin haklıydı; evlilikleri çoktan bitmişti. Esme'yi asıl üzen şey, bunu söyleyenin kendisi değil, Engin olmasıydı aslında. Gururu yara almıştı. Ayrıldıktan sonra da Esme izin verdiği sürece onun yanında durmayı, ona omuz vermeyi bildi Engin; babalık görevlerini hiç aksatmadı. Bir dost olarak gerçekten bulunmaz bir insandı. Onlar karı-koca olmayı başaramamışlardı sadece.

Tülin'i uzun süre fazlasıyla temkinli bir gözle, her an bir açığını yakalayacakmış gibi özel bir dikkatle ve azıcık kötü niyetle izleyip gözledikten sonra onun hoş ve iyi bir insan olduğunu kabullenmek zorunda kaldı Esme. Onun kimseyle derdi yoktu. Dünyayla yarışıp itişen kadınlardan değildi. O, hep kendi havasındaydı. Birçok bakımdan huyları Engin'e benzemekle birlikte ondan farkı, kadınca savunma içgüdüleri nedeniyle daha örtülü, mesafeli ve azıcık hesaplı biri oluşuydu.

Mutlu bir çifttiler, birbirlerine yakışıyor, iyi anlaşıyorlardı; en önemlisi İrem onlarlayken mutluydu, birlikte iyi vakit geçiriyorlardı. İrem'in, Tülin'de en beğendiği şey, aynı müzikleri seviyor olmalarıydı. Esme'nin değil müziklerini dinlemeyi, adlarını bile duymaya bile tahammül edemediği Prodigy gibi toplulukları Tülin de İrem'le birlikte bayıla bayıla dinliyordu. Ona özel olarak ne cici annesi, ne ablası, ne arkadaş olmaya çalışan bir büyüğü gibi davranmamış, bu da onu kazanmasına yetmişti. Esme'nin kurmak istediği gerçek aileyi onlar kurmuştu ve orada Esme'ye yer yoktu.

Özetle, bu hikâyenin kötü kişisi yoktu. Esme'yi çaresiz bırakan da buydu. Kime kızması gerektiğini bilmiyordu, gün günden içinde büyüyüp biriken kayıp duygusunun verdiği hıncı bir türlü boşaltamıyordu.

Bütün gün evinde oturup kocasının yolunu gözleyen, kendini temizliğe ve dedikoduya vermiş sıradan bir kadın olmak istemezken, sürekli geç saatte işten çıktığı için eve hep geç gelen ve bunun için sürekli kocası ve çocuğundan özür dilemek zorunda kalan bir kadın olarak bulmuştu kendini. Böyle olsun istememişti hiç, ama böyle olmuştu.

Birden İrem'in sesini duymak istedi.

Kapıldığı şu sessizliğin girdabında şimdi ona en iyi gelecek olan şey, İrem'in sesi olabilirdi ancak. Cep telefonundan aradı onu. Geç açtı telefonu. Kalabalık ve gürültülü bir yerde oldukları anlaşılıyor, arkadan müzik sesi geliyordu. Nedense Engin'i o kalabalık içinde sırtında yakası beyaz kürklü taba rengi kabanıyla getirdi gözünün önüne. Hayal işte! Herkes üstünü çıkarmışken o niye öyle otursundu ki?

İrem, annesinin aramasına bir anlam verememişti; çıkarkenki tersliği için gönül almaya çalıştığını düşündü. Kızının bir an önce telefonu kapatmak istediği ve yarım bıraktığı eğlencesine dönmek istediği anlaşılıyordu. O da uzatmadı. "Eğleniyor musun?"diye sordu. "Benim yerime de eğlen!" Yüreğindeki sitem, sesinde yoktu. Dışarıda gürültülü, kalabalık ve eğlenceli bir hayatın içindeydi kızı; o ise elinde şarap dolu bir kadehle, bir cuma akşamüstünde yalnız, mutsuz, koca bir hafta sonu ne yapacağını bilemez bir halde bulmuştu kendini. Hafta sonunu doldurmak için düşündüğü her şey birdenbire pek boş, anlamsız ve beyhude göründü gözüne. Olmamıştı. Bir şeyler olmamıştı işte. Bir meslek sahibi olmaya, ekonomik özgürlüğünü kazanmaya, kendi ayakları üzerinde durmaya, sürekli işinde yükselmeye çalışırken bir şeyleri kaçırmıştı elinden. Neyin olmadığını bilmiyordu ama, olmamıştı işte!

Yüzünü yıkamak, duş almak, üstünü değiştirmek, yürüyüşe çıkmak arasında gidip geldi bir an. İçini ateş basmıştı. Buzdolabından soğuk su almak için yerinden kalkıp mutfağa yöneldi. Tezgâhın üzerinde kurumaya bıraktığı "Leonardo" bardaklardan birini aldı eline, birdenbire durdu, bir süre dalgın gözlerle evirip çevirdiği bardağı var gücüyle duvara fırlattı. Bardağın duvarda tuzla buz oluşunu, mutfak karoları üzerine saçılışını seyrederken bir çocuk gibi bütün vücuduyla ve yüksek sesle ağlamaya başladı.

Bu yaptığının da, tıpkı filmlerde gidenin ardından kapıyı kapadıktan sonra arkasına yaslanan kadınlar sahnesi gibi bir klişe olduğunu aynı iç sıkıntısıyla fark etti. "Peki ne yapacağım ben?" dedi. "Ne yapacağım?"

Ekim 2004

Samsun Sigarası, Tütün Balyaları, Tamaron

Bazı şeylerin görülebilmesi için, ışık değişikliği gerekir bazen. Ertesi gün akşamüstüne doğru alt katın mutfağında birlikte fasulye kırarlarken, ahşap pancuru açık kalmış arka pencerenin masaya vuran süzgün ışığında, geldiğinden beri ilk kez kız kardeş olduklarını hissetti Şengül. İçini parlatan bu duygunun yüzüne yansıyan aydınlığıyla baktı kardeşine. Kendini elindeki işe fazla kaptırmış olan Songül, ablasının üzerinde yoğunlaşan bakışlarının gücünü hissederek başını kaldırdığında göz göze geldiler. Songül'ün gözlerinde beliren şaşkınlığa bakılırsa, ablasının içini parlatan duygular yüzüne fazlasıyla yansımıştı. Songül, ablasının yüzündeki nedenine anlam veremediği bu aydınlığa gülümseyerek karşılık verdi. Eski günleri dirilten bir birliktelik duygusuyla karşılıklı gülümsediler.

"Fasulyeler hâlâ pek tazeymiş," dedi Şengül. "Geçmemişler."

"Bizim aşağı bostanın," dedi Songül, belli belirsiz bir övünç payıyla. "Bu yılın fidelerini ben kırktım."

"Sanki parmak değmeye bakıyor kırılmaları," dedi.

"Uzun olanları ikiden fazlaya kırmam hiç, az kısaları da bütün bırakırım. Adı üstünde 'taze fasulye' azıcık diri olmalı. Soğanını çoban salataya koyduğum gibi ince ince yarım ay doğrarım, domatesi az tutulmuş suda, kısık ateşte bir demlendiririm ki bunları, sen akşama gör! Kayınpederim pek sever."

Fasulyelerden bunca söz etmesi, aşçılığıyla övünmekten çok yakaladıkları bu mutluluk ânını uzatmak için gibiydi. Dünden beri birbirlerine ulaşmaya çalıştıkları temkinle kullanılmış yarım pörçük anlardan sonra, ilk kez içinde yaşadıkları âna tamlık duygusu veren güçlü bir şey yakalamış, bunun tadını çıkarıyorlardı; susarlarsa, düşüncelere dalacak, bu sihir de dağılıp gidecekti sanki.

Musluktan akan bol suda yıkadığı çinko kevgir içindeki fasulyelerin sularını süzerken, kardeşini yenilenmiş gözlerle seyretmeye çalışıyordu Şengül. Yakaladıkları yakınlığın içtenliğine sığınıp sesinin alabildiğine sıcak ve hesapsız çıkmasına özen göstererek, "Mutlu musun?" diye sordu. Böyle durumlarda nedense insanların çoğu boynunu yana eğer. O da öyle yapmıştı.

Tersini düşündüren bir neden mi olduğunu sorarcasına ablasına baktı Songül. Yeniden elindeki işe dönerken, "Mutluyum," dedi fazla düşünmeden. Sesi doğal çıkmıştı. "Sevdim. İsteyerek evlendim. Ailesi de beni seviyor. Ankara'dan bıkmıştım. Daha ne olsun?"

"Biliyorsun birbirimizden çok uzak kaldık. Senin mutlu olmanı istiyorum Songül. Yanlış anlama, içim rahat etsin diye soruyorum."

Uzun zamandır kendilerini bir aileymiş gibi hissetmekte zorlandığını hissediyordu Şengül. Kardeşine karşı adı konmamış bir tür suçluluk duyuyor, ama bunu onun fark etmesini istemiyor; aslına bakılacak olursa, tam olarak nasıl davranması gerektiğini bilemiyordu.

Bazı hikâyeler bir kerede anlatıldığında ya da bir kerede dinlendiğinde daha cılız bir etki bırakır insanın üstünde; bazı hikâyelerse, parça parça gün ışığına çıktıkça neredeyse özel bir güç, gerçeküstü bir nitelik, insanın var oluş nedenlerine uzanan bir derinlik kazanır.

Şengül'e yarım pörçük anlatılan Songül'ün kayınvalidesinin hikâyesi de biraz böyleydi işte. Bazen hiç tanımadığınız bir ölü, ansızın hayatınızda yer kaplamaya başlar. Şengül, sanki bilinmez bir yazgının yönlendirmesiyle buralara kadar bu kadının hikâyesini dinlemek için gelmişti.

Çinko kevgirin eskimişliği belli oluyordu. Daha gördüğü an, çocukluğunu geri getiren her eşyaya olduğu gibi ona da sevgiyle baktı Şengül. Bu sevgide bir tür merhamet vardı. Yaşanılanları simgeleştiren bu nesneler aracılığıyla çocukluğuna, anılarına karşı duyduğu merhamet... Her Türkiye'ye gelişinde, bir şeyleri yavaş yavaş unutmuş olduğunu fark ediyor, kimi zaman bundan ötürü paniğe kapıldığı oluyordu. Sanki belleği uzaktayken sinsice kendini siliyor, Şengül'ü gün günden geçmişinden, köklerinden kopartarak artık geri dönemeyeceği bir uzaklığa fırlatıyordu. Günün birinde çocukluğundan çok az şey hatırlayacağı bir noktaya gelmekten, büsbütün bir unutuşa kapılmaktan korkuyordu.

Ablasının eline aldığı kevgiri dalgın bir dikkatle evirip çevirdiğini gören Songül, "Kaynanamdan kalmış bu," dedi. "Dolapların birinin dibinde tıkılıydı, bulup çıkardım, gündeliğe kullanıyorum şimdi." Başını çevirmeden geriye doğru attığı eliyle havada yarım daire çizerek, "Görüyorsun çok dolap var evde. Rumlardan kalmış evler böyle oluyor. Her şeylerinde bir tertip, bir düzen!" Bu tertibin, düzenin onunla birlikte yeniden eski görkemli günlerine kavuşacağını ima eder gibiydi.

Songül, buraları tarif ettiği mektubunda da yazmıştı "Rumlardan kalma taş evler," diye, ama Şengül aklında tutmamış. Arabayla yaklaşırlarken, daha uzaktan gösterdikleri anda, evin görünüşünden etkilenmişti. Geniş bir bahçe içinde büyük bir taş ev. Kendi başına hikâyesi olan, suskun görünüşlü bu ev, belki hava kapalı olduğu için, daha hüzünlü görünmüştü gözüne. İçinde oturanların, her an birlikte oldukları halde, birbirlerinden sakladıklarıyla mutsuz yıllar geçirdikleri romanlardaki gibi sırlarına gömülmüş taşra evlerine benzetmişti burayı. Her an yağmur yağacakmış gibi duran kapalı hava; ardı ardına bir örnek günler geçerken hiçbir şey olmayan ev.

Annesi, arada bir, "Hayatla romanları ayırt edemeyeceğini bilseydim, zamanında 'Oku kızım, oku kızım,' diye başının etini yemezdim," diye uyarırdı.

Hayatla karıştırılmayacaksa romanlar niye okunsundu ki?

Anneleri yıllık iznini, hatta hastalık iznini kullandığı halde, işyeriyle çıkabilecek bütün sürtüşmeleri göze alıp, son anda gelen düğün davetiyesi karşısında kapıldığı çaresizlikle uçağa atladığı gibi yetişmişti kızının düğününe. Önce gelmemeyi düşünmüştü. Kırılmıştı çünkü. Kendisine danışmamışlardı bile. Yalnızca bildirmişlerdi. Babasının rızası yeterli gelmişti. Kızı, gelin gidiyordu. Samsun'un içine de değil; azıcık dışındaymış. Samsun ile Bafra arasında tütün tarlalarının oralarda bir yerde. Ama zaten altlarında arabaları varmış; zırt pırt gidip gelebiliyorlarmış her yere. Songül'ün, annesini cezalandırmak için böyle bir erken evlilikle kendini feda ettiğini düşünmüştü önceleri. Düğüne geldiğinde öyle olmadığını gördü. Sahiden sevmiş çocuğu. İyi etmiş de gelmişti. Kendini tanıyordu; öfkesine yenilip gelmeseydi, sonradan çok pişman olur, içi içini yerdi. Düğünden hemen sonra Almanya'ya dönmek zorunda kalmıştı. Kızları için düşündüğü düğünler böyle değildi, ama hayat hangi düşündüğünü vermişti ki ona?

Daha önce bu konuyu aralarında konuşup, bir sorun olmadığını gördüğü halde, gene de sormak istedi Şengül:

"Düğününe gelemedim diye bana kırgın değilsin, değil mi?"

"Yok. Nerden çıkarıyorsun?"

"Sana o zaman da söylemiştim, finallerim vardı. Almanya'da okullar çok sıkı. Hem benim gibi geç yaşta üniversite okumaya kalkışanların işi iyice zor."

"Öyle deme! Yaşın niye geç olsun ki?"

"Ne de olsa kafa eskisi gibi almıyor. Diğerlerinden daha çok çalışman gerekiyor. Hem Almancayı oturtana kadar da akla karayı seçtim."

Songül ablasına, dudaklarının kenarında oluşan çizgilere bakarken, onunla gurur duyduğunu düşündü; bunu ona televizyon dizilerindeki gibi söylemek istedi ama utandı; yapmacık görünmek istemedi.

Küp doğranmış patlıcanlı, ince halka kıyılmış yeşil biberli, arpacık soğanlı bulgur pilavının altını iyice kısıp, son bir kez tahta kaşıkla havalandırdıktan sonra, demini çeksin diye tencere kapağının altına gazete kâğıdı yerleştirdi. Şengül'ün çocukluğundan hatırladığı şeylerdi bunlar. Onun bütün unuttukları, kız kardeşinin hayatında varlığını sürdürüyordu.

Fasulyeleri göstererek, "Bunları da ateşe koyup, kapı önüne çıkıp akşamüstü çayı içelim," dedi Songül.

Bir kır evinin bütün gereklerini yerine getiriyor gibiydi.

Manzarada eksik olan köpek havlamaları, kocasının eve dönerken ardı sıra koşuşturan köpeklerle tamamlanmış oldu.

Kapı önündeki çardağa vuran akşam güneşinin renkleri doygunlaştıran ışığında, Şengül kardeşine bakarken bir kez daha bakış yeniledi. Kocasını karşılamak üzere oturduğu sandalyeden ayağa kalkan Songül'ün şimdi gölgeli bir tabloya benzeyen yüzünde, kocasını karşılıksız seven bir kadının kayıtsız koşulsuz teslim olmuş sadakati okunuyordu. Sevgiden, aşktan çok sadakat; hem de yıllanmış bir sadakat vardı bu yüzde. Tanışıp evlendikleri sürenin kısalığı düşünülürse bu denli köklü bir sadakatin bu kadar kısa zamanda kıvam kazanmış olması mümkün görünmüyordu. Birdenbire kız kardeşinin aslında kendi duygularını tanımadığını ve kendi içini yanılttığını düşündü Şengül. Yaşadığı aşktan, sevgiden başka bir şeydi ve bunun ne olduğunu galiba kendisi de bilmiyordu.

Birdenbire tadı kaçtı Şengül'ün.

2.

Akşam yemeği için yukarı kattaki yemek odasındalar. Balkonun çift kanatlı açık kapısı gecenin seslerini, kokularını taşıyor içeri.

"Hüseyin ölen ağabeyimin adıymış, daha üç aylıkken ölmüş, sonra ben doğunca, bana onun adını vermişler. Buralarda böyle şeyler olur."

Çorbasını içerken gülümseyerek ilgiyle, dikkatle dinlemeye çalışıyor Şengül. Herkese karşı uyumlu, sevecen, nazik görünmeye çalışıyor. Kendi yanlış bir şey yaparsa, o gittikten sonra yok yere kız kardeşinin canını sıkarlarmış gibi, bir hata yapmaktan ürküyor; bu da her zamankinden daha dikkatli, daha ürkek yapıyor onu. Almanya'da böyle oldu hep. Bir kadın olarak da bir Türk olarak da hep sakınımlı davranışlar sergilemek zorunda kaldı. Almanlara karşı Türkleri küçük düşürecek bir şey yapmamaya; başlarında erkek bulunmayan bir ana-kız olarak aralarında yaşadıkları Türklere karşı namusuna bir halel getirmemeye çalıştı. Hiçbir yerde sivri görünmemeye, ters düşmemeye, öne çıkmamaya azami dikkat harcayarak geçirdiği koca bir gençlik! Altta alma, uyum gösterme, suyuna gitme konusunda gövdesinin reflekslerine yerleşmiş ezberlerine hâkim; kendinden beklenenleri yerine getirmeye hep hazır biri artık. Anlatacaklarını dinlemeye hevesli bir yüzle, geldiğinden beri "enişte" demekte zorlandığı Hüseyin'i dinliyor şimdi.

Hüseyin, konuşurken gözlerini kaçıran erkeklerden; konuşurken genellikle başını öne eğiyor. Bazen bir kibrit kutusu, bazen bükülü bir kâğıt parçası parmaklarının arasında dönüp duruyor. Bu durum huzursuz ediyor Şengül'ü. Zaman zaman göz göze geldiklerinde, gözbebeklerinde iğnebaşı kadar da olsa çelik sertliğinde ürkütücü bir ışık pırıldıyor. Kimseye yönelik değil, dünyaya öyle bakıyor. Hıncı içinde kalmış erkeklerden olduğu belli.

Yaşamın güçlüklerinden söz ederken birdenbire, "Kolay değil on üç yaşında anasız kaldım," diyor Hüseyin.

Songül bu konuşmayı bastırmak istercesine gürültüyle tabakları toplamaya başlıyor. Hüseyin sözünün ortasında susuyor. Yarım kalan sözüyle birlikte dudakları kısılı kalıyor. Bir sigara daha yakıyor. Sigara içerken çirkinleşiyor Hüseyin, dudaklarını kısarak, hırsını alır gibi kemirircesine içiyor sigarayı. İçinde tuttuğu dumanı dışarıya az az veriyor.

Geldiğinden beri nasıl hitap edeceğini bilemediği Hüseyin'in babası Eşref Bey'in yüzündeyse acı ve mutsuzluk yan yanalar; her ikisi de aynı yüzde ama aralarında bir ilişki kurulamazmış gibi ayrı ayrı duruyorlar. Az konuşuyor Eşref Bey; zaten tek başına varlığı bile her şeye yetermiş gibi orada öylece oturup, dinleyip dinlemediği belli olmayan gözlerle izliyor çevresini. Bir yerde bulunmasının bile dünyayı haline yoluna koymaya yeteceğine inanan, kendine güveni tam adamlardan olduğu besbelli. Yüzünün bütün kapıları hayata kapalı. Sanki hiç gülmemiş, gülmek istememiş, zaten istese de gülemezmiş gibi her şeye küs bir yüz bu. Tekinsiz. Kunt. İçini söylemeyen. Kendini ele vermeyen. Ne hissettiğini hiçbir zaman bilemeyeceğiniz... Hiç talepkâr olmadan itaat bekleyen bakışlara sahip; öylesine çabasız ki bu bakışları, buyurgan bile değil. Tersi düşünülemezmiş gibi, hakkı olanı almaya alışmış ve zaten böyle olması gerekiyormuş gibi sadece bakıyor o. Şengül, adamın yüzüne ve bakışlarına niye bu kadar takıldığını anlamaya çalışıyor.

"Cacık fazla sarmısaklı mı olmuş?" diye sorarken Songül, aslında, yemeklerine övgü bekliyor. Diğerlerinin sözlerindeki azlığı, kız kardeşinin aşçılığına coşkulu övgüler düzerek kapatmaya çalışıyor Şengül. Bakır tencerede pişen ev yemeklerini nasıl özlediğinden abartıyla söz ediyor. Dünyadan habersiz, azıcık aptal görünmenin, erkekleri rahat ettirdiğini biliyor.

"Ankara'da askerdeyken bir insan kazandım, bir insan kaybettim," diyor Hüseyin. "Ağabeyimi kaybettim, Songül'le tanıştım." Mamak çarşısında tanışmışlar. Şengül, ortalığı canlandırmak için "Mamak'ta ne işin vardı kız?" diye yalancıktan paylayan bir sesle takılıyor kız kardeşine. Songül, çocukluktan kalma bir gülümseyişle başını öne eğerken, kız kardeşinin suçluluk duyduğunda yüzüne yürüyen pembeliği özlediğini fark ediyor Şengül.

Hüseyin'in ağabeyi çarşı ortasında bir kavgada öldürülmüş. "Haksızlığa gelemezdi," diye söze başlayan Hüseyin, onun delikanlılığından, mertliğinden, gözükaralığından fiyakalı cümlelerle söz ederken, Songül sanki onu tanımış ve söylenenleri onaylıyormuş gibi sürekli başıyla olurluyor.

Eşref Bey ağzını bile kapatmaya gerek duymadan uzun uzun esneyince, konuyu kapatıyor.

Dün de dikkat etmişti: Songül, kayınpederinden öyle bir mesafeli saygıyla söz ediyor ki, onu sevip sevmediği anlaşılmıyor bile. Her şeyin yolunda gittiğine kendini mi ikna etmeye çalışıyor ablasını mı, belli değil. Böyle bir adamı değil sevmesinin, kanının ısınmasının bile kendisi için mümkün olmadığını düşünen Şengül, buradan kalkarak kardeşiyle kendisi arasında bir karşılaştırma yapmaya çalışırken, buna hayal gücünün yetmediğini fark ediyor. Aradan geçen zamanda kardeşini kendinden uzaklaştıran bir mesafe varlığını hissettiriyor.

Kötü bir adam değil belki Eşref Bey. Ama, varlığı insanı tedirgin edenlerden; her an onun yanındayken bir hata yapacak ve bu yüzden fena halde azarlanacakmışsınız hissi verenlerden. Hiçbir şeyin memnun etmediği bu adamları ille de mutlu etmeye ömrünü adamış kadınları, onların beyhude gayretlerini düşünüyor Şengül. Bu durumu, yemin edilmiş bir kadınlık sınavına dönüştüren birçok inatçı kadın tanıdı hayatında. Onları hatırlarken içi eziliyor. Kaderi onlarınkine benzemesin diye çırpınır dururken, kaderinin hiçbir şeye benzemediğini düşünüyor. Kime, neye olduğunu bilmediği bir acıma duygusu yokluyor içini.

Şengül'ün sorusu üzerine, "Yok babam sigara içmez," diyor Hüseyin. "Bizim ailenin sigara içeni annemdi. Samsun sigarası içerdi. Günde iki paketi geçerdi içtiği."

Gözünde, sesinde beliren sertleşmeyle birlikte susması bir oluyor. Şengül'ün gözünden kaçmıyor bu durum. Songül yüzünde beliren hoşnutsuzluğu dağıtmak için, "Sohbet ederiz diye açmadım televizyonu, isterseniz açayım," diyor. Şengül, bu önerinin üzerine kayınpederin atılacağını düşünürken, adam hiç oralı olmuyor. Dünyaya ilişkin her çeşit merakını çoktan tüketmiş olmalı, içini nasıl oyalıyor acaba, diye düşünüyor.

Hüseyin demin söylemeyi unutmuş gibi ekliyor: "Ama eline yakışırdı," diyor.

"Anlamadım," diyor Şengül.

"Annemin," diyor, "sigara yakışırdı eline. Her kadına yakışmaz."

Babası başını çevirip oğlunun yüzüne bakıyor. Hiçbir ifade taşımadığı halde yüzü, bu konuyu uzatmaması gerektiğini söylüyor.

Eşref Bey'i ilk gördüğünde, yüzünün okunaksız ifadesine bakarak onun duygularını saklamakta ustalaşmış, ketum görünüşlü geleneksel babalardan biri olduğunu düşünmüştü Şengül. Ama galiba saklayacak duyguları bile yoktu adamın. Hep böyle miydi? Sonradan mı böyle olmuştu? Şimdi bunu Şengül'e söyleyebilecek kimse var mıydı, bilmiyor. En azından bir gelin olarak Songül'ü sevip sevmediğini, ona karşı bir yakınlık duyup duymadığını anlamaya çalışıyor Şengül. Âdet yerini bulsun diye gösterdiği birkaç ezber davranış kalıbının dışında, Songül'ün onun için bir şey ifade edip etmediği anlaşılmıyor. Belli ki onun için bu evde yaşayan biri yalnızca; yapması gerekenleri yapmakla yükümlü bir gelin. Songül'ün yerinde bir başkası da olabilirdi, şansa bu olmuş. Onun için hiçbir şey fark etmiyor. Böyle kapalı erkekleri en azından av köpeklerine bakarken, onların başlarını okşarken falan görür, saklı bir iç dünyaları olduğunu düşünmek istersiniz; bunda o da yok. Köpekler de onun için, sadece köpek işte.

Bu pazar görüşe gideceğini söylüyor Hüseyin. Yeni konu açma gayretiyle Şengül, "Ne görüşü?" diye sorası oluyor, ama bu konunun da üstünü örtmekte gayretli görünen Songül, araya söz karıştırıyor, herkese tek tek ilgisiz şeyler soruyor.

Hüseyin, kaldığı yerden "Kardeşim hapiste de," diyor. Hüseyin'in konuyu sürdürmesi üzerine Songül'ün yüzü asılınca, yanılmadığını anlıyor Şengül. Bu uğurda, ablasına bile yabancı muamelesi yapmakta bir sakınca görmediğine bakılırsa kız kardeşi, bu ailenin hemen her şeyine kol kanat germek konusunda kararlı görünüyor.

Şengül'ün aklına ilk gelen, ailenin öğrenci olaylarına karışmış bir üniversiteli bir oğlu olabileceği; "Öğrenci falan mı?" diye soracak oluyor.

Songül atılıyor: "Yok arkadaşlarının aklına uymuş işte, birini kazayla bıçaklamış, dünya kötü insanlarla dolu, tahrik edip kışkırtmışlar çocuğu, o da delikanlı çocuk tabii, kanı kaynıyor, sonunda şeytana uyup sarılıyor bıçağa, yaktılar çocuğun başını kör olasıcılar! Allahından bulasıcalar!"

Hüseyin karısının sözlerinden hoşnut, tam da söylenmesi gereken bunlarmış gibi başını onayla sallıyor, elindeki kâğıt peçete lime lime olup masa örtüsüne dökülüyor.

"Ölmüş mü adam peki?"

Gene Songül. "Yok yaralı, hem şikâyetlerini de geri çektiler, ama kamu davası işte, mahkemesi sürüyor."

Hüseyin davada önemli bir ayrıntının atlandığını düşünerek, "Hem ikinci vukuatı diye hâkim fazla ceza verdi," diye ekliyor. Ardından kendini tutamayarak sanki hâkim o an karşısındaymış gibi, gözlerinin çeliği iyice sertleşiyor, alçak sesle "Pezevenk!" diye tıslıyor.

Kocasının ileri gittiğini düşünen Songül, önündeki meyve tabağına eğilerek bir süre bakışlarını saklama gereği duyuyor. Songül'ün duruma gösterdiği uyumda Şengül'e tanıdık gelmeyen bir şey var. Birbirlerinin uzağında geçirdikleri zamanın hayatlarında değiştirdiklerinin yarattığı mesafe, bir kez daha varlığını hissettiriyor.

Artık bir önceki vukuatın ne olduğunu sormaya çekiniyor Şengül. Hapisteki kardeşte bir hayır olmadığı ortada.

Bütün bu konuşmalar kendileriyle ilgili değilmiş gibi, orada öylece oturup, gelininin kendisi için soyup doğradığı elma dilimlerini yiyen Eşref Bey'in, konuşmaları dinleyip dinlemediği bile anlaşılmıyor. Bazen pencereden dışarı bakıyor, gözlerinde bir şey görme isteğinden çok içindeki boşluğu dinlendirme arzusu seziliyor.

Songül, kendi yediği elma dilimlerinin üzerine tarçın serpiyor. Çocukken de böyle yapardı. Yeniden içi ılıyor Şengül'ün.

Songül'ün her çeşit durumu kabullenişi Şengül'ü ürkütüyor. Kardeşini artık tanımadığını düşünüyor. Belki de hiç tanımadı. İnsanın yalnızca kardeşi olduğu için birini tanımış sayılmayacağını, bazı huylarını bildiğimiz insanları bütünüyle tanıdığımızı sandığımızı, ama günün birinde hiç beklenmeyen şeyleri yapanların da o bizim huylarını bildiğimizi, kendilerini tanıdığımızı sandığımız insanlar arasından çıktığını düşünüyor. Bu konuda okuduklarını hatırlayarak kendini yatıştırır gibi bunları geçiriyor içinden. Ardından, kendini ağırlaştıran karışık düşüncelere iyice gömüldüğünü hissederek sıkıntıyla esniyor. Sıkıntı odanın havasına dağılıyor.

Açık balkon kapısından gelen rüzgâr, belli ki düğünden sonra alınmış çiçekleri odaya büyük gelen perdeyi havalandırıyor.

"Karpuz ister misiniz?" diye soruyor Songül. "Kesip buzluğa koymuştum." Sesinde bir sevinç var. "Mevsim geçiyor, son karpuzlar bunlar artık."

Karpuz her zaman sevinç demektir, sanki dişleri kamaşıyor bunları söylerken.

Gecenin geri kalanında biraz Şengül'den, biraz Almanya'dan konuşuyorlar. Eşref Bey pek dinlemiyor bile, bir ara Şengül'e niye evlenmediğini soruyor yalnızca, "Okuyorum," diyor Şengül. "Üniversiteler orada çok zor, üstelik ben de geç başladım, daha önceleri fabrikada çalıştım, para biriktirdim, annemle babam ayrılınca... "

Songül'ün yüzünden geçen bulut üzerine çabucak toparlıyor sözünü: "Annemi yalnız bırakmayayım, demiştim. Eh, gurbet elde zor tabii." Sözün geri kalanında Eşref Bey'in bir baba olarak hoşuna gideceğini varsaydığı şeyleri söylemeye gayret gösteriyor.

Akşamları zaten erken yatmasıyla bilinen Eşref Bey, odasına çekiliyor. Varlığının eksilmesi odaya biraz olsun hafiflik veriyor. Songül onun ardından birer kahve daha yapıyor, sofrayı toplamaya yardım etmek isteyen ablasına ant veriyor, bütün gece Şengül'ü yerinden bile kaldırmıyor; her şeyi kendi yapıyor. "Daha misafirsin," diyor.

Bir ara yalnız kaldıklarında ablasının aklından geçenleri bilmiş gibi, "Kayınpederim sert görünüşlü bir adamdır ama bakma öyle göründüğüne abla," diyor. "Altın gibi kalbi vardır." Şengül, bu Türk filmi cümlesinin kimseyi ikna etmeye yetmeyeceğini biliyor ama asıl kardeşinin kendisine yalan söylediğini geçiriyor içinden. "Kayınpederim" derken bile sesiyle sahiplendiği bu adamı tanımıyor bile, hakkında hiçbir şey bilmiyor. Yalnızca karar vermiş. Peki ama, niye?

Eşref Bey'in yatmaya gitmesinden sonra kendini biraz daha rahat hisseden Şengül, bu kez bütün dikkatini Hüseyin'e veriyor. Babasının masada boşalan yerini kendiliğinden doldurur gibi davranışları ağırlaşmaya, giderek babasını andırmaya başlıyor. Babasının sonrasında onun yerini almaya hazır ve talimli görünüyor.

Sesinde belli belirsiz bir gurur payıyla, "Orhan Gencebay da Samsunludur, biliyor musun?" diyor. Ardından kalkıp bir kaset koyuyor kasetçalara. Hüseyin'in kendi seçtiği şarkılardan oluşan toplama bir kaset bu. Gencebay'ın eski şarkılarından biri dolduruyor odayı: "Sevenler mesut olmaz derlerdi inanmazdım, şimdi mesut değilsin bilseydim ayrılmazdım."

"Annem ne derdi biliyor musun?" diyor Şengül'e. "'Bu adamın sesi tütüne benziyor,' derdi. Hakkatten de dinle bak tütüne benzer."

Şengül bu benzetmeden hoşlanıyor.

İlk kez annesinden söz ederken sesi yumuşak çıkıyor Hüseyin'in; göğsünden kopup geliyor sanki. Gözleri dalıyor, ama kısacık bir an. Hemen toparlanıyor. Onun toparlanması, elindeki içi boşalmış kibrit kutusunu didiklemeye dönmesi demek. Önce sigara yakmaya davranıyorsa da küllükte yanmakta olanı görüp vazgeçiyor. Kendi şaşkınlığıyla fazla eğlenerek, az önce içini çalkalayan bulanık duyguları bastırmaya çalışıyor.

Başka bir şarkı başlıyor: "Ben yanılmam arkadaş, sen de bizdensin..."

Şengül, eniştesiyle arasında kurulmasını istediği yakınlığı perçinleyeceğine inandığı bu fırsatı değerlendiriyor, "Biliyor musun?" diyor, "Müslüm Gürses'in okuduğu tek Orhan Gencebay şarkısıdır bu." Tahmin ettiği oluyor, aralarında kurulan bu ortaklıkla yüzü ışıyor Hüseyin'in, "Vay bee baldıza bak! Bilmez miyim?" diyor. "Ama bir tek bu değil. Bir de 'Vicdan Azabı'nı okudu. Hani, 'Bu azabı senden değil, vicdanımdan çekiyorum...'" diye şarkının girişini mırıldanıyor. "Bir de, Orhan babanın şu lafını bilir misin? 'Herkes beni dinler, ben Müslüm Gürses'i.'" Şengül, bilmesi ve sevinmesi gerekiyormuş gibi yapıyor. Hüseyin, ona ilk kez "baldız" dediğinin farkına vararak bir kez daha gülümsüyor. Almanya'da üniversite okuyan baldızın kendine burun kıvırmayacağını hissediyor.

Şengül ilk kez o an, on üç yaşında anasız kalmış bir erkek çocuğuna hayatın neler yapabileceğini hayal etmeye çalışıyor.

Yatıya kaldığı yabancı evlerde yerini hep yadırgar ama, bu kez uykusuzluğunun tek nedeninin yerini yadırgamak olmadığını biliyor Şengül.

Songül'ün niye evlendiğini anlamıyor. Kısa zamanda pişman olacağını düşünüyor onun. Bu evde zehir acısı bir mutsuzluğun havada bir top karaduman gibi asılı olduğunu ve herkesin boğazını düğümlediğini görüyor. Hem de geldiğinin daha ikinci gününde.

Songül ise yaşamının sonuna kadar bu evde, bir masal mutluluğu içinde yaşayabilirmiş gibi davranıyor. Kocasına âşık olduğu her halinden belli; katıksız bir teslimiyet, itaat ve hayranlıkla bakıyor kocasının her söylediğine, her yaptığına. Düzgün, yakışıklı çocuk doğrusu; karısına olsun, Şengül'e olsun saygılı davranmaya özen gösteriyor ama bunlar Şengül'ü ikna etmeye yetmiyor gene de. Henüz açığa çıkmamış, ama dipte, pusuda bekleyen bir tehdidin varlığını neredeyse kadınca bir önseziyle hissediyor.

Bir an önce Almanya'ya evine dönme arzusunun içini kapladığını fark ettiğindeyse, kendinden utanıyor. Daha şimdiden kardeşini, geride mutsuzluk, çaresizlik ve tehlikeler içinde bırakıp da kaçmış gibi suçluluk duygusuna kapılıyor. Eskiden tanıdığı bir suçluluğa çok benzeyen bir duygu bu. Şengül annesiyle gitti Almanya'ya; o, burada, babasıyla kalmayı istedi. Ama bunu kendi seçti. Peki, her şey seçimlerle mi açıklanmalı? Şimdi bilmiyor.

"Söyledim kaç kere 'Kızım Almanya'ya gel,' dedim. 'Babamı bırakmam,' dedi. Beni suçladı hep. Kocasını ve kızını arkada bırakıp Almanya'ya kaçan kalpsiz anne olarak gördü beni. Kaç mektup yazdım, ettiğim telefonların haddi hesabı yok. Babasının durumu ortada. Almanya'ya gelmeyi kabul etseydi ayrılmazdık belki. Ben onu bırakmadım ki, Türkiye'den gittim sade. Kendi gelmedi. Üç sene sonra da, 'Bari boşanalım,' dedi. Ne de olsa erkektir, gururu kırılmasın diye teklif bile etmemiştim ben. Sonunda kötü kişi gene ben oldum. Tek celsede boşandık. Babası Şengül benle kalsın, dedi ilk. Ne yapayım, Şengül istemedi. Akıllı bir kız tabii. Etlik bağlarının sırtında kendine bir hayat olmadığını gördü. Babası da Şengül'e meraklı olduğundan değil, zahir daha büyüktür, elinden daha iyi iş gelir, oda-ocağa bakar, diye istedi yanında kalmasını. Ne yapayım Şengül istemedi. Kız bıkmış yolunun çamurundan, havasının soğuğundan; iki göz evde koca bir hayat geçer mi? Bana kalsa, iki kızımı da alır giderdim ya, olmadı işte. Evin erkeği olarak o da gelseydi ya bizimle... Korktu bizimkisi. Benim korkusuzluğumdan korktu. Kendi pısırıklığından korktu. Şengül hem çalışırım, hem okurum ana, dedi. Aferin ona, dediğini de yaptı; hem çalıştı, hem okudu. Doğru dürüst bakamıyorsun zaten, ver şu geride kalan kızı da yanıma, sefil etme oralarda, diye kaç sefer haber ettim. 'İstiyorsa gitsin, tutan mı var elini kolunu,' dedi. Doğru söylüyordu. Songül istemedi beni, gücenmişti bana. Biliyorum beni affetmedi, dili affettiyse, içi affetmedi. Kaderime boyun eğeyim, saçlarımı süpürge edip babasının dizinin dibinde Etlik sırtlarının ayazında oturup çürüyeyim istedi. Yeter ki, ailemiz dağılmasın istedi. 'Bir yengesinin lafına uyup evini barkını dağıtıp Almanya'ya kaçtı,' dediler akrabaları ardımdan. Kaçan böyle mi yapar? Bir gün çektim mi ellerimi üzerlerinden? Onların kızdığı çekip gitmem değil, biliyorum: Beceremem sandılar. Tutunamam sandılar. Yaban elde perişan olurum, burnum sürtülür, döner gelirim sandılar. Gecemi gündüzümü bilmedim de öyle çalıştım. Dil bilmez, yol bilmez, iz bilmezken, hepsini bildim de çalıştım. Hiçbir şey olmadıysa, Şengül'ümün hayatı kurtuldu. Az şey mi bu? Songül istemedi yanıma gelmeyi, ben ne yapayım?

"Ama evlenirken bir danışsa kötü mü olurdu, ben anası değil miyim, önden konuşması çabuk çabuğa getirilmiş bir telefon, ardından ele giden düğün davetiyelerinden bir tane de bana göndermeler! El gibi, yaban gibi! Gönlüm incindi tabii, kolay mı? Ben onun hayalindeki ana değilim, biliyorum, ama gene de anayım ben! Gün gelir, kendi de ana olduğunda anlar bana ettiğini, ama gene de kem söz etmem, Allah mesut etsin, madem istemiş, sevmiş, gönül düşürmüş, evlensin, mesut olsun, hem çocuk da maşallah kaşlı gözlü bir şey, azıcık küs suratlı ama, belki zamanla yumuşar. Çeyizini eksik gedik komam kızımın, el kapılarında boşuna mı süründüm bunca yıl? Çeyizine ne lazımsa söyleyin, iki kanadımın altında üçer dörder bavulla gidip geldim kaç zaman, kızımın düğününe mi taşımayacağım? Hem noksanının kalanını Şengül'le yollarım. Songül'ümün başı önde olmasın yeter!"

Şengül uykusu iyice kaçmış gözlerinden inen yaşları elinin tersiyle kuruladı.

Her şey niye böyle olmuştu?

3.

Bahçenin bittiği yerden kırlara açılan kumlu yolun ağzında, batan güne karşı durmuş, gözlerinde birini beklemenin derinleşen hüznüyle yola bakıyor Hüseyin.

Gün dinmiş gibiydi. Dingin, yumuşak bir hava vardı.

Kendi içinden geçenlere bile yabancı bir uzaklıktan bakıyordu sanki. Manzaranın dalgınlaştırıcı etkisiyle yanı başına kadar sokulan Şengül'ü fark etmemişti.

"Yoldan biri mi gelecek?" dedi Şengül.

Dalgınlığından silkinen Hüseyin, "Yoo, neden ki, nerden çıkarıyorsun?" dedi.

"Birini bekler gibi bakıyorsun da..."

Şengül'ün yüzünde, günün bu saatine yakışan, sade, yatıştırıcı bir ifade vardı. Hüseyin'e iyi geldi.

"Eskiden," dedi. Sustu. Birden sözün arkasını getirmekten vazgeçmiş gibiydi.

"Evet, eskiden," diye sordu Şengül. Bir dert ortağının yakınlık vaat eden yumuşaklığı vardı sesinde.

"Eskiden anamı beklerdik bu yolun başında. Sabahın er saati evden çıkar köyüne gider, ancak akşam kavuşurken dönerdi. Bazen geceye kalır, babam gider alır getirirdi."

"Neden?" dedi Şengül.

"İç sıkıntısı," dedi Hüseyin. "Pek konuşmaz, dalgın bakar, içini çeker dururdu."

"Ne yaparmış köyünde her gün?"

"Anasının evine gider, denkten çocukken yattığı yatağı indirip üstüne oturur, saatlerce duvara bakarmış, bazen ocağın ateşine."

Bir sessizlik oldu. Yeniden soru sormak istemedi Şengül. Hüseyin'in konuşmaya başladı mı, arada duraklasa da konuya geri döndüğüne alışmıştı birkaç gündür.

Hüseyin'in zaman zaman kendisine açılmasını tam olarak adlandıramıyordu Şengül. Yanıtı basitti aslında: Kendi tarzında arkadaşlık ediyordu onunla. Bu erken güveni hak etmiş olmak için neyi başarmış olduğunu bilmiyordu ama Hüseyin, onu arkadaşlığına kabul etmişti bir kere. Belki o gece birlikte dinledikleri eski arabesk şarkıların payı vardı bunda; bazen bu tür ortaklıklar, taraflardan birinin akıl etmediği önemsiz sanılan ayrıntılar nedeniyle kurulabiliyordu.

"Aklı avare olmuştu anamın. Kendi evinde oturmaz, her gün kaçıp köyüne, baba evine giderdi. Her şey anasının yüzünden olmuş aslında. Babamla görücü usulüyle evlendirilmiş anam. Yaşı ufakmış daha. 'Gönlü erken küsmüş' derlerdi onun için. Anamın anası ot kaynatır, muska yazarmış, günahı boynuna büyü de yapar, derlerdi. İşte anamı, kocasına, evine bağlansın diye büyü yapmış ama, yanlışlıkla koca evi yerine, baba evine bağlamış. Bu yüzden anamın ne gönlü, ne ayağı gelebilmiş bu tarafa; her sabah evinden dışarılara uğrayıp, baba evine koşması, bizi aşsız, ocaksız bırakması bundanmış. Hep içi sıkılırdı. Bazen çıkar ağaç tepelerine oturur, bazen tütün tarlalarında avarelik ederdi. Biz üç çocuk anamızı bulacağız diye ardı sıra helak olurduk. Her şey onların yüzünden oldu!"

"Kim anlattı size bunları?"

"Herkes."

"Kim bilir ne derdi vardı?" dedi Şengül.

Hüseyin'in yüzü bir anda bir sıkıntı yumağıyla kasılıverdi. Az önce anlattıkça yumuşayan ve günün sönen renklerine karışan yüzünün hatları, daldığı ânın içinden çıkarak yeniden sertleşti, keskinleşti. Şengül'ün söylediği hoşuna gitmemişti anlaşılan. Kafasında bir yerde mahkûm ettiği anası konusunda, içinde en ufak kuşku kapısı aralayacak bir cümleye tahammülü olmadığı açıktı.

Songül bu sırada geldi yanlarına.

"Ne kaynatıyorsunuz bakalım?"

Ablasıyla kocasının kaynaşmasından ne denli hoşnut olsa da, kendisinin yanlarında olmadığı zamanlardaki konuşmalarından bir biçimde hoşnutsuzluk duyuyordu.

Hüseyin'in gözlerini aldığı yola bu kez Şengül vermişti bakışlarını. Aklı Hüseyin'in anlattıklarındaydı hâlâ. Nedense akşamın bu vaktinde siyah etekleri yerleri süpüren bir kadın çıkıp gelsin istedi şu kumlu yoldan.

Farkında olmadan iç çekti; sonra daha çok kendine söylermiş gibi, "Akşam ne güzel iniyor," dedi.

Bu cümle birdenbire herkesin üstünü aynı duyguyla örttü. Üçü birden kırların açıklığından ufka bakarken, manzaradaki hüznün onları kendiliğinden teslim aldığını, içine çekerek akşama kattığını fark etmediler. Göğün atlasına dağılmış renkler gibi içinde eridikleri manzarada, şimdi karı, koca, kardeş olmalarının aşmaya yetmeyeceği bir yalnızlıkta tek başlarınaydılar. Ta ki Songül çocukken çıkardığı o pürüzlü sesle, "Artık içeri geçelim, akşam yemeği yemeyecek misiniz?" diyene kadar.

Evin kapısından girerlerken, Şengül içinden dönmeye kaç gününün kaldığını hesaplarken yakaladı kendini. Burada değil ama bu manzarada insanı teslim alan, yavaş yavaş toprağa gömen güçlü bir şey vardı. İçinde bulunduğu anda ne olduğunu tam olarak bilemediği burnunu sızlatan bir şey... Birden büyük şehirlerin gürültülü sokaklarını özlediğini hissetti.

O hafta sonu, her dolunay zamanı olduğu gibi gene uyku tutmadı Şengül'ü. Cam gibi olmuş gözlerle tavan seyretmek insanın uykusunu getirmiyordu elbet! Nerdeyse perdeleri tutuştururcasına odayı dolduran ay aydınlığı, dışarıya, tabiata çağırıyordu onu; "Önce tuvalete gider, sonra kapı önüne çıkar, belki çardakta vakit geçirir, biraz da temiz hava almış olurum," diye geçirdi içinden. Gece karanlığında böcek sesi dinlemenin büyüleyici bir yanı vardı. Sabahlığını sırtına geçirdi, kuşağını sıktırdı. Eski usul duvar saatinin huzurlu sesinin doldurduğu sofayı parmakuçlarına basarak geçtikten sonra, merdiveni dönüp alt kata vardığında, dış kapının açık olduğunu gördü; sağdaki genişlikte üst üste tepeleme dizilmiş tütün balyalarına sırtını vererek yere çömelmiş Hüseyin' in varlığını bir an için fark etmedi. Sigarasının derin bir nefesle parlayan ateşi üzerine görüp duraladı. Başı gene önde, dirseklerini dizlerinde kavuşturmuş, açık kapıdan içeri vuran ışıkta oturuyordu.

Yolun ortasında duralamış, tam "Hüseyin," diye seslenecekti ki, "Senin durduğun yerde duruyordum bir gece," diye önceliksiz söze başladı Hüseyin. Başını bile kaldırmamıştı konuşurken. Sesi içkili geliyordu. "Senin gibi aşağı inmiştim. Tuvalete gitmek için. Anam da tam burada benim durduğum yerde böyle durmuş, sırtını tütün balyalarına vermiş derin derin sigara içiyordu gene. Bir zamandır geceleri de dolaşıp durmaya başlamıştı. Korktum. Evet, korktum. Son zamanlarda iyice bir tuhaf olmuştu. Birbirimize bir şey söylemesek de, içimizden birine bir şey yapmasından korkmaya başlamıştık. Yolumun üstünde duruyordu. Ana kalk ordan tuvalete gideceğim, dedim. 'Geç oğlum,' dedi. Hâlâ duruyordum. 'Geçsene,' dedi tekrar. Hâlâ olduğum yerdeydim. Anlamıştı. 'Korkuyor musun?' dedi. 'Benden korkuyor musun? Anandan? Sen benim oğlumsun Hüseyin'im,' dedi. 'Benim derdim kendimle.' Hiç unutmadım o geceyi. Kapıyı gene böyle açık komuştu, gene böyle aylı bir geceydi. Taşlık ışığa kesmişti. Yüzü yabancıydı. 'Sen benim oğlumsun,' derken bile sesi tanıdık, ama kendi yabancıydı."

"Annen nasıl öldü Hüseyin?" diye kaç gündür geciktirdiği soruyu sordu Şengül.

Hissettiği değil, öğrendiği bir şeyi yapar gibi, acı bir gülümsemeyle omuz silkti Hüseyin.

"Tamaron nedir bilmezsin, değil mi?"

O yarı karanlıkta fark edilemeyeceğini düşünmeden başını iki yana salladı Şengül.

"Bir tütün ilacıdır. Tütüne dadanan böcekler için zehirli bir ilaç. Bu anlattığımdan birkaç ay sonraydı, bir gün sabaha karşı, babamın evde top gibi patlayan sesiyle uyandık. 'Yapma, yapma!' diye bağırıp duruyordu babam. 'Yapma!' Sesi alt kattan geliyor, ağzından başka söz çıkmıyordu babamın. 'Yapma!' Sanki bağırmıyor, uluyordu. Oysa anam, yapacağını çoktan yapmıştı. Tamaron içmişti. Biz buraya indiğimizde gözleri faltaşı gibi açılmış, ağzı köpükler içinde, aha az ötede şu ocağa yakın yerde yatıyor, kıvranıyor, debeleniyordu. Geldiğimizi gördü. Hepimizin yüzüne tek tek baktı. Cam gibi gözlerle tek tek baktı. Babam kusturmaya çalışıyordu onu, elini ağzına sokuyor, karnını bastırıyor, annem gözlerimizin önünde ağzından köpükler saça saça can veriyordu. Hepimizin gözleri önünde çırpına çırpına öldü. O gece terk etti bizi. Ben on üç yaşındayken."

"Şimdi kaç yaşındasın?"

"Yirmi üç, ama ne fark eder, sanki on dördümden gün almamışım daha."

Şengül gidip, Hüseyin'in yanına oturmuştu. Gene de arada bir mesafe bırakmaya dikkat etmişti. İçi sızlıyordu. Bu hikâyedeki herkes için. Kadını gözünün önüne getirmeye çalıştı. Belli belirsiz bir gölge, nedense hep siyahlar içinde. Yerleri süpüren uzun etekler giyiyor. Evde hiç fotoğrafı olmadığını fark etti. Ne duvarlarda, büfe üstünde, ne ona gösterilen albümlerde.

"Bazı geceler iner, tütün balyalarına yaslanır, sigara içerim."

"Anneni affetmedin değil mi Hüseyin?"

İlk kez başını döndürüp Şengül'e baktı Hüseyin. Gördüğünden daha fazlasını görmek ister gibi baktı. "Sorulur mu hiç, affetmedim tabii. Sen olsan affeder miydin, kim olsa affetmez! O bizi terk etti. Daha on üç yaşındaydım."

"Affedebilsen, büyürsün belki," dedi Şengül. İyice yumuşamış sesinde gerçekten yardım etmek isteyen bir ton vardı.

Az önce dinlediği, kendi başına yeterince acı barındıran bu hikâyedeki yüreğini sızlatanlara, şimdi bir de kız kardeşi eklenmişti. Çünkü annesini affetmeyen bir erkeğin, bir kadını sahiden sevemeyeceğini biliyordu. Hüseyin'in Songül'ü sahiden sevmesi imkânsızdı. Aralarında hep bu tütün balyaları olacaktı.

Şengül dışarı çıktığında, Hüseyin, hâlâ bıraktığı yerde duruyor, kemirircesine sigara içmeyi sürdürüyordu.

Kumlu yolun başına kadar yürüdü. Hiç tanımadığı, yüzünü bile bilmediği kadını düşündü. Ay ışığında uzun uzun yola baktı.

O sabah Şengül, çardak masasındaki son tabak çanakları mutfağa taşıyor, eteğine yapışan köpeklerle oynaşıyordu. Hüseyin uzun uzun arabayı yıkamıştı.

Eşref Bey, kapı önüne çıkmış kütük kırıyor; dumanı bir yerlerden kopup gelen yanık odun kokusu var havada, belli belirsiz genze doluyor. "Akşamları serinlemeye başladı havalar; Karadeniz'den gelen sinsi rüzgârın ne zaman vuracağı belli olmaz," diyerek ocağı tutuşturmaya odun kırıp, kütük yarıyor birkaç sabahtır. Bu işi yaparken ayrı bir zevk aldığı belli. Sundurma diplerinde bekletilmiş kütükleri bir bir önüne çekerken dirilip iyice gençleşiyor sanki.

Eve girdiğinde, Songül, yüklük dolaplarının birinden bulup çıkardığı orta kalınlıkta bir odun parçasını elinde tutuyor; üzerindeki yol yol kurumuş kan izleri Şengül'ün bulunduğu yerden bile seçilebiliyor. Songül, sevimli görünmeye çalışan bir hal takınarak, gözleriyle soruyor Hüseyin'e "Bunu da kırılan odunların arasına katalım mı?" diye...

Hüseyin "Koy onu yerine," diye sesleniyor olduğu yerden; ödünsüz sesinde kesin bir öfke. İlk kez bu sertlikte duyuyor onun sesini Şengül.

"Senin ne alıp veremediğin var o odun parçasıyla, ikide bir çıkarıp duruyorsun yerinden?"

"Ama Hüseyin'im..."

"Ne zaman bir halt edecek olsan 'Hüseyin'im' diyorsun bana. Diğer zamanlardaysa Hüseyin! Deme! Hiçbir şey deme! Mutfak dolaplarını temizlemeye benzemez bu. Elinden gelse senden önceki her şeyi atacaksın bu evden. Hayatımızın bütün dolaplarını temizleyemezsin kızım!"

İstemediği bir durumda yakalanmış olarak, bir gözü ablasında sıkıntıyla dinliyor söylenenleri Songül. Sesi kısık çıkıyor:

"Ama her yanı kurumuş kan içinde bu odun parçasının!"

"Onun için 'hayatımızın dolapları' diyorum ya, onun için hayatımızın dolaplarında duruyor ya işte!"

Sözün bundan sonrasını karısından ümidini kesmiş bir halde dönüp Şengül'e söylüyor.

"Annemin cenazesinin kaldırılacağı gündü, anneannem, dedem, dayımlar ve karıları geldiler. 'Kızımızı öldürdünüz' diye bizimkilerin üzerine yürüdüler. İki taraf birbirine girdi cenaze ortada dururken. Ağabeyim hayattaydı daha. İşte bu odunla yardı dayılarımın kafalarını. Yolun başına kadar kovaladık onları. Mezarlığa da sokmadık, onlarsız gömdük anamı. Bu odun, işte o odun, o günün odunu! Anam öldü, ağabeyim öldü, anneannem, kafası yarılan dayılarım, herkes öldü, elimizde bir tek bu odun kaldı şimdi. Kardeşin de geldiği günden beri, bu odunu yakmaya çalışıyor."

Bu son sözü söylerken sesine ilk kez şikâyet tonu gelmiş, üstelik "Songül" yerine, "kardeşin" diyerek Şengül'e de suç payı ayırmıştı.

Böyle durumlarda ortalık yatıştırmak için söylenebilecek bütün ezber sözleri bildiği halde durakalmıştı Şengül. Belki de bir şey söylemesi gerekmiyordu.

Hüseyin, sinirleri adımlarına geçmiş bir halde, üst kata çıkarken, Songül mutfağın orta masasındaki sandalyelerden birine çöktü.

Şengül, "Üzme canını, ev hali olur böyle şeyler, varma üstüne, belli ki hatıra kıymeti veriyor," gibi sözler geveledi ağzında; sesindeki kuruluk söylediklerini iyice yavanlaştırmıştı. Songül'ü asıl inciten şeyin, kendisinin olaya tanıklığı olduğunu biliyor, bu nedenle konuyu önemsizleştirmeye çalışıyordu.

"Kalk kapıya çıkalım," dedi Şengül.

"Daha yeni girdik içeri, ama istersen sen çık, benim biraz işim var."

Birden geldiğinden beri zamanının çoğunu kapı önünde geçirdiğini fark etti Şengül. Ev, onu almıyordu. Az önce üzerine çöken sıkıntılı havayı, başka bir konuyla dağıtmak için Eşref Bey'in yanına gitti Şengül. Çok geçmeden de Hüseyin geldi yanlarına.

"Ne oldu?" dedi Eşref Bey. "Maşallah sesin taşıyordu buralara."

"Hiiç..." dedi Hüseyin, her konu geçiştirmek istediğinde yaptığı gibi burnunu çekti. Sözün gerisini bekleyen Eşref Bey'in havalandırdığı baltası omuz hizasında kalmıştı. Hüseyin sıkıntıyla, "Şu anamın cenazesindeki..." diyecek oldu, Eşref Bey gerisini dinlemeden, "Farkında mısın, evlendikten sonra anandan çok söz etmeye başladın," dedi. "Eskiden bu kadar anmazdın."

Sonra yeniden baltayı vargücüyle önündeki kütüğe indirdi.

Şengül o an, o baltanın yüzünün orta yerine indiğini hissetti. Şiddet dolu bir andı. Sinir uçlarına çelik değmiş gibi, bir eliyle yüzünün yarısını kapadı. Kaç gündür için için aradığı, elinin altındaki cevabı bulmuş gibiydi: Annesi tarafından terk edildiğini düşünen kız kardeşinin, annesi tarafından terk edildiğini düşünen kocasına, onu hiçbir zaman terk etmeyeceğini kanıtlamak için, ne olursa olsun, hayatının sonuna kadar kendini bu eve, bu hikâyeye hapsettiğini düşündü. Kız kardeşi kendine kıymanın kendince kıymetli bir yolunu bulmuştu ve bunu aşk sanıyordu.

Üzerine hiç tanımadığı bir yorgunluk çöktü. Bütün bunları kız kardeşiyle konuşamayacağını, konuşsa bile hiçbir yararı olmayacağını bilmenin yorgunluğu. Tükenmenin yorgunluğu.

Bugüne kadar hayattan, romanlardan, üniversitede eğitimini aldığı psikoloji derslerinden öğrendiklerinin hiçbirinin, hiçbir şeyin kız kardeşine, canının parçasına bir yararı olmayacağı açıktı. Yalnız buradan değil, birbirlerinden de gitmişlerdi. Başını kaldırıp onda cevap yerine geçebilecek bir ipucu bulabilirmiş gibi eve baktı. Ev, her zamanki kapalı görünüşü, kayıtsız suskunluğuyla öylece duruyordu. Birdenbire ta içine kadar üşüdü Şengül. Eşref Bey'in sözünü ettiği Karadeniz'in sinsi rüzgârı erken gelmiş olmalıydı. Şu an teninin her gözeneğinde duyduğu ürpertiyi bir şeye benzetme ihtiyacı hissetti. Onu, tek başına kendi ürpertisi olarak tanımlamayı kaldıramayacak durumdaydı. Romanlardaki benzetmeler, mecazlar bunun için değil miydi? Acımızla aramıza mesafe koysun diye. İçinde bulunduğu ruh halini, yıllar önce oturdukları bu evleri terk edip gitmek zorunda kalmış Rumların, gidecekleri son gün başlarını kaldırıp son bir kez baktıklarında duyabilecekleri bir ürpertiye benzetebileceğini düşündü. İnsan kendini ancak bir yabancıyla anlardı.

İçinde patlayan bozgunu yatıştırabilmek için, şu an acilen ona gereken şey, bir süre yalnız kalmaktı. Hızla eve girdi, merdivenleri çıkıp odasına doğru yürürken, dışarıda balta sesleri sürüyordu.

Ocak-Şubat 2006

Amasya'daki Teyze

Ağzındaki pas çalağı kekre tadın nedeni, öğleden sonra Yeşilırmak kıyısındaki çay bahçelerinin birinde buluşmak üzere sözleştiği Güzel'in içinde uyandırdığı karmaşık, belirsiz duygulardı aslında.

Evet, buluşacağı kişinin adı Güzel'di; ona adından ötürü yapılan bütün esprileri hatırlamayacak kadar geçmişte kalmıştı her şey. Yıllardır görmemişti; ta ki birkaç yıl önce yaz tatili sırasında gittiği bir sahil kasabasında onunla karşılaşana dek. O zaman, biraz da iş olsun kabilinden adresler, telefonlar alınıp verilmişti; doğrusu günün birinde Güzel'in yolunun Amasya'ya düşeceği aklına bile gelmemişti.

İş yerinden arkadaşlarıyla gelmiş, buradaymış.

Ona ya da onun kişiliğine yönelik çekincelerden ötürü değildi içinde bulanıp duran, akarını bulamayan duygular. Geçmişini unutmaya çalışan biri için maziden gelen herkes, bir çeşit tehdit ya da tehlikedir; bunca yıl sıkı sıkıya kapalı tutulmuş kapılar onlarla zorlanır, bastırılmış anılar onlarla silkinmeye çalışır, belleğin kuytularına itilmiş nice ayrıntı, onların sorularının tazelediği çağrışımlarla yeniden gün ışığına çıkar. Bunları bilmiyor değildi elbet; ağzındaki pas tadını almak için, sabahtan bardağında yarım kalmış portakal suyunu tepesine dikti.

Bir gözü saatte olan Güzel, yanlış bir yerde beklemediğinden emin olmak için, oturmuş olduğu çay bahçesinin adını bir kez daha onaylattı garsona.

Anadolu'nun birçok yerinde olduğu gibi, dışarıdan gelenlere konukseverlik göstermeye kendini fazla kaptırmış olan garson, sıkıcı olmaya başladığının farkında bile değildi ve yeni konuşma konuları açmak için lafı uzatıp duruyordu.

Nihal, evden çıkmadan önce emin olmak için oteli aradı. Ne diyeceğini tam olarak bilemiyordu aslında. Belki biraz gecikmeyi önerecekti. Bu, bir tür ertelemeydi elbet. Ya da birlikte geçirecekleri zamanı azaltmak. Ama odasında yoktu Güzel. Erken çıkmıştı demek. Çay bahçesine giderken biraz şehri gezmek, etrafına bakınmak, oyalanmak istemiş olmalı. Bunun üzerine o da hemen çıkıp ırmak kıyısına yürüyerek gitmeye karar verdi. Bu, aynı zamanda düşüncelerini rüzgâra vermesine, biraz olsun hafiflemesine yarayacaktı. Yazdan kalma bir gündü. "Amasya'nın küs güneşi," derdi Nihal. "Uzak sever. Uzaktan sever."

Nedense, buraya ilk geldiği zamanlarda İstasyon köprüsünün civarında, Selağzı mahallesinin oralarda yaptığı uzun yürüyüşleri hatırladı birdenbire. "Akşam oldu da gün dağından aşmıyor," diye bir türkü dilinden düşmezdi. Bazı türkülerin hüznünde, yaratıldıkları toprağı ve zamanı aşan bir zarafet vardı.

Pusarık bir ışığın hemen her şeyin çizgilerini sağlam hatlarla belirginleştirdiği, biçimleri keskinleştirerek saydamlaştırdığı manzarada çevresine bakınıp dururken, bir yandan da yıllardır Amasya'da yaşayan Nihal Abla'sının burada ne bulduğunu anlamaya çalışıyordu Güzel. Irmağın iki yakasında birdenbire yükseliveren sarp kayalıklı yüksek dağlar, hep söylendiği gibi insana bir çanağın dibinde yaşadığı duygusu veriyordu. Şehrin bu sert ve çetin profili, başlangıçta ilginç gelse de, bir süre sonra dağların insanın üstüne üstüne geldiği söylenirdi. Kim bilir, buna da alışılıyordu demek. Bu kuşatılmışlık nedeniyle, şehir, sabah ve akşam güneşinin yumuşak eğimini tanımıyordu pek. Güneş ve ay, ancak dağları aşıp tepeye yükseldiğinde, en kararlı yüzleriyle gösterebiliyorlardı kendilerini insanlara. Buranın bu sert mizaçlı doğasının,

Nihal Abla'nın sert mizaçlı doğasıyla örtüşüyor olması bir açıklama olabilirdi pekâlâ. Güzel, kurduğu bu benzerlikten hoşnutluk duydu. Evet, mutlaka buranın iklimi, Nihal Abla'nın kendini daha rahat ve huzurlu hissetmesine yarıyor, içini yatıştırıyordu; bunu ona doğrudan sormanın bir yolu olabilir miydi peki? Asla! O, duygularını başkalarıyla konuşabilen, içini göstermekten çekinmeyen kalbi cömert insanlardan değildi. Her zaman onun verdiği kadarıyla yetinmek zorundaydınız.

Düşünüyordu da, Nihal Abla'nın tekinsiz bir yanı olmuştu hep. Ne kadar tanırsanız tanıyın, geriye size yabancı bir yan kalırdı. İnsanlar ondan nedensiz yere çekinir, hatta korkarlardı. Hiçbir şey yapmadığı halde, insanların üzerinde kendiliğinden bir güç kurar, en azından böyle bir izlenim bırakırdı. Sürekli kendinizi ona beğendirmeye çalışır, onun karşısında her an bir yanlış yapacak, o da size onaylamayan gözlerle bakacakmış gibi tetik dururdunuz. Her ne kadar Nihal Abla iyi yürekli biri olsa da, insanın kendini yanında rahat hissettiği kişilerden değildi. Belki de bu nedenle tabiatına en uygun mesleği bulmuştu: Öğretmenlik.

Nihal yol boyu gelirken düşünüyordu da, Güzel'i severdi aslında; sokulgan, sıcakkanlı, kendince incelikleri olan bir kızdı; birliktelikleri süresince yaşadıkları onca fırtınaya karşın, yeğeni Cem'le üç yıl evli kaldıktan sonra arkadaşça ayrılmayı bilmişlerdi. Herkesin söylediği gibi erken bir evlilikti bu, ama o zamanlar hem Cem, hem Güzel bir an önce evlenmek konusunda kararlı olmuş, kimsenin sözünü dinlememişlerdi. Yetiştirme Yurdu'nda büyüyen Güzel için, yuva kurmanın ne demek olduğunu anlayabiliyordu Nihal; nitekim bu nedenle onun kurduğu yuvayı bu kadar çabuk dağıtmış olmasını anlamakta da zorluk çekmişti. Başta büyüklerden aldıkları uyarılar doğrultusunda, "Merak etmeyin, üç yıldan önce çocuk yapmayız," demişler ve üçüncü yılın sonunda ayrılmışlardı.

Aslına bakılırsa, evlilikleri süresince aldıkları en akıllıca karar bu olmuştu.

O yaz sahil kasabasında karşılaştıklarında Güzel'in yanında cin bakışlı bir oğlan çocuğu vardı; Nihal, çocuğun başını okşarken istemeden Cem'i düşünerek hüzünlenmiş, tek tek kişilere ait değil de hayata dair bir sızı içini acıtmıştı. Cem ise, ikinci karısının kısır olduğunun anlaşılmasıyla birlikte çocuksuz kalmıştı. Hayatın işaretlerini nasıl okumak gerektiğini hiçbir zaman bilemediğini düşündü Nihal. Belki de bu işaret belirsizliklerinin toplamına kader deniyor, herkes de bu işaretleri kendi seçimlerine göre yalan yanlış okuyordu.

Nihal'in ablası Zuhal, her ikisi için de erken ve zamansız bulduğu bu evliliğe daha en başta karşı çıkmış, hiç istememişti. Kaynanalık yaptığından değildi bu; ablası gerçekte Güzel'i seviyor, değerli buluyor, ama onunla hiç geçinemiyordu; Nihal düşünüyordu da, birbirlerine fazla benziyor olmaları bunda en önemli etkendi galiba.

Sakin akan ırmağın bulanık yeşiline dalmış olan Güzel, evlendikten sonra Cem'le birlikte Edirne'ye Nihal Abla'yı ziyarete gidişlerini düşünüyor. İnce belli çay bardağının içinde çınlayıp duran kaşığın tekdüze sesi bir süre sonra, kapılıp gittiği dalgınlığın farkına vardırıyor Güzel'i. Yeşilin onu her zaman uyuşturduğunu hatırlıyor. Birden dere kenarlarında, su başlarında, ağaç altlarında, ot çimen üstünde uyuyakaldığı yeniyetmelik anılarının hülyalı huzuru dolduruyor içini. Büyürken insanın ilk kaybettiği şeyin gelecek duygusu olduğunu düşünüyor. Onca yoksunluğuna karşın, o yılların hayal zenginliklerini özlüyor Güzel. Gezilerin, insanı, kendi geçmişi içinde de yolculuklara çağırdığını düşünüyor; örneğin Amasya'da olmak, insanı birdenbire Edirne'ye çıkarıveriyor.

Onları arabasıyla Edirne'ye götüren arkadaşları Sabahattin ile Nihal Abla arasında daha ilk gece gözle görülür bir yakınlaşma doğmuştu; Allah biliyor ya Güzel o zaman da bu yakınlaşmayı biraz tuhaf ve yakışıksız bulmuş, Nihal Abla'nın iç dünyasının sandığından çok daha girdaplı olduğunu düşünmüştü; ayrıca Cem'i herkese karşı güç durumda bırakmış olduğunun farkında bile değildi. Arzularını belli belirsiz de olsa dışavurma biçimi, bir kadından çok, bir erkeğinkini andırıyordu. Sabahattin ise "çakı gibi denizci" diye tabir edilen cinsten sırım gibi bir delikanlıydı o sıralar; hem en az yedi sekiz yaş küçüktü ondan; değil evlenmek, sevgili bile tutmaz, kızlarla yalnızca gönül eğlendirmeye bakardı; gözü kolay kolay sokaktan içeri girmeyen, evlenmek için yaşlanmayı ve yorulmayı bekleyen erkeklerdendi.

"Döndükten sonraki ilk haftasonu Sabahattin'in, arabasıyla Nihal Abla'yı görmeye gittiğini, bunun daha sonra birkaç kez tekrarlandığını, bu zaman zarfında Nihal Abla'nın oğlana sırılsıklam tutulduğunu, oğlanınsa bir süre sonra ayağını kestiğini, bu kez de Nihal Abla'nın gam keder içinde Istanbul'a gidip gelmeye başladığını, sonunda Sabahattin'in bir uzun sefer sırasında punduna getirerek bağları tamamen kestiğini sonradan öğrendik. Nihal Ablamızın hayatı boyunca kendinden küçük erkeklere ilgi duyduğunu, bundan ötürü hep mutsuz ve bedbaht olup bir türlü yuva kuramadığını ise yavaş yavaş anlayacaktık.

"Cem, arkadaşıyla teyzesi arasındaki bu ilişkiden rahatsızlık duymuş, ama daha çocuk yaşından başlayarak taşıdığı, teyzesinin asla yanlış bir şey yapmayacağına duyduğu köklü inanç nedeniyle fazla üzerinde durmamıştı. Bu konuda Sabahattin'in duyduğu rahatsızlık daha büyüktü. Sonra her şey unutuldu; en azından bizler için. Akıp giden bu ırmak gibi her şey akıp gitmez mi?"

Çay bahçesine yaklaşırken, "Umarım geçmişi fazla deşmeye kalkmaz," diye geçirdi içinden Nihal. "Melek ile görüşmediğimi ya duymuştur, ya biliyordur. Melek ile pek geçinemezdi zaten. Bunu ikimizin arasında bir ortaklık belleyip, beni konuşturmaya çalışmaz. Eskiden böyle bir kız değildi, ama yılların insanlara ne yaptığını kim bilebilir?"

Birdenbire onu sabahtan beri asıl kaygılandıran şeyin bu olduğunu kendine yüksek sesle söylediğini fark ediyor. Dursun değil Melek olmuştu içindeki yara. Yakın çevresindeki insanların anlamadığı şey de buydu; onu asıl kıran şeyin ne olduğunu ısrarla görmek istememişti kimse: Melek, Dursun'u alamamıştı ondan, ama Dursun, Nihal'in hayatından Melek'i çalmıştı. Artık onun hayatında Melek diye biri yoktu!

Nihal'in ortaokula başladığı yılda doğmuştu Melek. Yumuk yumuk bir melek topağıydı sahiden. Melek kanatlarının aklığı gibiydi bulutlu beyazlığı. Herkes onu teyzesine, yani Nihal'e benzetmişti. Daha doğduğu andan başlayarak yıllar yılı teyzesinin gözdesi oldu, gözdesi kaldı. Kardeşi Cem dahil diğer yeğenlerini sevmesin, yalnız kendini sevsin istedi Melek; annesine diyemediklerini teyzesine dedi. Akıl veren, yol gösteren, nazını çeken hep teyzesi oldu. Gizli gizli harçlık verdi, okul kaçamaklarına göz yumdu, yaramazlıklarına suç ortaklığı etti. Hatta sınırlarını zorladı teyzesinin; böyle şeylerin hoşuna gitmediğini bildiği halde, naylon çoraplarını, kombinezonlarını, bluzlerini, kazaklarını, hırkalarını, eldivenlerini giydi. Teyzesinin her kim olursa olsun başkasının giydiği, kokusunun sindiği herhangi bir şeyi üzerine geçiremediğini bildiği halde, istekleri ve nazlarıyla onu, sınırlarını hep zorladı.

Melek'i bu konuda eğitmenin bir yolu olarak onun giydiği şeyleri geri almaktansa, her seferinde ona hediye etti Nihal. Kendi anlasın istedi. Teyzesini iç gömleksiz, bluzsüz, hırkasız, kazaksız, eldivensiz, şalsız, atkısız, kemersiz, tokasız bıraktığını kendi anlasın istedi. Anlamadı. Anlamak istemedi. Yalnızca aldıklarıyla, dolabında, çekmecesinde kalabalıklaşanlarla, sayıları artanlarla ilgileniyordu o. Daha o zaman anlamalıydı Melek'in yetinmezliğini, gözü doymazlığını. Bu durumu Melek'in insan kumaşına vermektense, genç kızlık serpilmesine, toyluğuna, heveslerini dizginleyememesine, gençlik heyecanlarına, onu hep şımartmış olmasına verdi. Günü gelip daha büyük, daha önemli bir şeyi almaya kalkıştığında, bütün geçmişin, geçmişte birikenlerin birdenbire başka bir ışıkta, bambaşka görülebileceğini hesap edemedi. İçimizin bir yanı sevdiklerimizi kollarken, kendini kollamayı unutmaz mı? Bu kez de öyle oldu. Her ne kadar kendi öyle söylemiyorsa da Melek, bu kez Dursun'u almaya kalkışmıştı teyzesinin elinden.

Dursun'un, Melek'in terk edip giden kocasına benziyor oluşu bile Nihal'e göre kaderin karanlık işaretlerinden biriydi. O da onun gibi Lazdı; yalnızca fiziğiyle değil davranışlarıyla da onu andırıyordu ve galiba herkes için en önemlisi, Nihal'den yaşça küçüktü. Bütün bunlar bir araya geldiğinde, Melek'in sanki bu durumda kendisinde bir hak gördüğü anlaşılıyordu. Dursun'u gördüğünde, kendisini terk eden kocasını yeniden bulduğu hissine kapılmış olmalıydı. Ya da yenilmez sanılan Nihal Teyze'sini yeneceği hissine...

"Melek'le görüşmüyormuş artık," diye geçirdi içinden Güzel. "Bir kalemde silmiş atmış biriciğini, gözdesini. Belli ki, gücenmekten öte işlemiş yarası. Bunca zaman sonra bunları ona sorup kurcalayacağımı düşünmese bari Nihal Abla! Onlar teyze-yeğen ne de olsa. Bense el kızı! Gerçi o da bilir, benim merakıma sebep kimsenin yarasını deşmeyeceğimi. Hem o evde bir tek Nihal Abla bakmazdı gözlerimin içine içine, 'Bunlar ne zaman ayrılacaklar,' diye. Zuhal Teyze'ye hiç benzemezdi. Kaynanamken bile 'Zuhal Teyze,' diye seslenirdim ona. Ne garip! Beni sevmek için oğlundan boşanmamı bekledi; şimdi ne zaman ziyaretine gitsem, gözlerinin bebeği ışır, ayrılırken sıkı sıkı kucaklayıp 'Bir dahaki sefere arasını bu kadar açma,' diye ant verir. Aslında haklılardı: Cem de, ben de çocuktuk o zamanlar. Evliliğimiz bir hataydı. Şimdi bana hüzün veren şey, ayrılmış olmamız değil, ayrılığın kendisi. Her ayrılık gibi bu da varlığıyla hüzün veriyor bana. Yetiştirme yurduna verildiğimde ben, bir kere ve çok büyük ayrılmışım. Bir kere böyle büyük ayrıldın mı, sonrakilerin üstesinden geliniyor."

Balıkesir'de tanıştıklarında, içinin bir yerinde Dursun'un son erkeği olduğunu biliyordu Nihal. Eskisi kadar genç değildi. Yıllar geçtikçe sevdiği erkeklerle arasındaki yaş farkı giderek açılmıştı. Evlenmek, yuva kurmak düşleri, gün günden uzaklaşıyordu. Bir mucize, belki? Kimse oğluna on yaş büyük gelin almaz. Ya oğlu severse, çok severse? Hayal! Dursun'un mali durumu iyi değildi.

Hiçbir işte dikiş tutturamamıştı. Anasının Rize'deki avuç içi kadar çay bahçesinden kazandıklarından gönderdikleriyle idare edip gidiyordu. Nihal, Dursun'un çaresizliğinin, onu sevmesini kolaylaştıracağını sandı. Darda olanların zamanlarının geniş olduğunu biliyordu. Bu zaman her ikisine de yeterdi. Ona bir erkeğin nasıl sevileceğini, nasıl okşanacağını, nasıl korunup kollanacağını gösterecek; sevgisi, şefkati, özverisiyle Dursun'u kendine bağlamayı bilecekti.

Dursun'un en büyük merakı ve zaafı, takım elbise giymekti. Nihal, öğretmen maaşını, ek ders olanaklarını zorlayarak, özel dersler vererek, yeni takım elbiseler sipariş ediyor, sürekli gönlünü hoş tutmaya çalışıyordu onun. Dursun'un takım elbise merakının gösterişten çok, erken yaşta ölmüş terzi babasının hatırasına bir saygı duruşu olduğunu anladığı günden beri, bu konuda yumuşamıştı. Bir gece yarısı sevişme sonrasında, kendi içine gömülmenin içtenleştirdiği, hülyası yarım kalmış kırık bir sesle çocukluğunu anlatırken dinlemişti bunları: Dursun, dokuz on yaşlarındayken ölmüş babası. Rize'nin ileri gelenlerine takım elbise biçer, sade Rize'nin değil, civar illerin eşrafına da makas sallarmış. Oğlu erkek boyuna gelemeden, ona bir ceket olsun biçemeden ölüp gitmiş kalpten. Sık sık "Kalp öldürür biliyor musun?" derdi Dursun. "Kalp öldürür." Gözlerini kısar, söylememesi gereken bir şeyi söylemek zorundaymış gibi dudaklarını içeri çekerek söylerdi: "Aşktan değil, kalpten korkarım ben!"

Kapalı kutuydu Dursun. Çoğu zaman ne düşündüğünü bilemediğiniz hülyalı bir dalgınlığı vardı. Rakı içer, içli türküler söylerdi. Küçük, tarazlı bir sesi vardı, rakıyla daha bir boğumlanırdı sanki. "Annem Rize'den çıktığım günü gurbet beller ya, aldırma asıl babamın öldüğü gün başladı benim gurbetim," derdi. Nihal, babası erken ölmüş erkeklerin hiç büyümediğini en çok Dursun'da anlamıştı. Böyle zamanlarda onu daha çok sever, hep daha da çok seveceğini hayal eder, bir kadının şefkatiyle saramayacağı hiçbir erkek yarasının olmadığına inanırdı.

"Melek, daha tanıştığımız günden başlayarak, beni hiç sevmedi. Yetiştirme yurdunda büyümüş olmam onun için nedense hep bir mesele oldu. Beni küçümsedi. Gizli gizli hor gördü. Benimle evlenmesine devrimci olmaya çalışan kardeşinin sosyalist şımarıklığı gözüyle baktı. Kocası onu bırakıp gittiğinde, zaten her zaman hor görmüş olduğu dünyaya çok kolay düşman oldu. Her gittiğimde gözlerini kaçırırdı benden. Sanki onun boşanmış olması, aramızdaki durumu eşitlemiş de, ben bunun tadını çıkarıyorum sanırdı. Böyle zamanlarda beni hiç tanımamış olduğunu bir kez daha anlardım. Onun sevmediği, aslında hiç tanımamış olduğu biriydi.

"Ben, Cem'le tanıştığımda, Melek yeni evliydi. Aşklarının parlak, ışıklı günleriydi henüz. Kendi kusursuz evliliğiyle, kardeşinin süfli seçimi arasındaki kendince kurduğu dengesizliği ima etmekten kaçınmıyor, her fırsatta beni ya da Cem'i iğnelemekten geri durmuyordu. Anlamazdan gelmeye çalışıyordum. Ne de olsa ailenin prensesi oydu; ben ikinci kız olmayı yurt ranzalarında çoktan öğrenmiştim. Boynumu bükmeden geri durmaya çalışıyordum.

"O yılların taverna müziği furyasında ilkin sesine, sonra kendisine vurulduğu, mahalle birahanelerinde org çalıp şarkı söyleyen temiz yüzlü bir çocuğa sırılsıklam bağlanmış Melek. Ailesinin karşı koymasına aldırmadan liseyi bitirir bitirmez, üniversite sınavlarına bile girmeden apansız bir kararla evlenmiş. Hemen ardından da bir çocuk yapmış. Melek'in, evliliğin ve çocuğun ona uğurlu geldiğini söyleyen kocasıysa, kısa sürede Boğaz ın, Tarabya tavernalarının aranılan bir ismi olmuş. Adı, 'Piyanist-Şantör' olarak ışıklı harflerle en tepelere yazılmış. Oysa bütün benzeri hikâyelerde olduğu gibi, kısa sürede gelen para, ün, baş dönmesi, bu erken evliliğin sonu olmuştu. Kocasını eve ancak bir ikinci çocukla bağlayacağını düşünen Melek, alelacele bir çocuk daha yapmış ve gene bütün benzeri hikâyelerde olduğu gibi, bu da fayda etmemiş, kocası bırakıp gittiğinde, yanında bir çocuk yerine iki çocuk olduğuyla kalmıştı.

"Melek, önce kocasına, sonra çocuklarına, sonra ana babasına, sonra ailesine, çevresine ve sonra hayatın kendisine küstü. İçi ekşidi. Acılaştı. Her çeşit mutluluğun düşmanı oldu. Kocasının giderken kendilerine bıraktığı evde oturdu, gönderdiği nafakayı aldı. Kocasının zamanla ikbalden düşüp şanını, şöhretini yitirmesi de içini soğutmaya yetmedi. Kocasının onu terk etmiş olması, hayatının dinmeyen zindanı oldu. Kendini içine kapatıp kilitlediği bir zindan. Sonrasında kendine ait bir dünya kuramadı. O sıralar sık sık, Balıkesir'de oturan ve onu hayatta en çok anlayan insan olduğuna inandığı Nihal Teyze'sine gidip gelmesi, onunla sabahlara kadar oturup söyleşmeleri bile yarasına merhem olamadı.

"O kocasından boşandığında, artık görümcem değildi ve nedense sonraları beni her gördüğünde, evliliğin bitmiş olmasını, üzerimdeki üstünlüğünün de elinden alınmış olması biçiminde yaşadığını gördüm. Bir tek yara, bütün hayatını almıştı Melek'in elinden. Yarasının, bütün hayatını ele geçirmesine izin vermişti.

"Balıkesir'e gidişlerinin birinde tanışmış Dursun'la. Ardından Dursun'un gizli gizli Istanbul'a gidip geldiğini Nihal Abla sonradan öğrenmiş. Melek'le buluşurlarmış meğer. Melek'in söylediği, kendinden vazgeçirmek içinmiş buluşmaları. Aralarında bir şey olmamış aslında. Nihal Abla ikisini de affetmemiş!"

Güzel'in bilmediği, Nihal yalnız Melek'e değil, ailesine de küsmüştü. Özellikle de annesine. Bütün aile, Nihal'in Melek'i hiç affetmemiş olmasını, zamanla aileye yapılmış büyük bir ayıp olarak görmeye ve Nihal'i kınamaya başlamıştı. Bir yabancı erkeğin gelip aileyi ikiye bölmesine Nihal neden olmuştu sanki. Hem Dursun ikisine de yar olmamıştı zaten. Ne olursa olsun, geçen yıllar içinde Nihal'in bir büyük olarak affetmesi gerektiğine, aile içinde ikilik yaratmaması gerektiğine inanmışlardı. Ailenin varlığını, her türlü değerin üzerine koyan bu koyu tutum, adalet duygusu incinmiş olan Nihal'in inadını pekiştirmekten, kararlılığını bilemekten, küslüğünü derinleştirmekten başka bir işe yaramadı. İstedikleri bir fedakârlık değil de, bir haktı sanki. Aileden birinin yaptığı sütsüzlük, her ne olursa olsun bağışlanmalıydı. Ailenin varlığı adına yapılması gereken buydu. Öte yandan kapalı kapılar ardında, Melek ile Dursun'un yaşının yaşına, boyunun boyuna yakıştığını fısıldaşıp durduklarını biliyordu Nihal. Bu durum Melek'in ayıbını onların gözünde hafifletiyor gibiydi.

Bir öğretmen olarak Anadolu'nun çeşitli kentlerini gezerken öğrenmişti: Birikmişlerin fazlalığı insanı kendi geçmişinden bile uzaklaştırır. Bu nedenle bir daha dönmedi Istanbul'a Nihal. Istanbul'u özledikçe kitaplar okudu. Kitaplardaki Istanbul daha hakiki bir Istanbul'du. Kitap okurken burnunu sızlatan Istanbul'u, oraya gittiğinde yerinde bulamıyordu zaten. Hiçbir Istanbul, Sait Faik'in, Ziya Osman Saba'nın, Abdülhak Şinasi Hisar'ın, Orhan Kemal'in, Oktay Akbal'ın, Haldun Taner'in anlattığı Istanbul gibi değildi. Şimdilerde sabaha karşı siyah-beyaz Türk filmleri oynatan televizyon kanallarında kendi genç kızlığının Istanbul'unu görüyor, penceresinin karşısında Amasya'nın koyu gölgeler içindeki yalçın kayalıklı dağları dururken, o, içi sızlayarak geçmişine, gençliğine dokunuyordu. Özlediği "zaman"dı onun, "mekân" değil. Artık eskisi kadar genç olmadığını bildiğinden, ömrünün kalan kısmını okumak istediği kitaplara ayırmak istiyordu. İçini yaşamasına izin veren yalnızca kitaplar olmuştu.

Kocası onu terk ettiğinde kendini dünyaya kilitleyen yarasını, teyzesine bulaştırmıştı Melek, demek bir yanları birbirine çok benziyordu; değil aile içinde, dünyada hiç kimse, bu iki kadın kadar birbirlerini anlayamazdı artık. Melek, teyzesinden bütün aldıkları karşısında bunu vermişti ona: Yarasını anlamayı.

Amasya'nın kendine kapanmış dağları, içini kuşatıyor, uykusunu diri tutuyordu Nihal'in. Emekli olduktan sonra buraya temelli yerleşmesi bundandı. O artık geride bıraktığı herkes için "Amasya'daki teyze"ydi.

Nihal, çay bahçesinin eşiğine geldiğinde, kıyıdaki masaların birinde dalgın gözleri ırmakta kalmış Güzel'i gördü. Her ikisinin de düşünceleri rüzgârda çoktan dağılıp gitmişti. Özlemle kucaklaştılar.

"Hiç değişmemişsin be Nihal Abla!" dedi gür bir sesle Güzel. "Maşallah hep aynısın. Taş gibi."

"Sen de Güzel," dedi Nihal. "İnan, sen de hiç değişmemişsin."

Her ikisi de sözlerindeki yalan ve doğruluk paylarını biliyorlardı; tıpkı az sonra konuşmaya başladıklarında olacağı gibi.

Ekim 2004

"Burası Ankara İl Radyosu, Şimdi..."

Son basamağı da çıkıp sahanlığa vardığımızda, benim gibi bir an boş bulunup kapıyı çalmayı düşünmüş olmalı herkes. Birbirimizin yüzüne tam olarak ne yapacağını bilemez şaşkın bakışlarla baktığımız o kısa ve aptal zaman parçasından sonra, cebimdeki anahtarları çıkarıp gözlerini bana dikmiş bekleyen büyük yeğenine vermeyi akıl ettim. Bu anahtarın sabahtan beri niye bende durduğunu anlamadığım gibi, cebimdeki varlığını da unutmuşum.

Eşikte kapının açılmasını beklerken, kapının öte yanında her zaman oturduğu ceviz yeşili koltuğundan kalkıp kapıya doğru yekindiğini görür gibi oldum.

"Dinliyorum uzakları bazen kalkıp derin bir uykudan."

Evdeyken kapıyı başkasına açtırmaz, hep kendi bakardı. Her kapı çalınışında ilk işi saçının topuzunu yoklamaktı; eğer gevşemişse kapıya gidene kadar firketelerle dengelemeye çalıştığı topuzunu hallettiğine inandıktan sonra, ikinci işi çorabının kaymış arka çizgilerini ortaya denk düşürmek olurdu. Tanıdığım diğer kadınlar gibi evde terlikle gezmez, sadece ev içinde giydiği alçak topuklu, sade, rahat, ama gene de şıklığından ödün vermeyen iskarpinlerle dolaşırdı. O sırada ben, yerde halının üzerinde oturuyor, onun arkasından bakıyor olurdum. Kendi evimde bana yasaklanan "yere oturma" keyfini en çok onun evinde sürerdim. Yalnız çocukken değil, sonraki yıllarda da böyle oldu bu. Konuşmanın bir yerinde oturduğum koltuk ya da kanepeden usulca aşağı kayar, yerde, halının üzerindeki yerimi alırdım. Galiba ben, yerde oturmaktan çok onun dizlerinin dibinde olmayı seviyordum.

Kapı açılıp kendimizi holde bulduğumuzda, yüzüme çarpan beklemiş serinlik, o tanıdık eşya kokusu içimdeki sızıyı derinleştirdi. Başkalarının yanında ağlamayı hâlâ ayıp saymasam, o an ağlayabilirdim. Ama içimdeki sızı, ağlamakla dışarı atılabilecek gibi değildi. Bana yerleşmiş, bende duran, ağlamayı aşan bir derinlikteydi.

Herkes bir yandan hüzünlü görünen, öte yandan eşya ve mekânla mesafeli sayılabilecek sakınımlı bakışlarla etrafa kabaca göz gezdiriyor; saygısızlık edecekmiş kuşkusuyla ayakta dikilip oyalanıyor; oturmak için sanki ev sahibinin ortaya çıkması bekleniyordu.

Yıllar yılı ne kadar az değişmişti evin görünüşü. Ona da yakışan buydu. Muhafaza etmek. Bu iki sözcüğü söylerken sesinde sadakat tınlardı. Gözüm, alışkın bakışlarla ilkin büfenin üzerindeki radyoya ilişti. Yer yer erimiş, kolası gevşemiş olsa da iğneoyası dantel örtü hâlâ duruyordu radyonun üzerinde.

"Ey çerh-i sitemger, dil-i nalâna dokunma."

Büfenin üzerindeki çerçeveli resimler, biblolar; gösteriş olsun diye değil göz önünde olsun diye camlı bölmeye dizilmiş fincanlar, ayaklı kadehler, bardaklar, kristal şekerlik; hepsi yerli yerlerindeydiler. İçimdeki zamanı kıpırdatan eşyanın tanıdıklığında geçmişe duyulan güven, sızı... Ne yapmam gerektiğini bilemedim.

Bu büfenin üzerinde yer alan radyolar, yıllar içinde değişmiş durmuştu. "Yeni bir radyo aldık Nazan! Amerikan cevizinden." Sesinde serpme sevinç! Sonra mutfaktaki radyo, yatak odasındaki radyo; sonraları bir el radyosu. Büfe çekmecelerinin gevşemiş vidasının etrafında boşa dönen siyah tutamaklarını döndürür dururdum. Sırrına hiçbir zaman erişemeyeceğini bilmenin teslimiyetiyle büyülü bir hayranlıkla baktığım radyoların çalışma şemalarının bulunduğu kalın, mumlu kâğıtların özenle katlanıp konduğu o çekmeceleri şimdi gene aynı duyguyla açıp kurcalamak isterdim.

"Kalbim yine üzgün seni andım da derinden, geçtim yine dün eski hazan bahçelerinden."

"Hepsinin bestekârlarını nasıl tanıyorsunuz?" diye sorardım.

"Bilmeme gerek yok," demişti bir keresinde. "Mesela, Selahattin Pınar'ı hüznündeki zarafetten tanırım ben."

Sabahları "Arkası Yarın"ları dinlediği çiçekli perdelerin gölgelendirmeye yetmediği güneşi bol mutfağında çok zaman geçirdiğini bilirdim. Onun için "Eli ağır," diyenlere, "İtina zaman alır," derdi. "Saygıda kusur ederek artırılmış zamanın kime hayrı dokunur ki?" Bu yüzden hazırladığı her sofra, göz alıcı bir tabloya benzerdi.

Bu büfenin önüne sandalye çekip kulağımı adeta radyoya yapıştırarak, birlikte "Mikrofonda Tiyatro" dinlediğimiz günler dün gibi diriydi benim için. Gündelik hayatta duyguları konusunda daha sakınımlı iken, radyo dinlerken, kitap okurken, sinemada, tiyatroda duygularını akarına bırakmaktan çekinmezdi. Sanki hayatta ayıp olan, sanatta değildi.

Salondakilerin sabırsız hallerinden, burada yapılması gerekenleri bir an önce halledip kendi işlerinin başına, dışarıda kendilerini bekleyen hayatlarına, alışkanlıklarını tekrar ettikleri gündelik dünyalarına dönme arzusu okunuyordu. Hüzünleri tutuk, gülümsemeleri yarım; hazırlıksız yakalandıkları ve bir an önce bitmesini istedikleri can sıkıcı bir törene katılmış gibiydiler. Onların bu evdeki gönülsüzlüklerine karşın ben, burada kalıp zamanı alabildiğine uzatabilir, onun şu an beni tamamen kuşatmış olan varlığının canlandırdığı anıların kendilerini bir bir yaşamasına, geçmişi hatırlatmasına izin verebilirdim. Burada saatlerce oturup içimdeki sızıyla baş başa kalma ihtiyacı içindeydim. Yanımda hiç kimse olmadan. Bir an, salondakilere yasımı tutmama izin vermiyorlarmışçasına düşman sayılabilecek gözlerle baktığımı fark ettim. Ben, onların her birinden çok daha fazla vakit geçirmiştim bu evde; duvarlarına zamanın koyuluğu sinmiş, perdeleri ağırlaşmış, eşyası solmuş şu salonda onlarınkinden çok daha fazla hatıram vardı. Onun benimle çok daha fazla şeyini paylaştığından emindim. Beni onlardan daha çok sevmiş olmalıydı. Ama sonuçta onlar yeğenleriydi, yakınları, yasal varisleri. Bense, uzak akraba. Ama gene de vasiyetnamesinde eve bensiz girilmemesini istemiş, ayrıca evden istediğimi alabileceğimi belirten özel bir madde koyma gereği duymuştu. Bu sabah avukatın anahtarları bana vermesi, yalnızca daha erken gelmiş olmamla değil, bununla da ilgiliydi.

Her birimizin hücre evinde yakalanma korkusuyla tetikte yattığımız gecelerin birinde, kulağımın dibinde duyduğum capcanlı bir ses, bir şarkıyla uykumun ortasından fırlamıştım:

"Dinliyorum uzakları bazen kalkıp derin bir uykudan."

Tepeden tırnağa ürpermiştim. Duyduğum ses kafamın içindeydi. İlk anda içimde parlayan korku, hemen sonrasında derin bir huzurla yer değiştirmişti. Evde saklanan tek kız olduğum ve kırsaldan yeni geldiğim için, rahat uyumam amacıyla evin iki odasından birini bana vermişlerdi. Üç erkek yandaki odada bir arada yatıyorlardı. Küçükesat'ta bir apartımanın üçüncü katındaydı hücre evi; ani bir baskın sırasında arka taraftan kaçılabileceğinin hesabı yapılmıştı, yandaki apartımanın koyu gölgelerin korunaklı kıldığı karanlık bahçesi ve kömürlük çatıları buna olanak tanıyordu.

O sıralar aranıyordum. Radyoda ve televizyonda adım okunup duruyordu. Haberleri izliyor, arandığımı biliyor, beni merak ediyor olmalıydı. Nedense iyi olduğumu bir tek ona haber vermek gereği hissetmiştim. Onun meraklanmasını, kaygılanmasını istemiyordum. Kimseyi uzun uzadıya düşünecek vaktimizin, halimizin olmadığı; ülkeyi devrime hazırladığımız dumanı sıcak günlerdi. Gece yarısı uykuma sızarak beni uyandıran bu şarkıyla birlikte ona karşı, belki de bir tek ona karşı bir tür sorumluluğum olduğunu hatırladım. Elimi kolumu sallaya sallaya evine gidemezdim; yakınlığımız biliniyor, bu nedenle evi polis tarafından gözetleniyor olabilirdi. Her uğursuz olasılığı düşünmeliydik. Bir yerden telefon edebilirdim ama bu da takibi ne ölçüde sıkı tuttuklarıyla ilgili bir riskti. Telefonlar dinleniyorsa sonradan kadıncağızın başını ağrıtabilirlerdi. Bunu hiç istemezdim. Polis bazen hiç beklemediğimiz ölçüde körlemesine açıklar verirken, bazen de umulmadık kurnazlıkta tuzaklar kurabiliyordu. Bizim kaçışlarımız ya da onların yakalayışları, bazen yalnızca tesadüf eseri olabiliyordu. Bense, ne olursa olsun, budalalık etmek istemiyor; özellikle duygusal anlarda verilen açıkların örgütsel gizliliğe ne denli zarar verdiğini örnekleriyle biliyordum. Kalp çarpıntısı içinde beni uyandıran bu şarkının havada asılı kalan varlığı içimi yatıştırdı. Başımı okşar gibi, kulaklarımda, beynimde, ruhumda dönüp durdu bir süre. Bütün varlığımla kafamın içinde capcanlı duymuş, dinlemiştim şarkıyı. Belki de kendimi bir çocuk kadar savunmasız hissettiğim o gece, içimin çağırdığı bu şarkı nedeniyle, çocukluğumla, "Türk Sanat Müziği" dedikleri bu eski şarkılar arasında sandığımdan çok daha güçlü bir bağ olduğunu keşfetmiştim. Devrimci olduğumda yozlaşmış burjuva kültürünün ürünü olarak reddettiğim, geçmişin üzerinden atlanıp geçilmesi gereken bir parçası olarak gördüğüm bu şarkılar çoktan ruhumun bir parçası olmuştu demek.

Ertesi gün, saçlarımı kabartmış, makyaj yapmış, yüzüme dünyadan habersiz hafif salak bir kız ifadesi takınmış olarak, cebimde sahte bir kimlikle Kızılay'da, Kocabeyoğlu Çarşısı'nın yanı başındaki "Tansel Plak"a gittim. Yeniyetmeliğimin, gençliğimin Ankara'sının önemli uğrak yerlerinden biriydi. Hemen her çeşit plak bulunurdu orada. Bu, ansızın aklıma gelmiş bir fikirdi. Şansımı denemek istedim.

Önce çarşıyı dolaştım. Birden çarşının gündelik kalabalığı arasında kaynayıp gitmek hoşuma gitmişti. Sıradan olmayı, önemsiz şeylerle uğraşmayı, gündelik, süfli işlerin arasında kaybolmayı özlemiş olduğumu fark ettim. Belki özlediğim bu da değildi. Aranıyor olmak demek, "biri olmak" demekti ve ben kısa bir süre için de olsa, şu bulanık kalabalığın içinde amaçsız dolaşan rasgele biri, bir "hiç kimse" olmak istemiştim. Buradan çıkışta "Goralı Büfe"den goralı sandviç almak istedi canım. O sıkış tepiş küçücük büfesinin önünde yaz kış biriken kalabalığa başında beyaz kepi, üstünde bembeyaz önlüğü ve hiç değişmeyen kocaman gülümsemesiyle hizmet sunan o gürültücü sahibinin yerinde durup durmadığını da merak ediyordum. Birdenbire günüme bir tatil havası gelmişti. Az ötede, Sıhhıye'deki Zafer Çarşısı'nın kitapçıları da burnumda tütüyordu ama, bu yakalanmaya açık davetiye çıkarmak demekti. Gizli polislerin orada cirit attığını bilmeyen yoktu. Şansımı zorlamamalıydım.

Gürültücü gençlerle doluydu plakçının içi. Yeni çıkan plakların sesi, gündelik hayatın sıradan, bildik uğultusunu bastırıyordu.

"Pardon, teyzem bir plak arıyor, ama ben hangisi olduğundan emin olamıyorum, telefonla dinletebilir miyim kendisine?" dedim.

Pek karşılaşmadıkları bir durum olsa gerek ki, biraz da şaşkınlıklarından kabul ettiler. "Balet" firmasından çıkmış bir plak. Mediha Demirkıran söylüyor: "Dinliyorum uzakları bazen kalkıp derin bir uykudan."

Telefonda hiçbir şey söylemeden şarkıyı bir süre dinlettikten sonra sesini duydum: "Çok sevindim," dedi. Arayanın kim olduğunu ve ne yapmak istediğimi anlamış, sesinin titremesine engel olamamıştı. "Çok sevindim. Teşekkür ederim." Birbirimizi sessizlik içinde anlamıştık. Her zamanki gibi, kelimeler olmadan. Dün geceyi ve şarkıyı ödemiştim. Devrim hülyalarının bütün benliğimizi ele geçirdiği o fırtınalı günlerde, annemi babamı bile yok sayarken, bir tek ona gönül borcu duymuş, benim için fazladan meraklanıp üzülsün istememiştim.

Biliyordum, dinlediğimiz uzaklar aynı değildi. O geçmişi, ben geleceği dinliyordum. İçinde yaşadığımız zamanın kulak kabarttığımız uzakları bile farklıydı. Bir tek kalplerimiz yakındı onunla ve ben diğer birçok şeyi önemsizleştiren bu yakınlığı yıllar geçtikçe daha çok anlayacaktım. Zaten hep öyle olmaz mı? Hayat demek, biraz da zamanında anlamadıklarımıza karşı duyduğumuz pişmanlıklar demek değil midir?

Okul çıkışlarında daha çok Kurtuluş Parkı'nda oyalanıyor, çocukluktan çıkıyordum artık. Büyüdükçe onu ihmal etmeye başlamıştım ve bunun farkındaydım. O da farkındaydı elbet, ama üzerinde durmuyordu. Sitem etmek âdeti değildi; duygusal dayatmalardan hoşlanmadığını bilirdim. Sitemle kalp kazanılamayacağına inanırdı. Hızla büyüyüp serpiliyor, bir genç kız oluyordum; ilgilerim, isteklerim, meraklarım gün günden değişiyor; yeni arkadaşlar ediniyor, yeni çevrelere giriyor, Kızılay'daki, Bakanlıklar'daki pastane köşelerinde ya da Kurtuluş Parkı'nda gizli gizli oğlanlarla buluşuyor, onu ardımda bıraktığım geçmişin bir parçası olarak görüyordum. Nedenlerim değişse de, yıllar yılı ona karşı hissettiğim temel duygu hep bu oldu: İlgilerim, meraklarım, kendim ne yöne doğru değişirse değişsin, o, hep ardımda bıraktığım bir geçmişin, aşıp geçtiğim eski dünyanın bir parçasıydı bana göre. O evin eskiliğinden sıkılmaya başlamıştım. Hiç şimdiki zaman olmuyordu o evde ve ben yeniyetmeliğimin, ilkgençliğimin, kimliğimi, kişiliğimi aradığım yıllarında uğradığım her yön değişiminde, o evin temsil ettiği her şeyi çoktan aştığımı düşünerek, geçmişte bıraktığım bu eski dünyaya biraz acıma, biraz iç sıkıntısıyla bakarak, bundan bencilce bir haz ve mutluluk duyuyordum. İçinde yaşadığım günün rüzgârı ve gelecek duygusu dolduruyordu içimi. Kendimi o evden dışarı attığımda, derin bir soluk alıyor, beni gelecek güzel günlerin beklediğine değgin inancın, hayallerin uçarı neşesiyle sokaklara, hayata dalıyordum.

Ama tuhaftır, ne zaman hayat kırsa beni, dönüp gizlendiğim, saklandığım, yepyeni gözlerle gördüğüm yer orası oluyor, beni orası onarıyordu. Hayatımın molalarını ben hep orada, yani burada, bu evde aldım.

"Kış geldi firâk açmadadır sînede yâre."

Ankara Koleji'nin orta bölümündeydim o sıralar. Cebeci'de Siyasal Bilgiler'in yanında yeni bir sinema açılmıştı. Evine yakındı. Kışları yabancı, yazları yerli film oynatıyordu. Ya da ben şimdi öyle hatırlıyorum. Bazen birlikte sinemaya gider, sinemanın hemen yanı başında açılmış olan pastanede otururduk. Duvarları, 60'lı yılların "pop-art"ında rastlanan çığırtkanlıktaki portakal rengi mika benzeri plastik malzemelerle kaplanmıştı pastanenin; dönemine göre gayet modern, beni heyecanlandıran bir havası vardı. Yeni açılan bu gibi mekânların, bizi Avrupa'ya biraz daha yaklaştırdığını düşünür, için için sevinirdim.

O ise Ankara'nın eski pastanelerini anlatırdı bana. Yıllarca ahbaplık edip hiç laubali olmayan, pastaneye "pastahane" denilen zamanların insanlarını. Kızılay'daki Tura Pastahanesi'ni. Ardından Ankara Palas'ta katıldığı baloları, cumartesi çaylarını. Süreyya'da, İntim'de vals yaptığı günleri... Ulus'ta Yeni Sinema'da, Yenişehir'de Büyük Sinema'da gördüğü filmleri... Sesinde, gözü geçmişte kalmış kadınlarda görülen sızı yoktu. Anlattıklarının tadını çıkaran bir hikâye anlatıcısı gibi zamanın üstünden konuşuyordu sanki. Yaşadıklarının değerini sonradan kazanılmış deneyimlerle değil, henüz içinde yaşarken bildiğinden söz eder, gözleri belli belirsiz bir övünçle ışırdı.

Baş başa bir yerlere gittiğimiz böyle zamanlarda ne büyüklerim gibi davranıyordu bana, ne de sahte bir arkadaşlık havası kurmaya çalışarak güya akranmışız yanılsaması yaratmaya çalışıyordu. İncelikli insanlara özgü bir dikkatle, hemen her konuda gözettiği bir ölçülülüğü ve ilişkileri tanımlama yeteneği vardı. "Her şeyi konuşmak iyidir sanıyorlar şimdilerde. Halbuki, insan münasebetlerinin çoğu kelimesiz halledilir," derdi. Çoğu kez söylediklerini tam olarak anlamasam da bunlardaki doğruluk payını seziyor, kendimce sonuçlar çıkarıyordum. Benimle olan ilişkisi de böyle kelimesiz sayılabilecek bir şeydi aslında. Bana yapmam ve yapmamam gereken şeyleri asla söylemezdi. O, hayatı örnekler, ben çıkarmam gereken sonuçları çıkarırdım. Elbet onun birçok şeyinden olduğu gibi, plaklarından, gramofonlarından, radyolarından da sıkılmaya başladığımın farkındaydı. Ben daha havai şeyler dinlemeye, günün müzikleriyle, modalarıyla, mecmualarıyla, hercai şeylerle ilgilenmeye başlamıştım. O zamanlar adını koyamadığım bir şeydi yaptığı: Sabırlı, sevecen, kabullenmiş ve müdahalesiz gözlerle büyümemi seyrediyordu. Hiç anne olmamış bu kadının, başta benim annem olmak üzere, birçok anneden daha çok annelik bildiğini sonraları, çok daha sonraları anlayacaktım.

Annemin dayısının oğlu olduğu için, aile arasında "Dayı" diye sözünü ettiğimiz kocasının ölümünden sonra, daha sık ziyaret etmeye başladım onu. Nedense bana eskisinden daha çok ihtiyacı olduğunu düşünüyordum. Bu ziyaretlerimin onu nasıl mutlu ettiğini görerek bundan gurur duyuyor; işe yarama duygusunun ne demek olduğunu ilk kez bu yoğunlukta hissediyordum. Aynı zamanda sanki büyük olan benmişim gibi, ona karşı bir çeşit merhamet duyuyordum. Bu duygu, sanki aramızdaki ilişkide bir şeyi eşitlemiş, benim de ona bir şey verebileceğimi göstermişti bana. Bu nedenle, aynı zamanda arkadaşımmış gibi görmeye de başlamıştım onu.

Aile içinde açıkça konuşulurdu: Anne tarafım, ta en başında pek sevmemişler onu. Mesafeli görünüşü, kimselerle yüzgöz olmaktan hoşlanmayışı, sorunlarını hep bir başına halletmedeki kendine yeterliliği, ilişkilerde mesafe ve sınır tanımaya dayanan ahbaplık etme anlayışı, yıllardır birbirlerine hep abanarak yaşayan, samimiyet buhranlarıyla birbirlerini boğan, herkesin bir diğerine ait hemen her şeyi bildiği ailenin elti, yenge, görümce ordusu diğer kadınları tarafından kolaylıkla kibir ve soğukluk diye algılanmış, dışlanmıştı. Bu nedenle aralarında zaten yıllardır gevşemiş olan bağın, Dayı'nın ölümüyle iyice çözülmesinde bir sakınca görmemişler, onu tamamen yalnız bırakmışlardı.

Hiç çocukları olmamış.

Kabahatin kendisinde olduğunu bildiği halde, ayrılmayarak Dayı'yı çocuksuz bıraktığı söylenip dururdu aile içinde. Dayı hayattayken, her ikisi de beni bir çeşit çocukları yerine koymuşlardı. Doğrusu, ben de onların arasında kendimi iyi hissediyor, bana ayrıcalıklar tanıyan yabancı bir evin çocuğu olma rolünü seviyordum. Hem çocukluğumu daha iyi yaşadığım, hem de büyük insan muamelesi gördüğüm bu evde, bizimkinden çok daha rahat ediyordum.

Bir çocuğa ihtiyaçları var mıydı gerçekten, bundan da emin değildim. Dayı'yla onun arasındaki bağlılık ve şefkatte, diğer karı-kocalarda görmediğim derinlik ve güçte bir şey olduğunu seziyordum. Sanki başka bir çiftin kolay kolay taklit edemeyeceği gösterişsiz bir bağdı bu. Adeta hayata, hayatlarına kaynamıştı. Dünya aralarına sızamıyordu. Onlara baktıkça, "ömür boyu aşk" dedikleri şeyin bu olduğunu düşünüyordum. Dayı'nın ölümü elbette çok sarsmıştı onu ama tuhaftır, kendini boşlamadı, bırakmadı; bir ödev gibi, onun kaldığı yerden sürdürdü, sanki hayatın geri kalanını ikisi için birden yaşıyor, onunla kavuşacağı gün için sabır ve sessizlik içinde sırasını bekliyor, hayata payını ödüyordu. Merhumun plakları, merhumun şarkıları, merhumun hatıraları arasında Ankara'nın hep ağır ağır batan bozkır güneşinde günler tekdüze geçip gidiyordu. Şimdi onun gözüyle baktığımda, hayatından geriye gözünün önünde gün günden büyüyüp gelişen bir ben kalmış olmalıydım. İnsan bunu büyüyünce anlıyor. Başka biri için ne demek olduğunu insan geç anlıyor.

Annemler ona yaptığım bu ziyaretleri destekliyor, Dayı'nın ölümünden sonra onu tamamen bir kenara atmış olmanın vicdanlarındaki belli belirsiz yükünü belki de benim aracılığımla hafifletmiş oluyorlardı.

"Hayır kırılmıyorum sana, hiç olur mu öyle şey Nazancığım?" derdi. "Genç kız oluyorsun tabii, gezip tozacaksın, akranların, arkadaşlarınla eğleneceksin. Beni sahiden görmek istediğinde gelmeni tercih ederim; beni özlediğinde. Bunun zamanını en iyi sen bilirsin. Böyle şeyler söylemekle, istemekle, öğretmekle olmaz. Âdet yerini bulsun diye yapılan ziyaretler, kimsenin gönlünü şenlendirmez kuzum."

Karşı tarafa tanıdığı bu özgürlüğün, aynı zamanda nasıl bir sorumluluk yüklediğinin farkında mıydı, bilmiyorum.

Herkes Dayı'nın ölümünden sonra onun Istanbul'a taşınacağını düşünmüştü. Aslen Istanbulluydu. Kökleri Istanbul'daydı. Zamanında Dayı'nın aşkına Ankara'ya gelmiş, yerleşip kalmıştı. Bekledikleri olmadı. Gitmedi. Kaldı. Burada öldü. Ankara'da. Numune Hastanesi'nden alınan naaşı, Dayı'nın gömüldüğü Cebeci,

Asrî Mezarlık'taki aile kabristanına, onun yanı başına defnedildi. Bir kere çıktığı yolu geri dönmeyen insanlardan olduğu belliydi.

"Var mı hacet söyleyin ey gülşenim, ben kulunum sen efendimsin benim."

Cenazesine yetişememiştim.

Biliyorum, kızmamıştır.

2.

"Kimseler gelmez senin feryad-ı ateş barına."

Anlamını bilmediğim sözcüklere bakmam için kalın ciltli bir "lügat" hep orta sehpasının üzerinde dururdu. "Bazı kelimeleri ben de bilmem," derdi. "Lügatten bakarım. Yalnızca şarkıların anlamadığımız sözleri için değil, anlamadığımız duygularımız için de arada bir lügate bakmak gerekir kuzum."

Kaşlarını hafifçe kaldırıp, ağzının sol yanına topladığı dudaklarıyla gamzesini çukurlaştırarak sözlerinin arasına ne zaman böyle bir sessizlik koysa, koyu mavi gözlerinin derinlikleri muzipçe meneviştenirdi. Böyle durumlarda sözlerinde hep söylemek istediğinden fazlası var demekti.

Yeniyetmeliğimin ilk aşk acısını, ilk ayrılık sancılarını gene bu salonun, şu huzurlu kanepesinde, üzerimde melodram filmlerinin ruhuna uygun ekose bir battaniye, avucumda nemi hiç kurumayan buruşmuş bir mendil, uyku ile uyanıklık arasında geçirdiğim uzun, dalgın saatlerle atlattığım günleri anıyorum. O günlerde gönül yarama gösterdiği özeni, incelikli şefkati bir daha kimselerden görmedim. Belli ki, geçirdiğim zor günleri, büyümemin bir parçası olarak değerlendiriyor, böyle durumlarda büyüklerimizde hep görmeye alışık olduğumuz gibi insanın başına çöreklenmeden, şefkatini zorbalığa dönüştürmeden, onu kollamasını, bir kenarda durup sessizce izlemesini biliyordu. İnsan ilişkilerinde sözler, davranışlar kadar sessizlikleri kullanmanın önemini de ondan öğrendim; hem de hiç farkında olmadan.

Oysa sonraları birçok olayını mahcubiyetle hatırladığım yeniyetmelik günlerim hayli arızalı ve sorunlu geçiyordu.

Yüzümde alaycı bir ifadeyle, "Sizin 'Türk Sanat Müziği' dediğiniz, aslında Rum müziğiymiş," demiştim bir gün. Hırçın yeniyetmeliğimin yerli yersiz hemen her şeye diklendiği poyrazlı günlerdi. "Aslında..." diye başlayan cümleler kurmaya bayılıyor, büyüklerimin o güne kadar öğrendiği her şeyin "aslında" öyle olmadığını ispat etmeye kalkışmaktan marazi bir zevk alıyordum. Bir arkadaşımın gazeteci olan babasının evinde XIII. yüzyıl Bizans Kilise Müziği'ni belgeleyen bir uzunçalar dinlemiş, bu etraflı bilgileri de ondan almıştım. Sorunlu yeniyetmelere özgü, sevdiklerini incitmek, onların o güne kadar doğru belledikleri sarsalamak arzusuyla hıncahınç doluydum. Bir yeniyetme olarak, dünya ve hayat karşısında ben bunca güvensizlik duyarken, büyüklerin yıllara ve deneyimlere yaslanarak taşıdıkları o tamlık, bütünlük duygusunun beni ve benzerlerimi nasıl hırçınlaştırdığını şimdi bile aynı kuvvetle hatırlıyorum. Büyüklerin, o olmuş, aşmış, kendine yerleşmiş hallerinin nasıl sinir bozucu olduğu; karşılarında ufalanarak iyice küçülen çocuklarda nasıl kötücül bir ezikliğe yol açtığı, dünyayı örseleme arzusu uyandırdığı dün gibi aklımda! İşte o sıralar ben de onu ayakta tutan kalelerden birine saldırırken bunun keyfini duymuş olmalıyım. Hem yalnızca bir kere de değil. Yalnızca ona da değil, herkese... Çoğu kez bana karşı olduğunu hissettiğim düşman dünyada kendime bir yer açmaya çalışırken, etrafıma ve kendime verdiğim hasarın boyutlarını anlamam yıllarımı aldı. Bir yanı erken büyümüş çocuklar, hiç büyümeyen yanlarını görmekte zorlanırlar. Bana da öyle oldu.

"Bu müziğe ne dendiği ile çok alakadar değilim," demişti. Sesinde ne tartışır, ne ikna etmeye çalışır, ne de ders verir gibi bir eda vardı. Her zamanki sadeliği içinde konuşuyordu. Kelimeler yetmiyorsa, insanın yapacak bir şey olmadığını bilirdi. "Ben, bu müzikle büyüdüm. Bununla alakadarım. Türkler bu topraklara geldiğinde bu müzik vardı belki, ama onların bu müziğe kattıklarını da hiç azımsamamak gerekir. Hafız Post, Itri, Dede Efendi, Hacı Arif Bey, Tanburi Ali Efendi, Mısırlı İbrahim Efendi, Rahmi Bey, Şevkî Bey hangi birini sayayım, daha niceleri... Haklarını unutmak mümkün mü? Hem sadece Türkler de değil, Ermeniler, Yahudiler,

Rumlara ne demeli? Onlar olmasaydı, Türk Sanat Musikîsi olur muydu? Nikoğas Ağa, Tatyos Efendi, Bimen Şen, Artaki Efendi, Aleko Bacanos'a kadar bu müziğe mızrap sallayan, tel titreten, ses, seda, gönül ve ömür verenlerin hakkını unutmamak gerekir. Şahsen bu müziğin menşeiyle değil de, asıl kendine has mucizeleriyle alakadarım kuzum. Mesela, Tatyos Efendi tabakat cetveli kullanacak kadar müziğe hâkim ve çok büyük bir bestekâr iken, nasıl oluyor da Bimen Şen, tek bir nota bilmediği halde, şarkılarını dizlerine vura vura yapabiliyor ve o da büyük bir bestekâr olabiliyor? Beni büyüleyen işte budur kuzum! Bu hayrete şayan durum, çok daha dikkat harcamak gerektiren bir mevzu değil mi sence de? Yani sanatın tabiatı? Sanatçının mucizeleri?"

Sükûnetinden etkilenmemek mümkün değildi. Silahım elde kalakalırdım. Beni yenmeye değil, serinkanlı düşünmeye çağırdığı için. Zaten kendi de hep derdi "Ben münazara insanı değilim. Mağlubiyet de, galibiyet de bana göre hisler değil." O, duygularını, düşüncelerini sade bir biçimde ifade eder, sonra geri çekilirdi. Bunun karşısındakini daha çaresiz bıraktığının farkında mıydı, bilmiyorum. Çünkü bu yenilmez, yenişilmez bir tutumdu. Sonraki yıllarda üniversite forumlarında karşılaşacağım "Faşizm tırmanıyor" tezi mi doğru, "faşist diktatörlük" mü? "Milli ulusal devrim mi, bütün dünyada aynı anda devrim mi?" gibi tartışmaların kıran kırana dünyasında hiçbir geçerliliği olmayan serin, sakin bir tutumdu bu. Onda çok sevdiğim bu tutuma hiçbir zaman sahip olamayacağımı üzüntüyle biliyordum.

Yeniyetmelik hırçınlıkları gene de yenilmek bilmez elbet: Bir başka seferinde tuttururdum: "Peki ama Cumhuriyet kurulurken, Atatürk neden bu müziği yasak etmiş? Bir dönem radyolarda çalınması yasak edilmiş? Türklüğün sınırlarının dışına sürülmüş."

Böyle sınırlı, sürgünlü gösterişli cümleler kullanmaya bayılıyordum. Aynı incitme isteği, aynı karşı tarafın zayıf sandığın yerine saldırma duygusu!

Atatürk ve Cumhuriyet! Bütün o kuşak insanlarının olduğu gibi, onun da yumuşak karnıydı. Hayal kırıklığına benzer bir bulutlanma geçerdi gözlerinden. Geri dönülmüş bir kararın, çabuk onarılmış bir hatanın tarih içindeki güvenine yaslanmak isterdi. Sözcükler gücenmiş bir sesle çıkardı ağzından. Düşmüş silahlar, kırılmış kanatlarla incinmiş olarak geri çekilir, derin bir soluk alır, sonra kaldığı yerden aynı sükûnetle sürdürürdü konuşmasını. Bu çeşit tartışmalarla onda zorladığım şeyin, sadakat olduğunu ancak yıllar sonra kavradım. Sadakat duygusunun kendimde noksanlığını duyduğum zaman. Erken yaşta yitirilmiş sadakat duygusu onarılabilir miydi? İnsanın inançlarından, düşüncelerinden, değerlerinden, aşklarından, ilişkilerinden önce kendine duyması gereken temel bir sadakat olduğunu hissettiğim zamanlardı. Elimde kalan şeylerin iyice azaldığını görmüştüm. Kötü biri değildim ama, kötü biri olmaktan korkuyordum. Kendimi başarısız buluyordum, hayatım olmamıştı; hayallerim sönmüş, amaçlarım tükenmişti; başarısızlığımı örtbas edemeyecek kadar zeki ve kendine acımasız biriydim; böylelerinin çoğu kez içleri acılaşmış biçimde kötü biri olmaktan başka çaresi kalmaz hayatta. Duydukları hınçtan içleri taş kesilir. Onlardan biri olmak istemiyordum. Devrim olmamıştı. Birilerinin bunun için bizden özür dilemesi gerekiyordu. Gençliğimin önemli bir bölümünü demir parmaklıklar arkasında geçirmiştim. İçim yoksullaşmıştı. Sadakati hatırlamaya çalışıyordum. İşkencede konuşmama inadını ya da inançlarından ödün vermezliğin kuntluğunu değil. Pür sadakati. Karşılıksız, teklifsiz, insanın yalnızca kendi için yaşadığı sadakati...

Ben tutukluyken, hiç beklemediğim bir sırada Mamak'ta ziyaretime gelmişti. Ankara Radyosu'ndan hatırlı birinin tanıdığı kimi paşaları devreye sokarak hapishaneye girebilmiş, aileme bile göstermedikleri beni görmeyi başarmıştı. Hem sevinmiş hem onun kullandığı bu "imtiyaz" nedeniyle kendimi "dava arkadaşlarıma" karşı mahcup hissetmiştim. Cebeci'de bir plakçıya doldurttuğu, içinde eskiden sevdiğimi bildiği Türk Sanat Müziği şarkıları olan karışık bir kaset getirmişti bana. "Kimseler gelmez senin feryad-ı ateş barına" ile başlıyordu. İlk aşk ayrılığını yaşadığım sıralarda lügate bakarak sözlerini anlamaya çalıştığım şarkıydı bu.

O günlerde Mamak Askeri Ceza ve Tevkif Evi'nde değil bir kasetçalar, en yaşamsal şeyleri bile bulundurmanın olanaksız olduğunu bilmiyordu. Ben de sesimi çıkarmadan teşekkür ettim. Bunu içeriye sokan idarecilerin, içinde eski Türk Sanat Müziği şarkıları bulunan kaset getiren kadının ardından için için nasıl eğlendiklerini düşünmüştüm. Zulmedenlerle, zulmedilenlerin dünyasının dışında bir yerden geliyordu o; bu yüzden halinde hem gülünç, hem dokunaklı bir yan vardı; tıpkı kasedin içindeki şarkılar gibi, burada, hayatımızda, kavgamızda yeri yoktu.

Üniversite yıllarımda, çevremdeki herkesi hırpalamak pahasına, gündelik hayata gösterdiğim "devrimci dikkati" ona da göstermekten çekinmiyor, herkesi eleştirdiğim gibi, onu da kıyasıya eleştiriyordum. Bir seferinde onu elinde Abdülhak Şinasi Hisar'ın sağcı bilinen bir yayınevinden çıkan kitabını okurken gördüğümde, kendimi bir ihanetle karşı karşıya kalmış gibi hissetmiş, esip gürlemiştim: Nasıl olur da faşistlerin yayınevinden çıkan bir kitabı okurdu? Bu yayınevinin, faşistlerin yayınevi olduğunu bilmiyor muydu?

"Keşke solcular bassaydı bu yazarın kitaplarını," dedi. Sesi, nedenini anlamadığı kızgınlıklar karşısında olduğu gibi, sinip kaldığı bir kuytudan geliyordu.

"Niye bassınlarmış ki solcular! Hem ne anlatıyor bu yazar? *Geçmiş Zaman Yalıları*... İyi bir şey olsa faşistler basar mıydı sanıyorsunuz? Belli ki, geçmişe özlemi işliyor. Osmanlı'nın ulu günlerini... Sefalet içindeki halkın alınteri ve emeği sömürülerek kurulmuş yalılarda sürdükleri safahati, saltanatı mı?"

"Safahat mi? O kırgın, küskün bir adam yalnızca," demekle yetinmişti. Bu sözlerle kendi kırgınlıklarını, küskünlüklerini mi dile getiriyordu, yazarınkileri mi, bilmiyorum. Böyle zamanlarda tartışmayı alevlendirmez, laf anlatamayacağını bildiği bu çeşit durumlarda hep yaptığı gibi, geri çekilerek karşı tarafın sakinleşmesini beklerdi.

Hiç unutmam, kaç yıl sonra bol yapraklı hoş bir esintinin güneşi yumuşattığı, yazı daha sönmemiş bir sonbahar günü, Bayezıt'ta Çınaraltı'ndaki sahafları gezerken, oradan topladığım Hilmi Kitabevi'nden ilk baskılı Abdülhak Şinasi Hisar kitaplarını postalayıp gönderdiğimde, pek sevinmiş, pek gülmüş, "Senin inatçılığında güzel, zarif bir yan var kuzum," diye yazmıştı bana gönderdiği mektupta, "Ben ne anlarım elin yayınevinden! Ama şimdi ben ve bulunmaz ilk baskılarıyla Abdülhak Şinasi Hisar birbirimize pek yakıştık! Teşekkür ederim. Bak, ben şimdi sana bu satırları yazarken radyoda 'Semt-i dildâre bu demler seferin var mı sabâ' şarkısı çalıyor." Ne zaman bana bir şeyler yazacak olsa, arkada mutlaka radyo açıktır, o da çalan şarkıların adlarını bir bir saymaktan mutluluk duyar. O an birdenbire gözümde canlanan resimlerle ben de, her ne kadar nefret ettiğimi söylesem de Ankara'yı ne kadar sevdiğimi, doğup büyüdüğüm mahalleyi özlediğimi fark eder; çocukluğunuzun, yeniyetmeliğinizin geçtiği yerlerden sahiden nefret etmenizin mümkün olmadığını anlardım.

O kart, o karttaki Cumhuriyet'in ilk yıllarının harflerini taşıyan el yazısı, bana sadakati hatırlatıyordu. Öğrendiklerimize sadakati. Yazdıklarını okurken, burnuma çocukluğumun Ankara'sının iki yanı ağaçlı sokaklarını basmış ıhlamur, akasya kokuları gelir, güneşli günlerin açık pencerelerinden sokaklara taşan radyolarda çalan şarkıları duyar gibi olur, nedense her seferinde öğle üzerleri okul dönüşlerime denk gelen "ajans saati"nde hep evde olduğumu hatırlardım. O birkaç satır arasından duyulan radyo şarkılarının uzak nağmelerine sebep yüreğimi sızlatan şeylerin hepsini birden hatırlamayacak kadar geçmişle dolar taşardı içim. Zamanın içimi sızlatmasının tadını çıkaracak kadar çok şey yaşamış olduğumu, hatta farkına varmaksızın yaşlandığımı düşünürdüm.

"Semt-i dildâre bu demler seferin var mı sabâ."

Sözlerini pek anlamadığım şarkılar neden bunca derine işlemişti?

3.

Yıllardır yurtdışında yaşayan küçük yeğeninin yatak odasından gelen sesinde, sevmediğim bir kuruluk vardı; iç dünyasını ele veren bir ruh kuruluğu. Pervasız bir tonda yüksek sesle konuşuyor olması bile, artık evini ve hayatını savunamayacak durumda olan, mahremine girilmiş bir kadına gösterilmesi gereken saygının, özenin ihmal edildiğini düşündürüyordu bana. İçeride dolap kapaklarının, çekmecelerin rasgele hareketlerle açılıp kapandığı, koridorun geniş adımlarla arşınlandığı duyuluyordu. Onun hemen her şeye yumuşak dokunuşunu hatırlamak, şu ânın acısını keskinleştirmeye yarıyordu yalnızca. Evet, artık evini ve hayatını savunacak durumda değildi; şimdi gözlerimizin önünde, elimizin altında duran ona ait her şey, biz yaşayanların zalimliğine terk edilmişti. Benim için her biri ayrı bir hatırayken, odadan odaya çabuk adımlarla dolaşıp duran ötekiler için yalnızca eşyaydı. Bir an önce kurtulunması gereken eşya. Kimi umursamazlığından; kimi gençliğinden, eşyadaki hayat kıymetini, eşyanın bizdeki hakkını bilmediğinden...

Salondakiler sabırsız gözlerle, artık kalkıp gitmemiz gerektiğini hatırlatmaya çalışan ısrarlı bakışlarla bakıyorlardı bana. Anlamamış gibi yapıyordum. Evi gezmiş, eşyalara bakmış ve sıkılmışlardı. Bir ara kömürlüğe kaldırılan ıvır zıvıra bakmaya inmiş, bana da gelmek isteyip istemediğimi sormuşlardı. Bazı kutularda atmaya kıyamadığı eski radyolar bulmuş, birini çıkarıp getirmişlerdi. Tanıdım:

"Neden hâlâ seversin onda vefa yok gönül."

Benim için bu radyo, o şarkıydı. Şimdi bile, bir nedenle geçmişe dalıp gittiğim zamanlar, bazı şarkıları, hangi model radyolarda dinlediğimi hatırladığımda kendime şaşıyorum. Sonra Aga, Philips, Müller, Grundig'ten başlayarak bir dolu radyo markası... Beş lambalı, altı lambalı derlerdi radyolar için, ne demekse? Kulağımızın yetmediği zamanlarda şarkıyla göz göze gelmenin bir yoluydu belki de radyoya bakmak; bazen gözlerimiz onda çakılı kalır, şarkının bizi çıkardığı yolculuğa dalar giderdik. O hülyalı an, belleğimize bütün berraklığıyla kazınıyor olmalı ki, unutmuyorduk... Sonraları, o model radyo, bir yerlerde karşıma çıktığında, onda dinlediğim şarkıları neredeyse tek tek anımsardım: "Gülşen-i hüsnüne kimler varıyor, kim ayağın öperek yalvarıyor."

Dikkatimi sorguya çekileceğim konuların tamamen dışına sürerek sükûnetimi korumak için, hücrede tek başımayken, kupkuru matematik hesabı yaparcasına hangi şarkıların hangi bestecilere ait olduğunu anımsamaya çalışıp oyalardım kendimi. Artık bana çok uzak hissettiğim bir dünyanın bilgilerini yardıma çağırır; beklerken kendi kendimi kemirerek içimi zayıflatmaktansa, zamanı böyle hafıza tazeleme oyunlarıyla doldurmaya çalışırdım: Şerif İçli'nin miydi, Şükrü Tunar'ın mı bu şarkı? Refik Fersan'ın mıydı, Fehmi Tokay'ın mı? "Firkatin aldı bütün neşve ü tabım bu gece", Bimen Şen'indi; "Bende hicran yarasından da derin bir yara var", Sadi Işılay'ın; "Sabah yıllardan beri ilk defa oldu bence", Zeki Duygulu'nun; "Hançer-i ebrusu saplanmış dile", Astik Ağa'nın; "Hüsranla gönül hep inler", Neveser Kökdeş'in; "Mehtaba bürünmüş gece", Sadettin Kaynak'ın; "Güzel bir göz beni attı bu derin sevdaya", Osman Nihat Akın'ın...

Çabuk çözülmemiz için bizi özellikle beklettiklerini, bekleme süresinin uzunluğunun da işkencenin bir parçası olduğunu biliyor, içimden saymayı sürdürüyordum: "Sineyi suzanıma ahım yeter", Lemi Atlı'nın, "Nideyim sahn-ı çemen seyrini cânânım yok", Hacı Sadullah Ağa'nın, "Gözümde daim hayal-ı cânâ", Dede Efendi'nin, "Etdi o güzel ahde vefa", Ebu Bekir Ağa'nın, "Gelse o şuh meclise naz ü tegafül eylese", Hafız Post'un...

Sonra hücrenin kapısı açılır, gözlerim bağlanır, sorguya götürülürdüm.

Düşünüyordum: Şimdi bize birer şifre gibi görünen bir zamanların tabakat cetveliyle notalandırılmış bu eski Türk müziği şarkıları, kıstırıldığım bu yerde, belleğimi ve benliğimi serin, uzak tutan bir kerat cetveli işlevi görüyordu.

Beni konuşturamıyorlardı. O gücü nereden bulduğum bugün bile benim için bir muammadır. İnsanı en çok kendindeki muamma şaşırtır.

Kolejin ilkokul bölümünde beşinci sınıfa geldiğimde, "kontrol kayışı" takma hakkı kazanmıştım. Omuzdan bele çapraz inen bir kayış ile beli kuşatan bir kemerden oluşuyor, onu taktığınız sürece size diğer öğrenciler karşısında üstünlük sağlayan bir "pozisyona" işaret ediyordu.

Sonraları, Rita Pavone'nin filmlerinde İtalyan polislerinin, Louis de Funes'ün filmlerinde Fransız polislerinin üstünde benzerlerini görüp gülmüştüm.

Kontrol kayışıyla görevlendirilen öğrenciler, o hafta boyunca diğer öğrencileri denetleme ve onların hatalarını, kabahatlerini öğretmenlere bildirme ayrıcalığını kazanmış olurlardı. Kontrol kayışı takılan öğrencinin, anında davranışları değişir, üzerine yaşını büyüten bir ciddiyet gelir, sınıfın içinde olsun, koridorlarda ya da bahçede olsun, her an bir kusur, bir hata bulma ümidiyle bilenmiş bakışlarla çevreyi taramaya başlardı. Göğsünüzü çaprazlayan bu kayış, hem işinizi doğru yaparak öğretmenlerinizin gözüne girmenize yarıyor, hem de diğer öğrenciler karşısında kurduğunuz üstünlükle gücünüzü yaşama olanağı sunuyordu

Kontrol kayışı takan kızların dikkatlerinin, kontrol kayışı takan erkeklerden daha zalim olabildiğini görmüştüm. Kusur bulmaya, ayıp yakalamaya daha ayarlı gözlerle bakıyorlardı dünyaya. Büyüklerinin onlar üzerinde uyguladığı baskıcı dikkati, kendilerinin de ilk fırsatta başkalarına yansıtmasıyla mı ilgiydi bu, bilemiyorum. Belki de gelecekte hiçbir zaman iktidar olamayacağını sezmenin susamışlığıyla, bu üstünlük konumunun tadını fazlasıyla çıkarıyor, bu saltanatın kısa süreceğini erkeklerden çok daha iyi biliyorlardı.

Nasıl ilk kontrol kayışı taktığımda, okulun bahçesinde, kantininde kendimce gördüğüm tüm olumsuzlukları öğretmenime bildirmeyi görevimi yapmak sandıysam, ileriki yıllarda da devrimci fraksiyonumuz içinde, devrimciliğe ters düştüğüne inandığım tüm uyumsuz, tutarsız davranışları fraksiyon önderlerine bildirmeyi aynı aşkla görev bildim.

Üzerimde kontrol kayışımla görmeye gitmiştim onu. Aferin almak istiyordum.

"İhbarcılığın hiçbir çeşidi hoş değildir kuzum," demişti bana yüzünü belli belirsiz ekşiterek. Duyduğunda sevineceğini sanmıştım oysa. Hevesim kursağımda kalmış, bakışlarım boşalmıştı. "Bak Nazancığım, gördüğün hataları, kusurları, öğretmenlerine değil, çocukların kendisine söylemelisin. Senin de benzer bir hata yapma ihtimalin her zaman vardır. Sen de aynı davranışlara maruz kalabilirsin. Ben öteden beri sevmem böyle şeyleri. Çocukları daha küçükten nelere alıştırıyorlar Allahım?" diye söylenmişti.

Onun neden hoşlanmadığını tam olarak anlamamıştım, ama bende mahcubiyet uyandırmayı bilmişti; birden kontrol kayışına dolanmış halde orada öylece oturan kendimi sevimsiz hissetmiştim. Hoşnutsuz bir biçimde büzülüp kaldığım koltukta sürekli ayaklarımı salladığım kalmış aklımda; bir de bana kendimi böyle sevimsiz hissettirdiği için içimde ona karşı uyanan düşmanlık duyguları...

Deneyim yoluyla edindiğimiz bilgi bizde içselleşmediği sürece, aynı hataları yinelememize bir engel oluşturmuyor. İnsan haklı olduğuna inandığı durumlarda, aynı "pratiği" yeniden üretiyor. Zamanında davranışlarını bir devrimciye yakışır biçimde düzeltmeleri için uyarıda bulunduğum, özeleştiri vermeye zorladığım fraksiyon içindeki arkadaşlar için yalnızca "pis bir ihbarcı" olduğumu anlamam çok sonradır. Herkese borcumu işkencede ölesiye susarak ödedim. Solculuğumun daha en başında gidip en sekter, en muhafazakâr fraksiyonlardan birine bağlanmıştım. Bir an önce bir küçük burjuva çocuğu olmaktan kurtulmak uğruna ne kadar çabuk öbür uçtan başlarsam, arayı kapatacağımı düşünmüş olmalıyım. Devrimciliğe yakışmadığını, ters düştüğünü düşündüğüm her tutumu, her davranışı, üstlerime bildirmekten bir an bile geri durmadığım günlerde, bu yaptığımla, kolejin ilk yıllarında gövdeme dolanmış olan kontrol kayışı arasında bir ilişki benzerliği olabileceği aklıma bile gelmiyordu. Hayatın çapraz işaretlerini okumak için bunca ağır bedel ödemek gerekir miydi, bilmiyorum!

Eşcinsel olduğu anlaşıldığı için, fraksiyondan atılan hevesli ve yetenekli bir genç şairdi. Fraksiyon içinde açığa çıktıktan sonra, bir vebalı gibi tecrit edildi, herkes uzak durdu ondan, o günlerde ne denli mutsuz olduğu her halinden belliydi; kendini iyice salmış, saçı, sakalı uzamıştı. Onun o bedbaht, kaybolmuş hali, bizim hayat seçimlerimizi doğruluyordu sanki. Mutsuzluğu ve yalnızlığı arttıkça iyice alkole verdi kendini; solculuğunu kanıtlamak uğruna daha sert, daha siyasi şiirler yazmaya yöneldi. Bir gün ölü bulundu, ölümünün intihar mı, cinayet mi olduğu bir türlü anlaşılamadı. Örgüt içindeyken onu eşcinsel olduğu kuşkusuyla merkez komitesine ihbar edenlerden biri de bendim. İşin buraya varabileceğini tahmin etmemiştim.

Ölümünün siyasi bir cinayet olabileceği olasılığının güç kazanması üzerine, fraksiyonumuz bunun bir siyasal cinayet olduğuna inanmayı tercih etti ve ölüsünü sahiplenerek bu yolda propaganda yaptı. Dirisi değil, ama ölüsü işe yarıyordu.

Hapisten çıktıktan nice sonra arayıp mezarını buldum onun. Pek insan ayağı uğramadığı belli olan bakımsız mezarının başında uzun uzun oturup, otları ayıkladım; ruhuna gitsin diye o günlerden kalma bir şiirini yüksek sesle okudum ona.

İçim dinmedi. Kendimi affetmedim.

Daha en başta örgüte sızan bir ajan mı, yoksa gizli polisin zamanla kendi saflarına kazandığı bir militan eskisi mi olduğu hiç anlaşılmayan, evinde saklandığım bir hemşirenin ihbarıyla günün birinde, hiç beklemediğim bir anda kıskıvrak yakalandım. Herkes doğru bildiği ya da inandığı şey söz konusu olduğunda davranışının doğruluğundan kuşku duymuyor, başkalarının hayatına kader biçebiliyordu. Evine sığındığım hemşire de bana kader biçmişti. Hepimiz, omuzlarımızdan belimize dolanan görünmez kontrol kayışlarıyla donanmıştık; bunları bizim taşımaya gönüllü olmamız kadar, bunları hangi ellerin, ne için taktığı da önemliydi.

O militan eskisi hemşireyle yıllar sonra bu kez bir semt pazarında karşılaştım; o beni görmedi. Üzerinde, bir günün, bir haftanın işine benzemeyen kopkoyu bir mutsuzlukla yıllanmış öyle kirli bir yorgunluk vardı ki, kendimi göstermek gelmedi içimden. Yıllar yapacağını yapmıştı. Herkese.

"Nedir bu haletin ey meh cemalim."

"Türk müziği size ölmüşlerinizi hatırlatır." Bir keresinde bulutlu bir sesle söylemişti bunu. Yalnızca sözleri değil, sesindeki bulut da kalmış aklımda. Hatta günün saati. Akşamüstü çayı. Mavi-beyaz pasta tabaklarına dizili, susamlı, tarçınlı, irmikli, zencefilli çörekler...

Sevdiği bu benzetmeyi sık tekrarlar, "Biliyor musun ki kuzum, ben Türk Sanat Musikîsini aynı zamanda evladım gibi severim. Çünkü o, bizim öz çocuğumuz," derdi. "Biz sevmesek kim sevecek onu? Bizden başka kimsesi yok ki! Diyelim, bir Fransız, bir İskandinav, bir Japon dinlese bile, ne kadar sevebilir ki Türk Sanat Musikîsini? Bir müziği hatıralarımızla birlikte severiz çünkü. Bütün bir çocukluğumuzla severiz."

Gözleri dalar giderdi sonra. Ankara Radyosu'ndan ahbaplarına, hanendelere, sazendelere sofralar kurduğu, yalnızca müziğin konuşulduğu uzun geceler geçerdi gözlerinden. Ya da ben öyle düşünürdüm.

Bir ara kendi de herkesten gizli ut çalmaya heveslendiyse de, kendi tabiriyle "sınırlı kabiliyetiyle kendi kulaklarını ziyana uğratmadan bu hevesinden vaktinde vazgeçmişti". Ama daha usta olan Dayı'nın zaman zaman çaldığı tanburu zevkle dinlerdi. Sonraki yıllarda Dayı'nın tanbur çalışından, "Mızrabının zaafı vardı gerçi, lakin elinin kusurunu yüreğinin inceliğiyle telafi ederdi," diye söz ederdi. Dostlarına, ahbaplarına sofralar kurduğu çoğu zaman meşk yapılan o müzikli gecelere özel bir saygı ve sevgiyle hazırlanırdı. Yemekte "özel spesiyaliteleri" olurdu her zaman. Eğer balığın mevsimine denk geldiyse, mutlaka uskumru dolması bulunurdu sofrasında; artık kimselerin bunu yapmayı bilmediğinden dem vururdu. Uskumru dolması, topik gibi birçok alengirli yemeğin tarifini, genç kızlığa adım attığı yıllarda Moda'daki Ermeni komşularından öğrenmişti. Sonra gene kendinin deyişiyle "hasretle yâdettiği" o günlerde Moda'daki Yahudi komşularından öğrendiği, buralarda kimselerin pek bilmediği farklı yemekler, tatlılar olurdu sofrasında. Balığı günlerce öncesinden balıkçısına sıkı sıkıya tembihler, dolma içine koyduğu baharatı Ulus'taki Hal'de her zaman alışveriş ettiği aktara bir hafta öncesinden sipariş ederdi. Peyniri, zeytini, balı, pastırmayı, turşuyu farklı dükkânlardan almayı bilirdi. Birinin peyniri iyiydi ona göre, diğerinin zeytini. Ulus'taki Hal ve Sakarya Caddesi'ndeki bazı dükkânlar onun sürekli alışveriş ettiği yerlerdi. Onunla çarşı pazar gezmek eğlenceli bir şeydi. Her şeyin olduğu gibi, alışveriş etmenin de tadını çıkarır, sıradan bir alışveriş gününe bir hikâye derinliği katmasını bilirdi. Geçmişe bu kadar düşkün bir kadının, şimdiki zamanın tadını bu kadar çıkarıyor olmasında anlaşılmaz bir yan vardı gene de.

Nedense hep baş döndüren çiçek kokularıyla hatırlıyorum: Bazı çarşamba günleri ya da pazarları gazinoların kadınlar matinesine giderken mutlaka beni de yanında götürürdü. Demirtepe'de "Güneypark Aile Gazinosu", Maltepe'de "Köşk Gazinosu", Beşevler'de "Kervansaray Gazinosu", Gençlik Parkı'nın içinde "Göl

Gazinosu", "Japon Aile Çay Bahçesi", "Lunapark Gazinosu", "Sahil Gazinosu"' kalmış aklımda. Bir de "Yazar Aile Çay Bahçesi" vardı. Kapandıktan sonra adının yazılı bulunduğu levha, harfleri güneşten soyulana kadar orada asılı durdu. Hepsi şimdi solgun sevinç. Çocukluğun çabuk büyülenen gözlerinde kalmış nice sızılı resim.

Matine meraklısı birçok kadının sıkıldığı fasıl müziğini, o özellikle çok sever, programın başında çıkan fasıl heyetini iyi bir yerden dinlemek için gazinolara erken gidip ön sıralardan ya da masalardan birine otururdu. "Peşrev, taksim, fasıl sevmeyenler bu müziği sahiden sevmeyenlerdir," derdi: "Fasıl öncelikle bir adabtır. Birlikte söylemenin, birlikte eğlenmenin adabı."

Sonra bazı sözlerinin benim için ağır ya da zamansız kaçtığını düşünmüş gibi, "Boş ver, bana aldırma," dercesine dizlerimi okşar, yeniden dikkatini fasıla verirdi: "Bir kendi gibi zalimi sevmiş yanıyormuş."

Şarkı söylerken gereksiz yere yüksek perde bağıranlardan, yüzünü ıstırap çekiyormuş gibi buruşturan, gözlerini kapatıp kendinden geçmiş gibi yapan şarkıcılardan hoşlanmaz; çekilen zahmetin gösterilmesini ayıp sayardı. "Ses bir sürahiden dökülen su gibi kendiliğinden akıp gitmeli," derdi. "İp canbazlığı değil ki, hünerine alkış beklesin bunlar."

Genelde yaptığı bir şey değildi ama bir keresinde, gene bir günbatımı saatinde akşam çayı içerken, Hacı Mehmet Arif Bey'in "Hatırımdan çıkmaz asla ahd ü peymânın senin" adlı şarkısını usul sesle söylemişti bana, hiç unutmuyorum. Nedenini bilmeden ağlamıştım. Nedenini bilmeden ağladıklarımızın içimizden hiç gitmediğini artık biliyorum. Öte yandan onun geçmişinde, benim geleceğimde bu kadar yalnız olduğumuzu bilmiyordum. Nasıl bilebilirdim ki, çocuktum daha.

Türk müziği şarkılarının hemen hepsi aşk üzerineydi. Büyüdükçe düşünüyordum: Bu şarkıların anlattığı aşklar, bizim aşklarımız olamazdı. Kaybolmuş bir dünyanın, insanların, kalplerin şarkılarıydı bunlar. Bizden öncekilerin hatıralarının şarkılarıydı.

Bizim asla sahip olamayacağımız aşkların ve hayatların şarkıları... İstesek de aynı kulakla dinleyemezdik onları. Bu şarkılarda onların geçmişi vardı belki, ama bize bir gelecek yoktu. Yalnızca bu yüzden bile, ölmeye mahkûmdu bu müzik. İstense de günümüzde çoğaltılamazdı. İklimini, ruhunu, çağını kaybetmişti bir kere. Onun Türk Müziği tutkusu, dopdolu yaşanmış koca bir hayattan kalmıştı. Benimkisiyse, bu müziğin son dalgasını yakalamış çocukluk hatıralarıma alçakgönüllü bir saygı duruşu.

O yıllarda ne olursa olsun, onun geçmişine, hatıralarına, evine, radyosuna, plaklarına, Türk Sanat Müziği'ne kapanışına karşı tuhaf bir uzaklıktan baktık hep. Ailedeki hemen herkes için Dayı'nın ölümünden sonra zaten o, ölü bir zamanı temsil ediyordu. Tam olarak bu kelimelerle ifade edemesek de, ona karşı temel bir üstünlük duyuyor, biz bugünün mutluları, onun geçmişe kilitlenmişliği karşısında, sanki hayatın hakkını daha iyi veriyorduk; o hatıralarıyla yaşarken, biz içinde yaşadığımız şu "modern" zamanların tadını çıkarıyorduk. Sanki gerçek olan o değil de mutluluğun tarifini günün oyuncakları üzerinden yapan bizlerdik. Ona duyduğumuz merhamette, şimdiyi reddederek kaybettiği zamana duyduğumuz acıma da vardı.

İçinde yaşanılan günün her şey olmadığını anlamak için daha geniş zamanlara ihtiyacımız olduğunu anlamamsa, çok sonradır.

Bire bir annemler gibi düşünmesem de, yeniyetmeliğimden başlayarak geçirdiğim tüm evrelerde onun geçmişe gömülü yaşayan kayıp biri olduğu duygusundan hiçbir zaman tam olarak kurtulamadım. Sahiden onu anlayacak yaşa geldiğimdeyse artık yaşlanmış ve her şeyden uzaklaşmıştı. Dayı'nın ölümünden sonra gereğinden fazla yaşamış olduğunu düşünüyor, ama Allah'ın gücüne gitmesin diye dillendirmiyordu bunu. Bazen kendime haksızlık yapma pahasına da olsa, bana öğrettiklerini geri vermeye fazla vaktim olmadığını düşünürüm.

Ben, belirsiz bir gelecek uğruna gençliğimin en güzel yıllarını hapishanelerde geçirirken, o yitirilmiş bir geçmiş uğruna şimdiki zamanın üstünden atlayıp geçmişti. Bir filmde, bir oyunda, kahramanlar arasında dramatik bir karşıtlık yaratsın diye ısmarlanmış gibi azıcık kaba duran bu çelişkinin, memleket gerçeğinde kaç hayatı işgal ettiğini düşündüğümde, yalnızlığım daha az acı veriyor bana.

Söylendiğinde tek bir anlamı varmış gibi görünse de, yalnızlığın ne çok çeşidi olduğunu anlamak için yılların geçmesi gerekiyordu; herkes için geçmesi...

Sonradan çok düşündüm: Madem insanların gerçekleri değişiyordu, neden içinde yaşadıkları değil, yaşamayı seçtikleri geçmiş zaman parçası kendi gerçekleri olmasındı? Vazgeçmenin mutluluğu, anımsamanın, yalnızca anımsamanın mutluluğu yok muydu? Bütün bu soruların derinleştirdiği, gerçeğe ve zamana açılan kapılar benim içimde de açıldığında, artık o yanımda yoktu. Bunları konuşabileceğim kimse yoktu.

Bana kendi kendimle konuştuğum geniş bir zaman kaldı.

Oturduğum koltukta sızılı gözlerle etraftaki her ayrıntıya takılarak ne kadar çok şey anımsarsam ona olan borcumu daha iyi ödeyeceğimi sandığım bu çağrışım tutmasından bir an önce silkinmeliydim artık. Gereken konuşmalar yapılmış, formaliteler halledilmiş, herkes benim ağırdan almamdan sıkılmış ve fazlasıyla belli eder olmuştu. Bir süredir üzerime sabitlenmiş ısrarlı bakışlara yanıt vermem gerekiyordu: "Vasiyetinde öncelikle sizin bu evden istediğiniz şeyi seçip kendinize almanız şart koşulmuş Nazan Hanım," diyen avukatın sesi ve söyledikleri içimde yankısını bulmadı. Günlerce kapatıldığım o hücrede yaptığım gibi bildiğim, sevdiğim şarkıları hatırlamak ve bir bir saymak geliyordu içimden. Sanki bildiğim bütün şarkı adlarını arka arkaya, kana kana sıralarsam onu biraz daha yaşatacak, anısını sonsuzlaştırmış olacaktım.

Hem hangi eşya yaşadıklarımın yerine geçebilirdi ki? Her şey kendi yerinde ağırdı; kendi zamanında... Hayat hikâyemizde metafor değeri olan bir eşya, simge gücü taşıyan bir andaç, bana o günleri hatırlatacak ya da geri getirecek ne olabilirdi ki? Hiçbir şey benim bu evde yaşadıklarımın, öğrendiklerimin yerini tutamazdı ki! Kömürlükten getirdikleri şu eski radyo? Salonun geniş duvarında şimdi azıcık çarpık duran çerçevesi gevşemiş, zamanın beneklendirdiği büyük ayna? Yaz-kış çiçeğini eksik etmediği şu orta vazosu ya da onun her zaman oturduğu şu kolçaklarının cilası sönmüş ceviz koltuk? Şimdi oturduğum koltuktan kayarak yerdeki halıya otursam kendimi onun dizlerinde bulmazdım ki. Bu evdeki her şeyin anlamı, bu evin kendi zamanında ve mekânında saklıydı. Denizden çıkarılan batıklar gibi buranın dışına çıktıklarında dağılıp gitmezler miydi?

"Ne mi istiyorum?" dedim kendi kendimle konuşur gibi.

"Hiçbir şey. Ben alacağımı zamanında aldım." Demek istedim. Diyemedim.

Hiçbir şey diyemedim.

Camdan dışarı bakıyordum. Arka bahçenin pencereye kadar uzanan ağacının dallarında benim çocuk olduğum zamanlardan kalma yapraklara dalmıştım. Güz başı olmalıydı. Kapamaya başlayan gökyüzüyle birlikte, radyoda spikerin sesi: "Saat 17. Burası Ankara il radyosu. Şimdi fasıl saati..."

2005 - Ocak 2006

Sinop'a Gelin Giden

İsmet Ay için, hatırasına...

Sinop'a geldiğinizde mutlaka beklerim. Evimizin penceresinden Sinop Kalesi görünüyor bir görseniz! Dalgalar, deniz! Nasıl anlatsam! Yağmurlu havada başka, güneşli havada bir başka..."

Gülümsüyorum.

Bayramda anne-babasının elini öpmeye gelmişler. Bu, evlendikten sonraki ilk bayramları. O gün üst kat komşusu olan teyzeme uğradıklarında karşılaşmıştık. Bayram ziyareti yaptığım tek insan teyzemdi. Seksen dört yaşındaydı; yaklaşık otuz yıldır bizi karşılar ve uğurlarken aynı sözü söylerdi: "Belli mi olur, belki de gördüğüm son bayramdır bu." Ardından gözleri kendi ölümüne nemlenirdi.

Ailenin tek okuyan kadınıydım. Okumakla da kalmamış üniversitede öğretim üyesi olmuştum. Teyzemin benimle övündüğünü biliyordum. Bayram ziyaretlerine gittiğimde, gelen telefonlara karşılık verirken mutlaka söz arasında "Yeğenim bende, hani üniversitede hoca olan," diye sokuşturmayı ihmal etmezdi. Ben, böyle şeylerden hoşlanmazken, onun tadını çıkarmasına göz yumuyordum.

Her haliyle eski usul bir kız olan Seher, teyzemin alt kattaki komşusunun iyi yürekli, evcimen, yardımsever kızıydı. Yedi düvelle barışık, dedikleri cinstendi. Güç bela liseyi bitirmiş, şimdi evinde kısmetini bekliyordu. Benzerleri gibi tek hayali, evlenip çoluk çocuğa karışmak, kendi yuvasını kurmaktı. Sıradan zevkleri, ortalama değerleri, kendince meziyetleri olan, yetinmesini bilen biriydi. İnsanı yok yere neşelendiren bir hali vardı. Mahallenin canı sıkılan bezgin kadınlarının öğleden sonraları toplaştığı oturma odalarının sıkıntısını dağıtan o hareketli kızlardandı. Dünyanın, aklı ermediği çelişkilerine ve karmaşasına kafa yormayan kendi halindeki bu kızcağız, teyzem için hayatı kolaylaştırıyor, aksi, huysuz, geçimsiz bu kadını bile neşelendirmeyi biliyordu. Teyzem, bizim kendisiyle yeterince ilgilenmediğimizi düşünüyor –ki, bu konuda haksız değildi; kalabalık bir aile değildik, ben onun iki yeğeninden biriydim ama evim, işim, hayatım gereği ona fazla zaman ayıramıyordum; ayrıca buna fazla gönüllü olduğum da söylenemezdi– ve o da gerçek yeğeni Seher'miş gibi davranıyordu. Aslına bakılacak olursa, bunda doğruluk payı da yok değildi. Ancak insanın gerçek bir yakını, Seher gibi davranırdı. Onun varlığı hepimizin işini kolaylaştırmış, vicdan yükümüzü hafifletmişti. Seher sanki hepimizin adına teyzeme bakıyor, genç yaşta dul kalıp bir daha hiç evlenmemiş olan, ruhu çoktan sönmüş teyzeme yalnızlığını unutturup onu oyalamayı biliyor, ufak tefek işlerine yardım ediyor, çarşı-pazarına koşturuyor, en ufak sıkıntısında yanı başında bitiyordu. Bizim Seher'e yaptığımız tek iyilikse, çeşitli nedenler yaratarak çeyizine katkıda bulunmaktı. Ki, bu onun için hayatta en önemli şeydi. Hele teyzem, ömrü boyunca ördüğü bütün iğneoyalarını, hesapişlerini, suzenileri, sarmaları, mürveriğnelerini, civankaşlarını çeşitli vesileleri sebep ederek Seher'in çeyizine katıp durmuştu. Evlendiğinde de, yıllardır kimselere vermeye kıyamadığı gümüş çemberli sandığını düğün hediyesi olarak gönderdi.

Eline yüzüne bakılır, güzel denemese de sevimli, hafiften tombalacık, çıtı pıtı bir kızdı Seher. Ev işlerinde hamarat, becerikliydi. İyi bir gelinde bulunması gereken bütün özelliklere sahip olduğu için, kısmeti çabuk çıktı. Yalnız damat Sinopluydu. Babası işini orada kurmuştu. Hali-vakti yerinde bir aileydi. O güne kadar anasının babasının dizinden ayrılmayan Seher için ciddi bir sorundu bu. Annesi "Biz bugün var, yarın yokuz; sen kendini düşün," diye kestirip atmıştı.

Seher sızlanıp durdukça, "Sinop dediğin ne ki? Şurası," dediler. "Bir otobüs biletine bakar, o kadar. Maksat başın dinç olsun. Oğlan evi barkı kurmuş. İşi de tamam. Kız desen yirmi ikisinin içinde. Zamanıdır."

Seher, sonunda Sinop'a gelin gitti. Arkasından iyi haberleri geldi. Bu işe en çok canı sıkılan teyzem olmuştu. Keyfi kaçmış, omuzları düşmüş, boynu bükülmüştü. "Kim bilir bir daha ne zaman görüşürüz?" dediğinde, sesinde sahici bir keder ve vazgeçiş vardı.

Bayramın ilk günü Sinop'taki büyüklerinin ellerini öpmüş, ikinci gün özel otomobilleriyle Istanbul'a yola çıkmış, Seher'in aile büyüklerini görmeye gelmişlerdi. Damadın bu kadirbilir davranışı herkesin hoşuna gitmiş, kızın ailesini pek duygulandırmıştı. Bu arada teyzeme de uğramışlardı. Görünüşte değişen bir şey yoktu. Her şey kaldığı yerden sürüyor gibiydi. Oysa Seher'in yokluğunu herkesten fazla hisseden teyzem, zamanı hepimizden farklı ölçen yaşlara gelmişti. Gidenin temelli gittiğini biliyordu. Seher'i bir daha hiç göremeyecekmiş gibi bağrına bastı; uğurlayışında da her zamankinden farklı bir hal vardı. Biraz yaşamış gözler, bunun gerçek bir veda ânı olduğunu anlardı. Nitekim birkaç ay sonra öldü teyzem. Tam istediği gibi bir ölümle öldü. Uykusundayken, hiç acı çekmeden, öldüğünü bile bilmeden öldü.

"Seher'e haber vermeyelim, çok üzülür," dedi annesi.

"Zamanıydı," dediler. "Kurtuldu."

O yaşta kadın yanına kimseyi istemiyordu. "Can yoldaşı olur sana, kimsesiz bir kız ya da yalnız, dul bir kadın al yanına," şeklindeki önerilerimize, "Ben kimseyle yapamam," diye karşı çıkıyor, üstelediğimizde de bizi paylıyordu. "Hele bu yaştan sonra, yalnızlığın saltanatına bunca alışmışken..." Ardından dudak büker, patisini havada unutan kediler gibi dudakları uzun süre bükülü kalırdı. Ona göre akraba olmayan insanlarla aynı çatı altında uyunmazdı. Bu sözlerinde bize bir sitem olmalıydı; ama benim de, kardeşimin de ev yaşamında ona yer yoktu. Her zaman bildiği bu gerçeği, hiçbir zaman kabullenemedi.

2.

Annesine, "Hafta sonu Zonguldak, Sinop'u gezeceğiz, Seher'e de uğramayı düşünüyoruz," dediğimde aslında teyzemi düşünüyordum. Seher, sanki ondan yadigâr kalmıştı bize. "Sizi görünce delirecek," dedi annesi. "Bakın otelde kalırsanız çok gücenir." Evleri müsaitmiş. Direnecek oldum. Söz dinleyeceğe benzemiyorlardı. Kocam kalender, uyumlu bir adamdır; bu konularda huysuz olan benimdir.

Gerçekten de Seher bizi görünce sevincinden uçacaktı neredeyse. Annesi hemen o gün Seher'i aramış, geleceğimizi haber vermişti. Belli, biz gelmeden önce birkaç kez inceden inceye temizlenmişti ev. Her yerin, her şeyin tozu defalarca alınmış, her örtü defalarca silkelenmiş, her yer döne döne tekrar silinmişti. Daha kapıdan başlayarak evin içinden çiçek kokusuna karışmış çeşitli temizlik malzemelerinin kokuları geliyordu. Aydınlık, bol ışıklı, şirin bir evdi. Ama, evden çok bir dekora benziyordu. Seher'in yıllardır ucun ucun biriktirdiği çeyizi, bir sergi, bir yaygı halinde evin her yerine özenle serilmişti. Çeyizine katkı olsun diye aldığımız eşyaları nasıl kullandığını bize gururla gösterdi.

Evdeki tek tek her ayrıntı bize anlattıklarını doğrulamak ister gibiydi. Her odayı, her köşeyi uzun uzun anlatıp gösterdi. Sanki evini değil, gerçekleşen hayallerini gezdiriyordu. Kabına sığmayan bir sevinci, yorucu bir coşkusu vardı. Gerçekleşmiş olan hayallerinin seyircilerini tam olarak tatmin edecek bir gösteri sunmak istercesine çırpınıyor, herhangi bir eksik, bir noksan, bir yanlış bulmamızdan korkuyordu. Bu arada, birlikte yadetmek ister gibi teyzemin çeyizine kattığı birkaç parça eşyayı da nemli gözlerle gösterdi bize. Onlara başka türlü bir değer verdiği belliydi.

Kuşluk vaktiydi. Her yanı saksı bitkileri ve çiçeklerle özenle süslenmiş balkondaki kireç akı boyanmış ferforje büyük masa geç saat kahvaltı sofrası olarak hazırlanmış, iştah kabartan zengin görünüşüyle bizi bekliyordu. Karşımızda olanca görkemiyle Sinop Kalesi, eteklerini döven dev dalgalarıyla Karadeniz duruyor, öğlene yürüyen güneşte pul pul gülümsüyordu. Seher, yüzümüze "Nasıl? Her şey anlattığım gibi, değil mi?" dercesine, masalına inandırmak isteyen bir çocuk gibi bakıyordu. Neden böyle düşündüğümü bilmiyorum ama, bütün mutluluğuna karşın, halinde dokunaklı bir yan vardı. Nedensiz yere gülümseyip duruyor, onu hoşnut etmem gerektiğini düşünüyordum. Bir ara teyzemden söz açtı, başlangıçta ikimiz de duygulandık, ama o yeterince içlenmemişiz gibi gereksiz bir sürü ayrıntıyla konuyu uzattıkça, bu konudan sıkıldığımı fark ettim ve ona karşı duyduğum gönül borcunu abarttığımı düşünmeye başladım.

Gözlerimi Sinop Kalesi'nden alamıyordum. Bu sürgün kalesi orada bir kale gibi değil, bir tarih gibi duruyordu. Acı bir görünüşü vardı. Bir tarihte, Mahmud Şevket Paşa'nın katliyle çileden çıkan İttihatçıların bir gecede tevkif ederek "Bahr-i Cedid" adlı köhne bir vapurla Sinop Kalesi'ne sürdükleri sekiz yüz elli kişiyi anımsadım. Sanki hâlâ oradaydılar ve şimdi gitsem, zaman hiç geçmemiş gibi onları orada bulacaktım. Bizi ve hatırlanmayı bekliyorlardı.

Bu sırada aniden gökyüzü kapadı. Parlak bir gökyüzünün birdenbire bu denli hızla kapadığına hiç tanık olmamıştım. Nereden kopup geldiğini izleyemediğimiz bulutlar hızla bir araya toplanıp, aniden şiddetli bir yağmur indirdiler. Gökyüzünün fırtınasına karşın Karadeniz olabildiğince sakin görünüyor, bu yüzden iri yağmur tanelerinin denizi delik deşik ettiği açık seçik görülebiliyordu. Biz içeri kaçmamız gerektiğini düşünürken, Seher, "Gerek yok," diyerek hemen balkonun cam kepenklerini indirdi. Bir anda balkon bir limonluğa dönüşüverdi.

"Bir saat içinde Karadeniz'in bütün yüzlerini gördük," dedi kocam. Sanki tatilimiz o an, bu cümleyle bitmişti.

Seher, "Karadeniz bu, hiç belli olmaz," dedi arkasına yaslanarak; bunu söylerken kırk yıllık bir Karadenizli gibi emin konuşmuştu.

Bense gözümü Sinop Kalesi'nden alamıyordum.

Sinop Kalesi'nden uçtum denizee...
Tam üç gün üç gecedee...

Yetmişli yıllarda çok ünlü olmuş bu eşkıya türküsünü andım. Kocam gülümsedi. Sonra ezgiyle mırıldanmaya başladı. Denizin, yağmurun yorduğu gözlerimiz buluştu; bu türkünün hatırlattığı yılların üstünden bakışıyor gibiydik. Besbelli yetmişli yıllar içimizi sızlatmıştı. O zamanlar birbirimizi tanımıyorduk. Aynı şehirlerde bile yaşamıyorduk. Ama hatıralarımız ortaktı. Kocamla geç yaşta evlenmiştik. Hemen çocuk yaptık. Birbirimize hiç söylemedik ama, ikimiz de birbirimizi sonradan sevdik. Çaresizlikten değil, zamanla birbirimizi keşfettiğimiz için. Birlikte büyümedik belki, ama birlikte eskidik. İkimizde de yetmişli yıllardan kalma bir safiyet, bir inanç, bir etik bağlılık ve vicdan vardır. O yıllarda solcu olmuş insanlarda, sonradan ne olurlarsa olsunlar, üzerlerinden gitmeyen bir benzerlik hali işte. Bir an bütün bunlar bir türkünün hatırlattıklarıyla bir şimşek hızıyla gelip geçti aklımdan. Mutlu bir evlilik denebilir miydi bizimkine bilmiyorum, özel mutluluklarım olmadı, bunu söyleyebilirim; bizimki uygun, pek uygun bir evlilikti. Hayattan beklentileri azalmış iki insanın birbirine yaslanmasına benziyordu daha çok. Birbirine sevgi, saygı, şefkat duyan iki kişinin birlikteliğiydi. Sağlamlığını yetinmesini bilmekten alıyordu.

Belki de ben mutlu olmayı bilmeyen kadınlardandım. Lise yıllarımda bile romantik bir dönemim, toy hayallerim olmadı. Diğer genç kızların yaptıklarının hiçbirini yapmadım. Kalp çarpıntılarını tanımadım. Her zaman gerçekçiydim, serttim, kararlıydım. Bu yüzden hukuk okudum belki de. Mutluluktan çok huzuru istedim.

Nedense düşündüklerim birdenbire fazla geldi bana, kalkıp içeri geçtim; lavaboya gidecektim. Ansızın kapayan havanın kurşuni, ölgün ışığından birdenbire içeri geçince, az önce demetlenmiş güneş ışınlarının cömertçe aydınlattığı salondaki eşyaların ışığının tamamen sönmüş olduğunu, hepsinin üzerine koyu gölgeli, kederli denebilecek bir havanın çökmüş olduğunu gördüm. Hepsinin üstünü can sıkıntısı örtmüştü sanki. Öldürücü bir can sıkıntısı. Salonu da, evi de ilk kez görüyormuş gibi yeni gözlerle baktım. İçimi bir an önce kaçıp kurtulmak duygusu sardı.

Kendi sıkıntılı düşüncelerime kapanmış, dalgın bir halde lavabodan dönerken orta sehpanın üzerindeki cam kuğunun kuyruğuna takıldı eteğim; ardım sıra sürüklenerek yere devrilen cam kuğu parça parça oldu. Şangırtıyla birlikte yerinden fırlayan Seher balkon kapısında kalakaldı. Yüzünde öyle canı yanmış bir ifade vardı ki o an bu cam biblonun onun için çok önemli, çok değerli olduğunu sandım. Sanki içimde tutup da söylemediğim bütün sözleri söylemiş, bu cam bibloyla birlikte onu da kırmıştım. Kırılıp dağılan cam parçacıklarının ışığında bir an birbirimizin yüzüne birbirini ilk kez gören iki yabancı gibi baktık. Ardından hemen kendini toparladı; mutfağa koşup bir süpürge ve faraş getirdi. Arka arkaya tekrarlayıp durduğu "Canın sağ olsun Yıldız Abla, lafı mı olur, cana geleceğine mala gelsin, üzerimizden nazar gitti sayende," gibi sözleri, özürlerim karşısında beni yatıştırmak için söylüyormuş gibi görünse de, aslında kendini sakinleştirmeye çalıştığı anlaşılıyordu. "Manevi bir değeri var mıydı, bak doğru söyle Seher," diye üsteliyordum. "Bir biblo," diyordu, "inan yalnızca bir cam biblo. Hiçbir hatırası yok." Böyle dese de, bu işe canının fazlasıyla sıkılmış olduğu anlaşılıyordu. Üzüldüğü şey biblonun kendisi değildi belki, ama bütün saklama gayretlerine karşın bir şeye derinden üzülmüş olduğu belliydi.

"İlk kez mi bir şey kırılıyor evde?" diye sordum.

Yüzü birdenbire değişti. Sanki sormamam gereken bir şeyi sormuştum. Üzüntüsünün kaynağını keşfetmiş gibi yüzü kederli bir aydınlıkla ışımıştı. "Evet, ilk kez bir şey kırılıyor." Bunu söylerken bastırmaya çalışsa da sanki kurduğu düzen altüst olmuştu. Sanki şimdi biz burada olmasak, koşa koşa evden fırlayıp çarşıya gidecek, o biblonun bir eşini alıp yerine koymadan kendine gelemeyecekti. Kimsenin ayağına batmasın diye koşa koşa alıp geldiği süpürge ve faraşla ortalığı iyice süpürmüş, ardından elektrik süpürgesini etrafta birkaç kez daha dolandırmış, sonunda da ıslak bezle koltuk altlarına, halı altına varana dek her yeri defalarca silmişti. Bütün bunlar ne etrafa dağılmış cam kırıklarının saçıntıları, ne de bizi kollamak içindi. O, yalnızca içini yatıştırmaya çalışıyor; sanki hiçbir şey olmadığına, hiçbir şeyin değişmediğine, her şeyin aynı sürüp gittiğine bizi de kendini de inandırmak istiyor, arada bir bize bakarak, "önemli değil" dercesine gülümsüyordu. Gülümseyişine sahtelik gelmiş, hepimizin neşesi kaçmış, canı sıkılmıştı. Dekordan bir parça eksilmişti ve sanki eksilen bu parça, dekorun güvensizliği konusunda herkesi uyarmıştı.

Güneşin yeniden açması kimsenin eski sevincini, neşesini yerine getirmemişti. Seher, bize ayıp olmasın diye canlı davranmaya çalışıyorduysa da, yürürken ayaklarını sürümeye başlamıştı bile. Bize gösterebileceği her şeyi göstermiş, gösterisi sona ermişti. Bir evi, bir kocası, her çeşit eşyası vardı. Bizden sıkılmaya başlamıştı. Daha akşam olmadan konuşacağımız her şeyi tüketmiştik. Yeniden kafasının yerine gelmesi, eski neşeli, canlı haline kavuşması için şimdi bizim gitmemiz ve bizim yerimize bu evi ve bu eşyaları daha önce hiç görmemiş olan başkalarının gelmesi gerekiyordu. Akşama kocasının eve gelişi, birlikte yenecek akşam yemeğindeki, filmlerden aklında kalmış ev kadınlığı ve mutlu yuva sahneleri, sıkıntısını yalnızca birkaç saatliğine hafifletmeye yetecekti ancak. Yeni insanlara, yeni gözlere ihtiyacı olacaktı hep.

Şimdi balkonda oturup sakinleşen denize, dalgalara, türküsünün yankısı gençliğimize kadar varan Sinop Kalesi'ne, yükünü indirdikten sonra kaçıp giden azman bulutların arkalarında bıraktığı boşluğa bakarken canımız sıkılıyordu.

Daha önümüzde nasıl geçireceğimizi bilmediğimiz iki gün vardı.

Ocak-Ağustos 2003

"Kanat Turizm'in Değerli Yolcuları..."

Alnının bir yanında, başını dayadığı camın titreşip durduğunu hissetmesine karşın, uyumayı sürdürebiliyordu.

Kapalı gözlerine vuran güçlü ışıkların, dışarıda çoğalan seslerin varlığı; otobüsün kesilen hızı, anayoldan ayrılırken alınan bir dönüş ve bir anda yakılan iç lambaların çiğ aydınlığında görülen yolcuların dağılmış yüzleri, bir mola yerine geldiklerini söylüyordu. Otobüs yolculuklarının en sevmediği yanıydı bu: Uykusu bölünmüş bu insanların uyanırkenki şaşkın, saç-baş dağınık hallerini görmek, onların mahremine girmek gibi geliyordu Meltem'e. Uyanırkenki yüzümüzün, ancak yakınlarımızın görebileceği bir "özelimiz" olması gerekirken, otobüs yolculuklarında ulu orta yaşanan bir insanlık hali olup çıkıyordu. Ya şu yan taraftaki kadın gibi ağzım açılıp çenem düşerse uyurken, ya aralık kalmış dudaklarımın kıyısından aşağıya doğru ince bir salya sızarsa, ya ben de arkadaki bey gibi horlayacak olursam gibi kuşkular uykusunu kaçırmaya yetiyor, faltaşı gibi açılmış gözlerle yolculuk ediyordu.

Zaten bu otobüs yolculuklarında genel bir uykusuzluk çekmesi yetmiyormuş gibi, ne zaman bin bir zahmetle şöyle bir kestirecek olsa, beş-on dakikaya kalmadan otobüsün bir mola yerinde duracağı tutardı; uyku ile uyanıklık arasında kalmış iyice sersemlemiş bir kafayla inerdi arabadan. Defalarca denediği talihin kötü bir şakasıydı bu ona. Yolculuk Tanrısı kendisiyle alay ediyor olmalıydı.

Bu sefer de öyle olmuş, üstelik o kısa zaman diliminde bir de kötü rüya görmeyi becermişti. Kendisini asıl uyandıran da bu –daha doğrusu rüyasında eski kocasını görmesi– olmuştu! Tuhaftır, yıllardır yüzünü görmek şöyle dursun, rüyasında bile görmemişti onu; hayatından öylesine kazımış, çıkarıp atmıştı ki rüyalarına bile giremiyordu adam. Şimdi bunca zaman sonra, şakağında titreşip duran bir otobüs camının iyice sersemlettiği kafayla gördüğü rüyada birdenbire karşısına çıkmasını, neye yorumlaması gerektiğini bilemedi. Aslına bakılacak olursa, pek bir şey hatırlamıyordu gördüklerinden; iç içe geçmiş bulanık görüntüler yalnızca... İnsanda hiçbir duygu uyandırmayan sıradan, karışık rüyalardan biri işte. Nerede oldukları belli değil. Meltem, ona evleriyle ilgili bir şeyler sormaya çalışırken, o sürekli başkalarının evlerini, çatılarını, bacalarını geniş el kol hareketleriyle işaret ederek turizm acentelerinin broşürlerini, afişlerini gösterip uzun uzun başka şeylerden söz ediyor. Bunca zaman sonra rüyada gördüğüne değmeyecek saçma sapan şeyler yani!

Gerçek yaşamda da böyleydi o, sorularını hep ustalıkla geçiştirirdi Meltem'in. "Sen bu sorunla ne anlatmak istiyorsun? Bir bakalım şimdi?" diye söz uzatmaya bakardı her seferinde; bu onun zaman kazanma tekniğiydi. Hiçbir şeyi anında yanıtlamaz, mutlaka kafasında evirip çevirme fırsatı tanırdı kendisine. Hesaplılık onun doğasında vardı.

Hayatta birdenbire bir şey değişir ve artık hiçbir şey eskisi gibi olmaz. Meltem'e de öyle olmuştu. Yaşamında bir şey değişmişti ve artık hiçbir şey eskisi gibi olmamıştı. Öğrenmişti: İnsan masumiyetini bazen bir başkasının günahıyla kaybeder. Meltem'e olan da buydu. Öğrenmişti: Hayatta herkese gücünü veren başka bir şeydir. Ona da gücünü, yaşadığı bir yıkım kazandırmıştı.

Bir an önce yüzünü yıkamak istiyor otobüsten inerken. Gördüğü şu sersem rüyadan birkaç resim kalmışsa gözlerinde, onu da suyun akarına vermek istiyor.

Otobüsten indiği anda, genç bir erkek sesinin şarkılı bir tonla yaptığı "Afyon İkbal Tesisleri'ne hoş geldiniz" diyen anons çınlıyor kulaklarda: "Denizli istikametinden gelip, İstanbul istikametine gitmekte olan Kanat Turizm'in değerli yolcuları, otobüsünüz yarım saat çay molası vermiştir..."

Ayakları uyuşmuş; üzerine rahat basıp kolay adım atamıyor, bir süre ağırlığını tek ayağının üzerine verip, şöyle bir silkeledikten sonra devam ediyor yoluna. Bedenin her arazını, ilerleyen yıllara vermek istemiyor ama eskiden otobüste de olsa bu kadar uyuşmazdı ayakları, bacakları. Yıllar. Düşünmeden edemiyor.

Uçak korkusunu bir türlü yenemediği için uçağa binemiyor; uzun yol trafiğine güvenemediği için kendi arabasıyla yola çıkamıyor, dolayısıyla otobüs yolculuklarını yeğliyordu. Bu durumda uyuşup şişen ayaklara katlanacaktı.

Gözleri Mecnun'u arıyor etrafta. Bugün yok galiba. Olsa mutlaka çıkardı ortaya. Öldü mü acaba? Onu göremediği her seferinde yüreğini sinsice yoklayan bu korkudan nefret ediyor. O da ölürse sanki bütün ümidini kaybedecek! Mecnun, buranın delisi! Yazkış üstünde ince bir pördösüyle gezer, her gelen otobüsün önüne çıkar, pencerelerine tek tek bakar, uğruna mecnun olup yıllardır aradığı o yüzü birinde bulamayınca ötekine seğirtir. Bütün otobüsler gittikten, ortalık ıssızlaştıktan sonra mahzunlaşıp bir köşeye kıvrılıp yatar. Kimselerle konuşmaz. Gözleri o kadar kimsesiz bakar ki, en taş yürekli insanın bile içine işler. Bir kedinin, bir köpeğinki kadar saftır bakışları. Onun gördüğüyle, insanların gördüğü bir değildir sanki. Öteden beri buranın esnafı kollayıp besler Mecnun'u; perişan etmez.

Mecnun'un hayat hikâyesidir, diye kulaktan kulağa anlatılansa geçmiş zamanların tozlarının altında kalmış eski bir halk hikâyesine benzer. Bunca yıl anlatıla anlatıla değiştiği ağızlarda, aslının ne olduğu unutulup gitmiştir çoktan; söylenenlerin ne kadarı gerçek, ne kadarı doğrudur kimse bilmez artık. Buranın yaşlılarına sormaya kalksanız, birinin şöyle olmuş dediğine, diğeri hayır böyle olmuş, der. İşin doğrusunun öyle ya da böyle olmasının bir önemi de kalmamıştır zaten. Kahramanını mecnun eden hikâyenin, aslı kalır mı?

Demelerine bakılırsa: Güzel bir kız sevmiş gençliğinde, masallardaki gibi büyük bir aşk ve tutkuyla bağlandığı bu kızın bir gün "Döneceğim, bekle," diyerek bir otobüse binip gitmesiyle başlamış her şey. Sonrasında her gün otobüs meydanına gelip yol gözler olmaya başlamış Mecnun. Kız dönmemiş. Bir daha hiç dönmemiş. Ne haberi gelmiş bir yerlerden, ne de bir haber etmiş. O gün bugün almış yürümüş hikâyesi Mecnun'un: Her gelen otobüsün önüne atar olmuş kendini, derler. Kız, günün birinde sahiden çıktı geldi, ama artık Mecnun tanımadı onu, derler. Öyle bir kız hiç olmadı ki, yoktu öyle biri, diyen bile vardır. Bunca yolun ve dilin kesiştiği dörtyol ağzı hikâyede ne gerçek kalır geriye ne de bunun bir önemi... Tek gerçek, Mecnun'un o gün bugün otobüs meydanlarında birinden ötekine dönenip duran varlığıdır. Ancak aşk, insanı böyle mecnun eder.

İnsanların demesi biter mi?

Günümüzde hâlâ aşktan ümidini kesmeyenlerin, onu aramaktan vazgeçmeyenlerin, kaderin günün birinde karşısına çıkaracağı birini hayal etmeyi sürdürenlerin, sahibini bekleyen boş kalplerin, modern hayatın zalim gerçeklerinin solduramadığı o büyük aşk mitinin canlı bir simgesi olarak orada, o meydanda durur; arabaların arasında gezinir, her gelen otobüsün yolcu boşaltan kapısının ağzında geçmişten gelen bir hayalet gibi belirir, yılların bir damlasını olsun solduramadığı can yakıcı bir umutla tek tek bakar otobüs camlarını dolduran yüzlere. "Döneceğim, bekle," diyenin bir gün dönüp geleceğine inananların ümidiyle bekler. Bir kere mecnun olan, hep öyle kalır, derler. İnsana kendi adını bile unutturan aşkla kalır, derler. Aşkını unutamayana değil, aşktan adını unutana Mecnun derler.

Aşkın hayatımızdan tamamen çekip gittiğini söyleyenlere, dünyada aşk kalmadı artık, diye yakınanlara otobüsleri durup da mola verdiğinde Mecnun'u gösterip, "Olmaz mı, buyrun işte aşk!" derler. "Karşınızda duruyor." Kimisi, zamana kaptırılmış bir kayba duyulan kederle söyler bunu, kimisi aşkı bu yolla küçümser. Yakasını aşka kaptırmamış olmayı bir çeşit güç sananlarla, yakasını aşktan zamanında kurtarabilmiş olmayı akıllılık sayanlar, merhametten alaya çok kolay yer değiştirebilen yelpazesi geniş duygularla hem güler, hem acırlar Mecnun'un haline. Mecnunluk haline.

Mecnun'sa hiçbir şeyin farkında değildir. Aramaktan başka çaresi kalmamışların ümidini, yolcu yüzlerinde her geçen gün biraz daha kaybolan bakışlarla sürdürür. Bazen ortalıktan kaybolur, bir süre görünmez hiçbir yerde, sonra gene çıkar ortaya. Aşk gibi. Tıpkı aşk gibi.

2.

Mecnun'u ortalıklarda göremeyince, İkbal Tesisleri'nin yarı restoran, yarı çay salonunun o uğultulu kalabalığına, tanıdık gürültüsüne dalıyor Meltem. Bir şey yiyecek hali yok, yalnızca çay içmek niyetinde; gözü uygun bir yer ararken, ileride yarısı sütun arkasında kalmış boş bir masayı gözüne kestirip kararlı adımlarla oraya doğru yürüyor. Oysa biraz yaklaştığında birinin oturduğunu görüyor orada, sırtını sütuna dayamış olduğu için önceden göremediği yalnız bir kadın bu. Tam karşısındaki yeri işaret edip "Burası boş mu," diye sormak üzere eğilmişken aniden başını çeviriyor kadın, göz göze geliyorlar. Aynı anda tanıyorlar birbirlerini. Serap bu! Yıllar sonra ilk kez karşılaşmaları! Hazırlıksız yakalanmış hissediyor kendini Meltem. Hoş, böyle bir şeyin hazırlığı nasıl olur, onu da bilmiyor ya! Serap yerinden fırlayıp kucaklıyor onu. Gösterdiği abartılı sevinçten öyle anlaşılıyor ki, rastlaşmış olmalarından çok, karşılaşmalarındaki bu "teatral tesadüf" etkilemiş onu: Birbirini geçmişten tanıyan iki kadın, bir gece yarısı, uzak yol otobüslerinin mola verdiği bir konaklama yerinde yıllar sonra karşılaşırlar! Hemen herkes hayatının film sahnelerine benzediği zamanları daha değerli bulmaz mı? Oysa Meltem düşünüyor da, bu coşkun ilgiyi hak edecek kadar yakın arkadaş olmadılar ki hiçbir zaman!

Oturur oturmaz iki yakasını kavuşturup önünü kapatıyor Serap. Üşüdüğü için değil, oturduğunda kat yeri yapan göbeğini saklamak için giydiği anlaşılıyor üzerindekini. Aldığı kilolar gözden kaçacak gibi değil; içindeki "büyük beden" koyu renk tişört, geniş kesim bol yelek her şeyin üzerini kapatıp örtmeye yetmiyor. Asıl şu an kendisinin nasıl göründüğünü merak ediyor Meltem. Az önce yüzünü yıkarken aynada baktığı halini hatırlamaya çalışıyor. Kötü görünüyor olmasa bari! Böyle hissettiği, bunları düşündüğü için, bir yandan neye olduğunu bilmediği bir kızgınlık duyarken, öte yandan hemen yerinden kalkıp kendine çeki-düzen vermek, bu kez üstünkörü değil de alıcı gözlerle aynaya bakmak, görünüşünden emin olmak istiyor.

"Seni iyi gördüm"lerle başlayan karşılıklı cümleler, ikisini de ikna etmiyor.

Uzaktan fark edebilseydi masada oturanın Serap olduğunu, gelip oturmak şöyle dursun, yolun ortasında gerisin geri döneceğini iyi biliyor. Ama artık yapacak bir şey yok. Aynı konunun etrafında ikinci kez avlanmış hissediyor kendini; pususuna düştüğü kadere kimsenin fark edemeyeceği zehirli bir gülümsemeyle karşılık veriyor. Peki o, burada mı acaba? Emin olmak istiyor; Serap'ı gördüğü andan itibaren içinde yürüyen soru, diline geliyor: "Yalnız mısın sen? Kimse yok mu yanında?" "Yok, yalnız değilim, bizimkiler yemek kuyruğundalar, self-servis ya burası. Çocuklar yemek huysuzu. Levent de başlarında duruyor." Demek o da burada. Karşılaşmaları kaçınılmaz artık. "Seni gördüğüne sevinecek!" Ne yapması, neler hissetmesi gerektiğini bilemiyor Meltem. Polen tozları yutmuş gibi boğazına yürüyen bir karıncalanmayla sık sık boğazını temizleme ihtiyacı duyuyor. Çayından küçük yudumlar alıyor. "Bunca yıl sonra ne gereksiz bir karşılaşma," diye hayıflanıyor içinden. "Sen bir şey yemiyor musun?" "Sadece çay içeceğim." "Ben de öyle yaptım; ama istersen söyleyeyim bizimkiler sana da alsınlar bir şeyler."

Serap'ın sevincindeki yapmacıklık sürüyor. Gerçekte duyguları göründüğü kadar sahte olmayabilir; ama bazı kadınlarda samimi olanla olmayan yıllar içinde o kadar iç içe geçmiştir ki, sahici duygularını bile yapmacıklıkla ifade ederler; ayırt edemezsiniz.

Serap'ın sesini böyle hatırlamıyor Meltem; sesi eski duruluğunu yitirmiş, tarazlar, çapaklar kazanmış zaman içinde. Yeleğinin önünü bir kez daha kavuştururken, "Ay aslında konuşacak o kadar çok şey var ki," diyor Serap. "Nerelerdesin ayol, ne yapıyorsun, ne ediyorsun, bir daha hiç haber alamadık senden!"

"Bir daha hiç..." sözü ister istemez bir ima yerine geçiyor. "Sen apar topar boşanıp kayıplara karıştıktan sonra" anlamına geliyor.

"Anlatacak öyle büyük şeyler yok hayatımda. Denizli'deyim," diyor, "Keyfim yerinde." "Çanakkale'den ayrılmışsın, duyduk." Asıl, kocasından ayrıldığını konuşmak istediğini anlıyor Meltem. "Ne yapıyorsun orada?" "Orada yaşıyorum artık. Eczane açtım. İşlerim iyi. Denizli'yi seviyorum." "Bak Denizli'de Taylan Beyler vardır, halı tüccarı, turizmle de uğraşır. Kulübün Denizli başkanıdır." Meltem'in ifadesiz yüzünden adamı tanımadığını, dahası ilgilenmediğini anlıyor. "Tanımıyorsun demek. Her neyse..."

"Siz nereden geliyorsunuz böyle?" diyor Meltem lafı değiştirmek istercesine.

"Ay sorma, Çeşme'deydik Altınyunus'ta kaldık her zamanki gibi. Kulübün yıllık başkanlık toplantısı malum." Bir an durup, devam edip etmemek konusunda bir kararsızlığı varmış gibi yapıyor. Meltem, onun güya geçmişi hatırlatarak onu üzmek istemiyormuş gibi ince düşünceli kadın tavrı takınmaya çalıştığını fark ederek hiç ses çıkarmıyor. "Bilmiyorsundur tabii, nereden bileceksin, geçen dönem Levent başkandı," derken genişleyen sesinde saklamaya gerek duymadığı bir övünç payı var. "Başkanlığa özenenler kolay iş sanıyorlar. Zahmeti bir yandan, sorumluluğu bir yandan... Neyse Selahattin Bey'e devretti bu dönem. Hatırlarsın, Giresun'da diş doktoruydu kendisi. Karısı da tabiat resimleri yapardı hani." Meltem başını iki yana sallayarak adamı hatırlamadığını belirtiyor. "Her neyse, Çeşme bu mevsim çok güzel oluyor, rüzgârsız, fırtınasız ama pek tadına varamadık, toplantılar yoğun geçti. Üye sayısı her geçen yıl biraz daha artıyor. Artık baş edilecek gibi değil. Hep büyük bir aileydik ama şimdi çok daha büyük bir aile olduk!"

Gururla ellerini karnının üzerinde birleştiriyor. Takınma inceliklerle düşünceli kadın numarası yapmaktan çabuk sıkılmış olmalı; rasgele edilmiş görünen bu sözlerde belli belirsiz bir nispet tonu seziyor Meltem, durmuyor üstünde... Kulüpte başkanlara

"Önder" dendiğini hatırlıyor o günlerden. Fazla dillendirmemekle birlikte, Kaan'ın da "Önder" olacağı günlerin hayalini kurduğunu hatırlıyor. Koca koca adamların o "izci çocuk" halleri geliyor gözünün önüne. İşin kötüsü bu duygular Meltem için çok yabancı değil. O da bir zamanlar bu kalabalıktan biriydi.

Sözlerinin arasına tasarlanmış bir sessizlik koyduktan sonra, "Bir şey soracağım, ama çekiniyorum," diyor Serap. Tamam sor, der gibi bekleyen Meltem'in dümdüz bakan yüzünde, ne evet ne hayır anlamına gelebilecek tarafsız bir ifade var. "Yeniden evlendin mi?" "Hayır, evlenmedim. Böyle iyiyim. Siz Konya'dasınız hâlâ değil mi?" Değer verdiği bir konunun bu kadar kısa ve hızlı bir yanıtla geçiştirilmesinin hayal kırıklığı bir bulut gibi geçiyorsa da Serap'ın yüzünden, çabuk toparlanıyor. "Evet, yalnız ev değiştirdik. Daha büyük bir yere çıktık. Çocuklar büyüdü malum. Levent de işleri büyüttü. Ah, keşke bir gelebilsen bizim oralara. Hilton'umuz bile var artık."

Gülümsüyor Meltem. Onunla hiçbir zaman bu kadar yakınlaşmamış olduklarını hatırlıyor tekrar.

Bir ara göğüs geçirerek hafif bir yakınma tonuyla söylediği "Ne günlerdi, o zamanlar kulübün toplantılarında görüşebiliyorduk en azından..." diye başladığı cümlesi havada kalıyor Serap'ın. Bu durum, onu hüzünlendirmiş gibi bir hal alıyor yüzü. Kim bilir, belki de sahiden hüzünleniyordur bu tür ayrılıklara, savrulup dağılmalara... Yıllar geçtikçe insanın yaşamındaki eksilmelerin hesabını başka türlü tutmaya başladığının yabancısı değil Meltem.

Oysa Serap'ın "O zamanlar" dediği her şey, şimdi ona çok uzak geliyor. Yıllarla tartılmayacak bir uzaklık bu. Hem herkesin yılları bir değil ki! O günler: Ne acı, ne tatlı, sadece uzak. Uzaklığın her zaman bir kayıp anlamına gelmediğini biliyor.

Serap'ın varlığı, unutmaya yıllarını harcadığı o bozgunun anılarını çağrıştırıyor. Bir an önce kalkmak istiyor masadan; Levent gelmeden önce bir bahane bulup kalkmak. O günden beri bir daha hiç görmediği Levent'le burada, bu koşullarda karşılaşmak istemiyor. Daha doğrusu, hiç karşılaşmak istemiyor. O sırada Serap, masaların arasında gezinip elindeki askılı tepsiyle "şirketten olan çayları" dağıtan çaycıya el ediyor; Meltem davranmakta geç kalıyor, çaylar tazeleniyor.

Serap'a baktıkça geride bıraktığı eski hayatının bir yerlerde sürdüğünü görüyor Meltem. Kulübün yıllık toplantısından dönen bu ailenin varlığı, onu yalnızca geçmişten gelen herhangi bir kadınla değil, evli olmak, bir aile olmak, adına "Kulüp" dedikleri bütün vatan sathına yayılmış büyük bir cemaatin parçası olmak fikriyle de karşı karşıya getiriyor. O yıllar önce seçimini yaptı; yalnız, tek başına bir kadın artık o.

Çanakkale ölçülerine göre hayli görkemli bir düğünle evlenmişlerdi Kaan'la. Sohbet etmeyi, kadınları güldürmeyi bilen erkeklerdendi. Hem annesinin deyişiyle "Umur onur görmüş bir aileden geliyordu." Mühendisti, müteahhitlik yapıyor, sadece Çanakkale'den değil, civar kentlerden de birçok iş ve ihale alıyordu. Yakışıklı denemezdi belki, ama kendine göre bir çekiciliği, etkileyici bir konuşması vardı. Kocası nedeniyle o da, bu büyük kulübün bir parçası olmuştu. İlkin bölge toplantıları, ardından yıllık başkanlık seçimleri nedeniyle kıyı beldelerindeki beş yıldızlı otellerdeki büyük buluşmalar sırasında çeşitli illerden gelen üyelerle tanışma, arkadaşlık etme, ahbaplık kurma fırsatı bulmuştu. İç içe geçmiş halkalar gibi, Evlilik, Aile, Kulüp, Dünya arasında som bir bütünlük içinde yaşıyordu. Aynı kulübün üyeleri oldukları için birbirlerini sevmelerine, arkadaş olmalarının gerekliliğine inanan bu insanlara çok kolay ayak uydurmuştu. Kocasıyla, kocasının iş çevresiyle, arkadaşlarıyla, onların eşleriyle, kulüpteki üyelerle, toplumun ve dünyanın büyük çoğunluğuyla her yönüyle tam bir uyum içindeydi. Kocasının kendisiyle gurur duyduğunu biliyor; genç yaşta mutluluğu yakaladığına inanıyordu. O uğursuz güne kadar süren bu uyum, onu kusursuz işlediğine inandığı bu düzenin bir parçası yapmıştı. O zamanki Meltem'in saflığında, şaşkınlığında şefkat uyandıran bir hal vardı. Geçmişine bakarken, çok kereler kendini savunulması gereken bir çocuk gibi gördüğü olmuştur, ama geçmişte bıraktığı eski haline serin gözlerle uzaktan bakmayı artık öğrendiğini, geçmişin "şimdiki aklım olsa," dediğimiz hatalarına hiçbir şeyin yardım edemeyeceğini anlamış bulunuyor.

Boya bakımsız bir etki yaratır bazı kadınların yüzünde. Yorgunluklarını görünür kılar; onca kapatmaya Serap'ın gözenekleri belirgin teninde. Aradan geçen yıllarda değil de, içinin durgunluğunda yaşlanmış sanki. Halbuki genç sayılır daha; bu nedenle yaşlanmadan çok, matlaşma demeli belki de; gözbebeklerinden bütün varlığına yayılan bir pırıltısızlık... Büyük kızı bu yıl liseyi bitirmiş, küçüğü ortaokuldaymış daha. İzmir'de bir ev, Bodrum'da yazlık almışlar.

Sudan şeylerden rasgele konuşuyor görünürken, güya söz eski evliliğine ilişkin kimi anılara değmiş gibi konu açmaya, gündem tazelemeye; yıllardır herkes için bir muamma olan Meltem'in boşanma hikâyesini öğrenmeye çalışıyor Serap. Onun bunları konuşmaktaki gönülsüzlüğünü anladığı halde, kurcalamaktan vazgeçmiyor. Meltem'in suskunluğunu, evlilikteki başarısızlığına ve bunu itiraf etmekten kaçındığına yorumladığı belli.

Bugüne kadar terapistinin dışında hiç kimseyle konuşmadığı bu konuyu, gecenin bir yarısında tesadüfen karşılaştıkları yarım saatlik bir çay molasında onunla konuşsun istiyor. Hayatlarındaki hemen her şeyi ucuza getirmeyi bilenlerin küçük, çapsız kurnazlık oyunlarıyla ağzından laf almaya çalışıyor.

Biraz da sonuç alamamanın hırsıyla olsa gerek, bir yandan da Meltem'in artık "mahrum" olduğu bir hayatı, kendisinin hâlâ sürdürüyor olmasını, bir üstünlük gösterisine dönüştürüyor; burada altı çizilmesi gereken kendine ait bir başarı öyküsü saklıymış gibi, belli bir imayla anlatıyor.

Evliliğini sürdüren, sürdürme başarısı gösteren kadınların, boşanmış kadınları bilerek ya da bilmeyerek yargıladığı sahnelere geçmişte de tanık olmuşluğu çoktu Meltem'in.

Kararlılık, her zaman haklılık demek değildir. Bunu onlar da bilirler. Kararlılıklarından emindirler, ama haklılıklarından değil. Bunu, her seferinde ancak başkalarının yaşamları üzerinden sınar, ne pahasına olursa olsun aile yaşamlarını sürdürme konusundaki haklılıklarını, boşanmış kadınların dağılıp gitmiş hayatları üzerinden doğrulamaya kalkarlardı. Birçok kadın için, bir diğer kadının varlığı bir ilham kaynağı değil, bir rekabet konusuydu ne yazık ki... Serap da onlardandı; kendi ev eşyalarını, başkalarının ev eşyalarıyla karşılaştırıp yarıştırma üzerine kurulmuş bir hayatı, mutluluk kaynağı sanan kadınlardan... Yıllar sonra onları bir gece yarısı Afyon İkbal Tesisleri'ndeki restoranların birinde karşı karşıya getiren, yalnızca onlara özgü bir kaderin karanlık şakası değildi. Her an, her yerde karşı karşıya gelebilecek sıradan iki kadındılar yalnızca.

Meltem evlilikleri sırasında kocasıyla arasında çıkan ufak tefek tartışmaları aktardığında, "İnci bile sürtüşmeyle oluşur," derdi annesi. "Kavga etmeden karı-koca olunmaz." "Ay anne Çanakkale'nin denizinden inci mi çıkıyor da biliyorsun?" dediğindeyse, annesi bir eliyle bir zamanların *Bütün Dünya* dergilerinin cilt cilt sıralı durduğu camlı dolabı işaret edip, diğer eliyle kendisini göstererek "İncileri oradan, evliliği benden soracaksın kızım; bizimkisi mecaz!" derdi.

Onca ısrarına karşı annesi bile öğrenememişti Kaan'la niye boşandıklarını. "Kızım elaleme ne diyeceğim? Bir sebep ver bana," deyip duruyordu. O boşanır boşanmaz kaçar gibi Çanakkale'den ayrıldıktan sonra, "Bilmez etmez, tuttu bir arkadaşının lafıyla Denizli'ye yerleşti," diye yakınıyormuş soranlara. Çok sonralarıysa, sesini yüksek tutarsa sanki Meltem duyacakmış gibi fısıldayarak, "Biz, kadın başına beceremez, tutunamaz oralarda diyorduk, ama maşallah düzenini oturtmuş bile," diye kızının ardından övündüğü haberleri geliyordu kulağına. Neşeli, renkli bir kadındı annesi. "Çanakkaleli Perihan" dedirtirdi kendine. Memleketi, aile tarihi övünç kaynağıydı. Her gereğini yerine getirdiğine inandığı evliliğine olan güveni tamdı. Kendi deyişiyle, "Akşama koca karşılarken küpe takmayı unutmayan şen kadınlardandı." Koca gönlü hoş tutmayı bilen, azıcık süsüne düşkün kadınlardan... Evlilik ve kadın-erkek ilişkileri, doğal uzmanlık alanıymış gibi yıllar yılı herkeslere akıl-fikir veren Çanakkaleli Perihan'ın, kendi kızının hüsranla sonuçlanan başarısız evliliği, onu incitmişe benziyordu. Kendi bildiği gibi usulünce yetiştirip bu boya getirdiği kızının, boşandıktan sonra birdenbire çok değiştiğinden dem vurup, artık onu tanıyamadığından yakınıyordu. Meltem'i Denizli'den döndürmek için bir çarelerinin kalmadığını anladıklarında "Pamukkale travertenlerinin üstünde boy boy fotoğraf çektirmeye geliyoruz, ona göre hazırlan," diye önden haber edip babasıyla çıkıp gelmişlerdi. Geldiği günün akşamına kızını karşısına alıp "Kızım şu yaşımda senden çok süsüm var, nedir senin bu halin böyle?" diyerek çıkışmıştı. "Bir de eczacı olacaksın! Geçtim pahalı kremlerden, şu vitrinde beklettiklerinden iki sürüştürsen yeter." Anlaşılan annesinden güçlü yanını almış, ama neşesi geçmemişti ona. Sevindiğinde bile kırık gülümserdi.

Levent'in gecikmesini fırsat bilip kalkmaya yekindiyse de kendini alamayıp kulüp dedikodularına dalan Serap ısrarla oturtuyor. Sayıları her geçen gün artan şubeleriyle Türkiye'yi bir ağ gibi saran bu yardım, dayanışma ve kalkınma kuruluşunun gün günden genişleyip yaygınlaşan etki alanlarından, önümüzdeki yıllarda meyvesini verecek yeni hamlelerinden tıpkı bölgesine yeni bir üye kazandırmaya çalışan kıdemli bir üye gibi, karşısındakini ikna etmeye kilitlenmiş bir tutkuyla söz ediyor. Konuşma aralarına derin hayat bilgileri sandığı kimi özlü ve güzel sözler serpiştirmeye gayret gösteriyor. Hayatında bir gün bile çalışmamış kadınların, hayat hakkında ileri geri konuşmalarında hep hazin bir yan olduğunu düşünmüştür Meltem. Şimdi de başını öne eğip içine gülümsüyor. Serap bilerek ya da bilmeyerek Meltem'e neler kaybettiğini hatırlatmaya çalışır gibi konuşuyor.

Sonra ani bir geçişle, hafifçe boyun kırarak, bazı kadınların çocuklarla konuşurken kullandığı bir sesle "Sizin öyle aniden boşanmanız Kaan için çok kötü oldu, biliyor musun," diyor. "Niye ayrıldığınızı kimse anlamadı." Sorduğu zararsız, masumane bir şeymiş gibi aynı sesle sürdürüyor "Sahi Kaan'la hiç görüşmüyor musunuz?" Bunca zaman sonra kimsenin işine yaramayacak olan bu arabuluculuk gösterisinde inandırıcı olmaya ve iyi niyetli görünmeye çalışan bir ifade takınıyor Serap.

"Görüşsek haberiniz olurdu," diyor Meltem, kızgınlığını denetlediği dümdüz bir sesle. "En azından Levent'in olurdu. Gerçi sana her şeyi söylüyor mu bilmem!"

Meltem, Serap'ın aslında gerçeği öğrenmek değil, kendisinin üzüntüsünü görmek istediğini düşünüyor. Pişmanlığını. Artık sahip olmadığı bir evin, bir kocanın, bir ailenin, bir zenginliğin, başını alıp giderek arkasında bıraktığı hasarın onarılmaz karşılığını görmek istiyor Meltem'in yüzünde, hayatında, anlattıklarında... O artık evli bir kadın değil; yeniden evlenmemiş, hiç çocuğu olmamış, onun bir kocası, bir yuvası, bir cemaati yok! Mahkûmu olduğu mutsuzluğu, yalnızlığı, ümitsizliği –acıyla, kederle, hüzünle, artık hangisini daha iyi beceriyorsa işte onunla– tek tek gözlerinin önüne serip sergilemesini istiyor.

Bölge toplantılarında, yıllık başkanlık seçimlerinde "her başarılı erkeğin ardında bir kadın vardır" felsefesinin canlı bir örneği olarak, iyi bir eş, iyi bir hayat arkadaşı, onun en yakın yardımcısı olarak her zaman kocasının kolunda, yanında, hemen omuz başında davetlerde, toplantılarda sıraya girip yüzünde aynı takınma gülücükle insanların elini sıkamayacağı, kimsesiz çocuklara gönüllü eğitim programlarında yer alamayacağı, hayır işlerinde çalışamayacağı, ağaç dikme, fidan yetiştirme kampanyalarına katılamayacağı, yardım amaçlı kermesler, piknikler düzenleyemeyeceği için ne kadar pişman olduğunu, bozguna uğramış hayatının bozguna uğramış her bir cephesiyle tek tek itiraf etmesini istiyor. Ancak bir başkasının üzüntüsünde yıkandıktan sonra kendini hafiflemiş, rahatlamış ve daha iyi hissedebilecek. Yanıtını bilmediği, zamanını çoktan geçirmiş sorularla kaynayıp duran içi ancak öyle sükûn bulacak. Kendi seçimlerinin, tercihlerinin doğru, karşısındakinin yanlış olduğuna inanıp bu tazelenmiş güvenle yoluna devam edebilecek.

Bir an durup ona karşı fazla zalim olup olmadığının kuşkusuyla bakıyor Meltem. Hayır, değil. Onun bir başkasının mutsuzluğuna yaslanmaya ihtiyacı olacak kadar mutsuz bir kadın olduğunu düşünüyor. Bir kocasının, bir ailesinin, bir evinin olduğunu, ama bir hayatının olmadığını, o da her kadın gibi içinin bir yerinde, hatta kendisine bile yabancı çok derin bir yerinde biliyor. Mutluluktan bu kadar çok söz etmenin bir mutsuzluk işareti olduğunu biliyor.

Bir insan olarak değil belki, ama bir kadın olarak acıyor ona. Hayatlarının farklı olması kaderlerini farklı kılmaya yetmiyor. Aynı tuzağın içinde yaşamaya çalışırken, hayatın karşı karşıya getirdiği kadınlar olduklarını biliyor. İçi sızlıyor.

Hiç kimseye hiçbir şeyi kanıtlamaya gerek duymayacak kadar içini özgür hissediyor Meltem. Kederlerinin bile bir kalitesi olduğunu düşünüyor. Bedeli ödenmiş bir yalnızlığın hayatı nasıl zenginleştirdiğini, bazılarının kayıp sandıklarının bir tür kazanç olduğunu anlatmaya üşeniyor. Bir başkasının hayatının ve seçimlerinin karşısına, kendi hayatının kazanımlarıyla çıkmak şöyle dursun, ima etmeye bile gerek duymuyor. Hiçbir hayatın karşılaştırılmayacağını, yarıştırılamayacağını öğreneli çok oldu. Her seçimin kendine göre mutlulukları, mutsuzlukları olduğunu biliyor. Kendini sevmeyi öğrenmesi yıllar aldı; bunu artık hiçbir şeye teslim etmek istemiyor. Kıstırılmış oldukları koşullar içinde bütün kadınları birbirine, benzerliğin düşmanlığı bağlıyor.

Serap'ın onun hakkında neler düşündüğünün kendisi için hiçbir önemi yok, yeter ki sonradan onun için "Görseniz ne kadar bozulmuş, çökmüş," demesin! Henüz bu tuzaktan çıkmaya o kadar hazır olmadığını düşünüyor.

O sırada masaya yaklaşan Levent'in kendisini görünce birden adımlarının yavaşladığını, yüzünün düştüğünü görüyor. Meltem' in yüzünün değişen ifadesi üzerine, gözlerini ondan alıp başını arkaya çeviriyor Serap. "Nerede kaldın?" diyor Levent'e. "Bak, kim var burada!" Meltem oturduğu yerde doğruluyor. "Kızlar nerede?" "Kızlar arkadaşlarına rastladı, onların masalarına oturmak istediler, ben de bu arada arabayı yıkattım. Konya'ya kadar bir daha uzun durur muyuz, bilmem."

Bunları söylerken, yanaklarının çukurunu göçertmekten öte geçmeyen sahte bir gülüşle Meltem'e elini uzatıyor Levent. Halinde gevşek el sıkanların güvensizliği, tutukluğu var. O olaydan sonraki ilk karşılaşmaları bu.

Serap, havada belli belirsiz titreşip onu huzursuz eden, ama ne olduğunu bilmediği garip bir şey seziyor.

3.

İnsanın, filmlerde gördüğünde "hayatta böyle olmaz" sandığı şeylerden biri gelmişti başına. Gerçeğin kendisi, kurguyu bu kadar andırınca sade tek bir olaya ilişkin değil, dünyanın bütününe ait bir kuşkuya kapılıyordu insan. Meltem'e de öyle olmuş, gerçeklik duygusu yara almış, dünya onun için tanıdık bir yer olmaktan çıkmıştı. Sonrasında neredeyse hiçbir şeyle baş edemediği günler geçirmişti.

Birlikte geçirdikleri üç yılın sonunda, evliliklerinin sağlam temelli olduğuna iyice güven getirmiş, artık bir çocuk sahibi olma zamanının geldiğini düşünmeye başlamışlardı. Ufak tefek anlaşmazlıklar dışında hayatlarında ters giden bir şey görünmüyordu.

Kulübün yıllık genel toplantısı nedeniyle Türkiye'nin dört bir yerinden gelen üyeler o yıl Marmaris'te bir otelde toplanmıştı. Erken gelen yazların insanda uyandırdığı tatlı bir sarhoşluk içindeydiler. Ardı ardına yapılan yoğun toplantılarla geçen birkaç günün sonunda, o pazar aralarında Kaan'ın da bulunduğu az sayıda üye diğer işlerle ilgilenmek üzere otelde kalmışken, geri kalan çoğunluk kulübün ağaçlandırma kampanyası nedeniyle Marmaris çevresine fidan dikmek üzere arabalara doluşup civar tepelere gitmiş, otel neredeyse tamamen boşalmıştı. Önce fidan dikip ardından ormanda piknik yapacak, akşama döneceklerdi. Ertesi gün kapanış konuşmasından sonra herkes geldiği kente geri dönecekti.

Meltem de fidan dikmeye giden kafilenin içindeydi; ormanlık arazinin eteklerine vardıklarında, hafif kramplar, kasıklarına saplanan ani sancı, onu öteden beri ara sıra yoklayan ve o sıralar nedeni henüz anlaşılmayan kanamalarından birinin gelmekte olduğunu haber vermişti. Başına saplanan ağrı, sıklaşan kramplar ve kasıklarında zonklayan sancıyla apar topar otele geri dönüp odasına çıkmıştı. Daha sonra bu olayı terapistine, "Vajinamın lanetine uğradım," diye anlatacaktı.

Nedense insan böyle şeyler ancak filmlerde görülür ya da başkalarının başına gelir sanır: Otel odasının kapısını açıp içeri girdiği anda Meltem, başındaki ağrıyı da, kasıklarındaki sancıyı da unutturacak şok edici bir manzarayla karşı karşıya kalmıştı. Kaan ve Levent yatakta birbirlerinin kollarındaydılar, çırılçıplaktılar. Odaya birinin girdiğini fark etmemişlerdi bile, yatağın içinde alt alta üst üste oynaşıyorlardı. Olduğu yere çakılıp kalmıştı Meltem. O an içgüdüsel olarak gözlerinin yatakta bir kadın aradığını, Levent'in yerine bir kadın bulsaydı eğer, durumun kendisi için biraz olsun anlaşılabilir ya da katlanılabilir olacağını söylemişti terapistine: "Beni fark edene kadar, masum oyunlar oynayıp güreşen neşeli iki erkek çocuğu gibiydiler; yüzlerinde daha önce ikisinde de görmediğim bir mutluluk çeşidi vardı," diyecekti sızıyla. "Ben Kaan'ın o yüzünü hiç bilmiyordum. Sonra çakılıp kaldığım yerden fırlayıp banyoya koştuğumu, boğulurcasına kustuğumu hatırlıyorum. Hemen ardından içim sökülür gibi birdenbire benden boşanan, bacaklarımdan süzülüp pantolonuma yapışan o kötü kanı hatırlıyorum. İçimin çekildiğini, bayılacak gibi olduğumu hatırlıyorum. Sadece vajinam değil, içim, ruhum, yıllarım kanıyordu."

Kaan'a yalvaran Levent'in sesi geliyordu içeriden: "Serap'a söylemesin sakın, yoksa kendimi öldürürüm." O banyodayken apar topar giyinip gitmişti.

Kaderin görünmez eli, yaşadığı dramı daha da güçlendirmek, unutulmayacak görüntülerle hafızasına kazımak istercesine, banyoda yığılıp kaldığı yerde kan içinde bırakmıştı onu.

Kaan'ın yüzüne bakmak istemediğinden camdan dışarı dikmişti gözlerini; şimdi odada dizlerinin üstüne çökmüş, bugüne dek hiç tanımadığı bir yüzle kendisine yalvarıp duran bu adamı tanımıyordu. Onda o güne kadar görmüş olduğu, kendinden emin davranışlarıyla hemen herkesin üzerinde, her sorunu çözebilecek güçte biriymiş izlenimi bırakan Kaan'dan eser yoktu bu adamda. Birkaç yıl sonra işleri tamamen büyütüp bölgeyi ele geçireceğinin, kulübün "önderi" olacağının hayallerini kurarken yüzünde kibirli denebilecek bir gülümsemeyle tane tane konuşan Kaan, bu adam değildi. O her şeye hâkim, mağrur, bu yılki "dönem yardımcısı", şimdi dizlerinin üstüne çökmüş kendini küçültmekten çekinmeden üst üste özürler dileyerek onu affetmesini istiyor, akılda tutulamayacak abuk sabuklukta bir şeyler geveleyip duruyordu.

Sonraları düşündüğünde, Kaan'ı affetmiş olsa bile, onun kendisini hiçbir zaman affetmeyeceğini düşünmüştü. Onu yatakta bir erkekle yakaladığı için değil, nasıl küçüldüğünü, onursuzlaştığını, yerlerde sürünerek af dileyen yüzünü gördüğü için hiçbir zaman affetmeyecekti Meltem'i; kin biriktirecekti. Gururu yaralanmış erkeklerin yarasının kinle beslenen güçlü bir hafızası vardı.

Meltem, banyodan çıktıktan sonra o güne kadar kendisinde görmeye alışkın olmadığı bir güçle dağılan içini toplamayı başarmış, "Tamam. Kimseye bir şey söylemeyeceğim, hiç kimseye, ama karşılığında tek bir şey istiyorum," demişti. Sesinde kendisine bile yabancı gelen bir kararlılık vardı: "Tek bir şey." "Ne istersen veririm, söyle." "Tek celsede boşanacağız. Uzatmak yok. Sürüncemede bırakmak yok. Tek celsede. Bunu sağlamanı istiyorum. Bütün gücünü, nüfuzunu kullan, bunu sağla. Sonrasında bir daha görmek istemiyorum seni. Bu iş bitmiştir."

Gençliğinde bir şey anlamadığında annesi, "Anlamıyorsun kızım, bazı şeyleri anlamak için en az kırk yaşın kıvamı gerek," derdi Meltem'e. Annesini şimdi anlıyor. Kırk yaşına gelmeden kırk yaşın kıvamına geldiği için. Bazı adımlar, yılları daha çabuk kat eder.

Olayın üzerindeki etkilerinden sıyrılması, sakinleşip durulması, yaşamını yeniden bir düzene koyması, o günden sonra eşcinsellere karşı duyduğu akıldışı nefretten kurtulması, hatta zaman içinde birkaç eşcinsel arkadaş edinerek konuyu kafasında normalleştirmesi zaman almıştı. Aslında onun nefret ettiği kandırılmış, kullanılmış olmaktı. Kocası kendisini biriyle değil, bir hayatla aldatmıştı. Yalan bir hayatla. Kocasının vitriniydi. Gözünü diktiği yükseklere çıkacağı basamakların aksesuarlarından biri: İyi, uyumlu bir eş. Sonraları birçok evli çiftin, evlilik sözleşmesinin geniş şemsiyesi altında birbirlerinin vitrinlerine "konu mankenliği" ettikleri bir hayatı sürdürdüklerini görmüştü.

O güne kadar dünya budur diye bildiği sosyal hayatın iç içe geçmiş evlilik, aile, kulüp halkalarından oluşan kristal küre çatlamış, ama öte yandan hayatı da normalleştirmişti onun için. İyi bir tiyatro oyunundaki sessizliklerin ağırlığına ulaşmak gibi bir şeydi bu. İçiyle konuşması dinmiş, kadınlığıyla barışmıştı. Terapistine "Disfonksiyonel kanamalarımın bile çaresi bulundu," diyordu. "Artık olur olmaz kanamıyorum." Geçmişi geride bırakmaya kararlıydı, öyle de yaptı. O güne kadar yalnızca bir eş, birinin karısı olarak yaşadığı hayatın ne olduğunu yalnız kalınca anladı. İkinci kez evliliğe kalkışmamış olmasının, ilk evliliğinde yaşadığı sarsıcı hayal kırıklığından çok, artık kendisini yalnızca bir kadın değil, aynı zamanda bir birey olarak hissetmesiyle ilgisi vardı. Bütün bir yaşamı, sadece yaşamındaki erkeğin varlığıyla açıklayan, anlamlandıran kadınlardan biri olamayacağını anlamıştı.

Yolcuları otobüslerine çağıran anons tam o sırada yapıldı. Levent masaya yerleştiğinde... Demek yaşam olumlu zamanlamalar da sunuyordu insana. Çabuk gelen veda ânının keyfiyle ayaklandı Meltem. Son olarak o otel odasında yalvaran sesini duyduğu Levent'e bu kez sakınmasız gözlerle baktı. Başarmış, ama mutlu olmamış erkeklere özgü bir kabuk vardı yüzünde. Yalanlarla geçen yılların kıvam kazandırdığı bu kabuğun bir an aralanarak dışarı ışığını sızdırdığını ve onun kendisine minnetle baktığını gördü. Bu kez daha sağlam el sıkıştılar.

Serap, birdenbire zihnini hızla yalayıp geçen bir şimşek aydınlığında, ikisinin arasında kendisinin bilmediği bir şey olduğunu sezdi. Çok kısa bir andı, ama bu kısacık an parçasının içinde yılların herkesten sakladığı bir şey titreşiyordu.

Çabuk adımlarla kendini dışarı atan Meltem otobüse yönelirken, son kez Mecnun'u arandı ortalıklarda. Yoktu. Otobüsün merdiven basamaklarına vardığında üzerinden ağır bir yükün kalkmış olduğunu hissetti. Tamer, Istanbul'da onu bekliyordu.

(2007) Şubat 2008

Hayat Hanım, İlk Tayin

Görünüşüyle yarattığı etkinin farkında değilmiş gibi yapmak, birçok kadının başlıca numarasıdır. Hayat Hanım'ın da öyleydi. Doğrusunu söylemek gerekirse, onda numara o kadar çoktu ki, bir noktadan sonra hepsinin numara olamayacağını düşünüp, doğallığına ve içtenliğine inanmaya başlıyordunuz. Önemli sayılacak bu özelliği sayesinde kendi gönlünden geçenleri, karşı tarafın düşüncesi haline getirmeyi, bu yolla isteklerini gerçekleştirmeyi biliyordu. İnsanlar ona karşı koyamazlardı.

Öncelikle sesinde, ipnotizmacıların ses tonlarındaki kararlılık ve ikna edici hava vardı. Bir kez dinlemeye başladıktan sonra bu özel sesin etkisinden kurtulmak pek mümkün değildi. Radyo spikerleri gibi canlı bir Türkçeyle tane tane, ılık ılık konuştuğu yetmezmiş gibi, makamlı makamlı şarkı söylemeyi de bilirdi. Hani, "Sesinin rengi güzel," derler ya, işte öyleydi. Her seferinde önce biraz nazlanır, ama insan usandırmaz, hatır kırmazdı. Kendi de söylerdi: "Küçük bir sesim vardır, ama kalbi okurum,' diye. Çocukluğu radyolu yıllarda geçmiş çoğu Türk Sanat Müziği meraklısı gibi o da iyi bir şarkı hafızası sahibiydi; bulunduğu ahbap toplantılarında asla şarkı hatırlamak konusunda bir sorun yaşanmaz, azıcık dumanlı kafayla sizin aklınıza gelmeyen bütün şarkılar bir bir onun aklına gelirdi. Bildiği türküler fazla değildi; kendi deyişiyle "sürmeli türküler" söylemeyi severdi.

Konuşurken genellemeler yapmaya bayılırdı. Örneğin, bir gün, "Gözkapakları düşük kadınlar sinsi olurlar," diye bir laf eder, ertesi gün gözkapakları düşük bir kadının yanında böyle bir söz söylemek gafletine düşmek şöyle dursun, "Gözkapakları düşük kadınlar, kısılmış lambalar gibi bakar, onların bakışları insanın içine işler," diye iltifat ederdi. Bir başka seferinde, kısa boylu kadınların boyunu eliyle alçacık işaret edip, "Korkulur çalı dibi bodurlardan, bir o kadarları da yerin altında vardır o haspaların," der, kısa boylu bir kadının yanındaysa konuşması çabucak ters yöne çark değiştirir, "Ufak tefek olduklarına bakmayın, kadının makbulü kucağa çabuk kaçar," diye övgüler düzerdi. "Hem Karamürsel sepeti gibi taşıması da kolay olur onları. Ne demişler: Kadının uzunu sokakta, kısası yatakta!"

O, bir gün öyle, bir gün böyle söylerken, kendini asla ikiyüzlülük yapıyormuş gibi hissetmez, –artık nasıl beceriyorsa– siz de onu ikiyüzlü biri olarak göremezdiniz. Onun için, gönül almak, insanı hoş tutmak önemliydi, gerçekler değil. "Gerçekler de yalanlar kadar kaypaktır," demişti bir keresinde. "Elinizden avucunuzdan kaçı kaçıverirler. Gerçek dediğin hayat karartır."

Duygu dünyası hakkında fazla bilgi sahibi olamazdı kimse. Geçmişinde biri var mıydı? Birini sevmiş miydi zamanında, derinden bağlanmış mıydı, âşık olmuş muydu hiç? Hemen herkes günün birinde zayıf düşmüş bir anında geçmişinden hicranlı bir aşk yarası hikâyesi çıkartıp anlatmaya başlayacağını sanırken o bu konularda hiç konuşmazdı. Sanki aşka zahmet etmemişti kalbi; yükü olan şeylerden uzak durmayı bilmişti.

Bulunduğu ortamı hareketlendiren bulaşıcı bir neşesi vardı, sözlerinin arasında mutlaka günü parlatan birkaç canlı kahkaha patlatırdı; onunla konuşurken dünyanın hafiflediğini hissederdiniz. Bu nedenle bütün toplantılara, kabul günlerine ilk o çağrılırdı. Çabuk ahbap edinir, fazla yüz-göz olmadan yakınlık kurmasını, sohbet sürdürmesini bilirdi. Kendisine dost kazandıran ışığı gür bir gülümseyişi vardı. Sokakta rastlaştığı hiç tanımadığı insanlara bile gülümsemesi o kadar dostçaydı ki, kimse karşılık vermeden geçip gidemezdi. Kısacası, Hayat Hanım her haliyle adının hakkını veren, "hayat dolu" bir kadındı.

Ama hiçbir şehirde iki üç yıldan fazla yaşamaz, her seferinde yeniden taşınırdı. "'Oturmadığım vilayet kaldı mı?' diye sormuştunuz değil mi? Kalmaz olur mu? Var, var canım. O kadar da değil. Ben doğduğumda memleketimizin 67 vilayeti vardı. Bu sebepten benim için hâlâ 67 vilayeti vardır Türkiye'nin. Biz öyle bildik, öyle öğrendik! Şimdiden sonra değiştirecek değilim. Ama, her iktidara gelen parti, birkaç kasaba irisini daha böyle kolayından il yapmaya devam ederse, hepsine yetişemeden ölüp gideceğim," diye hayıflanıyormuş gibi yapar, arkasından o ünlü kahkahalarından birini daha patlatırdı.

"Ne buluyorsun ki, böyle şehir şehir dolaşmakta?" diyenlere, "Her şehrin fırınının ekmek kokusu farklıdır," diye karşılık verirdi. "Her ekmeğin hikâyesi farklıdır."

Hayat Hanım'ın böyle içi puslu sözlerine alışıktılar. Böyle zamanlarda anlamaktan çok hissetmeye çalışarak dinlerlerdi onu.

"Ne kadar birbirine benziyor görünse de her şehrin saat kulesi de ötekinden farklıdır; Çanakkale'dekiyle Niğde'ninki bir değildir. Bilecik'inki Kars'takine benzemez. Ben bir şehre ilk gittiğimde, saat kulesi var mı, yok mu ona bakarım. Varsa, ne zaman yapıldığını sorarım; yapılışının hikâyesini hatırlayan, bilen varsa bulurum o kişiyi, anlattırırım. Saat, sade zaman mı ölçer sanırsınız?"

"Âlem kadın şu Hayat Hanım," derlerdi, "nelere de dikkat ediyor. Bir kadının kafa yoracağı şeyler mi şunlar?"

Anlattıklarına bakılırsa –ki bunların doğruluğu konusunda hemen herkesin ciddi kuşkuları vardı– tek katlı ya da çift katlı bahçe içi evlerde geçmiş bütün çocukluğu, ilkgençliği... Her şeyi o kadar süsleyerek anlatırdı ki, bir süre sonra doğru söyledikleri bile uydurmaymış gibi gelirdi insanlara. Babasının memuriyeti nedeniyle il il dolaşmışlar. Tam bir yere alışmış, benimsemeye başlamışlarken, babasının tayini çıkarmış gene. Hiçbir yeri yurt tutamamışlar bu yüzden. Anlaşılan geçimsiz, dik kafalı, amirlerinin diş geçiremediği biriymiş babası. Emir almaya gelemezmiş. Çocukluğunu savrulan bir hazan yaprağına benzetmesi bundandı Hayat Hanım'ın. "Mesela hiç sınıf arkadaşım olmamış gibi gelir bana. Ne zaman bir sınıf arkadaşımı anmaya kalksam, yanımda oturanların yüzü birbirinin üstüne binerek bulanır. Ayırt edemem. Arkadaşlarımla, şehirleri, olayları, bayramları, merasimleri, törenleri hep birbirine karıştırırım. Birinin yüzü diğerinin hatırası içinde kaybolur ve bambaşka bir şehirde geçen bir hikâye oluverir birden. İnanın kendi aklımın oyunlarına ben bile yetişemiyorum. İnsan bir zaman sonra kendi hatıralarını bile uydurmaya başlıyor. Ama artık ne önemi var, her şey gelip geçtikten sonra, ne önemi var? Bu yüzden fazla dönüp bakmam geçmişe." Sözün burasında, rengini sakladığı gibi, hüznünü de belli etmeyen gözleri belli belirsiz puslanır, sanki bu kez yüzleri ve anıları ayırt edebilecekmiş gibi bir süre boşluğa dalıp gider, ardından muzip bir ifadeyle, "Geçmişe dönüp bakacağım diye boynunuzun tutulduğuna değmez inanın," diyerek sesine yerleşmeye çalışan hüznü dağıtırdı.

"Gençken üst üste iki koca aldım, ikisi de şükür varidatlı insanlardı. Hem iyi kalplilerdi de... Baksanıza vakitlice göçüp gittiler. Birbirimize düşmeden, kem söz edip diş bilemeden, her şey kararındayken... Vaktinde kalkıp gitmesini bilen iyi misafirler gibi..."

Ardından bir kahkaha daha patlatırdı, bu kahkahalar onun konuşmasının durak yerleriydi adeta. Sonra gülmekten yorulmuş gibi iç çekerdi. "Şükür Allaha onlardan kalanlarla ömrümü gül gibi geçirdim. Evliliğin en iyi tarafı, kocaların erken ölmesi."

Önüne çıkan ilk kadın ya da ilk erkekle evlenmelerinin bedelini bütün bir hayatlarıyla ödeyen insanlara acır, ama bunu kimseye belli etmezdi.

"İnsan geçiciliğin hakkını vermeli," derdi Hayat Hanım. "Aslolan kalıcılık değildir. Herkes bilir bunu ama kimse kulak asmaz. Şu hayatta bir üzüm bağında asma kütüğüne yaslanıp şöyle derin bir öğle uykusu uyuyayım yeter bana, varsın mezar taşımın yeri bilinmeyiversin."

Dünya onu şaşırtacak bir yer olmaktan çoktan çıkmış gibi, hayata vereceği cevaplar her zaman hazırdı.

Ağzı uğursuz şeyleri anmaya yatkın bir komşusunun "Günün

birinde ölürsen nereye gömülmek istersin Hayat Hanım?" sorusunu, hiç renk vermeden, kadının çığlığini yüzlemeden, bu çeşit sorulara öteden beri alışıkmış gibi sakin bir sesle yanıtlamıştı: "En son hangi vilayete gittiysem mezarım orada olsun. İsterse bir gün önce gelmiş olayım, fark etmez! Demek ki benim canımı hak ediyor demektir orası. Azrail'e can teslim etmek kolay mı? Mezarım orada dursa da, ruhum gene ordan oraya gezip duracaktır nasılsa! Çürüyen etin yurdu mu olur?"

Nitekim gene birkaç yıllığına yerleşmeye gittiği son şehrin daha ilk gecesinde öldü Hayat Hanım. Denklerini çözemeden, kutularını açamadan, eşyalarını yerleştiremeden, birbirinden desenli emprime elbiselerini, eteklerini, bluzlerini askılarına asamadan. Kendi deyişiyle "Koca evi sadece 40 watt'lık iki çıplak ampulün aydınlattığı" boş evdeki ilk gecesinin sabahında, üstünkörü serilmiş yatağında ölü bulundu. Yüzünde öyle aydınlık bir gülümsemeyle ölmüştü ki, bulanlar ölü olduğuna inanmakta güçlük çektiler. Kime haber vereceklerini bilemediler ilkin. "Kalbi durmuş," dedi gelen doktor. "Kalp krizi mi?" diye soranlara, "Hayır, kalbi durmuş yalnızca," demişti. "Saat mi bu canım, öyle kendiliğinden duruversin," diye inanmaz gözlerle ısrar edenleri, "Evet, öyle kendiliğinden durmuş," diye aynı inatçılıkla yanıtlamıştı.

"Hangi şehre gitsem, o şehrin boz köpekleri kara köpekleri sarı köpekleri gelir yatar kapıma. Kapımı sahiplenirler, ben onlara sahip çıkayım isterler," demişti. Nitekim geldiğinin sabahında şehrin boz kara sarı köpeklerinin bütün gün uzun uzun havlamaları üstüne kapısı kırılıp ölüsü öyle bulundu Hayat Hanım'ın. Kutularını açamamıştı ama şehir şehir taşımaktan bıkmadığı saksılarını bir bir dizmeyi bilmişti. Penceresindeyse, her gittiği eve adım atar atmaz astığı rüzgârgülü dönüyordu.

Ahbap edinmeye, konu komşu tanımaya fırsat bulamadan daha ilk gecesinde öldüğü bu şehirde, Hayat Hanım'ın ölüsü –bir arayanı olur ümidiyle birkaç gün bekletildikten sonra– hiç tanımadığı insanlar tarafından kaldırıldı; cenaze namazını yabancılar kıldı. Ona ve hayatına yaraşır bir sondu bu, ama onu tanımadıkları için komşuları, ölüsü sahipsiz kalmış bu kadına pek acıdılar.

Birkaç gün sonra ev sahibi Cemile Hanım, eski kiracının eşyalarının bir süreliğine odaların birinde kalması kaydıyla evi yeniden kiraya verdi.

"İlk tayinin mi kızım?" diye sormuştu Cemile Hanım.

"Evet, ilk tayinim, yeni mezun oldum," demişti Tülay.

"Sözlüyüm," derken, sesinde öncelikle kendini ikna etmeye çalışan bir ton vardı. Özer gelir miydi ardından, emin değildi.

"Gelmez miyim," demişti uğurlarken. "Neşet Ertaş'ın memleketine gelmez miyim?" Alnından öpmüş, eline de kendi söylediği türkülerle doldurduğu bir kaset vermişti. Gündüzleri Istanbul'un varoş semtlerindeki Meslek Liselerinin birinde öğretmenlik yapıyor, geceleriyse Beyoğlu'nun arka sokaklarındaki daha çok Alevilerin müdavimi olduğu türkü barlardan birinde saz çalıp türkü söylüyordu Özer. Ondan yalnızca birkaç yaş büyük olmasına karşın, çok daha büyük gösteriyordu. Şefkatle dokunmayı bilen iri elleri vardı. Erken dökülmüş saçları, gözaltlarındaki torbalanmalar, geniş omuzlarını düşüren hayatın yükü olduğundan daha büyük gösteriyordu onu. Özer'in ardından bakarken, hep onun akşamları evine dönen yaşlı bir adam gibi yürüdüğünü düşünürdü Tülay. Adımlarında, vaktinden önce çökmüşlerin ağırlığı vardı. Özer'e aşktan çok bağlılık duyuyordu. İçinin bir yeri, nedenini, niyesini bilmeden bağlanmıştı ona.

"Korkarsın diye baştan söylemedik," dedi Cemile Hanım. "Kimse yeni ölü çıkmış bir eve taşınmak istemez. Boş yere huzursuz etmek istemedik seni."

Tülay tuzağa düşürülmüş olduğunu gurur meselesi yaparcasına, "Ben ölüden korkmam zaten, " demişti. "Söyleseydiniz de fark etmezdi."

"Yazık, demek kadıncağızın bir günlükmüş ömrü Kırşehir' de," dedi Cemile Hanım. "Kimi kimsesi yok mudur bu kadının, hiç anlamadık! Geldiğinin günü ölen kimse görmedik ki önceden, bilelim."

Eşyaları üst üste istif edilmiş halde içerideki odada öylece duruyor, Hayat Hanım'ın bir yakınının ortaya çıkıp onları alması bekleniyordu. Evi kiraladığı sırada bir-iki yere telefon edip buranın adresini, telefon numarasını vermişti. Şimdi onlardan birinin meraklanıp aramasını bekliyorlardı.

İlk kez *O da Beni Seviyor* filminde duymuştu bu Malatya türküsünü: "Bir ay doğar ilk akşamdan geceden şavkı vurur pencereden bacadan..." Bu türküyü dinlerken her seferinde kendinden ürküyor Tülay. Kendindeki kapılıp gitme gücünden ürküyor.

Özer'in hafta sonları sahne aldığı türkü bara gittiği bir gece, peçeteye bu türkünün adını yazıp garsonla yollamıştı ona. Herkes öyle yapıyordu. Garson ayaklı mikrofonun önünde duran nota sehpasının üstüne, diğerlerinin yanına bırakmıştı yazılı peçeteyi. Göz göze gelmiş, birbirlerine derinden gülümsemişlerdi. Filmlerdeki sahnelere benzeyen böyle şeyler yaşıyor olmaları ilişkilerine olan inancını güçlendiriyordu. Sanki aşk dedikleri, böyle şeylerin birikmesiyle oluyordu.

Kilimle kaplı duvarlarında, çapraz asılı tahta kaşıklar, minyatür sazlar, Munzur yaylasının fotoğrafları, Deniz Gezmiş, Che Guavera, Yılmaz Güney, Aşık Mahzuni, Ahmet Kaya, Uğur Mumcu portrelerinin, tahta üstüne yakılmış harflerle yazılmış Nâzım Hikmet, Ahmed Arif şiirlerinin asılı olduğu bir türkü barıydı. Halil İbrahim sofrasına oturur gibi alçak kürsülerde yan yana, dirsek dirseğe oturmuşlardı. Sonra kızlarla erkekler başka yerlerde pek görülmeyen bir eşitlik, kardeşlik havasında, o daracık yerde omuz omuza vererek halay çekmişler; garsonlardan birinin boynuna geçirdiği davulu sırayla tokmaklayıp gülüşmüşlerdi. Özer, onun için söylemişti bu türküyü o gece: "Madem soysuz gönlün bende yoğ idi, niye doğru yoldan aşırdın beni, dağlar karalı açma yaramı perişanım ben."

Özer kendi eliyle ve sesiyle doldurduğu kasete de gene bu türküyle başlamıştı. Tülay'a nedense çok dokunuyordu bu türkü, yaşamındaki hiçbir anıya değmediği halde her dinleyişinde gözleri doluyor, göğsü bilmediği bir sızıyla düğümleniyordu. Ardından bir Neşet Ertaş türküsü... Gene Tülay'ın pek sevdiği: "Hep sen mi ağladın, hep sen mi yandın, ben de gülemedim yalan dünyada, sen beni görünce mutlu mu sandın, ben de gülemedim yalan dünyada, ahh yalan dünyada, yalan dünyada... yalandan yüzüme gülen dünyada..."

Kırşehir'deki ilk sabahına, gece boyu kulaklıktan dinlediği türkülerin kafasında dönüp duran ezgileriyle uyandı.

Artık başka bir hayat başlıyordu. Tanıyacağı yeni bir şehir, yeni insanlar... Yeni bir hayat.

Yatağında doğrulurken, birden evin içinde ikinci bir hayatın varlığını hatırlar gibi, kilitli odayı ve içindeki eşyaları hatırladı. "Eski kiracının eşyaları," demişti ev sahibi. "Sonra gelip alacaklar. Onlar gelene kadar idare edeceğiz artık."

Geldiğinin gecesi ölen Hayat Hanım'ın tuhaf ölüm hikâyesi ancak birkaç gün sonra anlatılacaktı kendisine.

"Hayat Hanım'dan kalan saksıları alayım mı, kalsın mı; yazık solmasınlar," diye sözünü bağlamıştı Cemile Hanım.

"Kalsınlar," dedi Tülay. "Yoldaşlık ederler bana. Günümü şenlendirirler."

2.

Sonraki günlerde kasetçalardan yükselen türküleri, bu evde ölen önceki kiracının içerideki odada eşyalarının bulunduğu bilgisiyle dinlemeye başladığında, hem içinde bulunduğu zaman parçası, yaşadığına gerçeklik kazandıran bir hacimle dolgunlaşmış, hem de içindeki ince sızı biraz olsun hafiflemişti. Paylaşmanın, yalnızlığı seyreltmesiydi bu. Sanki hiç tanımadığı o kadının ruhuyla birlikte dinliyorlardı evi dolduran Özer'in sesini. Evin içi çoğalıyordu. Kimsesizliğin en güçlü bağ olduğunu derinden hissettiren böyle durumlarda, hiç tanışmayan insanların birbirlerinin varlığına daha çok güvenmeleri gerektiğini düşündü. Birilerine mektup yazmanın, telefon etmenin, mesaj çekmenin yetmeyeceği bu boşluğu, içerideki eşyaların varlığı, bu eşyaların bir zamanlar yaşamış oldukları hayatın saklı bilgisi dolduruyordu.

İçindeki ince sızı bu kez başka bir damardan beslenerek varlığını yeniden duyurdu.

O eşyaların yan odada durması bir biçimde güven veriyordu ona; tam olarak neye karşı olduğunu bilmediği bir güven... Uyku tutmadığı bir gece, kendi evinde olduğu halde bir yabancının mahremine girmenin tutuk adımlarıyla Hayat Hanım'ın eşyalarının bulunduğu odaya giren Tülay, öteberi arasında kendine bir yer açtı, ters çevrilerek üst üste bindirilmiş iskemlelerden birini indirip oturdu, ağzı iyi bağlanmamış kutuların birinden çıkardığı masa saatini kurdu. Saatin tiktakları, ışığı cılız ölgün bir ampulün aydınlattığı odayı şimdiki zamanla doldursun istiyordu. Yeni geldiği bu şehirde, bu evde hiç yaşayamadan bir gece içinde ölüp giden bu kadın için, kendinin de önceden bilmediği bir çeşit merasim yapıyordu sanki. Şimdi eşyalarının başını beklediği Hayat Hanım'ın nasıl biri olduğunu düşlemeye çalıştı. Açık kutuların birinde bir albüm olsun bulmak, kadının yüzünü görmek istedi. Yoktu. Değil fotoğraf, tek bir fotoğraf çerçevesi bile yoktu. Hayat Hanım'ın hikâyesinin tuhaflığında, kendi yazgısına da ışık düşerecek birtakım işaretler; sanki biraz daha düşünse gizlerini çözebileceği uzak sırlar seziyordu. Eşyaların sahibiyle sanki içinden konuşur gibi uzun uzun oturduğu o ışığı kıt odada, yaşamı yabancı bir şehirde son bulmuş bir kadının eşyalarının ve anılarının koyu gölgesiyle, hayata yeni başlayan genç bir kızın ilk tayini arasında nasıl bir ilişki kurabilmesi gerektiğini düşünmeye, hayal etmeye, bundan bir öykü köpürtmeye çalıştı. Olmadı.

Hiçbir zaman kendini yetenekli, zeki ve hayal gücü geniş bir kadın olarak görmemişti. Kısıtlı olanaklar içinde yaşanmış zor bir hayatın dayattığı koşullarda ayaklarını her zaman sağlam yere basma gerekliliği, hayallere, ümitlere fazla yer olmayan sert ve köşeli bir gerçeklik duygusu kazandırmıştı ona. Zeki, hayal gücü geniş kadınlara hep saygı ve hayranlıkla karışık bir yakınlık duymuştu, ama kendisinin onlardan biri olmadığını biliyordu. Eğer şu an odada kendisi yerine bu çeşit kadınlardan biri olsaydı, Hayat Hanım'la kaderlerinin kesişmesinden nasıl bir hikâye çıkarırdı, diye kendini zorlayarak hayal etmeye çalışırken, birden Özer'in buraya hiç gelemeyebileceği düşüncesi ilk kez bu acıtıcılıkta aklına düştü. Biri sanki kulağına değil de, kalbine söylemişti bunu ve duymak istemediğini duymuştu.

Yerinden fırlayıp huzursuzlukla odadan çıktı, salondaki büyük pencereye gitti, perdeyi açtı, gökyüzünde ay olsun istedi. "Ay Büyürken Uyuyamam" diye okul yıllarında okuduğu bir öyküyü hatırladı ayla bakışırken. Ona bu öyküyü hatırlatan şeyin bütün gece perdenin arkasında onu beklemiş gibi duran ayın varlığı değil, içinde kabuğu kımıldayan bir duygu olduğunu hissetti. Usul bir sesle o türküyü kendi kendine söylemeye başladı: "Madem soysuz gönlün bende yoğ idi, niye doğru yoldan aşırdın beni, dağlar karalı açma yaramı perişanım ben."

Sustuğunda, birden evin içinde kendisine doğru yaklaşan terlik sesleri duyduğunu, Hayat Hanım'ın, boğazının kuruduğunu düşünerek, kendisine bir bardak su vermek üzere gelip ardında beklediğini hissetti. Korkmadı, şefkatin kollarının uzak olduğunu hep bilmişti.

Ardına dönmediği halde su bardağını, bardağın altındaki cam tabağı, tabağın üzerine konulmuş kenarlardan taşan oya işi dantel örtüyü gördü.

Daha sonraki günlerde de, bazı geceler eskisine göre suçluluğu hafiflemiş adımlarla o odaya girip çıktığı, orada, o sandalye üstünde zamanlar geçirdiği oldu. Odayı dolduran eşyalara tek tek dokunuyor; hiç tanımadığı, hakkında hiçbir şey bilmediği ölmüş bu kadının, bu şehirdeki gizli hayatını için için sürdürüyor, bu durumdan daha önceleri tanımadığı, bilmediği saklı bir zevk duyuyordu. Bu eşyaların yalnızca evin bir odasını değil, hayatında bundan daha fazlasını işgal ettiğini hissetti.

Öte yandan kendini bir an önce buranın yerlisi gibi hissetmeye gereksinimi vardı. Bu nedenle yöreye özgü Ocaklı, Marpuçlu kilimlerinden alıp evini bunlarla döşedi. İlk eviydi bu. Ziyaretine gelecek olan kardeşlerine, arkadaşlarına etrafı gezdirebilmek için dersine çalışır gibi, şehrin meşhur ve tarihi yerlerini hızla gezip öğrendi.

Kırşehir'e çabuk alıştı Tülay. Direklibağı'nı, Yencemahalle'yi, Cacabey Camii'nin yanını yöresini bir çabuk öğrendi. Yatılı okuyanlar için yeni bir yere ve yeni bir yatağa alışmak, anasının dizinin dibinde büyüyen kızlara göre çok daha kolaydı. Dar gelirli, çok çocuklu bir ailenin hiçbir zaman gözü yükseklerde olmamış, gecelerini yatılı okul ranzalarında geçirmiş, hep yetinmesini, kenarda durmasını, kuyrukta sırasını beklemesini bilmiş, alçakgönüllü, kalender ruhlu kızı olarak buradaki hayatına alışmakta zorlanmadı. Kısa bir süre içinde hayat, daha önceden tanıdığı, bildiği hayata benzemeye başlamıştı. Bir tek Özer'in noksanlığını duyuyor, onu özlüyordu. Çok özlüyordu.

Arkadaşlarına yazdığı mektuplarda, ansiklopedilerden derlediği cümlelerle, "Kentin tarihi yapıları da içeren eski çekirdeği vadi tabanında bahçelerle çevrili bir alandır. Yamaca doğru yayılan yeni mahalleler ise... Ben, kentin eski tarihi bölgesinde oturuyorum, yaprakları pencerelere değen bahçe içinde, kırmızı kiremitli çatısıyla kutu gibi şirin bir Kırşehir evinde... Ev sahibim, bu evin, zamanın başbakanının Kırşehirlilere kızıp burayı Nevşehir'in ilçesi ilan ettiği zamanlarda yapıldığını söylüyor..."

Özer'e yazdığı mektuplarda ise, bir an önce gelmesi için kışkırtıcı olabileceğini varsaydığı cümleler kuruyordu: "Hafta sonu komşularla nereye gittik biliyor musun, Kayseri'ye, hani şu türküsü olan gesi bağlarına..." Mektubun burasında, yazdıklarına sahicilik ve güç katsın diye yüksek sesle bu türküyü söylüyordu: "Gesi bağlarında dolanıyorum, yitirdim yarimi aman aranıyorum..."

Cemile Hanım bir keresinde "Sesin de güzelmiş Tülay kızım, insanın içine dokunuyor," dediğinde, sesinin komşudan duyulduğunu hesap edemediğine hayıflanıp mahcup olmuştu. Demek içini yakan bu türküler, sandığı kadar alçak sesle çıkmıyordu ağzından. Türküler kendi toprağında söylendiğinde daha gerçek, daha sahici duruyordu. Çünkü buralarda güneş, türkülerdeki gibi ağır ağır doğuyor, kuşlar yavaş kanat süzülüyor, yapraklar ağaçlarından, meyveler dallarından usulca düşüyorlardı. Zaman insanın içine işleyerek ağır ağır geçiyordu. Kırların havasında dağılan türküler, ilk söylendikleri gün kadar taze duruyorlardı dilde.

Özer'i özendirmek için, "Hacı Bektaş'a gitmek için seni bekliyorum," diye yazıyordu. Bir dahaki sefere "Nihayet Kaman'ı da gördüm," diyordu. "Şirin bir ilçe." Cep telefonu mesajlarına uzun gelen bütün cümleleri mektuplara yazıyordu: "Ahiveren türbesini mutlaka görmelisin, Alevilerin piri biliyorsun. Sonra Balım Sultan, Âşık Paşa türbelerini de..."

Özer'in mektuplarıysa seyrelmeye başlamıştı, telefonları mesajları seyrelmişti; sesi, konuşmaları, kelimeleri, içi seyrelmişti. Gece yattığı yatakta, Özer'in sahne aldığı türkü barda –işine bir ciddiyet kazandırdığını düşündüğü "sahne almak" lafını pek kullanırdı Özer– başka kızların peçete üstüne istek türkü yazıp garsonla gönderdiklerini, oturdukları yerden Özer'e baygın gözlerle gülümsediklerini, Özer'in de onlarla uzun uzun bakıştığını, yerlerinden ayaklanıp da el kadar yerde halaya durduklarında manalı manalı göğüs salladıklarını hayal ediyor, içi cızlıyordu. Bu duyguların derinleştirdiği bir hasretle yalnızca birkaç ay yaşadığı halde vatanı gibi hissettiği Istanbul'dan sürgüne gönderilmiş bahtsız biri gibi hissediyordu kendini. Böyle gecelerin sabahında şehre dayanamıyordu. Güneşin, günün, gündeliğin çiğine dayanamıyor, bir an önce akşam olsun da hayallere dalsın istiyordu. Her fırsatta halaya duran oynak kızlar masalardan istek göndermese de, şimdiye çoktan başka birini bulmuş olmalıydı Özer. Orası Istanbul'du. Ona niye bu kadar bağlandığını anlamamıştı Tülay. Bahar başında Ankara'da tanışmışlar, Özer'in ardından Istanbul'a gidip koca bir yazı orada geçirerek, tayin beklemişti; sonbaharda tayini Kırşehir'e çıkınca da buraya gelmişti. Hepsi bu kadardı aslında. Bu kadarıyla bakıldığında, Özer'e kızması için fazla bir neden bulamıyordu. Gerçi, geleceğim, demiş ama gelmemişti. Hem söz yüzüğü takmışlardı aralarında. Kendini kötü hissettiği zamanlarda iki lafın arasına bir bahane bulup Cemile Hanım'ın dikkatini parmağındaki yüzüğe çekmeyi âdet edinmişti. Sanki öyle olunca Özer söz tazeliyor, yüzük gerçeklik kazanıyordu.

Cemile Hanım o sabah erkenden geldi, "Bugün eşyaları alacaklar," dedi. Tülay önce anlamadı. "Hangi eşyaları?" Cemile Hanım, onun uyku sersemliğine verdi anlamazlığını. "Hayat Hanım'ın eşyalarını. Odayı boşaltıyoruz. Sana da yer açılır artık."

Kahvaltı bile etmeden kaçar gibi çıkıp gitmişti evden. O eşyaların gittiğini, o odanın boşaldığını görmek istememişti.

Akşam geç saat eve geldiğinde, eşyalarından boşalan odayı ilk kez çırılçıplak görmenin yabancılığında, hiçbir kuşkuya yer bırakmayacak kesinlikte bir acıyla Özer'in buraya hiç gelmeyeceğini anladı. Hayat Hanım gitmişti. Özer gelmeyecekti. Her ikisi de aynı uzaklıktan bakıyorlardı şimdi Tülay'ın bu çıplak odadaki yalnızlığına.

Özer, Istanbul'da kalmıştı, her şey olduğu yerde kalmıştı, bundan sonra hayat Kırşehir'deki kadardı. Buna alışmalıydı. Yatakhanede ranza değiştirmek kadar kolay değildi elbet, ama olsun alışmalıydı. Hayat dedikleri de yatılı okul kadar acımasızdı. Niye farklı olduğunu düşünmüştü ki?

Bütün bunları, eşyalarıyla birlikte çekip giderken sanki ardında kendisine bir mektup bırakmış olan Hayat Hanım'ın yazdıklarından öğrenmişti. Belki eşyaların da kalbi vardı.

3.

Üç yıl sonra Kırşehir'den tayininin çıktığının ilk gecesi, çayını tavşankanı demleyip pencere kenarına oturdu Tülay. Dizlerini altına aldı. Gözleri gökyüzünde ay aradı. Ay yoktu, yıldızlar sönüktü, geceyi aydınlatan şeyin ne olduğunu anlamadan buraya taşındığı ilk geceyi, eşyaları günlerce içerideki odada üst üste duran Hayat Hanım'ı, o eşyaların başında geçirdiği soluk geceleri, nice zaman sonra uzun uzun düşünüp andı.

Yalnızca Kırşehir'e değil, uzun zamandır aklından çıkmış olan Hayat Hanım'a da veda ettiği buradaki son gecesinde, kendini gereğinden fazla büyüyüp olgunlaşmış; hayatı öğrenmiş hissetti. Çayından bir yudum daha aldı.

Pencerenin dışında Hayat Hanım'dan kalan rüzgârgülü dönüyordu.

Kasım 2005 – Haziran-Ağustos 2007

Annemin Çektiği Fotoğraflar

"Bir insan kendinde keşfetmediği bir şeyi nasıl bilebilir?" Dün, akşam yemeği sırasında kocasına söylemişti bunu. Kocası ise her zamanki gibi gözlerini karısının yüzünden alıp onun hemen yanı başındaki boşluğa dikerek bir süre düşündükten sonra yeniden karısına dönüp, "Evet," demişti. "Doğru olabilir."

Böyle zamanlarda ondan nefret ediyordu. Onun gözlerini bir süre başka bir yere dikerek düşünmesinden, o süre içinde aklından geçenlerin olasılıkla ipe sapa gelmez şeyler oluşundan ve sonunda konuyu genel olarak "Evet, doğru olabilir," gibi emniyetsiz cümlelere bağlamasından nefret ediyordu. Onun iyi geçiniyorlarmış gibi görünmek için sürdürdüğü bütün bu uzlaşma ve uyum çabalarından nefret ediyordu.

Bir zamanlar tanıdığı ve sevdiği kocasını tamamen gözden yitirmemek ya da bir zamanlar sevip bağlandığı eski haline döndürebilmek için, onunla derin mevzulara dalıp dolu dolu konuşmak istiyor, bu nedenle üzerinde uzun uzadıya konuşabileceklerini sandığı böyle katmanlı görünen konulardan söz açmaya bakıyordu. Geçmişten, birbirlerine tutkuyla bağlandıkları günlerden bugüne taşınacak birkaç tanıdık ânın güvenine, geçmiş çağrışımların tazeleyeceği yakınlık duygularına gereksinimi vardı. Pek uzak sayılmayacak zamanlara dek kocasının konuşmaları, soruları, yanıtları, böylesine keyfini kaçırmazdı onun. Şimdi kocası ne dese, ne yapsa sinirine dokunmaya başlamıştı. Galiba asıl hoşuna gitmeyen şey de buydu: Kendindeki bu değişim. Ya da kocasını artık farklı gördüğü bu yeni gözleri. Zaman içinde bir şeylerin bunca değişmiş olması... Hem de kendinden habersiz, sinsice ve ümitsizce... Belki de bütün evliliklerin başına gelen onunkine de gelmişti: Beraberliklerinin vaktiyle sahip olduğu zenginlik yok olup gitmiş, ilişkileri hikâyesiz kalmıştı ve en başta kusurlar, kabahatler olmak üzere her şey göz ısıran çiğ ışıkta, acımasız bir çıplaklıkta görülüyordu artık. Kocası ne yapsındı?

Görkemli görünüşüyle neredeyse odanın bir duvarını boydan boya kaplayan, menteşeleri gevşemiş, cilası sönmüş, üç kapılı, ortası aynalı ceviz gardırobun tepesinde, annesinin ilkgençliğinden kalma iki bavul dolusu fotoğraf bulduğu Erzurum'daki dede evine işte böyle bir zamanda çıkıp gelmişler; annesinin çocukluktan yeni çıktığı yaşlardan başlayarak çekmiş olduğu fotoğraflar üzerine derin düşüncelere ve ardı arkası kesilmeyen çağrışım sağanağına kapılmaya o zaman başlamıştı. Annesi, ilerleyen hastalığına bağlı olarak artık hiçbir şeyi kendi adına düşünüp değerlendirecek durumda olmadığında işleri yoluna koymak Suna'ya kalmıştı. Sanki bundan böyle annesinin bütün hayatını, hem de ta en baştan başlayarak onun adına yeniden düşünmesi gerekiyordu. İlerleyen günler boyunca bu fotoğraflar aracılığıyla yeniden keşfettiği annesinin hayatını farkında olmadan devralıp bunun aynı zamanda kendini yeniden tanımak anlamına geldiğini kavrayacak, başta belki de kocası olmak üzere bazı şeyleri elden çıkarması gerektiğini usul usul fark edecekti. Hesaplaşmaların bütün zorluğu ve sorunu başlayana kadardı. Sonrasında atılacak ilk adımla birlikte önceki bildiklerimizden vazgeçmeyi getiren zorlu bir süreç kendiliğinden işlemeye başlar; bu durum başta insanın kendi içindeki taşlar olmak üzere birçok şeyi zalimce yerinden oynatır, değiştirirdi. Yaşama ilişkin bu ağrılı bilgi, geçmişteki benzer deneyimlerinden ötürü pek de uzak sayılmazdı ona. Alınan her dönemecin ardına geçmişin bıraktırdıkları yığılır kalırdı.

Elbette bavullardaki fotoğrafları ilk görmüşlüğü değildi bu; Erzurum'a geliş gidişlerinde birkaç kez el atıp bakmışlığı vardı. Şimdi onları her eline aldığında kafasını kurcalayan, zihnine üşüşen olguların bir teki bile o zaman aklına gelmemiş, hatta üzerinde durulmaya değer bile bulmamıştı. Değişen neydi peki? Bu fotoğrafların içini ancak şimdi görmesini sağlayan neydi? Geçmişi kurcalayan genç bir kadının, annesinin izinde kendini aradığı basmakalıp hikâyelerden birinin içine düştüğünü sanmıyordu. Daha ciddi ve daha dipte bir şey olmalıydı.

Bir insanın, büyüklerinin çocukluk eşyalarına yıllar sonra dokunmakla yaşadığı yalancı akranlığın uyandırdığı duygularla, tıpkı annesinin yeniyetme bir kızken başına taktığı mineli saç tokasını ya da bebekken giydiği pembe hırkayı bulduğunda içinde uyanan o tanımsız şefkatle yaklaşmıştı iki bavulu ağzına kadar dolduran bu fotoğraflara. Şimdiyse, bunlarda ilk görülenden çok daha fazlası olduğunu hayretle fark ediyor, hem bu solgun fotoğrafların yıllara dayanmış sakin gücüne, hem kendindeki gecikmeye şaşıyordu.

O böyle zihnini kurcalayan çok yönlü düşüncelerle boğuşurken, pencere yanına çekilmiş koltuğunda neredeyse kımıldamadan oturan annesi gün günden boşalan gözlerle Erzurum'a, daha doğrusu adı Erzurum olan bir boşluğa bakıyordu. Bir an için, annesinin bakışlarını ödünç alabilmeyi, her şeyi onun gözleriyle görebilmeyi çok isterdi. Şimdi bakışları boşalmış bu gözlerin bir zamanlar çekmiş olduğu fotoğraflar, annesinde yıllar yılı saklı kalmış bir yeteneğin, bir gizilgücün varlığını duyurmuştu ona ve kızı olarak bunu ancak şimdi anlamış olmak Suna'ya mahcubiyet yüklü bir acı veriyordu.

Annesinin gözlerine geç kalmıştı.

Kocası bir süredir, ne zaman döneceğiz, diye mızırdanmaya başlamıştı. Eğer ortaya çıkarıp yaydığı bu fotoğrafların özel dikkatle, her birine tek tek bakılmayı ve üzerlerine düşünülmeyi hak ettiklerini bir hakikat gibi keşfetmiş olmasaydı, birkaç gün daha kalıp kocasıyla birlikte Istanbul'a dönebilirdi belki, ama şimdi gözlerinin önünde bambaşka bir boyut ve gerçeklik kazanan bu fotoğrafların ağırlığı, onu Erzurum'a, bu eve, annesinin dizlerinin dibine iyiden iyiye bağlıyordu. Ne olduğunu bilmediği, ama varlığının çekiminden kurtulamadığı bir sırrın kuyusuna düşmüş gibi, bu kuyudan çıkmayı başarmadan buradan gidemeyeceğini anlamış bulunuyordu.

Çift kanatlı geniş kapılarla orta katın merdiven sahanlığına açılan, yüksek tavanlı, salkımsaçak avizeli salonun neredeyse tamamını kaplayan büyüklükte yemek masasının üzerine yaydığı fotoğrafları özenle öbeklere ayırıp tek tek yan yana, alt alta sıraladı. Yüksek pencereleri dolduran gün ışığından azami ölçüde yararlanmak için yılların iyice ağırlaştırdığı kenarları sırma kordonlu kalın perdeleri sonuna dek açtı; bazen kendini bile ürküten hastalıklı bir dikkatle incelediği bu fotoğrafların başında mıknatısa tutulmuş gibi uzun ve dalgın saatler geçirmeye başladı. Gündüzler yetmedi: Damla kristallerle zenginleştirilmiş, her dalında varak kaplama asma yapraklarının arasına saklanmış ampullerin gür ışığa boğduğu avizenin altında, onlara bir de gecenin gözleriyle baktı.

Sonsuzluk kadar uzun bir zaman içinde ölü duran bu fotoğraflar, nihayet şimdi onun bakışlarıyla canlanıyormuş gibi geliyordu. Bunca yıl saklı kaldıkları yerden çıkıp Suna'nın gözleriyle hayattan gecikmiş haklarını istiyor gibiydiler.

Ta dedesinin zamanından kalma, kalabalık ailenin üyeleri hep bir aradayken, kızlar, oğullar, gelinler, damatlar bir yerlere dağılmamışken, birlikte yenilen uzun akşam yemeklerinde hepsi sığabilsin diye alabildiğine geniş ve uzun yaptırılmış olan masif cevizden yemek masasının üzerine dizili bu fotoğraflara, nicedir bakışlarını yitirmiş annesinin gözleriyle bakmaya çalıştığında onun görmüş olduğunu tahmin ettikleriyle, kendinin şimdi gördüklerini karşılaştırmaya, bundan sonuçlar çıkarmaya başladı. Bunu yaparken, hem annesiyle kendisi arasında bölünüyor, hem benliğinin kendi içinde ikiye yarıldığını hissediyordu. Her durumda içi sancıyordu.

Kocası bütün bu olanlardan sıkılıp çoktan Istanbul'a dönmüştü bile. Sıkıntılı zamanlarında 10.000 parçalık "puzzle" takımlarının başında günler, geceler geçirmiş olan takıntılı karısını, bu fotoğraflara olan ilgisi sönene kadar hiçbir gücün onların başından koparıp alamayacağını biliyordu. Onun kendi histerisinden yorgun düşmesini beklemekten başka çaresi yoktu. Aksi gibi mevsimini şaşırmış yağmurlarla geçen kararsız bir yazdı. Teşvikiye'deki evin kapalı havalarda daha da kararan boğucu salonunda oturup, konyak içip plak dinliyor; yağmurun dinmesini, zamanın geçmesini, karısının dönmesini bekliyordu.

Birkaç yıl önce Suna'nın babasının ani ve erken ölümü, annesi Saide Hanım'ı kolaylıkla görülebilecek biçimde hayattan uzaklaştırmıştı. Daha altmışlarındaydı dul kaldığında, ama önündeki yılların hepsini birden yaşamış gibi aniden çöktü; hayattan vazgeçti ve herkesin gözleri önünde hızla başka biri olmaya başladı. Gündelik dünyadan koparak, çevresine olan ilgisinin gün günden azaldığı bir boşluğa yuvarlanmış gibi sanki artık yaşamıyor, sadece dünya toprağında ayak sürüyordu. Saçını boyatmıyor, yeni elbiseler almıyor, söylenenleri dinlemiyor ve giderek daha az konuşuyordu. Çok sevdiği menekşelerinin suyunu kendi eliyle vermeyi, saksıların toprağını değiştirmeyi unutmuş; her zaman "Mutfak evin ruhudur," diyen kadın, mutfağa bile uğramaz olmuştu. Yaşamaktan duyduğu yorgunluk ve usanç olanca ağırlığıyla çökmüştü üzerine. Herkes bu durumu, kocasının ardından tuttuğu yasın uzun sürdüğüne yorarak zamanla atlatacağını söylediyse de, gözlerine inen kalın pus bir daha hiç kalkmadı. Gördüğünü, hissettiğini sezdirmeyen ölü gözlerle, kimselerin erişemediği kalın bir buzlu camın ardından dünyaya bakmayı sürdürdü. Yüzünde ışık yanmadı bir daha hiç; bakışları canlanmadı, herhangi bir nedenle bir an olsun parlamadı gözbebekleri. Sesine inen kuruluğu hiçbir şey açmadı. Öyle derinden küsmüştü ki dünyaya, sanki hiçbir şey onu hayatla barıştıramazdı artık. Onu bu halde görmek, yalnızca çocuklarının değil, Saide Hanım'ı yıllardır tanıyan herkesin içini acıtıyordu.

Aradan geçen o birkaç yıl, kocasını yitirmenin acısını hafifletmedi. Sonra bir gün aniden memleketine, baba evine dönmeye karar verdiğini açıkladı. Çevresinde onun için kaygılanan yakınlarına ve çocuklarına, "Nasıl olsa Zekiye Hanım var orada," diyordu. Evin seksenini geçmiş emektarının varlığına duyduğu güveni böyle ifade ediyor; ne kadar dinç kalmış olsa da ondan bir hizmet beklemediğini, onu sadece geçmişin güvenilir bir sığınağı olarak gördüğünü söylemeye çalışıyordu. Zekiye Hanım demek, bütün çocukluğu, genç kızlığı; belki de kaygısız, tasasız yılları demekti. Çocukları başta direnecek gibi oldular ama, sonuçta bu annelerinin kararıydı ve çocukluklarından beri, onu herhangi bir kararından vazgeçirmenin mümkün olmadığını iyi bilirlerdi. "Bazen insanlar doğup büyüdükleri yerlere geri dönmek ve hayatlarının geri kalanını orada geçirmek, ömürlerini orada tamamlamak isterler," gibi teselli yerine geçecek sözlerle birbirlerini ikna etmeye, içlerini yatıştırmaya çalıştılar. Onu kararından vazgeçirmenin mümkün olmadığını bildikleri halde, şanslarını denemekten yılmadılar. Karşılıksız kalan ısrarları sonucunda bir kez daha anladılar ki anneleri yalnızca memleketine dönmüyor, aynı zamanda hayattan geri çekiliyordu.

Saide Hanım, "Herkesin hayattan geri çekileceği bir yaş vardır," deyip dururdu eskiden. Demek şimdi kendisi için bunun zamanının geldiğini düşünüyor ve belli ki bunu kimseyle tartışmak istemiyordu.

Sonrasında çocuklarının yaşamında birdenbire "memlekete gitmek" gibi bir kavram oldu. Herkesin aklı annelerinde, Erzurum'daydı artık. Şimdi ne yapıyordu acaba?

Çocukları sırayla gidip gelmeye başladılar yanına.

2.

Masanın geniş yüzeyine yayılmış duran bu fotoğraflar, gün günden sayrılaşan bir tutkuyla bütün varlığını ele geçirmişti Suna'nın. Fotoğraf sanatı üzerine bilgilerini, görüşlerini derinleştirip sağlamlaştıracak, düşüncelerini berraklaştırmaya yarayacak kitaplar istetti Istanbul'dan. Bir zamanlar okumuş olduklarından aklında kalanlar yetmiyor; hem eskiden okuduklarını, şimdiki uyaranlarla bir kez daha gözden geçirmek, hem de bu konuda yazılmış yeni şeyler öğrenmek istiyordu. Çeşitli zamanlarda genel bilgi edinmek amacıyla üstünkörü okunmuş kitapların sahici bir ihtiyaçla okunduğunda, bambaşka algı kapıları açtığını biliyordu.

Bir zamanların Erzurum'unun ev içlerinde, avlularında, sokak aralarında, çarşılarında, bedestenlerinde, hanlarında rasgele çekilmiş iki bavul dolusu fotoğrafın çıkardığı bu yolda, Suna'nın önüne uçsuz bir evren açılmış, ufku değişmiş, sanki şehrin geçmişine sızarak annesinin çocukluğunda, gençliğinde yaşamaya başlamıştı.

Suna'yı sık sık kocası arıyordu Istanbul'dan. Renksiz konuşmalar geçiyordu aralarında. Tarafsız düşünüldüğünde, kocasının hiçbir konuda zorluk çıkarmayan yumuşak huylu, uyumlu bir adam olduğunu kabul ediyordu Suna. Kendi hayatını, eşinin programına ve tercihlerine rahatlıkla uydurabilen biri olarak, birçok kadının tercih edeceği tipte bir erkekti. Yalnızca kocasını değil, evini, ailesini, giderek bütün bir hayatı yönetmek isteyen ve bunun için uygun bir adam arayan denetim meraklısı kadınlar için ideal biri sayılırdı. Ama böyle bir evlilik istediğinden emin değildi Suna. Artık emin değildi. Kocasının bütün o uygar, uyumlu, sorun çıkarmayan halleri, bunca zaman aslında böyle bir hayat istemediğinin farkına varmasını engelleyip, sanki içini yaşamasını geciktirmişti. Bu nedenle içinde ona karşı kızgınlık biriktirmeye başlamıştı. Böyle olmadığını bildiği halde, gene de hayatta bir şeyleri sanki kocası yüzünden kaçırmış gibi hissetmekten alıkoyamıyordu kendini. Evliliği tükenmiş insanlara özgü genel bir duygu muydu bu, yoksa kendi yaşamına ilişkin özel bir gerçek mi? Bunları ayırt etmekte zorlanıyordu. Annesinin çektiği fotoğraflara geç kalmış gözlerinin, kim bilir kendi hayatında neleri görmeye geç kalmış olduğunu düşünmeye, içi kaynamaya başlamıştı.

Erzurum'a döndükten bir süre sonra annesinde belirtileri görülmeye başlanan, başlangıçta ne olduğunu pek anlamadıkları; onun bir türlü atlatamadığı "ölüm yası"na yordukları erken yaşta bunama sorunu ve ardından ortaya çıkan bu fotoğraflar, Suna'nın o güne dek sağlam taşlar üzerine kurulduğunu sandığı kendi hayatının da dikişlerinin atmasına neden oldu. Önceden üzerinde yeterince durup düşünmediği, ertelediği, o güne dek görmezden geldiği bir dolu şey, içinin saklısında kapatıldıkları yerlerden çıkıp ardı ardına sökün etmeye, her şeyi yeni baştan düşündürmeye başladı. Geçmişte kaldığını sandığı, unuttum dediği ya da bastırdığı olaylar yeniden ilk güçleriyle parladı, eskiye ait kimi anlar bilincini aydınlatan güçlü bir ışıkta yeni anlamlar kazandı, yaşamış olduğu birçok şey farklı görünmeye başladı. Sadece annesinin ilerlemeye başlayan hastalığının gündelik sorunlarıyla değil, kendinde açığa çıkan bu duygularla da baş etmekte zorlanıyordu. Açılan bavullardan ortaya dökülen fotoğraflar, yalnızca annesinin hayatına değil, kendi hayatına da saçılmıştı. Onun gün günden dalgınlaşan gözleriyle, kendisinin gün günden farklılaşan gözleri arasında günlerin değişen ışığı can yakıyordu. Annesiyle kendisini yalnızca ana-kız değil, aynı hikâyede benzer kaderi paylaşan iki kadın olarak düşünmeye başlamıştı. Bir yerlerde kendilerine ait bir dünyayı kaybetmiş iki kadındılar sanki; anne-kız olmalarıysa sadece tesadüftü.

Kocasının gönderdiği fotoğraf sanatı, görme biçimleri, görüntü politikaları üzerine yazılmış kitaplara gömüldükçe, annesinin çektiği fotoğraflar konusunda yanılmamış olduğuna bir kez daha inanası geliyordu Suna'nın.

Ona göre, annesi, fark edilmemiş, değeri anlaşılmamış gerçek bir fotoğrafçı, kayıp bir sanatçıydı. Şimdi okuduğu kitaplarda yazılıp çizilenlerin çoğunu o, nesnelerin kabuklarını soyan hayvani bir gözle ve derin bir içgüdüyle ta o zamanlar görmüş, hissetmiş; fotoğrafçılığın o yıllardaki sınırlı teknik olanakları ve Erzurum'un kısıtlı koşulları içinde kendince gerçekleştirmeyi başarmıştı. Çevresindekilerin hiçbir zaman fark etmediği yeteneği heba olup gitmiş buralarda. Kendi değerinin farkında bile olmadan yaşadığı bütün o yıllardan şimdi gözlerine büyük bir dalgınlık inmiş olan bu kadın, göz göre göre önemli bir fotoğraf sanatçısı olma fırsatını ıskalamıştı.

Suna hayatında hiç acımadığı kadar annesine, yaşamın bizden kaçırdığı adı konmamış şeylerin varlığına ve hakkı verilmeden geçip giden hayata acıdı. Annesi, avucumuzdan kaçıp giden zamanı en iyi biçimde yakalayıp belgeleyen şeyin fotoğraf kareleri olduğunu çocuk denecek yaşta bilmeden anlamış, kavramıştı besbelli.

Şimdi gözlerindeki dalgınlık, kendi hayatının içinde bir fotoğraf gibi donup kalmış olması bundandı belki de...

3.

Erzurum'daki baba evini boşaltmamış; yalnızca varlıklarıyla değil hatıralarıyla da odaları tıka basa dolduran eşyaların bir tekini bile elden çıkartmaya gönlü elvermemişti Saide Hanım'ın. Bu evin kapatılmamış olması, Istanbul'a yerleşmeyi reddeden emektar Zekiye Hanım'ın buradaki varlığı için yapılmış bir gönül yüceliği, özverili bir davranış örneği değildi yalnızca; annesi aslında baba eviyle ve bu şehirle bağını hiçbir zaman koparmak istememişti. Günün birinde buraya dönmeyi düşündüğü için değil –en azından böyle bir şey hiçbir zaman dillendirilmemişti– galiba geçmişi koruma isteğindendi bu. Huyu gereği, öteden beri hiçbir eşyasını atmaya kıyamazdı annesi. "Bir kenarda dursun, bakarsın lazım olur," bu konudaki baş cümlesiydi ve koca evin her odası bunun çeşitli kanıtlarıyla doluydu. Çekmecelerde çamaşır arasına koyduğu lavanta keselerinden, eski moda kroşe sehpa örtülerinden, ibrikli zamanların peşkirlerinden, kenarları sırmalı Kur'an mushaflarından, eskiden kış soğuğunun eve sızmasını engellemek için asılan kapı içlerinin çuha perdelerine varasıya gerekli gereksiz birçok şey özenle katlanmış olarak duruyordu çekmecelerde. O bunları karıştırırken, Zekiye Hanım, "Daha makas yüzü görmeden bazı kumaşları sandık basmış, yazık!" diyordu. "Güz yaprağına dönmüş renkleri!" Dayısı Ekrem Sait'e gelen sünnet düğünü hediyeleri bile olduğu gibi duruyordu kapısı en az açılan odaların birinde. Bütün ev, beklemiş eşya kokuyordu.

Ne tuhaftır ki içinin bir yeri hep bilmiş gibi annesi yıllar sonra buraya, bu eve dönmüştü işte. Ölenlerden, Istanbul'a, Ankara'ya gidip yerleşenlerden sonra odaların çoğunu kapalı tutan Zekiye Hanım, evin yalnızca kendine yetecek kadarını kullanıyordu. "Terlik sesi duyulmayan ev, ister tek göz olsun ister kırk odalı, üşür," diyordu. "Kimsesiz ev üşür." Kışları insanın kemiğine işleyen ayazıyla ünlü Erzurum'un gündelik dilinde nice şey "soğuk"la betimlenir, kelimeler insanın dilini ürpertirdi.

Erzurum'a ilişkin, buzlarının kilidi geç çözülen upuzun kışlar kalmış aklında. Gördüğünden değil, dinlediklerinden kalmış. Suna çok sonra fark etti Erzurum'un o ünlü karının, kışının, soğuğunun, yalnızca büyüklerin paylaştığı geçmişin bir parçası gibi kendisinden saklı kaldığını. O ve kardeşleri daha çok yaz tatillerinde gelirlerdi buraya çünkü. Uzun kış gecelerinde, Istanbul'daki evin büfesinde sıra sıra duran kar kürelerinden birini eline alıp fal bakar gibi masal sesiyle anlatırdı annesi onlara: Erzurum'da günlerce aralıksız yağan karın zamanı ortadan kaldırıp kesin bir sonsuzluk duygusu verdiği o uzun kışlarda, pencere camlarını tül gibi basan kar dantellerini; çatılardan sarkan, içinde soğuğun kesme elmas taşlar gibi ışıdığı buzdan kılıçları; sokak aralarında gezen kar küreyicilerinin kulaklarda çınlayan avazlarını; yoldan geçen atlı arabaların yaklaşıp uzaklaşan çıngıraklarını, boynuzlarının çatalı buz bağlamış baygın gözlü geyikleri, açlıkla bilenmiş kurt ulumalarıyla bölünen tekinsiz uykuları...

Suna'nın görüp bildiği yazların Erzurum'uysa başka bir yerdi.

Olgun otlara özgü sütsü bir koku yayılıyor bahçeden. Kokuların maziyi çağırma gücünü biliyor Suna. Koyu yaprakların iyice gölgelediği arka bahçeye bakan pencerenin hemen yanı başındaki mermer tezgâhlı aynalı komodinin üzerinde rengi yer yer soyulmuş mavi emaye su güğümü ile leğen duruyor. Suya bastırdığı süngerle boynunu, omuzlarını, gerdanını, kol içlerini siliyor. Bunu yaparken özel bir keyif duyuyor. Kendini eski zaman kadınları gibi hissediyor. Kaç gündür uykulu bir dalgınlık içinde uyuşup donuklaşmış bedeni canlanıyor suyun serinliğiyle; arada bir aynayla buluşan bakışları içini diriltiyor. Çocukluğundan beri buraya her gelişinde bunu yapmaktan, leğendeki suyla, süngerle silinmekten hoşlanır; böylelikle kendini yabancı filmlerde oynuyormuş gibi hisseder. Tutkuları içinde kalmış taşralı kadınların tavan pervanesi dönen odaların yaz sıcağında bunalıp serinlemeye çalıştıkları film sahneleri geçer gözlerinin önünden. O pervane kanatlarının vızıltılarını duyar gibi olur.

Suyunu sıktığı süngeri yeniden üstünde gezdirerek tenindeki suyun fazlasını alıyor. Hareketlerindeki yavaşlık ruhuna iyi geliyor.

Evin bütün odaları havalandırılmış, eşyaların üzerindeki örtüler kaldırılmıştı. Evdeki bu hareketlilik Zekiye Hanım'ın üzerinden yılların ağırlığını almış; adımlarına hız, gövdesine yeğnilik kazandırmıştı. Hayatın eski günlere benzediği zamanlar neşelendirirdi onu. Bir koşu komşuya seğirtircesine eski zamanlara gidip gelir; gözleri o günlerin buğulu ışığıyla parlar, konuşurken sesi gencelirdi. Belki de hayat herkes için gençlik demekti.

Otlu peynirle yaptığı kâğıt inceliğindeki gözlemelerin kokusu mutfaktan taşıp bütün evi kuşatırken, kiler raflarının sıra sıra ev yapımı reçel kavanozlarıyla ışıldadığı, semaverlerin gümüşünün limon kabuklarıyla ovulup parlatıldığı, ışığı kıt sahanlıkta un elerken, havan döverken zararsız günlük dedikoduların yapıldığı tasasız günler yeniden canlanır; hiçbir şeyin değişmemiş olduğunu sanırdı insan. Şimdi hayal meyal hatırladığı bulgur, pirinç, keşkeklik yarma, torba yoğurdunda karılmış tarhana çuvallarının dizili durduğu kiler ağzında çocukluğun afacan elleriyle şeker çuvalı eşeledikleri anlarda buluyor kendini Suna. Dişlerinin arasına sıkıştırdığı şekerle çayı hâlâ kıtlama usulü içen Zekiye Hanım o zamanlar daha genç elbet. Suna'ya hep "Vaktinde iç çayını, yoksa çayın canı sıkılır," derdi. Zekiye Hanım'ın bu çeşit sözleri, tıpkı sorduğu bilmeceler gibi çocuk aklını kamaştırırdı Suna'nın. Nice kışın ayazında sertleşmiş yüzü, yaşına göre genç duruyor Zekiye Hanım'ın. Beli bükülmeden geziyor evin içinde; eli hâlâ süpürge tutuyor. İyice oğulup parlatılmış ince belli bardaklara dökülen çaylar, bir tek Erzurum'da böyle yakut rengi ışıyor sanki. Geçmişini hep patlamış kestanelerle andığı kocamış kuzinenin üstünde kapağını tıkırdatarak fokurdayan çaydanlığın havayı bulutlandıran buharı, gözünün önüne düşen çocukluk anılarına başka türlü bir pus kazandırıyor; eski yaz tatillerinin yılları birbirine karışmış nice bulanık anısı, kafasında yer, tarih ve sıra değiştiriyor; turşu küplerinden körpe hıyarlar aşırıp merdiven altlarında damakları kamaşarak kemirdikleri çocukluğun kekre tadı bugünmüş gibi aynı tazelikle aydınlatıyor içini. Bir kokuyla, bir tatla yeniden o yaşlara dönebiliyorsa insan, sonsuzluk budur! Demek ki hiçbir şey kaybolmuyor, hatta ölünmüyor bile, havanın boşluğunda geri gelmeyi bekliyor zaman; hatta belki insan! Proust gibi bazı yazarları asıl şimdi okursa, daha çok kavrayıp anlayabileceğini düşünüyor Suna. Gençken okunan kitaplarda insan zamanı fark etmiyor. Kitaplar senden zamanını bekliyor.

Bu gözlerle bakıp durduğu fotoğraflar arasında evin çeşitli eşyaları da bulunuyor. Büyükleri, fotoğraf çekmeyi öğrenirken onun zaten elinin altında hazır duran bu nesnelere çocukça bir ısrar ve kolaycılıkla dadandığını düşünmüş olmalılar. Oysa uzun bacaklı saksı sehpalarına, karpuz lambalara, orta vazolarına, pedallı dikiş makinesine, pompalı hava gazı ocağına, kömürlü demir ütülere, mutfak raflarında sıralı tencere, sahan, kuşhanelere varana dek her bir eşyayı, kendi hikâyesi ve konusu olan canlı nesneler olarak fotoğraflamayı başarmış annesi. Ona bunun neyin yaptırdığını anlamak mümkün değil; ama yapmış.

Bu eşyalar arasında Suna en çok şimdi elinde oyuncak gibi duran küçük demir ütüyü seviyor. O zamanlar annelerin küçük kızlarına ütü yapmayı öğretmeleri için yapılmış, onların küçük ellerine, incecik bileklerine ağır gelmeyecek ufak modeller bunlar. Aynı zamanda gömlek yakalarına, kol ağızlarına da bunlar basılırmış. Suna elindeki bu küçük demir ütüyü, ancak bir insana duyulabilecek bir şefkatle tutuyor. Annesini özlüyor, o günlerdeki annesini.

Bu eşyaların şimdisine dokunmak için tek tek gezdiği odalarda, zamanın bükümlenip geçmişe açıldığı esrarlı bir kapı arıyor sanki. Onlardaki hatıra kudretini kavradıkça, eşyayla kurabileceği ilişkinin, hem bu fotoğrafları hem de o zamanki annesini anlamasını kolaylaştıracağına inanıyor. Kendini 19. yüzyıl Rus romanlarından birindeymiş gibi hissetmesine neden olan eski bir Rus semaverine, Alaeddin'in Sihirli Lambası'ymış gibi dokunuyor ürpertiyle. Zaman bir yerinden çıtt etsin istiyor.

O kapı aralansın. Esrar yüzünü göstersin istiyor.

Fotoğrafların birinde, çenesinden itibaren yüzünün yarısına kadarı görünen anneannesinin sert hatlı elleriyle kucağında tuttuğu şu kırmızı kordelalı, hasırı tarazlanmış dikiş sepetine; daha çok Şark Ekspresi'yle yolculuk edilen zamanlardan kalmış şu gardırop bavula; üzerinde bir Van kedisinin uyukladığı küçük oygulu sandalyeye; çekmecelerinde hâlâ geçmişten kalmış sararmış faturaların, unutulmuş Tayyare biletlerinin durduğu şu İngiliz işi yazı masasına bir zamanlar fotoğraflanmış olmalarının ışığında bakıyor. Bu ışık, etraftaki eşyaların her birini şimdi bambaşka bir görünürlükte yeniden anlamlandırıyor.

Duvarlarda, gösterişli çerçeveler içinde yan yana dizili fotoğraflarda aile büyükleri, herkesi gören, anlayan bakışlarla bakıyorlar şimdiye... Geçmişte kalmış gözleri sanki her şeyi bağışlıyor. Fevzi Çakmak, Kâzım Karabekir gibi paşaların, şimdi kim olduklarını unuttuğu tarih küskünü Enveriye bıyıklı zabit portrelerinin durduğu odalardan geçip de geniş gölgeli ağaçların kuytusundaki bahçeye çıktığında, hiç de şimdiki zamana gelmiş gibi hissetmiyor kendini Suna. Geçmişin koridorundan esen soğuk rüzgâr peşini bırakmıyor.

Annesinin çektiği şehrin tarihi ve turistik yapıları, civardaki çağlayanların, kır ve mesire yerlerinin manzarası, şehrin dört kapısının bulunduğu bölgeden çeşitli görüntülerden oluşan şehir fotoğraflarına baktıkça, onun, kartpostal ile fotoğraf arasındaki ayrımı daha o yaşlarda derinden sezmiş olduğunu görüyor. Getirtmiş olduğu kitaplardan öğrendiği taze bilgilerle tartıyor bu fotoğrafları: Çifte Minare, Üç Kümbetler, Saat Kulesi, Yakutiye Medresesi gibi tarihi mekânları resimlerken, başlangıçta dönemin kartpostal fotoğrafları anlayışına uygun, alışıldık, bildik bir çerçevelemeye gitmiş, ama kısa bir süre sonra belli ki bu kolaycılıktan sıkılıp mekânın genel görünüşüne merkezden ayrılan optik bir kaydırmayla farklılık, derinlik katan kadraj çarpıtmalarına girişmiş. Nitekim içlerinde kartpostal görünüşlü olanlardan herhangi birini elinize aldığınızda, "Serhat şehrimizden tarihi ya da şirin bir köşe," diye söz edilebilecekken, sonradan çektiklerinde ya da öyle olduklarını düşündürenlerde, bu tarihi yapılar, bir giz bulutunun sarmaladığı şehrin kendi esrarının içinde kaybolmuş hayaletler gibi görünüyorlar. Fotoğrafların sesine kulak vermeyi bilirseniz, tekinsiz mekânlarda geçmişini arayan hayaletlerin uğultularını, zamanın ıslığını duymanız işten bile değil. Şehrin içinde ikinci bir şehir olduğunu ima eder gibi insanın gözünün içine bakan bu fotoğraflarda, söz konusu bu yapılar, tarihin kumları içinde kalmış kayıp bir uygarlığın göz oyuklarına benziyorlar. Onlar her şeyi başka türlü hatırlıyor, geçmişle başka türlü konuşuyorlar sanki.

Dönemin teknik yetersizliklerinin, kendi amaçlarının lehine işleyebileceğini sezmiş olabilir mi annesi? Örneğin, kimi banyo, baskı zaaflarıyla vurgu kazanan siyah-beyazın belirsiz geçişleri, su dökülmüş gibi duran gölgeler ve sert kontrastlar birçok fotoğrafta, büsbütün kül solgunu bir hayalet şehir havası vermiş Erzurum'a. Büyükleri, o zamanlar onun acemiliğine yormuş olmalılar bunları. Oysa tümünde acemilik tekrarlarından değil de, adeta seçilmiş bir tutumdan kaynaklandığını düşündüren ısrarcı bir aynılık var. Sanki annesi bu fotoğraflar aracılığıyla büyükleriyle ve dünyayla konuşmak istemiş. Bu tekrar ısrarcılığında, bir çocuk inadıyla aynı dili zorlayıp durmasında, karşısındakilerin onu dinlemediklerini, anlamadıklarını fark etmenin kederi olabilir mi? Yalnızlığı, hakiki yalnızlığı çektiği fotoğraflar aracılığıyla keşfetmiş olabilir mi?

Suna, elindeki fotoğrafları kitaplardan okuduklarıyla yorumladıkça, yavaş yavaş annesinin bir zamanlar yokluğunu çektiğine, özlemini duyduğuna inandığı anlayışlı, ileri görüşlü bir büyüğü yerine geçtiğini hissediyor. Yaptıklarını anlamasını, onu takdir etmesini ve yüreklendirmesini beklediği bir aile büyüğü... Kendini tutamayıp gene kalkıyor masanın başından, yanına gidiyor annesinin; saçlarını okşuyor. Bir çocuğu okşar gibi merhametle okşuyor.

Doktor'un sözleri: "Demans başlangıcı, yapacak bir şey yok. Sabır ve metanet."

4.

Ertesi sabah çok erken uyanmış olarak gene fotoğrafların başına çökerken, Zekiye Hanım "Bari kahvaltını etseydin kızım," diyor Suna'ya. Yeni uyanmış gözlerin tazeliğiyle bakmak istiyor oysa; gün, gözlerini yormamışken... Düşüncelerinin sesinden, içiyle konuşmaktan yorgun düştüğünü fark ediyor. Düşündüklerini bir deftere yazmaya karar veriyor. Okul yıllarındaki gibi bir harita metod defterine. Kahvaltıdan sonra çarşıya defter almaya çıkıyor.

Çok erken kalktığı kimi sabahlar çıkıp şehrin çoğunluğu uykudayken Erzurum'un sokaklarını annesinin gözleriyle gezdiği oluyor Suna'nın. Bir şehrin insansızken daha çok görüldüğünü keşfediyor. Bir şehir en çok çıplakken görülüyor. Annesinden ödünç aldığı gözlerle bakıyor şimdinin Erzurum'unun boşalmış manzarasına. Fotoğraflarını çektiği bu dört kapılı şehrin hiçbir kapısından bir çıkış bulamadığını düşünüyor onun. Elinde makineyle sokak aralarında gezen, bakışları gözlerine büyük gelen o kız her an bir köşe başında karşısına çıkıverecekmiş gibi geliyor. Tortum şelalelerinde, kömür madenlerinde bile fotoğraf çekmiş. Kız başına oralara, kimlerle, nasıl gitmiş, aklı almıyor şimdi.

Çarşı dönüşünde, Zekiye Hanım'la birlikte soyup banyoya sokuyorlar annesini. Çocukken onun kendisini yıkadığı gibi yıkıyor. Suyun şefkatini öğretircesine. Yıllardır annesini çıplak görmediğini fark ediyor. Son gördüğünde dipdiriydi. Annesinin çözülüp gitmiş göğüslerinde, başkalaşmış, sönmüş etinde kendi geleceğini düşünmeden edemiyor. Zamanın, kadınların etinden başka bir zalimlikle geçtiğini düşünüyor.

Kocasıyla telefon konuşmaları uzuyor. Zekiye Hanım'a sorduğu sorular çoğalıyor. Eskiden "Huma gözlü Sunam," diye severdi onu Zekiye Hanım. "Huma gözüne yaş değmesin," derdi. Suna, gözleri her nemlendiğinde Zekiye Hanım'dan kaçıyor.

Her gün önüne çektiği harita metod defterine yeni notlar düşüyor:

Çocukluktan başlayarak kadınların çevrelerindeki her şeyi güzelleştirme, süsleme çabalarına eğitimlendirildikleri düşünülürse, kadınca ya da kadınsı bile denemez annesinin fotoğrafçı duyarlılığına. Güzel göstermenin, çektiğinin güzel görünmesini sağlamanın ötesinde bugünkü anlamda "modern" bir çaba bile sayılabilir onunki; bir şey göstermekten çok bir duygu uyandırmayı, bir etki yaratmayı amaçlamış. Şairane, lirik, süsleyici çerçevelemelere başvurmamış; hatta sanki bilerek bundan uzak tutmuş kendisini. Görüneni değil de, görünenin işaret ettiğini ima etmeye çalışmış.

Özellikle lise döneminde çektiği fotoğraflarda iyice ustalaştığı ve malzemesi üstünde iyice hâkimiyet kazandığı görülüyor. Işığı öğrenmiş. Fotoğraf ışığını. Ergenliğin, genç kızlığın hülyasıyla yüzleri uzaklara, buralardan çok uzaklara gitmiş okul arkadaşlarının önlüklü, saçları fiyonklu fotoğraflarında insanın içine işleyen dokunaklılıkta bir şeyler var. O yılların Erzurum'unda okul merdiveninin basamaklarından şehir bahçesinin kameriyesine birçok mekânda kendi hülyasının içinde kaybolmuş genç kızları çekmiş.

Çocukları, yaşlıları poz verdikleri anlarda değil de, dalıp gittikleri, zamandan ve mekândan koptukları, donuklaşıp kaldıkları anlarda görüntülemiş, bazen de gönülsüz oldukları sezilen tamamlanmamış bir hareketin ortasında yakalamış onları. Sanki herkesi "gözlerim dalıyor" dediği an çekmiş. Bu yüzden bütün fotoğraflarına sessizlik hâkim, bütün fotoğraflardan melek geçmiş!

Bu anları yakalayabilmek için, pusuya yatar gibi başlarında sabırla bekleyip, bütün gün etraflarında kedi adımlarıyla dolaşmış olmalı. Bu fotoğrafları çeken o kızı getirmeye çalışıyor gözlerinin önüne; neler düşünmüş olduğunu anlamaya çalışıyor.

Fotoğrafların ortak melankolik ruhunu oluşturan bir dalgınlık hali hâkim hepsinde; hatta sanki doğuya özgü bilgece bir dalgınlık. Bunu fark ettiğinde Suna'nın içine bir bıçak usulca sokuluyor sanki. Annesi yıllar öncesinden bugünkü halini görmüş, çektiği fotoğraflarla kendi kaderini çağırmış olabilir mi?

Ürperiyor.

Tam salona girecekken kapı ağzında durup, "O bu ânı nasıl çekerdi acaba?" diye düşünürken yakalıyor kendini. Annesine çorbasını içiriyor Zekiye Hanım. Arkadan vuran ışıkta iki kadının başları sihirli bir hâre ile örülüyor sanki. Birden şimdi orada oturan kadınla, fotoğraf çeken kızın iki ayrı kişi olduğunu ve bu fotoğrafları keşfettiği günden beri, bu ikisinin zihninde bir türlü birleşemediklerini düşünüyor. Annesinin şimdisine de, geçmişine de aynı derecede uzak, yabancı hissediyor kendisini.

Annesinin insanların yüzlerine nasıl baktığını fotoğraflardan anlamaya çalışıyor: Bakıyor da, bilinen anlamda portre fotoğrafı pek çekmemiş annesi, yani kimseyi karşısına alıp doğrudan makineye baktırmamış. Olanlar da portre çekmenin bilindik retoriğine uygun fotoğraflar değil. İnsanların başı yana, arkaya kaymış ya da öne eğilmişken çekilmiş çoğu. Örneğin, kanepe arkalığına dayanmış bir başın, hafif uykulu, yana kaymış hali gibi çeşitli açı farkları taşıyan, başkaları tarafından kolayca kusurlu bulunabilecek fotoğraflar bunlar. Karşısında fotoğraf makinesi gören birinin tasarlayıp sunacağı pozlara izin vermeden, izlendiklerini bile bilmedikleri anlarda hazırlıksız yakalayarak görüntülemiş herkesi. İnsanların savunmasız anlarını, kendi kabuklarının içinde olup en çok kendilerine benzedikleri anları yakalamaya çalışmış daha çok. Sıkıldıkları, dalıp gittikleri, uyukladıkları, esnedikleri; kurdukları hayallerin ya da hiçbir şey düşünmüyor olmanın boşluğu içinde kaybolup gittikleri, belki de bu nedenle her zamankinden çok daha fazla kendileri oldukları başıboş anları yakalamış. Onların görmediği bir anda büyüklerini dikkatle süzen çocukların bakışı var bu fotoğraflarda. Bilgisi, görgüsü sağlam, ama ruhu çocuk kalmış bir yetişkinin çekmiş olduğu fotoğraflar da denebilir bunlara. Sanki bu yüzlerde hakikati aramış. Poz arkasına saklanmaya vakit bulamadan hazırlıksız yakalanan hakikati. Birden annesiyle gurur duyuyor Suna. Ama onun, bu gecikmiş gururdan artık payını alamayacağı bilgisi, yeniden sızlatıyor içini.

Gene masadan kalkıp, hastalığın her geçen gün biraz daha uzaklaştırdığı annesinin yanına gidiyor. Her gün defalarca yapıyor bunu. Annesi, omuzlarını örten atlas şalın gevşeyip kollarına düştüğünün farkında bile değil. Oturduğu koltukta bir ayağını altına almış Zekiye Hanım, elleri kucağında, parmakları tesbihinde uyuyakalmış. Hafiften başı düşmüş öne, ağzı aralık. Saatlerdir cam kenarındaki koltukta dışarının karanlığına bakan annesinin yüzü vuruyor cama; salonun ışıklarını kapatıyor Suna; camdaki yüz kayboluyor, ışıkları yakıyor yeniden; aynı yüz, aynı camda, aynı kayıtsızlıkla aynı karanlığa bakıyor. Her şey bir fotoğraf uzaklığına çekilip duvarda bir resim kadar cansızlaşıyor.

Günler aynı düzende geçerken, kocasının telefonlarına çıkmaktan kaçıyor artık. Kitaplarda söylenenlerle annesinin çektiği fotoğrafları tartmayı, defterine yeni notlar almayı sürdürüyor.

Dönemin fotoğraftan yaygın beklentisi, çekilenlerin idealize edilmesiyken, annesinin daha o yaşlarda bile buna hiç yüz vermemiş olduğunu görüyor. O başka bir şeyin, zihninin gerisinde barındırdığı, kendisi için bile sözcüklere dökemediği, adı ancak yıllar sonra konabilecek ya da konmadan kaybolup gidecek bir şeyin ardına düşmüş besbelli. Olasılıkla neyin peşinde olduğunu kendisi de bilmiyordu; ama sanatçı doğasının gereği hayvani denebilecek bir var oluş ısrarı ve inadıyla aradığı o şeyin izini, çektiği her fotoğrafta sürdüğü, sürdürdüğü anlaşılıyor. Kendisine o yıllarda, o koşullarda bir yardım edenin, yol gösterenin, akıl verenin olmadığını tahmin etmek güç değil. Bu konuda geçmişten kalan kopuk konuşma parçaları vuruyor su yüzüne. Onun fotoğrafçılığa olan merakı, şehrin varlıklı, ileri görüşlü, modern ailesinin tek kızının geçici hevesi, hatta biraz da şımarıklığı olarak görülmüş; çektiği fotoğraflar da ciddiye alınmamış olmalı. Arkasını getirmediğine bakılırsa, kendisi de geçici bir heves olarak görmüş olmalı bunu. Tuhaftır, sonraki yıllarda hiç elinde fotoğraf makinesiyle hatırlamıyor annesini. Çocukluğunda bile fotoğrafları babası ya da başkaları çekerdi hep. Tam olarak ne zaman vazgeçmiş bu merakından, eldeki verilerden pek anlaşılmıyor. Yakın tarihli birçok şeyi unutmuşken geçmişe ait olayları ilk günkü tazeliği içinde hatırlayan Zekiye Hanım'dan aldığı bilgileri, kulağında kalanlara yamayarak, yarım pörçük hatırladıklarıyla birleştirerek hikâyenin bütününe ulaşmaya çalışsa da fotoğraflardaki su lekeleri, belirsiz gölgeler gibi her şey kendi sisi içinde...

Dışarıda taşlıkta biri türkü söylüyor: "Erzurum dağları da kar ile boran."

5.

Şehrin tek fotoğrafçısı Aram'mış o sıralar. Aram, aynı zamanda ailenin çarşı içindeki sıra sıra dükkânlarından birinin de kiracısı. Kapalı mekânlarda bile başından fötr şapkasını çıkarmaz, kelinin başkalarınca görülmesinden hoşlanmazmış. Hep askılı pantolonlar giyer, Zekiye Hanım'ın deyişiyle Istanbullular gibi papyon takmayı, çoğu kez içmese de ağzının kenarında pipo taşımayı severmiş. Dükkânının vitrininde gösterişli çerçeveler içinde sergilediği, bazıları sonradan renklendirilmiş fotoğraflardan anlaşılacağı gibi, elinde kocaman, simsiyah, flaşı şimşek gibi çakan fotoğraf makinesiyle nişanların, düğünlerin, törenlerin, Cumhuriyet Balosu, Tıp Balosu, Hukukçular Balosu, Erzurum'un Kurtuluşu gibi özel günlerin vazgeçilmez figürüymüş.

Annesinin bir dediğini iki etmezlermiş küçükken. O yılların Erzurum'unda "Fotoğrafçı olacağım ben," diye tutturan kızlarına ilkokul mezuniyet hediyesi olarak bir fotoğraf makinesi alınmış. (Suna bu makineyi günler sonra annesinin eski kombinezonlarını, korselerini kaldırdığı çekmecelerin birinde iç çamaşırları arasında saten bir bohçaya sarılmış olarak bulacaktı. Görünenden çok daha fazla anlam barındırdığını düşündüğü bu ayrıntı, en az bu fotoğrafların varlığı kadar etkilemişti onu. Çekmecelerde sıfır yaka fanilalarla, "v" yakalıları bile üst üste koymayıp ayıran; her bir şeyi kendi içinde sınıflandırıp yerli yerine kaldırmakta bunca titiz olan annesinin, fotoğraf makinesini iç çamaşırlarının bulunduğu çekmeceye yerleştirmiş olması, görünen nedenlerden fazlasını barındırıyor olmalıydı.)

İlk fotoğraflarını on iki yaşında çekmeye başlamış. Zekiye Hanım'ın demesine bakılırsa, böyle bir bavul dolusu daha varmış, ama onların ne olduğunu kimse hatırlamıyor. Bazı fotoğrafların arkasında çekildiği tarih yazılıyken, bazılarına tarih atmayı unutmuş.

Fotoğrafları tab etmek için Aram'ın çarşı içindeki fotoğrafhanesine gittiğinde mutlaka kardeşi Ekrem Sait'i de katarlarmış yanına. Yalnızca fotoğraf çekmekle kalmayıp onları tab etmeyi, karanlık oda işlemlerini de öğrenmek istermiş annesi. "Oğlan çocuğu gibiydi," diyor Zekiye Hanım. "Akranları tığ işi yaparken, o oğlanlarla top oynar, yokuş tırmanır, ağaçlara çıkardı; makinenin, bozulanın, tamirin dilinden anlardı." Aram'ın, eşyası ve dekoruyla Istanbul'daki meşhur örneklerine benzetmeye çalıştığı fotoğrafhanesindeki karanlık oda, Ekrem Sait'e büyülü bir masal mekânı gibi gelir, bu nedenle ablasının yanına kattıklarında hiç huysuzluk etmezmiş. Bu arada Ekrem Sait'in de çekilmiş bir dolu fotoğrafı var bavullarda, ama pirinç çapalı düğmeli ceketi üstünde, savaş gemisi şeritli küçük yuvarlak kepi başında türünde çalımlı pozların yer aldığı bu portrelerin sıradanlığına bakıldığında, bunların daha çok onun gönlü olsun diye çekildiği anlaşılıyor... Taşkın tabiatlı, afacan bir çocuk olduğu her halinden belli Ekrem Sait'in. Hem o yaşlarda bir çocuk için, kırmızı bir ampulün cılız ışığının aydınlattığı teknede, kimyalı sular içine batırılıp ardından kurutma iplerine asılan kartlarda kendi fotoğraflarının nasıl çıkacağını beklemek, o karanlık odanın büyüsünü büsbütün artıran bir şey olmalı.

Ama Ekrem Sait'ten habersiz çektiği fotoğrafları, belli ki kendisi için çekmiş annesi. (Bunların çoğu aile albümlerinde yer almıyor.) Ekrem Sait kanepede uyuklarken, balkondan sokağa dalmış bakarken, masaya kapanmışken, elindeki oyuncağının nasıl işlediğini anlamaya çalışırken, pencereden dışarıyı seyrederken, tabağında bitiremediği yemeğinin başında sıkılmışken, salındığı salıncakta bir ayağını toprağa indirip bir an uzakta bir noktaya dikkat kesilmişken çekilmiş bu rasgele görünen fotoğraflar, dalgınlığı, habersizliği, kendiliğindenliğin savunmasızlığını konu edinen diğerleriyle aynı ruhu taşıyor. O dönemin fotoğrafçılık zevki, bilgisi ve teknik koşulları göz önüne alındığında, böyle "an fotoğrafları" çekebilmek için, insanın doğuştan güçlü bir sanatçı sezgisine, mizacına ve hayvani denebilecek bir reflekse sahip olması gerektiğini düşünüyor Suna. Bir de anları bu kadar yakalayabilmek için neredeyse gövdenin bir uzantısı gibi her an elde makineyle yaşamak gerektiğini biliyor. Makineyle bu denli yoğun, sürekli bir ilişki yaşadıktan, onu adeta bedeninin bir uzantısı kıldıktan sonra birdenbire ondan vazgeçmiş olmasına bir anlam vermekte güçlük çekiyor.

Makinelerden birini eline alıp annesinin neler düşünmüş olabileceğini hayal etmeye çalışıyor. Onları konuşturmak istercesine kurcalıyor.

Bu makinelerden serin bir gözle bakmış çevresindeki her şeye. Çocukları, sokak dilencilerini, kimsesiz yaşlıları çekmiş olduğu duygu kabartmaya en yatkın fotoğraflarda bile, merhamet uyandırmak gibi bir amacı olmadığı, hatta soğuk, katı havalarına bakılacak olursa bundan özellikle kaçındığı söylenebilir. Onun bu gençkızlık zamanında çektiği fotoğraflarda rastladığı serin, mesafeli bakışı, kendisinin annesi olarak tanıdığı sıcacık kadında hiçbir zaman görmemiş olması, büsbütün incitiyor şimdi onu. Annesi yeteneğini dünyadan sakladığı gibi, kendisine sakladığı bir yanını, yıllar yılı çocuklarından, ailesinden, yakınlarından gizlemiş olabilir mi? Bu fotoğrafları çeken kadın, dünyadaki herkesten daha iyi tanıdığını, her şeyini bilirim sandığı annesi olabilir mi?

Cevabını bulabilirmiş gibi kalkıp annesinin yüzüne bakıyor.

Bu fotoğrafları çeken kızı nasıl hiç tanımamışsa, şimdi koltuktaki kadın da bir o kadar uzak ve yabancı bakıyor kendisine. Annesini iki kere kaybettiğini düşünüyor. Bir yerlerden kopup gelmiş gibi eski bir türkü çınlıyor kulaklarında: "Erzurum çarşı pazar!"

6.

Lise yıllarının sonuna kadar fotoğrafla uğraştığı anlaşılıyor –bu arada belli aralarla daha gelişkin yeni model fotoğraf makineleri alınmış ona; hepsi saklanmış, duruyor– sonra birdenbire bir bıçakla kesilmiş gibi bitiyor fotoğraflar. Bir tek kare bile yok. Bunun dayısı Ekrem Sait'in erken yaşta ölümüyle bir ilgisi olup olmadığını anlamaya çalışıyor. İzini sürdüğü bazı tarihlerin Zekiye Hanım'ın anlattıklarıyla örtüştüğünü görüyor. Ekrem Sait'ten her söz edildiğinde Zekiye Hanım'ın gözleri doluyor. Elindeki simli oltu tesbihini dualarla çeviriyor. "Talihsiz yavrucak, talihsiz yavrucak," diye sayıklarcasına anıyor onu. "Bu evin neşesi o zaman söndü," diyor. "Çocukları herkes sever ama, ben onun kadar sevilen bir çocuk görmedim. Nazara geldi, nazara, başka ne diyim!" Sonrası tülbent ucuyla kurutulan göz pınarları.

Dayısı Ekrem Sait, kısacık ömrünün görmeye yetmediği yeğenine fotoğraflarda gülümsüyor.

Suna yeni ölmüş birinin ölümüne ağlar gibi dayısının ölümüne, yıllar sonra taze gözlerle ağlıyor.

Annesinin, çocukken kardeşine çok düşkün olduğu biliniyor. Ekrem Sait'in erken ölümü karşısında yaşadığı bozgun, onu makinesinden ve fotoğraflama arzusundan tamamen uzaklaştırmış olabilir mi? Fotoğraflarla ölüm ve zaman arasındaki ilişkiyi, o güçlü sezileriyle ve bu erken ölümün sarsıcı deneyimiyle keşfetmiş olabilir mi? Suna, annesinin bu evi elden çıkarmayışının bu ölümle bir ilgisi olabileceğini düşünüyor. Bu ev, aynı zamanda Ekrem Sait demek onun için.

Şimdi bütün bunları annesiyle konuşmasının, ondan dinlemesinin bir olanağı yok. Gün günden çektiği fotoğraflardaki dalgınlığa benzer bir kayıtsızlığa gömülerek hastalığının gölgesinde kaybolan annesinin, her şeyden hızla uzaklaştığını görüyor. Akşama kadar gözleri boşluğa dikili olarak oturduğu koltukta eteğinin pililerini kırıyor, bazen de elleri boş olduğu halde kırıyormuş gibi yapıyor. Kimi günler nedensiz yere mutfak önlüğünü geçiriyor üstüne, geçmişte bir güne gidiyor.

Suna içinin sorularını yatıştıramadığı bazı günler elinde bir fotoğrafla başucuna gidiyor annesinin, "Anne nereye gittin?" diyor. "Niye burada değilsin? Niye?"

Annesi camdan dışarıya, artık Erzurum bile olmayan dışarıya bakıyor. Yanına oturan Suna, onunla birlikte bakıyor aynı yere. Baktıkları, gördüklerini buluşturmaktan artık çok uzak.

Annesi her zaman sevgi dolu bir insan olmuştu. Bunu biliyor. Neyin fotoğrafını çekmiş olursa olsun, konusuna değer kazandıran bir yaklaşım, seçilmiş bir tutum içinde olduğu ve fotoğrafladığı her şeyi, yaşının karşılığı olan bir çocuksuluk ve yaşının çok üstünde bir olgunlukla sevdiği anlaşılıyor. Annesi sanki daha çocuk denebilecek yaşta, yaşamı ümitsizce sevmiş. Zaten sanat dedikleri, ümitsizlerin yaşama sevinci değil miydi? Erken yaşta iki bavula kilitlenip kalmış olan bu sevince acıyor Suna. Kendini yeniden keşfeder gibi, içini dünyanın kararttıklarından yıkayıp arındırırcasına, annesinin çektiği fotoğraflara bakarak yeryüzündeki her varlığa merhamet duyuyor.

Bir evin taşlık merdiveninde duran süt güğümlerini çekmiş örneğin. Ama bu süt güğümlerinde ilk görünen şey, onların kendi varlıklarından çok fotoğraflanmalarıyla birlikte onlara bağışlanan önem sanki. Böylelikle daha çok görülüyor, daha çok var oluyorlar; içinde yer aldıkları zaman parçası da başka türlü bir hacim ve değer kazanıyor. Gündelik yaşantıyı kuşatan nice yavan, sıradan nesne, onlara verilen bu önemle birlikte içinde yaşadığımız, geçip gittiğimiz zamana, var oluşa ve yok oluşa ilişkin nice yeni anlamla katmanlanıyor.

Bir zamanların Erzurum'unda, Ermenilerden kalma bir evin dış kapısına açılan taşlık merdiveninin basamaklarına bırakılmış sıradan iki süt güğümü birdenbire ne olduğunu bilmediğimiz, ama ta derinde hissettiğimiz güçlü bir şeyi sızlatıyor insanın içinde.

Suna göğüs geçirerek "Sanat bu değilse, nedir?" diyor yüksek sesle kendine. "Nedir?"

Art arda bakıldığında uzun süren bir rüyanın kopuk parçaları gibi görünse de, fotoğrafların tümünde müthiş bir tutarlılığın ve sürekliliğin hâkim olduğunu görüyor Suna. Bu süreklilik, her bir fotoğrafın kendi öyküsünden bağımsız olarak, tümünde saklı olan bir üst cümleye çalışıyor gibi. Annesinin bütün hayatının cümlesi bu; yıllarca kimsenin görmediği, keşfetmediği büyük yeteneğinin cümlesi. "Haksızlık bu, haksızlık!" diyor Suna. "Ben de bu haksızlığın son halkasıyım!"

Özür diler gibi yerinden kalkıp annesinin ilaçlarını veriyor, suyunu içiriyor, yanına oturuyor, yavaşça elini alıyor ellerinin arasına, usul usul okşuyor. Biraz daha yüzüne bakarsa, annesi birdenbire eski günlerdeki gibi konuşmaya başlayacakmış gibi engelleyemediği bir ümitle bakıyor ona. Aynı hastane koğuşunda kalan ve gün günden birbirine benzeyen iki kederli hasta gibi görünmeye başladıklarını düşünüyor.

Böyle zamanlarda salonun kapısında tam içeri girecekken ar bilip kapı ardına kaçıyor Zekiye Hanım; gerisi tülbent ucu...

Fotoğraflar arasında portre olanları ayıklayıp öbeklendirmeyi sürdürüyor. Yalnızca bir insanın değil, aynı zamanda bir durumun portreleri bunlar.

Zekiye Hanım'ın dirseği mutfak masasına dayalı, bir elinin ayasıyla iki kaşının arasından başlayarak alnını ve kafasını kapamış haldeki portresi örneğin. Rönesans resimlerinde görülen dinsel denebilecek bir kırılganlık dağılıyor fotoğrafın yüzeyine. Diğer elinde üzerine vuran ışığın daha da parlattığı bir mutfak bıçağı tutuyor Zekiye Hanım. Önünde doğradığı şeyin –yarısından fazlası kadrajın dışında kalmış– ne olduğu seçilemiyor, ama yüzündeki derin bezginlik ve kederle, mutfağa kıstırılmış bir hayatın çaresizliğini bu kadar iyi anlatan bir fotoğraf daha gördüğünü hatırlamıyor Suna. Birdenbire Zekiye Hanım'ı ve onun yalnız hayatını bambaşka gözlerle görüyor. Belleğindeki ışıl ışıl reçel kavanozları, yakut rengi ışıyan çay bardakları, yeni ovulup parlatılmış bütün kalaylar ve mutfak bir anda kararıyor.

Ellerini koltuk altlarına kıstırıp dalmış Zekiye Hanım, fotoğraftan yayılan kedere bir açıklama yapma gereği hissetmiş olmalı ki, "Kim bilir neler düşünüyordum o sıra," diyor. "Gençlik işte! Geçtiğiyle kalıyor."

Sonra bir sürü yabancı yüz. Zekiye Hanım bile tanımıyor bazılarını. Başıyla fotoğrafları gösterip, "Ne işe yarayacak ki şimdi bu sahipsizler?" diyor.

Fotoğraf konularıyla arasında hep bir mesafe bırakmaya özen göstermiş. Zaman zaman kasvete dönüşen bir melankolinin hâkim olduğu ancak aklın serinliğiyle görülebilen soğuk fotoğraflar bunlar. Belki de bu nedenle zamanında büyükleri anlamamış, önemsememişlerdi yaptıklarını; içlerini ısıtmayan fotoğraflar çeken kızlarını yüreklendirme gereği duymamışlardı. Belki o da bu yüzden sürdürmemişti fotoğraf çekmeyi, belki de erken kaybettikleri Ekrem Sait'le birlikte ölümü yeterince yakından tanımış olduğuna kanaat getirerek, bir "zaman sanatı" olan fotoğrafı bırakmıştı.

Belli ki annesi bu fotoğrafları bir sır gibi sakladığından değil, bunların önemine kendisi de inanmadığından üstlerinden atlayıp geçmiş. Birçok kadının yazgısının, gerçekleştirilememiş yeteneklerinde düğümlü kaldığını, kendilerini ve güçlerini tanımadan bu dünyadan çekip gittiklerini düşünüyor Suna. Özellikle annesinin kendisinde bir kadınlık erdemi olarak gördüğü vazgeçme gücünü iyi biliyor. Onlar erkekleri uğruna her türlü fedakârlığı kadınlık erdemi bilen bir kuşağın kadınlarıydılar...

Yıllar önce ona, tahsil hayatını neden yarım bıraktığını sorduğunda, "Baban lise mezunuyken, benim fakülte bitirmem yakışık almazdı," demişti. Istanbul Hukuk'a yazılmış, ikinci sınıfa geçtiğinin senesi kaydını almışlar. Önce zahirecilerin oğluna kız vermek istememiş aile; "Zahireci Ömer Efendi'nin oğluna verecek kız yok bende," diye uzun süre ayak diremiş dedesi, "Haylazlığından değil, bir an önce ticaret hayatına atılmak için tahsiline devam etmemiş oğlan, ama Erzurum'dakileri koyun bir yana, Istanbul'da daha şimdiden kaç dükkân, kaç toptancı, kaç anbar dizdiler sıra sıra," diye aracı olmuş Erzurum'un ileri gelenleri. "Çocuklar sevmişler birbirlerini; günahtır, kıymayın, ayırmayın," demişler.

Evlenirken tek şart ileri sürmüş annesi, "İlk doğacak oğlanın adı Ekrem Sait olacak."

"Peki Aram'a ne oldu?" diye soruyor Zekiye Hanım'a.

Dili, her sözcüğün altında ayrı eziliyormuş gibi kahırlı bir sesle yanıtlıyor Zekiye Hanım: "Diğer Ermenilere olan oldu. Ya öldüler, ya barınamadılar buralarda. Aram, Amerika'ya gitti. Önceleri kartları gelirdi ya, sonra arkası kesildi. Nice Müslümandan daha kardeşti bize. Bakma sen, onlar da bizim gibiydi, iyisi de vardı, kötüsü de... Aram, benim ıspanaklı kol böreğimi, peynir helvamı çok severdi. 'Üzülmeyin gittiğime, Amerika'da meşhur olacağım,' derdi. Çok zaman geçti. Öldü mü, kaldı mı kim bilir? Aram'ın gelişi kapıyı çalışından belli olurdu." Sonra kapı çalmış gibi gidip pencereyi açıyor Zekiye Hanım, sokağa bakıyor. Suna, onun geçmişte bir günün sokağına baktığını düşünüyor. Oturduğu yerden dışarının seslerini dinleyerek zamanı tayin etmeye çalışıyor. Şimdi kapı çalınsa, zamanın kırıldığı âlemleri birbirine bağlayan kapıyı bulacağını biliyor. Geçmiş orada, hiçbir yere gitmiyor.

"Sen biraz uyu diyor," Zekiye Hanım. "Gözlerinin altı mosmor. Ayranaşı yaptım, uyandığında içersin huma gözlüm."

7.

Zekiye Hanım'ın kendisine yönelen bakışlarına gün günden kuşkulu bir acımanın yerleştiğini ayrımsıyor. Telefonlarda kocasının sesi giderek daha kaygılı. Kendi gücünün giderek tükendiğini hissediyor.

Annesinin fotoğraf konularına gösterdiği dikkatte kendi yaşına göre hayli gelişkin bir bilinç, zamanın fotoğraf anlayışına göre hayli ileri sayılabilecek bir yaklaşım biçimi olduğuna inanan Suna, sayfalar dolusu yazdığı şeylerden başını kaldırıp ah çekiyor bütün yüreğiyle. "Şimdi benden çok daha bilgili, yetkin birinin ağzından duymak isterdim bu fotoğraflara ilişkin söylenebilecek her şeyi... Ben mi baka baka delirip uyduruyorum bunları, yoksa sahiden büyük bir kaybın kanıtları mı bunlar; anlamak, bilmek istiyorum. Bu neyi değiştirir bilmiyorum, ama çok istiyorum."

Bu fotoğrafları yıllar sonra ancak şimdi görebilen gözlerinin giderek kendinde, kendi hayatında görebileceklerinden bir kez daha ürküp kocasına telefon ediyor. Önce sakin bir sesle başlıyor konuşmaya.

"Ne oldu?" diyor kocası camdan dışarı bakarken. "Geliyor musun artık?"

"Annemin çektiği fotoğraflar," diye başlayacak oluyor söze. Sesi boğumlanıyor. Birdenbire içinin düğümlerinin beklemiş bir musluktan boşalan kirli bir su gibi çözüldüğünü hissediyor.

"Annemin çektiği fotoğraflar..."

Ardını getiremeden bir çocuk gibi bütün vücuduyla sarsıla sarsıla ağlamaya başlıyor.

Teşvikiye'deki evin kararmış pencerelerine yağmur yağıyor.

Bir elinde konyak kadehiyle gözleri yağmurun camda oluşturduğu su katlarına dalmış adam, telefonda karısının uzayan hıçkırıklarını dinliyor.

"Burada yağmur yağıyor," diyor.

2006, Ağustos-Eylül 2007, Ocak 2008

Diyarbakır Surlarında

Dizleri dirseklerine dayalı, dalgın gözleri kirli yer karolarında ayak izi seçer gibi yere çakılı kalmış olarak oturduğu bankta, başkomiserin kendisini içeri çağırmasını bekliyor. "Nüveyre duyduğunda bu işe çok gülecek," diye geçiriyor içinden. "Amma iş yahu!" Ne kadar ışıklandırılsa da aydınlatılamaz karanlık ruhlu koridorlardan biri bu; ölgün, soğuk... Oturduğu bankın yer yer boyaları soyulmuş. Hani, nasıl adlandıracağını bilemediğin bazı ara renkler vardır, bununki de onlardan. Şimdi içeri çekip, polis zoruyla sorsalar, "Söyle bakalım kızım, ne renktir bu?" diye, söyleyemezsin. Neler de düşünüyor! İnsan zihni ne tuhaf! Polisin burada, Diyarbakır'da sorduğu, sorabileceği sorular düşünüldüğünde ne kadar saçma şimdi şu aklından geçenler! Geri sarıyor düşüncelerini: Gerçekten o kadar saçma mı? Tıpkı ne olduğuna tam karar verilemeyen bu ara renk gibi, ara durumlar, ara duygular, belirsizlikler, bulanıklıklar yok mudur herkesin içinde, hayatında, seçimlerinde? İnsan, kendine bile tanımını tam yapamadığı, çoğu kez istese de yapamayacağı duygular, durumlarla iç içe yaşamaz mı? Her şeyin niyesini, nasılını o kadar bilerek mi yaşıyoruz sanki? Polisin burada sorduğu çok daha önemli sorulara verilecek yanıtlar içinde kökünü bu çeşit belirsizliklerden, bilinmezliklerden, adlandırılamazlıklardan alan durumlar da yok mudur peki? Annesinin hiç unutamadığı bir sözü geliyor kulağına: "Kendini ne kadar çabuk kaybedenlerin yerine koyabiliyorsun, hiç fark ettin mi?" (Belli, "looser" sözcüğünün Türkçeye yeni girdiği günler.) Örneğin, bu sözü niye andığını da tam bilemiyor şu an. Ona birdenbire kaybedenlerle özdeşleşme yeteneğini hatırlatan ne şimdi peki? Annesi: Her şeyi çok çabuk fark eden kadın. Artık ölü, ama sesiyle hep yanında.

Dünyada her şeyin siyah-beyaz olmadığı söylenip durur ya, Bunu söyleyenler, 'Dünyada griler de vardır," diye eklerler bir çalımla.. Böylelikle dünyanın bütün renk ve durum yelpazesi iki cümleyle halledilmiş olur. Sözünü ettiği şey bu da değil. Çünkü gri de bilinen bir renk, söylendiğinde anlaşılır bir yanıt. "Hayır gri de değil, daha ara bir renk, tam tanımlayamıyorum" denecek cinsten durumlar ilgilendirdi onu hep. Yani polislerin en hoşuna gitmeyecek yanıtlar. Onlar hep kesinlikle ilgilenir, bu çeşit yanıtların gerçekleri aydınlatmayacağına inanırlar. Dünya onlar için siyahbeyazdır. Kapatılması gereken dosyalar ancak siyah-beyaz kesinliğinde aydınlanır. Her işin mutlaka bir aslı vardır. Elle tutulabilecek, çıplak gözle görülebilecek bir aslı. İşte o öğrenilene kadar sorgu sürer. Her zaman yaptığı gibi aklına doladığı bir sorunun, bir durumun burgacında tekrarlara dayalı zihinsel yolculuklara çıktığını fark edip kendinden sıkılıyor.

"Komiserim biraz bekletecek sizi, bir şey içer miydiniz?"

Birdenbire başında biten genç polisin yüzünde muzip bir ifade var nedense. Yüzüne dayadığı ellerinin çekildiği yerlerde, leke gibi iki kırmızılık kalmış olduğundan emin oluyor. Bazen düşüncelere dalmış bir halde avuç içleri yüzüne dayalı bir halde oturduğu tuvaletten kalktığında da, birdenbire banyonun aynasında yüzünün iki yanında oluşan bu iki kırmızı lekeyi görür. Genç polis sanki onu tuvalette yakalamışçasına mahcup oluyor. "Yok teşekkür ederim," diyebiliyor, kaşlarını düzelterek. Elle çizilmiş gibi duran kalın, biçimli kaşları, bir erkeğinkiler gibi gür ve dik. Yukarı doğru fırçalar gibi tarardı. Hiçbir zaman almadı kaşlarını, onların bakışlarını da gürleştirdiğine inandı; şoset çoraplar giyip ördek kuyruğu kesimli saçlarla "cici kız" olmaya çalıştığı zamanlarda bile... Belli durumlarda eli hep kaşlarına gider. Gene öyle yapıyor. Polis yüzünde aynı muzip ifadeyle uzaklaşıyor.

Geriye kaykılıp, sol ayak bileği, sağ dizinin üzerine gelecek biçimde bir bacağını diğerinin üzerine atıyor. Sağ kolu da bankın arkalığında... "Parkta kız bekleyen erkek oturuşu," derlerdi buna kendi aralarında. Emniyet Müdürlüğü binası için fazla rahat bir oturuş bu. Yanaklarındaki kırmızılıkların solmasını bekliyor. Sol gazetelerde çalıştığı zamanlarda kapısının önünden bile geçirtmedikleri bu binanın şimdi koridorunda yayılmış oturabiliyor; hem de bir bacağı diğerinin dizi üzerinde. Bu rahatlığı, bir ölçüde şimdi çalıştığı gazetenin basın kartını taşıyor olmasına borçlu olduğunu biliyor. Gene de bacağını indiriyor. Gereği yok.

Durumdan haberdar etmesi gereken Nüveyre'yi ancak komiserle konuştuktan sonra arayabilir. Ama gelecek pazar ekinin kapak ya da orta sayfa konusunun uçup gittiği kesin! Onca gün, onca emek! Durumundaki ironi, yüzüne zehirli bir gülümseme gibi yayılıyor. Konusunun kurbanı olmak da başlı başına bir konu elbet; şimdi Nüveyre burada olsa "Madem öyle, bu durumu konu yapalım o zaman," derdi. Ardından çoğu kez şaka yaptığını sananlara verdiği yanıtı yinelerdi: "Şaka değil çocuklar. Türkiye'nin şakası yoktur! Bugünün şakası, yarının gerçeğidir bu memlekette. Bu gazeteler niye hâlâ ayakta sanıyorsunuz?"

Daha önce de defalarca gelip gitmişliği var Diyarbakır'a. Bir ara buraya yerleşmeyi bile düşünmüştü. '90'lı yıllar, buranın en karanlık yılları. "Gittiğinin ayına kalmadan fail-i meçhul olursun sen bu akılla," diyen arkadaşları adeta zorla alıkoymuşlardı onu Istanbul'da. Oysa bir süre sonra arkadaşı Kerem onun yapamadığını yapmış, bir gecede verdiği kararla valizini kaptığı gibi gelip, o sıralar sokaklarında her gün birilerinin öldürüldüğü Diyarbakır'a yerleşivermişti. "Ofis'te ev tuttum," diyordu. "Gel bende kalırsın." Çeşitli nedenlerle her gidişinde Ticaret Odası Lokali'nde, Baro Lokali'nde mevsimine göre Gazeteciler Cemiyeti'nin bahçe içindeki açık hava lokalinde, uzun, dumanlı geceler geçirmişlerdi. Bazen yanlarında başkaları olurdu. Gazeteciler, öğretmenler, sendikacılar; bölgenin kadınlarını örgütlemeye çalışan aydınlık bakışlı kızlar, şehrin aydınları...

Diyarbakır surlarından konuşmuşlardı bir akşam. Ne zaman hatırlasa, Rojda'nın zeytin karası gözlerinin çakmaklı ışığı hâlâ gözlerini alır Aslı'nın. "Surları ayakta tutan üst üste yığılmış taşlar, kirişler, sütunlar değil ki; hikâyelerdir, şehrin hikâyeleri... O kadar güçlü, o kadar sökülüp alınamaz hikâyeler ki bunlar... Bu yüzden ayakta kalıyor bu şehir, bu surlar, bu halk..." demişti. Sadece şehriyle övünür gibi söylemiyordu. Taşın, toprağın, surların hakkı yenmesin diye anlatıyordu sanki. Diyarbakırlıların gözlerindeki o dolgun fazlalıkla bakıyordu. Kelimelerin hiçbir zaman yetmeyeceğini bilmenin bakışlara yüklediği o dolgunlukla...

Istanbul'a döndükten bir süre sonra, o geceden ve surlardan kulağında kalan sözlerin anısıyla Italo Calvino'nun *Görünmez Kentler*'ini yollamıştı Rojda'ya. Hiç ses çıkmamıştı ondan. Nedense çok sonra öğrenmişti Rojda'nın öldürüldüğünü. O kitabın eline geçip geçmediğini, geçtiyse okuyup okumadığını bilmiyordu. Ama ne zaman ansa Rojda'yı, onun anlattığı surları, bu surların kuşattıklarını, içinden sormak geliyordu: "Görünmez kentler ne zaman görünür Rojda?"

O gecelerden, konuşmalardan, anılardan yüklendiği borçla şehrin, bölgenin sorunlarını duyurmaya çalışıyordu. Yaptığı haberler yüzünden açık ya da örtülü tehditler almış, başı birkaç kez ciddi derde girmiş, polisle, jandarmayla karşı karşıya geldiği birçok sefer de güçlükle sıyrılabilmişti işin içinden. Korkmuştu olanlardan; korkutulmuştu ama bu onun cesaretini artırmaktan başka bir işe yaramamıştı. Yetmiyormuş gibi birçok haberi basılamamış, belgeleri, dosyaları elinde kalmıştı. O ışığı kıt, dumanı uzun gecelerde, "İşin çok zor, annene benzemeden annen gibi olmaya çalışıyorsun," diyordu Kerem. "Onun gibi adalet dağıtmaya çalışıyorsun sen de, ama onun eteklerinin altında yaşayan bir kız olmaktan çıkmaya çalışarak."Aslı gülümsemişti. "Bunu kadınlara özgü psikolojik bir sorunmuş gibi anlatıyorsun." "Yok merak etme, bizim de babalarımızla durumumuz pek farklı değil. Çoğu erkek hem babası gibi olmak ister, hem bir başkası. Nasıl olacaksa!" Sonra, "Babalar ve oğullara! Anneler ve kızlarına!" diyerek kadeh tokuşturmuşlardı. Bir keresinde, insanların sokağa çıkmaktan, evlerin ışıklarını yakmaktan ürktüğü, soğuğu kesme ayaz kurt dumanı bir gecede gittikleri bir lokalde, hiç yeri değilken ani bir gülme krizine tutulmuşlardı. "Ne işimiz var burada, elin Diyarbakır'ında? Deli miyiz biz yahu?" diyerek hıçkırık tonunda kahkahalarla masaya kapanmışlardı. Bezgin, uykulu garsonların ümitsiz yüzlerinin havayı iyice ağırlaştırdığı lokalde, kendilerinden başka bir masa daha vardı. Tavandan sarkan hasır örgü lambaların içine saklanmış ampullerin cılız ışığının aydınlatmaya yetmediği, elle tutulur bir yabancılık, kimsesizlik, çaresizlik her şeyi yoksullaştırıyordu... Böyle durumlarda konuyu birdenbire okkalı bir cümleyle dramatik boyutlara taşımada usta olan Aslı, gülmekten katılarak kapandıkları masadan başını kaldırdığında, yüzündeki kahkahayı ansızın dondurup "Unuttun mu burası Türkiye'nin vicdanı!" demişti. "İnsanlığımızı tartıyoruz burada. Onun için buradayız."

Fail-i meçhul cinayetlerden töre cinayeti kurbanlarına, Olağanüstü Hal Bölgesi Valiliği'nin göz yumduğu yolsuzluklardan jandarma-korucu çeteleşmelerinin zulmüne, insan ticaretinden uyuşturucu kaçakçılığına varana dek bölgede vuku bulan her karanlık konuda bir sürü haber, röportaj, yazı dizisi yaptıktan ve birçoğunu yayımlatamadıktan sonra, adeta burada, bölgede çalışamaz olmuştu. Çaldığı bütün kapılar yüzüne kapanıyor, her adımında karanlık yüzlü birtakım adamların takibine, tacizine maruz kalıyor, açık ya da örtük tehditlerle yıldırılmaya çalışılıyordu. Bu arada çalıştığı gazetelerin biri kapanmış, diğeri dikiş tutturamamış, bir diğerinden de ayına varmadan kovulmuştu. Yorulmuştu. "Nasılsın?" diye soranlara "Diyarbakır yorgunuyum," diyordu. "Bakmayın siz, aslında Türkiye de Diyarbakır yorgunu ama bunu kendisine itiraf edemiyor henüz." Bir süre başka işlerde çalıştıktan sonra, gazetecilik yapmaktan ümidi kestiği günlerin birinde eskilerden tanıdığı Nüveyre aramıştı onu. Bir süredir büyük bir gazetenin eklerinin yönetmenliğini yapıyordu. "Gazetede yeni bir yapılanmaya gidiliyor. Hem artık 90'lı yıllardaki kadar karanlık değil oralar, bölgeyi en iyi tanıyanlardan birisin, gel kanadımın altına," demişti. Gönenmişti, yaptıklarının birileri tarafından görülmüş, unutulmamış olması sevindirmişti onu. Demek kaybolmamıştı. Gazetecilik yapmayı özlemişti. "Ne varsa eski solcularda var," deyip gitmişti Nüveyre'nin yanına. Dostça karşılanmıştı. Büyük bir gazetede daha yaygın bir okur kitlesi karşısında çok daha yararlı olabileceğini düşünmüştü. "Ya ben artık oralara gitmesem de beni Bodrum'a, Marmaris'e, Side'ye falan yollasanız, size daha yararlı olurum," demişti Nüveyre'ye. "Benim o zamanlar Diyarbakır'dan tanıdıklarımın çoğu şimdi Bodrum'larda, Çeşme'lerde otel, bar, pavyon, kumarhane sahibi oldular. Zamanın emniyet müdürü, vali çocuklarının çoğu, mafyacılarla kol kola gece kulübü işletiyorlar. Meslekten atılmış polislerin, erken emekli edilmiş askerlerin, tapusu düne kadar inşaat işçiliği yapan garibanların üzerine kayıtlı olan beş yıldızlı otelleri var tatil beldelerinde. Asıl haber oralarda artık. Üstelik şimdilerde yeni Rus ortaklar da alıyorlar kendilerine. KGB eskisi, Putin zengini ne istersen var. 'Best-seller' macera romanı, soluk soluğa izlenecek aksiyon filmi konularıyla dolu oralar." "İyi ya," demişti Nüveyre, "ben de başıma iş açmaman için, seni oralara değil de Diyarbakır'a yolluyorum. Solcunun eskisinin kıyağı bu kadar olur kızım, şansını zorlama!" Gülüşmüşlerdi.

Ondan sonraki gelişlerinde bu gazete adına yaptığı, Batman'da ailelerince intihara zorlanan kadınlar; Hizbullah'ın karanlık çukurlarda katlettiği insanlar, töre cinayetine kurban verilmiş kızlar üzerine art arda yaptığı haber ve röportajları ses getirdi Aslı'nın.

Bugünse basit bir nedenle şikâyetçi olarak bulunuyordu emniyet müdürlüğünün koridorlarında.

Çantası çalınmıştı.

2.

İçeri girdiğinde şaşırıyor; yakışıklı, modern görünüşlü, genç bir adam komiser. Açık tenli, hafif çilli yüzü, yumuşak bakmayı bilen bal rengi gözleri iyice yabancı kılıyor onu buraya. Şimdinin Polis Akademisi mezunlarından olmalı. Yeni kuşak polisler böyle artık; yabancı filmlerdeki meslektaşlarını andırıyorlar. Böyleleri, derdini daha iyi anlayabilirmiş izlenimi uyandırıyor insanda; artık bir şeylerin değişmekte olduğunu düşündürüyor. Aslı'nın gazeteci olması, çalıştığı büyük gazetenin adı davranışlarını daha da yumuşatıyor gibi. Tabii konunun kendisi de... Derin bir soluk alıp başlıyor söze; durumu fazla gülünç olmadan anlatmayı becerebilmeyi ümit ediyor Aslı: Diyarbakır'da kapkaççı çocuklarla ilgili yaptığı bir haber nedeniyle bulunduğunu, birkaç gündür yaptığı görüşmelerin notlarının, ses kayıtlarının içinde bulunduğu çantasını bugün çarşı içinde kapkaççılara kaptırdığını anlatıyor. Tahmin ettiği oluyor: Komiser gülmeye başlıyor, daha doğrusu gülmesini bastırmaya... Bu duruma alışması gerektiğini düşünüyor. Ne de olsa bu işin bir de Istanbul'u var. Başta Nüveyre olmak üzere gazetedeki çocukların kahkahaları şimdiden patlıyor kulaklarında. Bu genç komiser karşısında toy, beceriksiz bir muhabir gibi görünmek istemiyor, ama tam bir karaalay örneği olan durum da apaçık ortada! Gülmeyip de ne yapsınlar?

"Görüşme yaptığım çocuklardan biri olamaz," diyor. "O tür bir organize iş olduğunu sanmıyorum. Konuyu bilmeyen tamamen habersiz birinin işi olsa gerek... Hayır, para yoktu içinde. Cüzdanım üstümdeydi. Kimliğim de. Fotoğraf makinesi, ses kayıt cihazı, en önemlisi notlarım vardı çantada... Kaç günlük emek! Bir anlık dalgınlığıma geldi. Dükkânın ağzında bir şeyler bakınırken, bir an sağ omuzumdan sol omuzuma aktarmak için çantamı tezgâhtaki çuvalın üstüne koyacak oldum. Hangi arada, nasıl kapıp kaçtı ben de anlamadım."

Komiser önündeki kâğıda gereken notları alıyor. Sonrasında bir süre daha Diyarbakır'dan Istanbul'a kapkaççı çeteler tarafından kimisi kandırılıp götürülen, kimisi düpedüz kaçırılan çocuklar, Istanbul'daki çeşitli kapkaç olayları hakkında bir gazeteciyle, bir polisin sohbeti havasında konuşuyorlar. Aslı, konuyla ilgili olarak bu yakınlarda bir başka komiserle yaptığı görüşmeden söz ediyor. Bugün izinliymiş o kişi. "Bu akşam Istanbul'a dönmeyi düşünüyordum güya," diyor Aslı. "İşim bitmişti aslında." "Biraz daha misafir edelim sizi Diyarbakır'da," diyor komiser. Aslı elinde olmadan gülümsüyor. Diyarbakır'da bir komiser tarafından misafir edilmek! Geçmişte yaşadıklarından külrengi anı serpintileri düşüyor gözlerinin önüne... El sıkışıp ayrılırken konu böyle sıradan bir hırsızlık vakası olmasaydı eğer, bu görüşmenin nasıl gelişeceğini hayal etmeye çalışıyor; Akademi mezunu olmanın asıl farkının o zaman anlaşılacağını düşünüyor. Çıkarken yumuşak bir hareketle ardından çekiyor kapıyı.

Binadan çıkmak üzere koridorda hızlı adımlarla ilerlerken yanından geçip giden genç bir kadın, iki adım sonra durup ardından sesleniyor: "Aslı!" Başını çevirmesiyle kadının yanına gelmesi bir oluyor. "Aslı, gözlerime inanamıyorum, sensin gerçekten! Tanımadın mı beni? Ben, Birsen. Çorum'dan Birsen. Yaz tatillerinden, hatırlarsan."

Bütün yıllar birden geçip çocukluk yazlarına kadar gidiyor... Birsen! Evet, Birsen. Naciye Teyze'nin kızı Birsen. Çorum demek "adli tatil" demek Aslı için. Her yaz olmasa da annesinin yıllık iznini birlikte geçirdikleri Çorum. Civar köyler. Yaylalar. Serin sular. Tabiatla iç içe geçirdiği zaman. İçi kıpırdıyor.

Birsen'in sevincinde, tek bir şeyle açıklayamayacağı aşırı bir coşku, abartılmış bir özlem var. Kucaklaşıyorlar. "Kaşından, gözünden tanıdım seni," diyor. "Sahi kaç yıl oldu görüşmeyeli!"

Söylenmesi gereken ilk ayaküstü sözlerden sonra, "Hayırdır Aslı?" diyor Birsen. "Ne işin var burada? Bir yaramazlık yok inşallah." "Yok, yok," diyor Aslı. "Hallettik sayılır." "Bak bir şey varsa çekinme söyle, kocam burada çalışıyor, bir yardımı dokunur." "Polis mi eşin?" "Evet, terörle mücadelede. Pek eve gelemiyor şu sıralar. Evden bir şeyler istedi. Onları getirmiştim."

Çocukluğunun yazları gözlerinde kelebek kanadı gibi dağılıyor. Annesinin onu büyüten özlü sözleri. Elinde terazi tutan adaletin gözlerinin neden bağlı olduğunu çocukluğu boyunca yanlış yorumladığını anımsıyor. Gözleri bağlı olduğu için doğru tartamadığı terazisinde adaletin hep yanlış kararlar dağıttığını düşünürdü çocukken. Annesi, onun öyle olmadığını, hatta Aslı'nın düşündüğünün tam tersini simgelediğini açıklardı. Gözü kapalıyken bile doğru tartardı adalet! Dağınık düzen çağrışımlar içinde savrulduğu yerlerden birdenbire bunlar düşüyor aklına.

Ağırlaşan adımlarla konuşa konuşa birlikte çıkışa yöneliyorlar. Tam çıkacaklarken, hışımla içeri dalan üç kişiyle burun buruna geliyorlar. Birörnek sayılabilecek ayakkabıları, koyu renk takım elbiseleri, yağlı saçları, Moğol bıyıkları ve yeryüzünün neresinde olurlarsa olsunlar, dünyaya aynı nefretle bakan tehditkâr bakışlarından rahatlıkla tanınacak bu üç kişi, kollarını iki yana aça aça yürüyüp hızlı adımlarla kat ettikleri koridorun sonundaki asansörlere yöneliyor. İçinden bir ses Aslı'ya, onların demir parmaklıklı hayvan kafeslerini andıran yan yana odaların bulunduğu 5. kata çıkacaklarını söylüyor. Birdenbire her şey eskisi gibi tanıdık gelmeye başlıyor Aslı'ya.

Merdiven basamaklarını inerken, "Ne kadar özlemişim seni Aslı," diyor Birsen. "Konuşacak ne çok şey var. Vaktin varsa, bir yerde oturalım mı? Çok merak ediyorum seni. Kaç yıl oldu görüşmeyeli!" Sesinde adeta yalvaran bir ton var.

"Pek merak edecek bir şey yok aslında," diyor Aslı. Kendi kulağına bile fazla kuru geliyor sesi. "Bu arada şimdiden söyleyeyim ne yazık ki fazla zamanım da yok. Öğleden sonra önemli bir randevum var." "Gazeteciyim demiştin değil mi? Onun için mi?"

"Evet, gitmeden önce mutlaka yapmam gereken bir mülakat var." Aslı, yalan söylediği anlarda kendinden nefret ediyor. "Mülakat" sözünü de duruma bir ciddiyet kazandıracağı için seçmiş olmalı. Bir an basamakta durup, "Bak güneş yüzünü gösteriyor, istersen bunun tadını çıkaralım biraz, yürüyelim şöyle, hem hava da güzel," diyor Aslı. "Evet hava güzel, eve gidelim derdim, ama..." diyor Birsen küçülen bir sesle. Bu "ama"nın arkasını getiremiyor. Duymazlığa geliyor Aslı. Eve kapanma düşüncesi içini karartmaya yetiyor zaten. Aradan geçen yılları kendilerince tartarak bir süre yan yana yürüyorlar. "Şu ileride 'Esma Ocak Çay Bahçesi' var," diyor Aslı. "Orada oturalım istersen." "Yok, orada oturmayalım," diyor Birsen. "Onun hemen yanında Mado var. Orası daha kibar bir yer." Gülümsüyor Aslı. Birsen'in söyleyemedikleri, bir dolgunluk olarak sesinde titreşiyor, çocukken sesinde olmayan bir tınıyı ayırt ediyor. "Peki," diyor. "Fark etmez benim için."

Birsen, Mado'nun kapalı tarafına yönelmişken, Aslı "Bari açığında oturalım," diyor. "Hava güzel. Temiz hava alalım." Bunun üzerine gönülsüzce açıktaki masalardan birine yöneliyor Birsen. Aslı, arkasından bakarken daha rahat, tarafsız gözlerle incelediği bu kadını tanımadığını düşünüyor. Onun tanıdığı Birsen, çocukluğunun yazlarında, Çorum'un dar sokaklı evlerinde, mahalle aralarında, bağlarında, bahçelerinde kalmış mahzun gözlü, uzak bir kız yalnızca. Kucağında hep bez bebekle gezdiğini anımsıyor onun. Şimdi bunca yıl sonra ne konuşulur, söz nereden bağlanır, bilmiyor.

Masaya yayıldıklarında yarenlik etmeye hazır görünmek istiyor; "Ee, anlat bakalım, nasıl geçiyor burada hayat?" diye sorarken sesine sıcak bir hava katmaya çalışıyor.

"Nasıl olsun sıkıcı," diyor. "Çok sıkıcı. Yapacak fazla bir şey olmuyor. Aydın'dan buraya verdiler bizi. İki yıldır buradayız." Susup, sorunun yanıtı çevresindeymiş gibi etrafına bakıyor. "Görüyorsun işte. Zaman geçmiyor. Nasıl geçsin?" Gözlerini eline, tırnaklarına veriyor kısa bir süre, "Bizi boş ver! Hâkimeanım Teyze nasıl?" diye soruyor birdenbire. Yüzüne buruk bir gülümseme yayılıyor Aslı'nın. Ne zamandır kimse böyle söz etmemişti annesinden: "Hâkimeanım." Doğru ya, eskiden konu komşu böyle derdi; yakınları ise "Nezim," diye seslenirlerdi ona. Adı Nezihe idi aslında, ama bir gün "Nezim" demiş babası, öyle de kalmış. Çocukken Aslı'nın da büyüklere özenip "Nezim" demişliği çoktur annesine. Onu şeritli, dik yakalı cüppesi içinde mahkeme salonunda görmeye gittiği günler... Annesini o makamda görmenin göğüs kabartan gururuyla, yukarıda, yüksekte oturan asık suratlı kadının yabancılığı, uzak bakışları arasında bölünen karmaşık duygularının içini nasıl karıştırdığı yokluyor birden... Evdeki annesinden ne kadar farklı bir kadın oturuyor orada. Yüksekte. Yabancı. Adalet böyle bir şey mi?

"Annemi kaybettik," diyor Aslı. Birsen'in hilesiz gözlerinde sahici bir keder beliriyor. Yüzü düşüyor birden. "Çok üzüldüm," derken, sahiden çok üzüldüğü görülüyor. "Hiç haberimiz olmadı!" Hastalığını bile gizlemiş, ancak saklanamayacak hale geldiğinde söylemişti. Kimselere yük olmak istemezdi. Her zaman kendi başının çaresine bakmayı bilmiş vakur bir kadındı annesi; zamanın Çorum'undan çıkıp, o yılların zor mezun veren Istanbul Hukuk Fakültesi'ni alnının akıyla bitirmiş, "Hâkimeanım" olmuş, kendi deyişiyle "Anadolu'yu karış karış gezmiş, nerede bir haksızlık, hukuksuzluk varsa üstüne gitmiş" bir Cumhuriyet kadını! Her işini kendi görür, kimselerden yardım dilemez, bir şey ummaz, beklemezdi; "Huzur-u hafif olmak gerekir," derdi annesi. "Etrafındaki herkes için huzur-u hafif olmak." Geç yaşta yaptığı zor bir doğumla dünyaya getirmiş Aslı'yı; ama şımartmadan sevmeyi bilmişti. Uzun kış gecelerinde sırtında hırkası, ayağında el örgüsü yün çoraplarıyla, yüksek arkalıklı, kulaklı köşe koltuğuna gömülüp, bir kulağı radyoda çile sarar, yün örer, gazete-dergi-kitap okur, bulmaca çözer, kedisiyle oynar, yaptığı işten başını her kaldırışında gözlüklerinin altından gözlerinin içiyle gülerdi dalmış kendini seyreden Aslı'ya. Kendi deyişiyle "Bir günden bir güne babasının yokluğunu hissettirmemeye çalıştığı" Aslı'ya. "Allahtan çok çekmedi hastalık kahrını, bir ay içinde sessizce çekip gitti." Ne zaman düşünse, annesini hep öyle hatırlıyor, köşe koltuğunda gözlüklerinin altından sevgiyle bakan kadın. Onun o halini gören, mahkeme salonundakiyle aynı kadın olduğuna asla inanamazdı. Birsen elini uzatıp, kederini paylaşmak, güç vermek istercesine Aslı'nın elini sıkıyor. "Kolay olmadı, ama alışılıyor; her şeye alışılıyor," diyor Aslı. Usulca elini çekiyor. "Ya sizinkiler ne yapıyorlar? Naciye Teyze?" Çok sonraları Botero resimlerinin o yusyuvarlak kadınlarını gördüğünde daha sık anar olmuştu Naciye Teyze'yi. Hayret, Birsen anasına çekmemiş! "Hiiç, ne yapsınlar? Duruyorlar. Çorum'dalar gene. Yaşlandılar tabii. Aydın'dayken çıkıp bir-iki yanımıza gelmişlerdi. Buraya gelip ne yapacaklar? Hem benimki de istemiyor buraya gelmelerini. Durumlar malum." Çaresizlik anlatmak istercesine iki yana açıyor ellerini. "Sen evlenmedin mi hiç?" Aslı geriye attığı başıyla "hayır" işareti yaparak konuyu geçiştirmeye bakıyor. "Sen bir yerde çalışmıyor musun peki?" "Yok, nasıl çalışayım, sen bilmiyorsun tabii, sonradan hemşirelik okuluna gittim ben. Erken evlendim. Aydın'dayken niyetlendim bir ara çalışmaya, bir dispanserde başladım, ama kısa sürdü. Kocamın işinden dolayı fazla açılamıyoruz bir yerlere. Malum. Her yer terör!"

İkisi de birbirlerini tartan bir dolgunlukla susuyorlar. Birsen bunca yıl sonra konuşulması, sorulması gereken şeyleri şu zaman darlığında hatırlamaya çalışırken, Aslı uzak durulması, hiç açılmaması gereken konuları kafasında sıralıyor.

"Çorum'a gidiyor musun?"

"Annemin ölümünden sonra hiç gitmedim Çorum'a. Ne bileyim ayağım gitmedi işte. Bazen rüyamda görüyorum oraları. O yazları özlüyorum. Kaygısızlığı. Çocukluk dediğin nasıl geçerse geçsin özleniyor işte!" Kapıldığı duyguların sızısından sıyrılıp şimdiki zamanın kuru gündeliğine gelmek istiyor: "Bana bir-iki dakika izin verir misin? Etmem gereken bir-iki telefon var." Cep telefonundan Nüveyre'yi ve Kerem'i arıyor; içine düştüğü durumu sakin bir sesle, kısa ve dolaysız cümlelerle açıklıyor, karşı tarafın alaycı sorularla lafı uzatmasına izin vermemek için, kendisine çok meşgulmüş havası vererek çabucak kapatıyor. Derin bir soluk alıyor. Onu bir süredir halden anlar bakışlarla süzen Birsen, "Sizin işiniz de zor," diyor. "Teröristler iyice azıttılar gene, değil mi?"

Havada gene bulut birikiyormuş gibi geliyor Aslı'ya. Kükürtlü, isli bir bulut. O sırada garson, birinin çayını, diğerinin dondurmasını getiriyor masaya. İçinde karışık dondurma toplarıyla, meyve ve çikolata parçaları bulunan, üstünü kaplayan köpüklü kremaya süslü bir kâğıt şemsiye saplanmış gösterişli bir kup ısmarlamış kendisine Birsen.

İştahla gösteriyor: "Tatmak ister misin?"

"Arkadaş edinmedin mi hiç buradan?" Birsen'in bakışları soğuyor. "Kolay değil. Burası başka şehirler gibi değil. Kimseye güvenemiyorsun. Düşman gibi görüyorlar bizi. Yabancı olduğumuzu anlayan esnaf bile bize pahalıya satıyor malını. Öç alır gibi, can yakmak ister gibi. Polisler için devlet ayrı market açtı bu yüzden. Oradan alışveriş ediyoruz artık. Hem paramız da dağlara gitmemiş oluyor. Dillerini anlamıyorum, âdetlerini bilmiyorum. Sanki inadına inadına Kürtçe konuşuyorlar. Burası Türkiye gibi değil inan. Sanki başka bir memleket! Sıkılıyor insan tabii. Hep biz bizeyiz. Memur eşlerinin kabul günlerinde konuşulanlardan ne olacak? Evde oturup televizyon seyretsen daha çok laf çıkıyor. Günler geçmiyor anlayacağın."

Büyüyünce güzelleşmiş Birsen, diye geçiriyor içinden, ama yüzünün aksayan bir güzelliği var gene de. İçinin sıkıntısındaki kuraklık, yüzünden okunuyor.

"Çocukken söylediğim türküyü hatırlıyor musun," diyor birdenbire Birsen. Belleğini yoklamasıyla birlikte yavaş yavaş açmaya hazırlanan bir gülümseme beliriyor Aslı'nın yüzünde. "Evet," diyor. "Dur bakıyım neydi adı? 'Tokat bir bağ içinde'ydi değil mi?" "Bildin," diyor. "Sesin güzel mi hâlâ?" "Aman kulak asma! Ses mi kaldı Allahaşkına?" "Öyle deme insanın sesi, en son bozulur." "Dayım Tokatlı bir kıza tutulmuştu o sıralar, ona sebep söyler dururdum o eski türküyü. Yoksa benim gözüm zamanın moda şarkılarındaydı, bilirsin!"

Geçmişten konuşmak yüzlerini, seslerini, duruşlarını yumuşatıyor. Bulutlardan sıyrılan güneşin yüzünü gösterdiği kısa süren yakınlık anları doğuyor aralarında. Aslı, gereksiz sıkıntı, gerginlik yaratacak güncel konulardan söz açılmasındansa, geçmiş günlerin, çocukluk anılarının sızılı fotoğraflarına sığınıp sözü oralarda oyalamayı yeğliyor. Gündeliğin kükürtlü havasının, karanlık bulutlarının ezici ağırlığından ancak böyle kurtulabileceklerini düşünüyor.

"Istanbul şimdi ne güzeldir kim bilir, değil mi? Hep dizilerde görüyorum da, o Boğaz'ı falan, inan içim açılıyor." Derin bir göğüs geçiriyor. İnce hırkasının altından görünen desenli elbisesinin çiçekleri, yaprakları uzak iklimlere duyulan özlemle açılıp kapanıyor sanki. "Hayırlısıyla bir gideydik buralardan. Hele kışları hiç çekilmiyor. Ağır, kapalı bir hava. İşsizlik, fakirlik, sokağa çıktığında bir gülen yüz göremiyorsun, hep terörden tabii. Her yan başı çatkılı kadınla dolu, kiminin kocası ölü, kiminin oğlu dağda. Sokaklarda eli ayağı tutmayan kimsesiz yaşlılar, anasız babasız büyüyen bir sürü çocuk. Hepsi de hırsız-uğursuz! Acıyor insan gene de... Bir büyük yok ki başlarında... Hayırlısıyla bir kökünü kazısalardı şu terörün."

O sırada Kerem arayıp, burada kaldığına göre, akşam yemeğini Küçe Sofrası'nda yemek isteyip istemediğini soruyor Aslı'ya. "Tamamdır," deyip kapatıyor. Böylelikle, yörenin yemeklerinden açılıyor konu. Sabahları bal, halis tereyağ, mis gibi kızgın tereyağında pişirilen sahanda yumurta, otlu peynirle, örüklü peynirle yapılan kahvaltıların, Selim Usta'nın Kaburga Sofrası'nın, şehrin dört bir yanındaki ciğer kebapçıların sohbetine dalıyorlar. Sanki omuz omuza verip ikisi birlikte mutfağa girmiş de akşama yemek yetiştiriyormuş telaşı içinde söz ediyorlar yemeklerden. Diyarbakır'la ilgili aynı duyguları paylaştıkları tek konu, buranın yemekleri oluyor. "Hatırlıyor musun Aslı?" diyor Birsen. "İlk ekmeğimizi birlikte yapmıştık seninle." Bir an yüzü boşalan Aslı'nın eli çenesine gidiyor: "Doğru ya..." diyor şaşkınlıkla. Solgun bir güz başlangıcı geliyor gözlerinin önüne. Kapı önündeler. Kucaklarında çalı-çırpı. "Hani derler ya, 'Aramızda tuz ve ekmek hakkı var seninle' diye. İşte, ona göre!" "Hatırlıyorum tabii," diyor Aslı. "Ne tuhaf, bunu tamamen unutmuşum, sen söyleyince hatırladım şimdi. İçi hamur kalmıştı yaptığımız ekmeğin, boğazıma takılmıştı. Yutamamıştım."

Yıllar önce bir bağ evinin kapı önündeki uyduruk tandırında birlikte pişirdikleri ilk ekmeği, yıllar sonra yeniden bölüşür gibi ilk kez birbirlerinin gözlerinin içine tam bir teslimiyetle bakıyorlar.

"Kocamın adı Gürol," diyor Birsen. Sakınımlı gözlerle çevresine bakınıp sesini alçatıyor. "İki kez vurmaya kalktılar. Ölümlerden döndük." Boğazını temizliyor Aslı, uygun bir söz arıyor. "Kötü olmuş tabii. Geçmiş olsun." "Gazetecisin, bir yerden duyarsın da yanlış bilirsin diye söylüyorum. Yabancım değilsin ne de olsa. Korucularla birlik olup teröristlere işkence yaptığı, kızlara tecavüz ettiği falan iftirasıyla mahkemeye verdiler. Bu teröristlerin, insan haklarıcıların atmayacakları hiçbir iftira yok! Davası kapandı gibi, ama çok yıprandık, çook... Benimki de 'Artık bizi burada çok tutmazlar, gidiciyiz,' diyor. Tayin bekliyoruz anlayacağın."

Aslı içinin kapılarının kapandığını hissediyor. Konu hakkında aklına gelenleri sormamak için kendini güç tutup içindeki gazeteciyle boğuşurken, asıl istediğinin bir an önce buradan kalkıp gitmek olduğunu, bu yüzden konuyu bir an önce kapatıp sohbeti kısa kesmek gerektiğini düşünüyor. Bu hikâyede şöyle ya da böyle bir rolü olsun istemiyor. Kimi yaz tatillerinde karşılaştığı unutulmuş bir çocukluk arkadaşından yaşamına yeni bir hikâye, yeni bir sızı girsin istemiyor. Bu sessizlikte Birsen birden Aslı'nın, bir süredir anlattıkları karşısında hiçbir tepki vermediğinin ayırdına varıyor. Sürekli kaçındığını. Lafı çevirdiğini. Üzerinden atlayıp geçtiğini. Konuşamadıklarını. Bu masanın iki ucunda aynı duygularla oturmadıklarını kavrıyor. Kaynağını bilemediği bir sıkıntı yürüyor içine. Eskiden bu kadar içine susan bir kız değildi, diye düşünüyor. Hem konuştuğunda çapaklı çıkıyor sesi. Zamanın onu değiştirdiğini düşünüyor. Buranın insanlarının yüzünde olan bir uzaklık var onda da... Durumu geç keşfetmiş olmanın huzursuzluğuna kapılmış, kendisini neyin aldatmış olduğunu anlamaya çalışıyor. Böyle zamanlarda içini kavuran o yabancılık duygusu yeniden yokluyor benliğini. "Diyarbakır'a ilk gelişin mi?" derken adeta başka bir şey öğrenmek ister gibi soruyor. "Yoo, defalarca geldim, hatta bir süreliğine buraya yerleşmeyi bile düşündüm. "Buraya mı!?" "Evet, buraya... Buradaki olaylarla ilgili çok haber yaptım zamanında, birkaç kez gözaltına alındım. Hakkımda açılan davalar da oldu. Bundan önce başka gazetelerde çalıştım. Sol ve muhalif gazetelerde. Onlardan birini kapattılar." Bütün bunları arka arkaya, hiçbir yanlış ya da farklı anlamaya yer bırakmayacak açıklık ve kesinlikte ifade etme çabasıyla söylüyor. Bunları söylerken sesi daha soğuk, sözcükleri daha sert çıksın, soluğu tıkansın istemiyor. Her şey olanca berraklığıyla görülsün, anlaşılsın istiyor. Başka bir kadınmış gibi sanılsın istemiyor.

Birsen'in yüzünün hızla değişip kendi içine kapanan ifadesi, söylediklerinin doğru anlaşıldığını gösteriyor. Şimdi her ikisi de eşit durumdalar. Kim, kiminle karşı karşıya olduğunu biliyor.

"Muhtemelen kocan tanıyordur beni. En azından adımı biliyordur."

Birsen susuyor. Yüzü sönüyor adeta. Kendini her şeyin dışında bırakılmış hissediyor şimdi. Hayatta, Diyarbakır'dan başka yabancılık çeşitleri de olduğunu hatırlıyor. Başını çevirip küs gözlerle caddeye, yoldan geçenlere bakarken az önce Aslı'dan duyduğu sözleri sindirmeye çalıştığı hissediliyor. Bir süredir dokunmadığı dondurması çözülüp süte kesmiş, dibe çöküyor.

Neden sonra, "Ben çocukken, sen de annen gibi hâkimeanım olacaksın sanırdım," diyor Birsen. Sesi tarazlı, gücenik. İçinin kurağı hissediliyor. "Merak etme, onun gibi bir şey oldum, benim işim de adalet! Adaletin yerini bulması, gerçeklerin, doğruların bilinmesi... Ama konumuz bunlar değil Birsen. Burada çocukluğumuzdan konuşuyoruz. Eski günleri, hatıraları anıyoruz. Dalına salıncak kurduğumuz ağaçlar, eteğimize topladığımız ebegümeçleri. Senin bez bebeğin, benim sana çalmasını öğretmeye çalıştığım mandolin. Çimenlerin arasına düşürüp kaybettiğimiz penayı saatlerce aradığımız günlerden konuşuyoruz. Paylaşabileceğimiz şeylerden."

Aralarında geçmişin uğultusunun dondurduğu, öncekilere benzemeyen bir sessizlik oluyor. Diyarbakır surlarının taşlarıyla örülen kunt bir sessizlik. Rasgele edilmiş dağınık cümleler boşluğa amaçsızca dağılıyormuş gibi dudaklarından dökülürken birbirlerinden iyice uzaklaştıkları, aralarında Diyarbakır surlarının yavaş yavaş yükselmeye başladığı görülüyor. Tamamen gözden kaybolmadan ilkin sandalyelerinde doğrulup sırtlarını dikleştiriyor, yetmeyince ayağa kalkıyor, parmak uçlarında yükselirken çeneleri yukarıda başlarını arkaya atarak bir süre daha görmeye çalışıyorlar birbirlerini.

Aslı, o sırada ortalıkta aniden bitiveren iki sivil giyimli polisin telaşlı tavırlarla Birsen'in yanına gelip kendilerini Gürol Komiser'in gönderdiğini bildirdikten sonra kulağına eğilerek bir şeyler söylediğini, şaşkınlıkla büyüyen gözlerle yerinden kalkan Birsen'in, bir yandan ayaküstü alelacele hesap öderken arada bir Aslı'ya yoklar gibi kaçamak bakışlar atmayı ihmal etmediğini, ardından polislerle sota bir köşeye çekilip fısır fısır bir şeyler konuşurken ağzından çıkan "Ama o benim ta çocukluktan arkadaşım," gibi cümlelerin Diyarbakır surlarının taşlarına çarpıp orta yerinden parçalanarak dağıldığını, masaya döndüğünde yarım bir el sıkışması, hafif yanak değdirmesi ve baştan savma sözlerle alelacele vedalaşıldıktan sonra Birsen'in, bir gözü arkada ve çaresizlik duyguları içinde polislerin arasında hızla uzaklaşarak gözden kaybolduğunu görüyor. Kurşuni bulutlarla yüzünü bir açıp bir kapayan kararsız güneş tepe noktasına vardığında, bütün yollar, kasabalar, şehirler, dağlar, tarih dilsizi taşların yalnızca ikisinin arasında yükselmediğini söylercesine Diyarbakır surlarının öte yanında kalıyor Birsen ve diğerleri.

"Ne dersin, kalkalım mı artık, diyor Aslı. "Benim randevuma yetişmem gerek."

"Kalkalım ya, pek konuşamadık," diyor Birsen.

Laf olsun diye, "Evet ya, konuşamadık," diye onaylıyor Aslı.

Yüzlerinde saklayamadıkları geleceğe inançsız bir ifadeyle "Bir dahaki sefere inşallah," deyip ayrılıyorlar. Birsen ileride kendisini bekleyen arabaya biniyor.

Aslı elleri cebinde surlara doğru yürürken, şimdi her şey filmlerdeki gibi olsun, evlerin birinin penceresinden sesi sokağa taşan bir radyoda bir türkü yükselsin ve yanık sesli biri "Tokat bir bağ içinde"yi söylesin istiyor. Birlikte pişirdikleri ilk ekmeğin içi hamur kalmış lokması, yıllar sonra bir kez daha boğazına takılıyor.

(2005) Ocak 2008

Lüks Terzi'nin Kızları

"Öyle anılırlardı Kayseri'de o zamanlar. Üçü kol kola girip de çarşının içinden şöyle bir geçtiler mi, inan olsun Kayseri bir gider, bir gelirdi! Evlerden, dükkânlardan kapı önlerine uğrardı insanlar... Ee tabii, o zamanlar kadınlığın kıymeti vardı. Sade kadınlığın mı? Her şeyin!"

İki yana salladığı eli havada asılı kalırken birden susup yanındaki kıza dönüyor.

"Çok mu konuşuyorum Süsen'im? Sıkılırsan söyle e mi? Gençken iyi bilirdim susmamın lüzum ettiği yerleri ya, zaman iyice gevşetti çenemin bağını..."

Süsen gülümsüyor, "i-pod"unda şarkı değiştiriyor. "Dalgana bak Nebahat Abla," diyor yüzünü ona dönmeden. "Masal gibi anlatıyorsun valla, ben de dinliyorum. Bir de şu Britney'nin şarkısını bulsam!"

"Bu kızda oğlan çocuğu rahatlığı var," diyor anasına dönüp. Anası diye seslendiği Lüks Terzi'nin kızlarından en küçüğü Mücella. Başı kurutma makinesinin şeffaf kaskının içinde, söylenenleri duymuyor bile. Dükkânda üç koca ayaklı pervane dönüyor etraftaki kurutmaların, fönlerin sıcağını dağıtmaya. Nebahat Abla sırasını gençlere vermiş, başı sonu belirsiz bir söz kalabalığı içinde yüksek sesle ortalığa laflıyor.

Yaşıtlarının "teyze" dediğine, Süsen'in annesi gibi "Nebahat Abla" deyişi Istanbul'un âdetine veriliyor.

"Gelin başı"nı, dükkânın sahibi olup vitrinde adı yazan Orhan'ın "bizzat kendisi" yapıyor. "Bizzat kendim" dilinin en baş lafı. Hareketleri seri. Hem eline çabuk, hem özenli, hünerli görünmeyi öğrenmiş. "Fazla eline çabuk davranırsan, aceleye getiriyorsun sanırlar," derdi ustası. "Kadınlar her işin hilesini arar." Ustası diye anılan anası Nevzat. Deli Nevzat. Kayseri'de ilk kadın kuaförünü açtığında, arkasından üç öğün laf arası alay eden kadınlar, üç aya kalmadan kapısına düşüp saç kabartmışlar.

"Kayseri'nin hikâyesi bitmez," diyor Nebahat Abla. "Rahmetli iyi kadındı."

"Zamanında Nafia Müdürü'nün karısının saçını başını yakmış derler, doğru mu?" diyor biri.

Orhan'ın aynaya yansıyan yüzünde, anasıyla ilgili hikâyeler dinlemenin bezginliği okunuyor. Çoğu kez bir gülümseme maskesinin ardına gizleyerek müşterilere hissettirmemeye çalıştığı bezginliği... Bazı annelerin gölgesi uzun sürüyor.

Ölmüşleri müdafaanın birincisi Nebahat Abla atılıyor oradan: "Nafia Müdürü'nün karısının saçı mı vardı ki yaksın? Keldi kadın ayol! Bildiğimiz kel. Naylon saçla gezerdi, yanan da naylonu!"

Orhan'ın gösterişli fırça-tarak hareketlerinde kendi ustalığını sergileme gayreti kadar, bu büyük düğünü kutlama havası da seziliyor. Istanbul'un değme kuaförlerini görmüş gelin hanıma kendini beğendirme çabasında sabahtan beri.

Mücella Hanım, nihayet kurutma makinesinden çıkıyor. Alnındaki ince teri mendil ucuyla alıp, "Şükür bundan da kurtulduk," der gibi bir eliyle yelpazelenerek geçip oturuyor ayna karşısındaki boş koltuklardan birine. Aynadan Süsen'e, Nebahat Abla'ya gülümsüyor: "Bakıyorum pek anlaştınız."

"Şükrüü, Mücella Hanım'ı sen alır mısın?" diye yarım baş ardına dönüp sesleniyor Orhan. Elindeki krepe tarağını Şükrü'nün bulunduğunu varsaydığı boşluğa doğru sallıyor. Her fırsatta duruma hâkim olduğunu göstermekten hoşlanıyor. Bu patronluk edaları da anasından kalma.

"Zamane kızları beni severler," diyor Nebahat Abla azıcık gönenerek. "Artık bende ne buluyorlarsa!" Sol kolundaki bilezikleri çizgilerine göre çevire çevire hizalıyor. Düğündür, diye on çift bileziğini dizmiş koluna. "Şükür Allahıma, kollarım yağ bağlamadı diğerleri gibi," diye geçiriyor içinden. "Bilezikler etimi boğmuyor. Ne zaman sallasam ses veriyorlar."

Süsen, geldiğinden beri çevresindeki herkesin kendini eğlendirme, oyalama gayretinden sıkılmış olsa da belli etmemeye çalışıyor. Bir tuş hareketiyle Avril Lavigne'in son şarkısına geçiyor.

"Şen kadınları herkes sever Nebahat Abla," diyor Mücella. "Onlar akide şekeri gibidirler, ağızda dağılırlar." Bu sözü üzerine herkes gülüyor. Vantilatörlerin kanatları sanki gülüşlerini dalgalandırarak yayıyor ortalığa.

Birden annesine, yabancı gibi gözlerle bakıyor Süsen. Onun, bu kadınlara kendini sevdirme, güya onlardan biriymiş gibi yapma gayretine anlam veremiyor. Onun, Kayseri'de başka biri olduğunu fark ediyor; sanki Istanbul'da bilmediği bir yüzü, burada, bu kadınların arasında çıkıveriyor ortaya. Tıpkı kendisinin henüz dünyada olmadığı zamanlarda paylaştıkları ortak anılar gibi, bütünüyle onlara ait bir geçmişin parçası annesinin bilmediği bu yüzü... İçini bir yabancılık kaplıyor. Bu çeşit anlarda kapıldığı, "kendini herkese uzak ve yabancı hissettiren" bu tatsız duygunun kelimelerini bilemiyor. Tam o sırada cep telefonuna gelen mesajla neşesi geliyor yerine, hiç bekletmeden üç dört harfe kısaltılmış sözlerle çift parmak kullanıp çıt çıt cevap yetiştiriyor.

"Gençken de böyle Farah Diba topuzu yapardın sen Müzeyyen," diye sesleniyor Nebahat Abla. "Hiç değişmemişsin." Bir şeylerin değişmemiş olduğunu görmenin; korunup saklanmış geçmişi onaylamanın hoşnutluğu var bu sözlerde. Sesi ılıyor.

Oysa kadınlardan da, konuşulanlardan da şimdiden yorulmuş olan Müzeyyen, elindeki gazeteyi yüksek tutup kendini ardına almış; gazeteyi göz hizasına indirip gülümsemekle yetiniyor Nebahat'ın söylediklerine.

"Değişmez olur mu hiç," diye geçiriyor içinden. "Halbuki ne çok şey değişti zamanla!" Kendisi için değişenle değişmeyenlerin düğümü onda saklıymış gibi dönüp az ötede "gelin başı" yapılan

Itır'a bakıyor: Ah, anası sağ olacaktı ki! Evlenen Itır olmasaydı, kimin gücü onu ta Stockholm'lerden kaldırıp buraya getirmeye yeterdi?

"Soğuk bir şeyler içsek Orhan," diye sesleniyor Nebahat Abla, "Dilim damağım yapıştı ayol."

İçinden, o kadar çeneye dilinin damağının dayandığına şükret, diye geçiren Orhan, "Hay, hay" diye baş eğip ayak işlerine bakan çocuğa sesleniyor.

Müzeyyen gözleriyle uzaktan seviyor "gelin başı" yapılan yeğenini. Gururla seyrediyor. Itır, onlara yadigâr! Dudaklarının neredeyse kendinden habersiz "Muallamın yadigârı!" demesiyle burnunun direği sızlıyor Müzeyyen'in. "Şu 'yadigâr' sözü ne güzel, ne anlamlıdır," diye geçiriyor içinden. Bazı kelimeler tek başlarına yürek sızlatmaya yetiyor. Şimdinin sözleri öyle mi ya? Kirpiklerinin topağını alıyormuş gibi yaparak gözünün nemini kurutuyor.

Itır, daha Istanbul'dayken "Madem Kayseri'ye gelin gidiyorum, kına gecesi de isterim, hamam sefası da," diye tutturmuş. "Oranın gelinlerine ne yapılıyorsa aynından isterim. At sırtından mı iniliyor, testi mi kırılıyor, eşik mi atlatılıyor ne kadar âdet varsa hepsinden isterim." Buna en çok sevinen de Nebahat Abla. "Düğün dediğin de böyle olur, aferin kıza," diyor kına gecesinde. "Vallahi sayesinde Kayseri'ye debdebe geldi! O kesikkulak Zahide'ninki neydi öyle Allahaşkına? Öyle mahcup mahcup düğün mü edilirmiş? Utanmasalar, sessiz sedasız kapı arkasında gelin edivereceklerdi kızlarını!"

Ne zaman lafı, iki gülüş, bir alkış alsa, doyamaz laf uzatır Nebahat Abla. Gene öyle yapıyor. Başıyla Itır'ı işaret ederek:

"'Kayseri de kız mı yoktu da, ta Istanbullardan gelin getirttiniz?' diye sitem edesi olmuş damatgilin komşuları. Ee, sitem eden her ailenin koca yolu gözleyen en az bir kalık kızı evde minder çürütüyor tabii. Niye benimkini almadın, demeye getiriyorlar; lafın Kayseri kısmı bahane! Itır'ım Istanbul'un yabanından mı geliyor sanki? Mualla'nın kızı değil mi bu? Kayserili Meşhur Lüks Terzi'nin torunu değil mi? Laf işte! Çekememezlikten hep! Ne susacağım be! Kimden çekineceğim? Kına gecesi değil mi, elaleme inat elime de yakarım, kıçıma da!"

"Ayy Nebahat Abla, şu kıçın ne zaman çıkacak ortaya diye bekliyorduk, bu sefer azıcık gecikti," diyor elinde kına tepsisiyle ortada dönenen kadınlardan biri, sonra dönüp Süsen'e, "Her üç lafın birinde lafı sonunda hep kıçına getirir Nebahat Ablamız," diye açıklıyor. "Âdetidir."

Süsen, ellerine yakılan kınanın hevesine kaptırmış kendini, "Kuzey Afrika'daki gibi yapraklı desenli olanından da yakılabiliyor mu, hani dövme gibi olanlardan," diye soruyor. "Bir ara Shakira'da da vardı hani..."

"Aa, başımın kapalağını attırmayın, sanki benim kabahatim bin yıllık laflar, ben mi buldum hepsini?" Ardından daha çok gülsünler diye, "Hıhh, ne olacak kıçımın kenarları!" diye bağlıyor sözü.

Kına gecesinin çalgısında çengisinde iyice başı dönüyor Müzeyyen'in. İçinin tahammülleri azalmış. Her çeşit hasretini dindirmeye birkaç dakika, birkaç saat yetiyor artık. "Yaşlanmak galiba bu," diye geçiriyor içinden. "Azalmak. İçin için azalmak. Stockholm'de, kar aydınlığında oturup eski günleri, buraları hayal etmeye benzemiyor. "Bizden geçmiş," diyor. "Bizden ne çok şey geçmiş!"

Balkonda saksıdaki çiçeklerinin gevremiş yapraklarını yolarken, "Itır sahiden yapabilecek mi oralarda Mücella?" demişti Müzeyyen. "Istanbullara alışmış kız. Geçici bir heves olmasın sakın?" Göztepe'deki evin balkonunda, şimdi doldurulmuş olan kıyı şeridine, sahil yoluna alışamamış gözlerle hoşnutsuz bakıyor Müzeyyen. Denizin eski yerinde olmaması, artık hiçbir şeyin yerinde olmadığını düşündürüyor ona. Eski Göztepe'yi özlüyor. Bu yabancı manzarada kendini Istanbul'a gelmiş gibi hissedemiyor bir türlü.

"Aramızda çok konuştuk bunları, valla Istanbul'da da bir kat alacaklarmış arada bir gelip gitmeye, yani bir ayakları burada olacakmış, ama oğlanın işi babadan kalma, her bir şeyleri Kayseri'de. Hem seviyor çocuğu Itır. Bir heves değil, belli."

Sözlerinin, onun yüzündeki hoşnutsuzluğu hâlâ giderememiş olduğunu görünce, "Sen kocanın ardından kalkıp ta Stockholm'lere gitmedin mi abla?" diye ekleme gereği duyuyor.

"Beni karıştırma, bizimkisi başka, bilmez gibi konuşma! Keyfimizden mi gittik oralara? Enişten buralarda kalsaydı hapislerde çürüteceklerdi adamı."

"Siyasilere af çıktığında da dönmediniz ama?"

"Oğlanların okulunu ne yapacaktık Mücella? Tahsillerini yarım mı bıraktırsaydık?"

Mücella'nın bu konudaki yıllara yayılmış sitemlerine içerliyor Müzeyyen. Bir saatten sonra kendi hayatı kalmıyor ki insanın; çocuğunun hayatı için yaşıyor ömrün geri kalanını. Bilmez gibi konuşuyor.

"Kaynanangil nerede kaldı Itır'ım," diye sesleniyor Nebahat Abla. "Gelin başı bitip neredeyse duvağı takılacak, hâlâ ne kaynana var ortada, ne görümceler... Görülmüş şey değil!"

"Onlar azıcık gecikeceklermiş," diyor Itır. "Kalabalık etmeyelim fazla, dediler," diye tamamlıyor Mücella.

Nebahat Abla, sesinde aynı hoşnutsuzlukla neye itiraz ettiğini kendi de bilmeden, "Hem daha işin fotoğraf çektirme kısmı var," diye homurdanıyor.

2.

"İki adımlık yol, arabalara doluştuğumuza değmez. Yürüyelim akşamın şu güzel havasında," diyorlar. "Hem gelin alayı görsün millet!" Yol boyu gördükleri evler, aileler hakkında Istanbul'dan gelen konuklara bir söylev havasında ucu bucağı kaçmış bilgiler veren Nebahat Abla, evirip çevirdiği sözü bir zamanların dünyaca meşhur zengini Gülbenkyan'ın bahçe içindeki birkaç daireden mürekkep evini anlatmaya kadar getiriyor. "İlk evimiz Camcıoğlu Konağı'na yakındı, önünden geçerken büyüyünce hep böyle bir konakta oturacağımı hayal ederdim," diyor. Kaybolup gitmesinden korktuğu bir mirasın başını bekler gibi, ömrünü uzatır gibi, artık pek kimselerin hatırlamadığı eski insanlardan, olaylardan, âdetlerden, hikâyelerden tutkuyla söz ediyor. Anlattıklarına doyup yanından ayrılanların yerini diğerleri dolduruyor.

Kına gecesinin yapılacağı konağa yaklaşırken, "Damat tarafı her bakımdan elini geniş tutmuş, belli," diyorlar. İki yanı arkasına eski evlerin çekildiği yüksek duvarlarla çevrili dar sokakların birinde, tavanları bir kaside kadar süslü eski bir Kayseri konağında yapılıyor kına gecesi. Çok insan çağrılmış; bunca kalabalığı evlere sığdıramayız diye konak tutulmuş bu gece için. İzzet ikram bol. "Başka zamanlarda avuç sıkan Kayserili, parasını düğünde-dernekte gösterir," diyor Nebahat Abla. "Hadi görelim bakalım!"

O gece bir ara yüksek tavanlı salonun baş başa çekildikleri bir köşesinde, Itır'ın buralara gelin gelmesi lafı açılıyor gene aralarında. "Biliyor musun Müzeyyen, bir taraftan için için seviniyor yüreğimin bir yanı. Sanki annesinin ruhu çağırmış Itır'ı Kayseri'ye... Buraya kaderi çağırmış olmasın kızcağızı?" "Sus Mücella, sus," diyor Müzeyyen. "Zor tutuyorum zaten kendimi. Hiç ölmemiş gibi geliyor hâlâ, bunca yıl sonra hiç ölmemiş gibi... nasıl oluyor bu?"

"Çok sevilenler kolay ölmüyorlar abla. Biz ölmeden ona da ölmek yok. Ahh, ben unuttum mu sanıyorsun!"

İkisi de dönüp ellerine kına yakılan "yadigâr" dedikleri, uğursuz bir kazanın anasız-babasız bıraktığı Itır'a bakıyorlar buğulu gözlerle. Itır gelinden çok, yatılı okul yatakhanesinde kendi aralarında eğlenen liseli kızlar havasında, düğün kendinin değilmiş gibi davranıyor. "Ay bu terlikler ne böyle?" diyor. "Çarike derler burada, üç çift de sandığına koyacağız daha."

"Ay iyice abartmışlar bunlar da her şeyi. Çarike mi kalmış bugüne?" diyor Müzeyyen.

"Damadın bir hareketi beni çok etkiledi," diyor Mücella. "Itır'ı alıp annesinin mezarına götürmüş, mezarın başında duayla kızını istemiş ondan. Rızasını istemiş, duyduğumda hüngür hüngür ağladım. Böyle erkekler kaldı mı dünyada, şaşıyor insan!"

"Anası babası akıl vermiştir."

"Öyle her aklı dinliyor mu zamane gençleri? Demek mayasında var. Pek efendi, pek soylu bir çocuk. Bir de saygılı ki... Daha gömleğinin düğmesini çözdüğünü görmedim karşımızda. Gözünü de Itır'dan alamıyor." Bir süre damadın gözlerini ödünç almış gibi, Itır'ı baygın gözlerle süzüp iç geçiriyor: "Evladım pek bir serpilip güzelleşti!"

Müzeyyen'in geldiğinden beri kirpiğinin ucunda titreşip duran damlalardan biri daha düşüyor yanaklarına. Boğazının, gözlerini zorlayan yakıcı düğümüne sebep, mendil ucunu ağzının kenarına bastırıp gırtlağını temizliyormuş gibi yapıyor.

Dalgın gözlerle seyrine daldığı Nebahat Abla için "Ne kadar yaşlanmış değil mi?" diyor Mücella.

"Öyle, ama maşallah neşesi hiç eksilmemiş. Bir kahkahası hâlâ birkaç pirzola eder."

"Çenesi fazla düşmüş ama..."

"Sen unutmuşsun!.. Eskiden de çok konuşurdu. Ama insan ona kızamıyor. Ne de olsa Nebahat Abla demek, Kayseri demek."

Müzeyyen'in gözleri, Stockholm'ün uzun kış gecelerinde buraları anarken, düşünürken gözünün önüne gelen resimleri arıyor etrafta, hiçbir şey o güçte canlanmıyor. Hatırlamanın sihrinde olan şey, şu gördüklerinde yok! Uzaktayken her şey daha iyi yaşanıyor sanki. Yakına gelip dokundun mu, azalıyor.

Başıyla Süsen'le Itır'ı işaret edip "Bakma aralarındaki yaş farkına, beraber büyüdüler sayılır ama onlar bile ne kadar farklı oluyor değil mi Müzeyyen?" diyor Mücella. "Itır tam bir hanımefendi oldu, bir de benimkine bak! Sokağa giydiği kıyafetleri bir görsen, deriler, zımbalar, zincirler içinde öyle Satanistler gibi... Bizim zamanımızda öyle miydi ya..."

"Elbiseleri bile bir örnek giyerdik."

O günleri, bir kızın samimi arkadaşıyla bir örnek giyinmesinin bir yakınlık belirtisi, bir dostluk nişanesi sayıldığı günleri benzer duygularla anıyorlar. "Aman, ne diyorsun sen! Şimdikiler kullandıkları kokuların adlarını, cilt kremlerinin markalarını bile saklıyorlar birbirlerinden."

Kol kola girip bir edayla çarşı içindeki kumaşçılara gidilirdi. Ahşabının cilası tarazlanmış tezgâha top top kumaş açtırır, her birinin başında sürü sepet laf eder, olmadı topuyla kucakladıkları gibi dükkân önüne çıkardıkları kumaşı gün ışığına tutar, evdekilerin de fikrini almak için mutlaka her birinden parmak eninde parça alır, güç bela karar verir, seçtiklerine de günlerce model beğenemeyip birbirlerine danışır dururlardı. Bazen babaları mal getirmeye Istanbul'a kendi gider, çarşının çeşidini az bulan varlıklı müşterileri için kendi elleriyle kumaş seçip getirirken, kızları için de bir şeyler alırdı. "Trenle geliyorum," derdi. "Yataklıyla."

"Her şey kıtken, azken, bulunmazken daha mı güzeldi ne?"

"Gençtik Mücella. Sadece gençtik. Geçenlerde bir zamanlar ölüp bayıldığımız o *Burda* modellerinin eski sayılarını bulup aldım eskiciden. Daha üç sayfa karıştırmadan parmaklarımın hevesi söndü. Bunlara mı ayılıp bayılmışız o zamanlar diye şaşakaldım!"

Mücella başını bir belirsizliğe sallıyor.

O sırada bileziklerini şangırdatarak "Şükür Allahıma, Kavl

duası bile edildi kızımızın," diyerek yanlarına geliyor Nebahat Abla. "Her bir şey tek tek göreneğince yapıldı kaç gündür. Muallam, gözün arkada kalmasın Muallam!" diyerek bir eliyle göğsüne vuruyor. Üçünün birden gözüne yaşlar yürüyor.

Saçı yapılmamış kadınların sayısı gitgide azalıyor kuaförde. Sıra kendine gelirken birden çok konuştuğunu hissediyor Nebahat Abla. Hiç çenesini tutamadığını biliyor bilmesine ya, böyle birdenbire hissetmek kötü ediyor onu. Kocamış bir ağacın son dallarına tutunması gibi, geçmişin hatıralarına fazla tutunduğunu hissediyor. Susarsa geçmiş de susacak sanki. Ölüm çabuk gelecek. O daha genç bir kızken, halası için "Bütün yakınlarının mezarının üstü açıktır, hep geçmişten konuşur," derlerdi. Yaşlandıkça ona benzediğini düşünüyor Nebahat Abla. Farkında olmak, değiştirmeye yetmiyor. İçi uğulduyor.

O zamanın kızları, eski kadınların anlattıklarını, can kulağıyla dinlerlerdi; hem kendilerine emsal bellemek için, hem de sonrakilere bir bir anlatacaklarını bilip ona göre kulak verirlerdi söylenenlere. Sonraki zamanın kızlarıysa kusur bulmaya, itiraz etmeye, diklenmeye sebep dinler oldular. Meğer o günler bile güzelmiş! İki inatlaşıp bir kavga ederdi insan hiç olmazsa. İtişir, didişir anlaşırlardı. Şimdiyse, sen sanki ölüymüşsün de, ayıp olmasın gibi hiç oralı olmadan dinliyorlar. Nebahat Abla'ya bunları bir bir düşündüren, annesinin geç yaşta doğurduğu için "tekne kazıntısı" diye andığı Süsen'in laf dinler görünürkenki kayıtsızlığı, umursamazlığı... Bir süredir gözlerini elindeki gençlik dergisindeki Evanescence posterine dikmiş olan Süsen'in, kulağı ondaymış gibi yapıp hiç dinlemediğini, sadece geçiştirdiğini fark ediyor. Güceniyor. Neye gücendiğini bilmeden güceniyor. Cümlesinin sonunu getirmeden, sidiğini tutamadığı için gelininden azar işitmeye hazır, kabahatini bilen yaşlı kadınlar gibi mahcup kalkıyor oturduğu sandalyeden, eliyle oturmaktan nemlenmiş yerini alıyor eteğinin, ilkin şöyle bir yaylanıyor olduğu yerde, bacaklarını rahatlatıyor, ardından ellerini arkada kavuşturup az önce hissettiği ezikliği silkeliyor üstünden, buranın eskilerinden olduğunu gösterircesine gerinerek bir-iki dolanıyor kuaförün içinde. Bir çay daha istiyor, firkete, bigudi kutularını karıştırıyor, çekmeceleri kurcalıyor. Köşede kaş aldırıp, yüzünden iple tüy çektiren kızlardan birine takılıyor. "Kadının kimisi eza sever," diye başlıyor söze. "Cımbızla kaşı alınırken gözüne yürüyen yaştan bile zevk alır. Böyleleri gider burnunun direğini sızlatan erkeği bulup onu sever." "Peki sen nasıl erkek seversin?" diye soruyor arkadan seslenen birileri. "Aman benim erkek sevecek halim mi kalmış," diye itiraz edecek oluyorsa da eklemeden edemiyor: "Anamın bir sözü vardı, 'Güzel adam seven cezasına katlanır,' diye. 'Erkeğin çirkinini seveceksin.' Dinlemedim. Hangi kız ana sözü dinlemiş ki ben dinleyeyim?"

Elleri hâlâ arkasında bağlı dolanırken yanına vardığı Mücella ya "Topuzunun kabarığı pek güzel olmuş," diyor Nebahat Abla. "Vallahi tam ölçüsünde. Nevzat'ım, rahmetli, eskiden birayla sertleştirirdi saçı, şimdi neler neler çıkardılar," deyip başıyla ayna önündeki tezgâha dizili malzemeleri işaret ediyor.

Süsen yerinden kalkıp yanına geliyor, kına gecesinden kalma elinin çiçeklerini gösteriyor Nebahat Abla'ya. "Ben Şarköy'e gidince denizde çıkmaz değil mi bunlar?" Az önce düşündüklerini bir anda unutuyor Nebahat Abla. İçi ılıyor. Süsen'in sorusu, hâlâ bir işe yaradığını düşündürüyor ona. "Geçmez Süsen'im, geçmez. Hem geçerse gene gelirsin. Fena mı, sebebin olur."

O sırada birdenbire damat tarafının kadınları dolduruyor kuaförü. Kaynana, görümceler, yengeler, eltiler... Gösterişli hareketlerle tokalaşıp, öpüşmeler... Herkes birbirine yerini vermeye kalkıyor. Diğerleri ant verip gerisin geri oturtmaya çalışıyorlar kalkanları.

"İnceden bir rüzgâr başladı ki dışarıda," diyor kaynana. "Ayazı sanki Erciyes'in doruğundan kopup gelmiş."

"Hayırdır inşallah!" diyorlar hep bir ağızdan. "Neyin rüzgârı ki şimdi bu?"

3.

"Eskinin hamam uykuları bile daha derindi sanki. Su mu başka türlü akardı, kubbe mi başka türlü çınlardı, bilemem artık."

Itır'ın babası, dayısının oğlu oluyormuş genç kadının. Itır'ı düğününde baba tarafından yalnız bırakmak istememişler. Sıcaktan bunalmış, biraz soluklanmaya çıkmış hamamın soğukluğuna. "Demek ta Bilecik'lerden kalkıp geldiniz buralara," deyip soğukluk taşına uzanmış olan genç kadının yanına ilişiyor Nebahat Abla. "Kızlar kurna başlarında kubbe çınlatıyorlar gene, şöyle bir göbektaşına uzanayım dedim ya, rahat komadı yosmalar!"

"Gençlik işte," diyor genç kadın.

"Öyle," diyerek onaylıyor. "Evde ne kadar yıkanırsan yıkan, hamam gibi olmuyor, gene de bir kiri çıkıyor ki insanın, inan olsun kese yaptırırken natırdan utandım," diyerek kollarını içe döndürüp ağarmış dirseklerini gösteriyor.

Elindeki video-kameraya hamam sefasını çekmeye çalışan Süsen birinden kaçar gibi koşar adım çıkıyor içeriden. Açılan tahta kapıdan soğukluğa taşan içerinin sesleri, yaylı kapının gerisin geri kapanmasıyla yine boğuluyor. Mücella'nın sesi çınlıyor Süsen' in ardından: "Kızım bu buharda film mi çekilirmiş! Delirdin mi sen? Hem burada elâlem alışık değil böyle şeylere! Kapat şunu!"

"Tanımıştım dayı oğlunu," diyor genç kadına. "Tanımaz mıyım? Çok yakışıklı adamdı. Hani sinema güzeli adamlardan. Üniforma iyi kötü her erkeğe yakışır, ama bir erkeğe bu kadar mı yakışır yani?"

Askılı tepside tavşankanı çayları geliyor. Yerlerinden doğrularak arkalarını soğukluğun geniş mermerine yaslayıp çaylarını karıştırıyorlar. İnce cam bardakların içinde kaşık sesi çın çın yankıyor.

"Ben hayal meyal hatırlıyorum," diyor genç kadın. "Küçüktüm."

Kendine her koşulda bir dinleyici bulmakta, dahası yaratmakta ustalaşmış olan Nebahat Abla, konuyu yakışıklı Teğmen'den alıp eski günlere getirmeyi beceriyor:

"O devrin kızlarının bazısı, asker ailelerden ahbap edinip koca bakmaya orduevine gidip gelirdi. Bizim Mualla burnundan kıl aldırmaz ya, kızların aklına uyup o da gitmiş bir akşamüstü, dayı oğlun daha o gün görür görmez vurulmuş bizimkine. Kayserili dışarıya kolay kız vermez. O zamanlar Tolon çamaşır makineleri bayiinin oğlu peşinde Muallamın; hanlar, konaklar vaat ediyor ya, umuru değil bizimkinin. Kimseye belli etmiyor, bir şey demiyor ya, meğer kalbini çoktan kaptırmış bile sizin yakışıklı teğmene. O güne kadar hep duyar ederdik ya, biz 'ilk görüşte aşk' nedir, onlarla bilip öğrendik. Kız istemeye tugay komutanıyla geldiler. Orduevinde yapıldı düğünleri. Karyola örtüsünün ara dantellerini ben yapmıştım. O yılın uğuruyla bir de üsteğmenliğe terfisi geldi damadın. O yazı hiç unutamam. Ömrümün en güzel yazıydı. Her pazar arabalara doluşur Talas bağlarına, kırlara, çayırlara çıkardık. Herkes mutluydu. Hep böyle gidecek sandık."

İçeri girip çıkan hamamcı kadınlardan birini yakalayınca, "Çayların ikincisine şu tepsi böreğinden getirin kızcağızım, kuru kuru içilmiyor bunlar," diye havaya kaldırdığı çay bardağını gösteriyor; sonra dönüp "Ah eski günlerde olacaktı ki size kendi ellerimle yapacaktım buranın yemeklerini, pıtpıt pilavını, üzengi ya da pirov mantısını, nevzine tatlısını. Her yerim gibi elim de ağırlaştı artık," diyor.

Azıcık toparlanıp o sırada soğukluğa yeni gelenlere mermer taş üzerinde yer açıyorlar gülümseyerek.

"Lüks Terzi'nin Kızları, derlerdi o zamanlar üçüne birden. Laf aramızda kalsın en alımlıları ortancası Sofya! Sofya dediğime bakma, asıl adı Mualla tabii. Peki adı niye Sofya kaldı diyeceksin? Bir düşün: Değil Kayseri'de, değil Türkiye'de, dünyada kaç kadın vardır Sophia Loren'e bu kadar benzeyen? Onu görsen, Sophia Loren sanırsın! Allah inandırsın aynı gözler, aynı dudaklar, aynı bel! Beli iyice ortaya çıksın diye elbisesinin kumaşından yapılma tokası çift dilli kemerini şöyle bir sıktırdı mı, her adımında evaze etek şöyle bir dalgalanırdı. O haliyle koy bir filme Sophia Loren diye yürüsün! Ha, bak bir de havuz yaka elbisenin onun kadar yakışanı görülmemiştir. Uzun boyun, geniş gerdan, inan çöp taksa kaldırır! Biz de heves eder giyerdik ya, zamanın patiska kombinezonlarının içinde bir tek o taş bebek gibi dururdu. Sonra cildini desen, sedef gibi ışırdı. O zamanlar şimdiki gibi öyle türlü çeşitli kremler yok! Pek temiz, pek bakımlıydı talihsizim benim. Kâkülüne iki kıvırcık takmadan sokağa çıkmazdı. Eğlencemiz kıttı, en fazla gider Divan Pastanesi'nde otururur, gelip geçen oğlanlara bakmıyormuş gibi yapardık. O zamanların Kayseri'si başkaydı! Şimdiki gibi on dördüne varmadan mantoya girmiyordu kızlar. Yetişememişsinizdir, bilmezsiniz o devrin meşhur bir mecmuası vardı: 'Ses' diye. 'Hangi ünlüye benziyorsunuz?' diye bir de köşesi var. Herkesten habersiz fotoğraf çektirip oraya göndermiş bizimki. Haftasına basmışlar Sophia Loren'inkiyle yan yana. İnan olsun fotoğrafın altında nal gibi 'Foto Zafer - Kayseri' yazmasa kimse inanmayacak resimdekinin Sophia Loren olmadığına; o kadar benzerlik olur yani! Sonra tabii adı Sofya kaldı bizimkinin. Sofya aşağı, Sofya yukarı!"

Soğukluğun kubbesinde biriken damlalardan biri dolgunlaşıp yüzüne düşüyor Nebahat Abla'nın, gözüne doğru inerken elinin tersiyle alıyor alnından. "Bir yaz tatili için gittiklerinde, Erdek Plaj Güzeli seçilmiş bizimki, omuzunun çaprazında kordelayla çekilmiş fotoğrafı bile var. Tab ettirip hepimize birer tane dağıtmıştı artistler gibi... Hâlâ durur bende. Ah canım Muallam, makineye bakıp hiç ölmeyecekmiş gibi gülmüş Erdek'te!"

Börekleri geliyor bu sırada, çayları tazeleniyor. Az önce gelenler yeniden dönüyorlar hamamın sıcağına.

"O zamanların Kayseri'sini düşün bir de! Hepimiz yeniyetme genç kızlarız. Ben azıcık büyüğüm onlardan ya, aklım daha çocuk aklı. Taş Sinema'da kadınlar matinesinde şemşamer çitler, vara yoğa gözyaşı dökerdik. Aşk filmlerine tabii. Şemşamer dediğim şimdinin ayçekirdeği. Kadınlar matinesinde zıngazınk dolardı sinema, görsen, kürdan dürtecek yer yok! Film bitip de salondan çıkmaya yekindiğimizde, ayak bileklerimize kadar şemşamer kabuklarına batar, öyle bata çıka yürürdük. Filme çok ağlamışsan yürürken gülmene sebep çıkarırdı ayaklarının altında çıtırdayıp duran kabuklar! Sophia Loren'in *Kızım ve Ben* filmini hep birlikte seyrettiğimiz dün gibi hatırımdadır! Filmden sonra herkes bir sebep bulup hicranlar içinde bizim Sofya'yı kucaklamıştı. Ay ne acıklı filmdi o! Bazı filmler, hayattan daha acıklıdır, değil mi? Bir ara, ötekilerin de benzediklerinden değil ya, sırf Sofya'ya sebep, ablasına 'Cina', kardeşine 'Kılodya' demeye başlamıştık. Devrin meşhur İtalyan artistleri bunlar. İtalyan filmleri çok gelirdi o sıralar sinemalara. Onlar da aynı bizim gibi gürültücü kadınlardı; seven, ağlayan, kızan, kıskanan; kanımızı ısıtırlardı. Şimdiki gibi televizyon dizileri yok! Devir, İtalyan fotoromanlarının devri. Cep Fotoromanlar, Hayat Resimli Roman'lar!.. Birbirimizle değişe değişe okurduk. İleride bizi de öyle heyecanlı bir hayat bekliyor sanırdık. Sonra ben genç yaşta dul kaldım. Muallamı ecel aldı."

Kendi sözünün kederine kapılıp uzaklaşıyor Nebahat Abla. Birdenbire gözlerine gözü geçmişte kalmış kadınların buğulu dalgınlığı iniyor. Gündeliğin neşesine, gürültüsüne ne denli kapılsa da eskileri anlatmaya başladığı her seferinde gözleri geçmişte kaybolmaya çağırıyor onu. O kadar uzağa gitti mi, kolay dönemiyor.

Dinleyenini unutmuş, kendiyle konuşur gibi azalarak çıkıyor sesi: "Mualla'nın ölümünden sonra, kimse bir daha 'Lüks Terzi'nin Kızları' lafını almadı ağzına! Hani bir kolyenin ipi kopmuş da, taneleri dağılmış gibi... Hem Sophia Loren'in filmlerine de gitmez olduk."

Birden toparlanıp "Başını ağrıtmadım ya," diyor. "Hay Allah! Sıcak bir yandan ben bir yandan..."

"Yoo dinliyordum," diyor genç kadın. "Enteresan hayatlar tabii... Buraya geliyorum diye herkes de pastırma istedi benden. Sanki oradaki marketlerde yokmuş gibi! Şimdi Bilecik'e giderken bir sürü pastırma taşıyacağım yanımda."

Nebahat Abla, kubbeden düşen damlayı bu kez almıyor yüzünden; süzülüp gerdanına inmesine, terine karışmasına izin veriyor. Susuyor.

Başını geriye atıp, arada duranlardan göremediği Şükrü'ye sesleniyor Orhan: "Nebahat Abla'yı ben alıyorum, saçını ben yapmazsam, gücenir biliyorsun."

4.

Karı koca olmak için, "Hayatta aynı tatları sevmek gerekir," derdi anneleri. "Başkalarının bizim saadetimizde anlamadıkları bu."

Annelerinin de, babalarının da adı Fikret'ti. Çocukken onlara çok tuhaf gelirdi bu durum. Onlar, Fikret Hanım'la Fikret Bey'in çocuklarıydılar. Zamanla serpilip büyüdükçe, bir unvan gibi "Lüks Terzi'nin Kızları" diye anılır oldular. Günleri burada, bu dükkânda geçerdi; daha çok da dükkânı arkadaki eve bağlayan küçük avlulu bahçede. Nedense daha çok yazlar kalmış aklında. Serin gölgeler... Çiçekler, hayaller içinde geçirdikleri yazlar... Yaz, ümitlerin mevsimi. Akşamüstleri sulanan toprağın kokusu bazı geceler ta Stockholm'e kadar gelip uykusundan uyandırır Müzeyyen'i. Toprak çeker.

Duvardan güç alıyormuş gibi bir eliyle iyice yaslanmış; diğer eli belinde, soluklanıyor. İçinde dalgalanan kalın bir hüzün bulutlandırıyor bakışlarını. Böyle zamanlarda hiç hatırlamam sandığı şeyleri hatırlıyor insan. Yarısına kadar beton döküp düzlemişler, bahçeliği kalmamış. Itır'la Süsen'e gösteriyor, "Şurada sundurma vardı, sökmüşler."

Dün akşam "Dünya hali. Ölüm var, kalım var. Bir daha ne zaman bir araya geliriz, bilmem," demişti. "Hazır toplanmışken hep birlikte gidip görelim istedim. Şimdiki sahiplerinden yarın için izin aldım, dükkânı, evi falan gezeceğiz."

"Dükkânı, evden önce saydın teyze," diyor Itır.

Öyle ya, daha çok dükkânda yaşarlardı çünkü. Gündelik işlere, eksik gedik alışverişine buradan koşturur; teyel yapmaya, kenar basmaya, patron biçmeye yardım ederlerdi. Biraz ilerlettin mi işi, kol takmayı bile sana bırakırlardı.

"Geçen geldiğimde önünden geçtim. Eski halinden pek eser kalmamış zaten. Kızlar, neyi görecekler ki," diyor Mücella. İtiraz etmekten çok, hayıflanma tonuyla söylüyor bunu.

"Olsun," diyor Müzeyyen, "Olsun."

Cadde tarafından geliyorlarsa önce dükkâna girer, arkadaki avlulu bahçeden geçerek evlerine çıkarlardı. Caddeye bakan vitrin camında çiçek desenlerinden oluşan beyzi bir çerçeve içinde altın yaldız süslü harflerle "Lüks Terzi" yazardı. Yaz güneşinin yükselip sönme zamanına göre kızların sırayla kapı önüne çıkıp el manivelasını bir çalımla döndürdükleri çubuk desenli tenteleri vardı.

Kayseri'nin en iyi kadın terzisiydi Fikret Bey. Her diktiği hokka gibi otururdu giyenin üstüne. Karısı Fikret Hanım da sade hayat arkadaşı değil, baş yardımcısıydı onun, işlerin durumuna göre zaman zaman değişen erkek ya da kadın bir ikinci yardımcısı daha olurdu.

"Çocuklar burası bizim bütün çocukluğumuzun, genç kızlığımızın geçtiği yer işte," diyor Mücella. Yeni sahipleri içeriyi çok değiştirmişler tabii. Parkeci olmuş ön taraf. Burun karıncalandıran ince bir cila kokusu.

İki küçük koltuk, bir kanepe, üzerinde modellerin, mecmuaların durduğu alçak bir sehpayla karşıda geniş bir tezgâh vardı burada. Tezgâhın arkasındaki raflarda mevsimine göre değişen birkaç top elbiselik, birkaç top astarlık kumaş, iplik kukaları, patron biçmede kullanılan ince milaj kâğıt rulolar, strafor, tela kutuları, iğnedanlıklar, ortaya saçılan iğneleri toplamaya yarayan mıknatıs topları, sarı şerit mezuralar, kenarı kavisli tahta riga cetveller, çeşitli boylarda makas, kumaş üzerinde kesim işaretlemeye yarayan yassı sabunlar dururdu. Dükkânda müşteri yoksa, babası burada, ön tarafta yoldan geçenlere bakıp arada bir radyoda istasyon arayarak çalışmayı severdi. Dikiş makinelerinin ikisi arkada, biri ön tarafta dururdu. Pedallı makinenin sesinin hâlâ kulaklarında döndüklerinden, çocukluktan kalma seslerin insanın kulağından hiç gitmediğinden konuşuyorlar.

Müzeyyen'le Mücella, ön tarafta, parkeciyle bir müşterisinin yanında kızlara bunları çabuk ağız anlatıp arka tarafa geçiyorlar. Adamlar gülümseyerek bakıyorlar dükkânı bir anda geçmişin gürültüsüyle dolduran kadınların arkalarından.

Ağır kadife bir perdeyle bölünmüş arka bölüme geçilirdi buradan. Perdelerin asılı olduğu pirinç halkaların çekilirkenki cıyırtılı sesi hâlâ kulaklarında ikisinin de... Tiyatroda sahne alır gibi bir edayla çekerlerdi bu perdeleri girip çıkarken. Hanımların provası burada yapılırdı. Üç endam aynası dururdu orta yerde. Kadife kaplı alçak puflar. Deri kanepe. "Her kızım için ayrı bir ayna," derdi soranlara Fikret Bey. Istanbullardan getirtmiş trenle. Çerçevesinin ahşabı, sadece bu işte kullanılan incecik bir bezle cilalanırdı. Ayaklı prova mankenlerinden de gene üç tane vardı. Bütün gün mutfakta kuzine soba üzerinde çaydanlık kaynar, gelenlere ikram etmek üzere her zaman yeni demlenmiş çay, taze kurabiye, çörek bulundurulurdu. Fikret Hanım eline çabuk, her şeye yetişen becerikli bir kadın. Az söyleyip gözleriyle konuşan dolgun bakışlı kadınlardan. Yüksünmeden, söylenmeden iş yapanlardan olduğu için, yaptığı işin yarısı görülmez ya, kurulmuş düzeni ayakta tutanın onun eli olduğu herkesçe bilinirdi. Genç kızların, kadınların bakıp bakıp iç geçirdiği çok yakışıklı bir adammış Fikret Bey. Amerikan artistlerine benzetirlermiş onu. Giyim kuşamı da aynen öyleymiş. Kendine pek itina eder, İngiliz kumaşından takım elbiseler içinde gezermiş. Çalışırken ceketini çıkartıp da pantolon askısının lastiğini arada bir göğsünde şaklattığında hep birden iç geçirirmiş kadınlar. Hatta şehrin ileri gelenlerinden bazı kadınların, ihtiyaçtan ziyade onu görmeye sebep elbise üstüne elbise diktirdiği söylenirmiş o zamanlar. Bütün Kayseri annelerinin, babalarını bu kadınlardan kıskanıp kıskanmadığını konuşurdu. Fikret Hanım akıllı kadın; heves ile hayatı ayırmayı bilen kadınlardan. Yüzünde durgun bir gülümseyişle başını eğer geçerdi her lafın altından.

Prova mankenlerinin üzerinde elbise prova ederken kolundaki demir bandın iğnedanlık topundan tütün esmeri ince, uzun parmaklarıyla iğne çekmesi, düzgün sıralı bembeyaz dişlerinin arasına sıkıştırdığı iğneleri eli çabuk hareketlerle şöyle bir alıvermesi, iki adım geri çekilip baktığı elbiseye yeniden aynı yarım ölçü adımla dans eder gibi yaklaşıvermesi, kadife puflarda, kanepede serilmiş oturan kadınların aklını başından alır, kolonyalı mendillerini ağızlarına bastırıp yeniden göz süzüp, göğüs geçirirlermiş.

Anneleri Fikret Hanım'ın kadınların bu hayranlık dolu bakışları karşısında neler hissettiğini, herkes gibi kızları da düşünürdü. Fikret Hanım'la, Fikret Bey'in saadet dolu evliliğine akıl sır erdiremeyenler, aşklarının ve evliliklerinin uzun ömürlü olmasını aynı adı taşımalarındaki tesadüfün büyüsüne yorar oldular. Fikret Hanım bu konularda hiç konuşmazdı. Kendine duyduğu kaynağı belirsiz özgüven, onu anlaşılmaz olduğu kadar çekici de kılıyordu. Fikret Hanım, insanın zihnini meşgul edecek belirsizliklerle doluydu. Sanki içinde yaşanılan zamanı o çoktan kat edip geri dönmüş, olacakları zaten biliyormuş gibi şimdi yalnızca size eşlik ediyordu.

Fikret Bey gibi herkesi kendine hayran bırakan erkek güzeli bir adamın, bu sıradan görünüşlü kadında ne bulduğu ya da kadının bu adamı bunca yıl nasıl elinde tuttuğu herkes için bir muammaydı ve uluorta konuşulurdu. Fikret Hanım'ı çekemeyenler hızlarını alamaz, "Bunun anneannesi kılıç artığıymış, yüzünün nur fukarası çirkinliği de oradan kalma," diye arkasından dedikodu ederlerdi.

Dükkânı, bahçeyi bitirip evin içini gezdikleri sırada "Yettim, yetiştim kızlar!" diye gelen Nebahat Abla, "Anneniz kuvvetli kadındı," diye beklemeden giriyor lafa. "Bakışı, duruşu, gülüşü, her bir şeyi kuvvetli bir kadın." Elinde mıknatıs topu varmış gibi boşluğu avuçlayarak, "Nasıl diyeyim, mıknatısı kuvvetli kadındı işte! Bulunduğu yerde herkesi kendine çeker, kendine bakıtırdı. Etrafındakiler kendini illa ki ona beğendirmeye çalışır, herkes ona fikir danışırdı. Kimseye göz devirmez, dudak bükmez, ama beğenmedi mi sessiz kalırdı. İnsanlar onun sessizliğinden çekinirdi. Olmaz mı? Ondan çok daha güzel nice kız, kadın vardı Kayseri'de. Herkesin iyi kötü güzelliği geçti gitti günün birinde, ama Fikret Abla hep aynı duruluğuyla kaldı. Güzellik dediğin de nihayetinde birbirine benzer, ama Fikret Abla başkaydı. Bambaşka. Güzel olmadan güzeldi o."

Kızları, Nebahat Abla'nın anneleri üzerine niye bu kadar düşünmüş olduğunu anlamazlardı.

Aynı anda "Ya dedemiz nasıl biriydi?" diyor kızlar.

"Dedeniz terzi değil, bir sanatkârdı kızım. Eline aldığı kumaşı konuştururdu," diye başlayacak oluyorsa da destursuz kesiyorlar sözünü. Kızların asıl merak ettiği terziliği değil, kadınların başını bu kadar döndüren adamın nasıl biri olduğu.

Fikret Bey'i bir prova anında seyreder gibi söz alıyor Nebahat Abla. Geniş omuzlarıyla gerilen sırtı üçgen bir inişle, o yaşta bir adam için ince sayılabilecek bir daralmayla bitermiş kalçalarında; o yaşında bile pantolon kumaşı diriliğini, yuvarlak hatlarını yitirmemiş kalçalarında gergin dururmuş. "Neler de hatırlıyorsun Nebahat Abla," diyorlar. "Hem de çocukların yanında!" "Çocuk mu ayol onlar? Koca kız olmuşlar. Birinin yarın öbürgün düğünü var, diğeri maşallah hepimizi susuz götürür." Diğeri dediği Süsen, büyüdüğünün söylenmiş olmasından hoşnut, gülüyor.

"Her birimizin hayatı ayrı bir roman, uzatmayalım hikâye etmeyi de kalkın çıkalım artık," diyor Mücella.

Saçının kabarığına son tarak değmesinden sonra, bir adım geri çekilip "eserine" bakan Orhan'la göz göze geliyor aynada Nebahat Abla. Başını bir sola, bir sağa çevirip alıcı gözle inceliyor kendini, memnun görünüyor, bu sırada arkayı görmesi için elinde ayna tutuyor çıraklardan biri. "Ellerine sağlık anasından el almış Orhan'ım," diyerek kalkıyor, "Ben şöyle eski yerime geçeyim bari."

5.

Birden dışarıda bir fırtına kopuyor. Kayseri, Kayseri olalı böyle bir rüzgâr görmemiş, öyle diyorlar; camlar, kapılar titreşiyor; çerçevesini zorlayıp dışarı fırlayacakmış gibi zangırdayan vitrin camındaki "Kuaför Orhan" yazısının altın yaldız harfleri bile şimşeğe yakalanmış gibi titreşip duruyor. Bunun sokaktan geçip giden kendi halinde bir rüzgâr olmadığını anlamaya başlayan kadınlar, kaygıyla ve ağır hareketlerle yerlerinden bir bir kalkıp cama doğru yaklaşıyor, şaşkınlıkla büyüyen gözlerle havanın, sokağın, dışarının sertleşen mizacına bakıyorlar. Hepsinin yüzüne yıllardır her çeşit belirsizliğe karşı duydukları korkunun gölgesi yerleşiyor. Nicedir kendilerinden habersiz içlerinde beklemiş yabancı, tenha bir şey yüzlerine yürüyor sanki.

Böyle durumlarda hep gürültücü bir eda takınmaktan hoşlanan Nebahat Abla, yüksek sesle dua okuyup tekbir getiriyor, "Şöyle tanesine kuvvetli bir yağmur indirse, düğün bereketi diyeceğim, ama..." diyor. Bu "ama"nın havada asılı kalıp tınlayan çengeli herkesi ürpertiyor.

Dışarı baktıkça, az sonra kapı açılacak ve mantosunun kollarını, omuzlarını pat-patlayarak içeri Deli Nevzat girecekmiş, ardından sigara kalını sesiyle bir kaşını devirerek "Çayı demlemediniz mi daha" diye aksilenecekmiş gibi geliyor Orhan'a. Üzerinde topaklanan kıllar kolayca ayıklayıp temizlensin diye saç fırçalarını, içine azıcık zeytinyağı damlatılmış suda beklettiği; tene bulaşmış boya artıklarını çıkarmaya sebep, sehpalardaki küllüklerden sigara külü topladığı yılların temkinli gözleriyle bakıyor kapıya. Deli Nevzat bunca yıl sonra bile sitemini kaybetmemiş bir sesle

"Dükkânın adını sen mi değiştirdin?" diye sorarken içi düğümleniyor Orhan'ın. Annesi ölmüş, ama korkusu yerinde duruyor. Itır'ın, kaygıların gölgelendirdiği yüzündeki çocuk, birkaç yaş birden büyüyor; fırtınaya dönüşen bu şiddetli rüzgârın kendisiyle bir ilgisi olup olmadığını; evlenip buraya yerleşmeye karar vermekle doğru yapıp yapmadığını düşünmeye başlıyor. Birden yapılan gelin başını beğenmiyor. Başındaki taç gülünç geliyor ona. Stockholm'ün geniş çevrintili karlarla tipiye döndüren rüzgârı ıslıklı uzun akşamlarını, hep bir sonraki yıl Türkiye'ye dönmeyi hayal etseler de aslında hiç dönemeyeceklerini, orada öleceklerini düşünüyor Müzeyyen. Bir noktadan sonra insanlar barışamaz, ayrılamaz, dönemezler; bunu biliyor. Stockholm'deki evin geniş, beyaza boyalı ahşap kapısını, enli, süt beyaz doğramalı pencerelerini, çocukluğunda çizdiği kış resimlerindeki evleri hatırlatan şömine bacasından çıkan nazlı dumanı; oradaki tekdüze, huzurlu hayatını özlüyor. Hatıraların uzaktayken daha iyi saklandığını; içinde, yakınında yaşarken çabuk öldüklerini düşünüyor. Onları İsveç'in değil, asıl Mualla'nın ölümünün ayırdığını düşünüyor. Rüzgâr her şeyi süpürmüş burada. Sokaklarında geçmiş değil, boşluk uğulduyor. Süsen, Kadıköy'de Akmar Pasajı'nın alt katında bir daha baskılı siyah tişört seçemeyeceğini, Göksu ile buluşamayacağını, bu yazki Marilyn Manson konserini kaçıracağını, bir daha internete girip çet yapamayacağını, gitar çalmayı öğrenemeyeceğini, Amerika'ya gidemeyeceğini, buradaki kadınlara benzeyerek yaşlanıvereceğini düşünüyor.

Bir ara damadın annesi, kız kardeşleri, yengeler, eltiler hep birlikte ayağa kalkıp iki elleriyle kabartılmış saçlarını tutarak adeta kaçarcasına kapıya yönelecek gibi olduklarında, sokak gerisin geri savuruyor onları. Elleri başlarındayken kollarında asılı kalan çantaları birbirine çarpıyor.

Açmayı denedikleri kapı güçlükle gerisin geri kapatılabiliyor. Asılı olduğu duvarlarda sağa solan savrulan saç boyası, sprey, jöle afişlerinin çerçeveleri yerinden kayıp çarpılıyor. Onları düzeltmek için yekinen Nebahat Abla, oturduğu yerden kalkamıyor bir türlü. Gözlerini camdan, tılsımına tutulduğu rüzgârdan, bir masaldan kopup gelmiş gibi esen fırtınanın vaat ettiklerinden alamıyor.

Rüzgârın sokaktan topladığı kurumuş yapraklar, kâğıt parçaları, çerçöp geniş çevrintilerle havada uçuşurken, yoldan krem rengi bir 1957 model Chevrolet arabanın süzülür gibi ağır ağır geçtiğini görüyor. Üstü açık arabanın önce burnu beliriyor vitrin camında; gerisini görmek için oturduğu yerden sabırsızca doğrulup boynunu uzatıyor ileri; arabanın sütlü kahverengi tentenesi ağır ağır kapanırken iç döşemesinin kırmızı deri kaplı olduğunu fark edip heyecanlanıyor. Camına vuran yaprakların, bulutların gölgesinden içinde oturan var mı, yok mu seçemiyor. Rüzgârın kaptığı havada uçuşan mavili eşarbı tanıyor. Lüks Terzi'nin Kızları'ndan en küçüğünün eşarbı uçmuş başından. Öyle deniyor çarşıda. Rüzgârın eşarbın üzerinden bir bir topladığı pembeli-beyazlı puantiyeler neşeli köpükler gibi saçılıyor etrafa. Demeye kalmadan sokağın ucunda rüzgârda havalanan eteklerini neşeli ve mahcup tavırlarla yatıştırmaya çalışan Lüks Terzi'nin Kızları bir bir ortaya çıkıyorlar. Eşarbının arkasından koşsa da yetişemiyor küçük olanı. Havaya zıpladığı bir an öylece kalıyor, sonra hayat kaldığı yerden devam ediyormuş gibi rüzgâr yeniden aldığı yere bırakıyor onu. Lüks Terzi'nin Kızları'na seslenmek üzere ağzını açmaya kalkıştığında, sesinin çıkmadığını fark ediyor Nebahat. Daha "abla" olmamış. Her zamanki gibi ortalarında Sofya var, başında, tel tel perçemlenen kâküllerini alnında tutan kumaş bant, satenin parlaklığından yalazlanıyor; iri kırmızı güller, koyu yeşil yapraklarla desenlenmiş eteğinin altından sakız akı dantel jüponu görünüyor. Onlar bir telaş gülüşe-konuşa evlerine doğru kaçışırken, rüzgârın sesi gerileyip arkada kalıyor, o zamanların moda şarkılarından birini çalan akordeonun sesi filmlerdeki gibi yükseliveriyor bir yerlerden. Neden sonra kaçışırlarken, eteklerindeki gülleri, çiçekleri, yaprakları rüzgâra kaptırdıklarını şaşkınlıkla fark ediyorlar. Kumaşından kurtulmuş güller, çiçekler, yapraklar sanki müziğin ritmine uyar gibi alçala yüksele dönüp duruyorlar havada; kimi bir bulutun kenarına takılıyor, kimi gökyüzünün fırtına mavisine karışıyor. Aniden sertleşen rüzgârın meydandaki kahvenin önünden geçen birinin başından kaptığı hasırdan yapılma krem rengi fötr şapka, bir oraya bir buraya uçup dururken Nebahat, şapkanın Lüks Terzi Fikret'e ait olduğunu, belki de kızlarını aramaya çıktığında aniden bastıran bu fırtınaya yakalandığını düşünüyor. Nitekim şapkasının ardından kendisi de görülüyor Lüks Fikret'in. Kırlaşmış perçemini tutan şapkası başından uçunca, o gür perçem çapkınca alnına, iki kaşının arasına düşmüş. Onun sokağın başında görünmesiyle birlikte, Taş Sinema'da iki film birden başlıyor. Eskiden kilise olduğu söylenen Kayseri Halk Evi'ndeki bir balo gecesinin sokağa taşan vals müziği, giydiği ilk gece elbisesinin siyah simleri, pulları gibi dökülüyor sokağa. Ay ışımıyor da yağıyor sanki. O müzikle birlikte birden dışarı çıkmak, rüzgâra kaptırdığı şapkasını herkesten önce yakalayıp Fikret Bey'e vermek, o sırada başını hafifçe eğerek selamlaşırken onunla göz göze gelmek arzusuna kapılıyor. Onun her zaman jilet gibi ütülü, azıcık yüksek paça pantolonu, ince belini sımsıkı saran kırıkbeyaz yeleği, zamanını şaşırmayan gümüş köstekli saati, insanın içine işleyen gür kirpikli kısık bakışları gözlerini alıyor. Kimsenin ona "abla" demediği yalnızca "Nebahat" olduğu günlerde yapamadığı, içinde sakladığı bir sürü şeyi, şimdi şu deli rüzgâr çıkmış, şu fırtına kopmuşken yapmak istiyor.

Yıllar geri gelsin ve o başka biri olsun istiyor.

Yüzlerine, fırtınanın ne zaman dineceğini bilememenin kederli, gergin bekleyişi gelmiş kadınlar, her an kapı, pencere pervazlarını söküp içeri dalabilecekmiş gibi esen rüzgârdan başlarını korumak istercesine dükkânın içinde oldukları halde, ellerini yapılı saçlarının üzerinde hazır tutarak, birbirlerinin varlığından yardım uman bir tedirginlik içinde bekleşiyorlar. Yüreklerinin ta en derinine esen rüzgârın ayaklandırıp havalandırdığı, adını koydukları ya da koyamadıkları ürküntülerin, belirsizliklerin tekrar eski, dilsiz kuytularına çekilmesi, dünyanın onlar için yeniden tanıdık bir yer olması için rüzgârın kesilmesini, fırtınanın dinmesini ümit ediyorlar.

Kimsenin saçının bozulmasını göze alamayacağını, insanın ta içine kadar esip kendinden eden bu rüzgâr dinmeden, kimsenin sokağa çıkamayacağını biliyorlar.

Temmuz 2007 - Şubat 2008

Gümüşhane, Çok Uzak

Kapıyı açan kadına, "Sen Asiye misin?" diye sordu. Birbirlerini tartan bakışlarla baktılar kısa bir süre. Dikkatle bilenen gözleri bir boşlukta buluşmuş gibiydi. Kapıyı çalan genç kadın kimi aradığını iyi biliyor, kapıyı açansa diğerini tanımıyordu.

Hafif eğimli toprak yolun başındaydı ev. Toprağın eğimini düzleyen beton bir duvarın zemini üzerinde yükseliyordu. Görünüşünde, kısıtlı olanaklarla kotarılmışlığın derme çatmalığı vardı. Yandan çıkılan bir merdivenle yarı balkon, yarı sundurma sayılabilecek tahta parmaklıklı bir yere varılıyordu. Arabadan indikten sonra basamakları kararlı adımlarla çıktı. Beton duvarın üzerinde, balkonlu bölmenin güneş alan zeminine serilmiş yaygılarda kurumaya bırakılmış elmaların, armutların varlığına ilkin bir anlam veremeyen yadırgı gözlerle baktı. Biraz da küçümsemeyle. Çocukluğundan beri, yabancı bulduğu her şeye önce hafif bir küçümsemeyle bakar, bilmediği her şeyden kendini böyle bir reddedişle korurdu. Gölgede duran büyük sepetlere tepeleme doldurulmuş elma ve armutlarsa, belli ki diğerleri gibi güneşe bırakılmak için sıralarının gelmesini bekliyorlardı. Kapıyı çalarken bir an durup içini hazırlama gereği duymadı bile. Açılması için gereken zaman geçmediği halde acelesi varmış gibi bir kere daha çaldı kapıyı. Sabırsızlığından ya da telaşından değil, buyurgan ve ısrarcı doğası nedeniyleydi bu. Dünyadan, kendi içinin hızını beklerdi.

Kapıyı açan kadının değirmi yüzünde, zor geçtiği belli olan yılların daha da keskinleştirdiği kararlı hatlar ilk bakışta belli oluyordu; geniş sağlam bir çenesi ve derin göz oyuklarının bakışlarını keskinleştirdiği masmavi gözleri vardı. Ancak Anadolu kadınlarını bilenlerin tanıyabileceği, bir anda ağlayıp bir anda gülebilen gözlerdi bunlar. "Gözlerinin mavi olabileceğini hiç düşünmemiştim," diye içinden geçirdi ona bakarken. Düşünmedikleriyle karşılaşmanın kendini afallatmasına izin vermeyecekti. Hemen toparlandı.

Başından azıcık kaymış tülbentini sıkılarken "Evet Asiye benim," dedi Kadın. "Ne vardı?"

Bir şey söylemeden bir süre tarafsız gözlerle incelemek istedi kapıyı açanı. Bekletmek, zamanı uzatmak, bu ânın tadını çıkarmak istedi. Keyif vereceğinden değil, içinin ince zulmünden istedi. Karşısında saf, ezik bir köylü kadın değil, kararlı, inatçı, sert görünüşlü biri duruyordu.

"Ne demeye ararsın kızım?" diye yineledi kadın. "Asiye benim dedim ya..."

Bu süre içinde karşısındakinin de bir şeyi idrak etmesini beklercesine uzattı suskunluğunu.

"Sen kimsin peki?" diye sabırsızlıkla sordu kadın. Sesi dik çıkmıştı.

"Senin ad koymaya bile vaktin olmamış ama," dedikten sonra bir an durdu. "Beni alanlar Füsun koymuşlar. Ben, senin kızınım," dedi. Sesinde bıçak kesinliği. Kış ayazı.

Asiye'nin yalnızca kendisi değil, içi de durdu. Hiçbir şey anlamadı önce. Bilmediği bir dilde konuşulmuş gibi bir anda anlamı boşalan bakışlarına önce inanmazlık yerleşti, ardından gözleri nemlenmeye, gözbebekleri pırıldamaya başladı.

Sanki karşısındakinin doğruyu söyleyip söylemediğini etrafa bakarsa anlayacakmış gibi bir adım kapının dışına çıkarak çevresine bakındı. Komşu balkon ve pencerelerde, meraklı gözlerini buraya dikmiş bakan kadınların başlarını görünce şaşırdı. Pek bir anlam veremediği bu manzara, içinde bulunduğu ânı daha da inanılmaz kılıyor, gördüklerine bir rüya bulanıklığı katıyordu.

Kime dediği belli olmayan bir sesle "Komşular neye bakar ki böyle?" dedi.

"Burayı ararken onlara sordum," dedi. Sesindeki sert, soğuk ton sürüyordu: "Evi onlar gösterdiler."

Asiye'nin buralarda görmeye alışık olmayıp ancak televizyon reklamlarından bildiği, mavisi laciverte yakın gıcır gıcır bir araba yol kenarına çıkmış duruyordu. Direksiyondaki genç adam, Asiye'nin arabaya dikilen bakışlarına karşılık başını eğerek yüzünde ısmarlama bir tebessümle selam verdi.

"Arkadaşım o," dedi. "Adı Berke. Istanbul'dan buraya kadar beni o getirdi."

"İçeri gelseydi ya," dedi Asiye. "Yakışır mı kapı önlerinde bekletmek. Hele onca yoldan sonra." ("Demek Istanbul'da," diye geçirdi içinden. "Ziyan olmamış.")

"Gerekmez," dedi. "Hem o alışıktır. Sen onu bırak da beni içeri almayacak mısın?" Sorusundaki alaycı sitem bile sesini ısıtmamıştı.

"O nasıl söz?" dedi Asiye. Toparlayacak söz aradı. "Kusura kalma, şaşkınlık işte. Buyur, buyur şöyle geç..."

Eve dalan kızın ardından bu kez sakınımsız gözlerle omuzlarına, sırtına, gövdesine, yürüyüşüne baktı Asiye. Sonra yapması gereken ilk iş buymuş gibi kapının hemen yanındaki pencerenin tülünü açarak dışarıyı gözledi. Komşularının gözleri hâlâ burada, bu evdeydi. Bir kez daha tedirginlik duydu.

"Sen biraz arabada bekle," demişti.

Berke her itiraz edecek gibi olduğunda, itiraz etmemesi gerektiğini, bunun boşunalığını biliyordu. Ağzını açtı, bir şey söyleyecekmiş gibi oldu. Sonra her zamanki gibi sustu.

"Aç klimayı, koy kendine bir CD, uzun sürmez işim, meraklı değilim buralarda oyalanmaya. Bir an önce bitirip bu işi Istanbul'a dönmek istiyorum ben de. Hadi mızmızlık etme. Bizimkilerin angaryası işte, ne yaparsın, kırk yılın başı bir şey istediler benden. Her ailenin başlarına iş açan böyle uzak tanışlar olduğunu bilmez misin? Merak etme, çabuk dönerim."

Sesinde, yüzünde, davranışlarındaki öğrenilmiş bir dişiliğin olanca sahteliğiyle yatıştırdığına inandığı Berke'yi arabada bırakıp kararlı adımlarla eve, merdiven basamaklarına yöneldi. Erkeklerin aslında kolay idare edilebilir çocuklar olduklarını, erkek yönetmeyi bilmeyen o azgın feministlerin boşuna uğraşıp didindiklerini, şu küçük zaferi nedeniyle bir kez daha düşünerek kendiyle gururlandı.

"Bir şey içer misin? Şöyle içini serinletecek bir şey... Ayran çırpıyım mı, gazoz?"

"Yok, hayır, istemez."

"Belki arkadaşın susamıştır."

"Arabada su var."

İlk işi girdiği inin önce yanını yöresini kolaçan etmek olan yaban hayvanları gibi etrafı koklarcasına küçük adımlarla bir-iki dolanıyor odanın içinde. (Saçlarını şakaklarından yukarıya doğru iyice çektirip sıkılamasının gözlerine yılansı bir çekiklik kattığını düşünecekti o gittikten sonra.) Kısılan gözlerinin ifadesini sertleştirdiği kirli bir merakla bakıyor çevresine. Oturacak yer beğenememiş gibi ayakta dikiliyor.

"Dışarıdaki elma-armutlar neyin nesi?" diye soruyor.

"Kurutmak için. Biz kak deriz. Sever misin? Getireyim mi? Otursana."

"Yok, meyveyle aram iyi değildir. Pek sevmem."

"Peki. Sahi aç mısın yoksa?"

Dudak büküyormuş gibi anlaşılmasın diye yanağının içini çiğniyormuş gibi soruyor: "Ev kendinizin mi?" İçinden eve fiyat biçmeye çalışıyor.

"Şükür rabbime bizim; üç göz, bi oturmalık oda ya hepsi, idare ediyoruz işte."

"Tarlanız toprağınız var mı peki, arazileriniz falan?"

"Yok. Ne gezer? Kocam da, oğlanlar da çarşıda çalışır. Ben mevsimi geldiğinde bahçe sahiplerine elma armut toplamaya giderim."

Nasıl davranması gerektiğini bilemiyor Asiye; nüfus memurunun sorularını yanıtlar gibi kuru kuru konuşurken, içinin şaşkınlığının bir parça seyrelmesini bekliyor aslında. Bu durumda nasıl davranması, ne demesi gerektiğine aklı yol gösterebilsin diye vakit kazanmaya çalışıyor.

"Kaç çocuğun var?" diye soruyor. Sesinde saklamaya gerek görmediği bir hınç.

Bir başkası eğilip kulağına söylemiş gibi, birdenbire bir cümle geçiyor Asiye'nin içinden: Sesinde vicdan yok bu kızın.

O an içinin biraz olsun durulduğunu hissediyor. Ayağı bir parça tanıdık bir toprağa değer gibi oluyor. İçinin neresinden kopup geldiğini bilmediği bir güç gelip yerleşiyor benliğine.

Kendini toparlayıp, sükûnet gelmiş bir sesle, "Nasıl buldun izimi?" diyor.

"Kolay olmadı. Epey bir soruşturmak zorunda kaldım."

"Hem sana demeyeceklerdi. Niye dediler ki?"

"Hiçbir sır saklı kalmaz," diyor bilgiç bir sesle. "Kalmamalı da zaten... Hayatı tesadüfler belirler. Ben de günün birinde tesadüfen bir hastane odasında keşfettim gerçeği. Kan grubum ne babamınki tutuyordu, ne anneminkini. Önce annemden şüphelendim, onu sıkıştırdım, benim asıl babam kim, doğruyu söyle diye.. Çok zoruna gitmiş haliyle. İşin aslının bu olabileceği hiç aklıma gelmemişti doğrusu. Israrım üzerine gerçeği anlatmak zorunda kaldılar." Yeterinden fazla konuşmuş gibi birdenbire susuyor. Sonra birdenbire başka bir ses tonuna geçerek: "Çok iyi baktılar bana. Çok iyi büyüttüler. Ben onların gerçek kızıyım," diyor. Bunu söylerken sesine yerleşen küstahlıkta, kaba olmaktan çekinmeyen bir meydan okuma, bir kaşı havada köklü bir küçümseme var. Asiye'nin kötülüğü erken yaşta tanımış gözleri, kızın gövdesinden tüten hıncı görmekte güçlük çekmiyor.

"Evi gezebilir miyim?" diyor.

"Tabii," diyor Asiye. "Görülecek pek bi şey yok ya..."

Kızın gözlerinde, bakışlarında bıçak ucu tekinsiz bir kıvılcım, huzursuz ediyor Asiye'yi.

Duvarda asılı asker fotoğrafının önünde duruyor.

"O Fatih," diyor. "Büyük oğlan, bu yıl nişanladık onu, askerliğini Hakkari'de yaptı. Komando olarak. Hiç izin kullanmadan gitti de geldi kazasız belasız, şükürler olsun! Şehit haberi bekleyerek ağrılı günler geçirdim. Tortusu hâlâ şuramda durur."

Başını çevirip bakmıyor tortunun durduğu söylenen yere.

"Ne iş yapıyor şimdi peki?"

"Çarşıda dökümcüde çalışıyor."

Dökümcünün ne demeye geldiğini sormaya üşeniyor.

"Bu da küçüğümüz Hakan," diyor büfenin üzerinde duran başka bir fotoğrafı gösterip. Zamane gençlerinin özeni, süsü var üzerinde. Saçlarda jöle. Bakışlar çok televizyon seyretmiş birinin belli. "Liseyi bitirdi. Pek akıllı, fikirlidir." Sesinde belli belirsiz bir övünç, bir sevdirme gayreti.

"Kızın olmamış demek," diyor. Tanrının gizli bir cezasını hatırlatmak istercesine tınlıyor sesi. Gövdesinde zaptetmeye zorlandığı hınç sesinde titreşiyor.

Duvardaki çerçevesi geniş tutulmuş en büyük fotoğrafta ise ailenin tamamı bir arada görülüyor.

"Bu da kocam."

"Adı neydi?"

"Ahmet."

Bir süre birbirlerinin bakışlarını ödünç alarak bakıyorlar fotoğraftaki Ahmet'e. Yabancı gözle tartıyorlar.

"Renginin çalağına sebep, bizim buralarda 'Kayısı Ahmet' derler ona. Fotoğrafın siyahında pek belli olmuyo ya, sarı-kızıldır saçı, teni. Akça pakçadır. İyi adamdır. Merttir." Sesi ılıyor. Kocasından söz ederken göğsüne inip yumuşuyor.

"İyi bakıyor mu sana?" Merakından değil, kocasından söz ederken sesine inen şefkati fark ettiği için soruyor. Şu an unutmuş olabileceği kötü bir hikâye, tatsız bir olay belki sesinin rengini değiştirir, diye umuyor.

"Allah razı olsun ondan; o olmasaydı ziyan olmuştum şimdiye. Kolumdan kapıp buraya, memleketine getirdi beni. Nikâhına aldı. Bir gün olsun el kaldırmamıştır bana. Daha ne olsun?"

Fotoğraf makinesi karşısında tedirgin durmaların gölgelemeye yetmediği bir mutluluk geçiyor bu fotoğraftan. Yılların berkitip sağlamlaştırdığı bir mutluluk. Füsun bu fotoğrafın uyandırdığı içini hırçınlaştıran duygudan hoşlanmıyor. Gözlerini alıyor fotoğraftan, çareyi konu değiştirmekte buluyor.

Geçip oturuyorlar.

"Annemler elbette bir şeyler anlattılar bu konuda, ama ben bu hikâyeyi senden, bir de senin ağzından dinlemek istedim," diyor. "Onun için Istanbullardan kalkıp buralara kadar geldim."

"İyi sürmüşsün izimi," diyor Asiye. Sesinde belli belirsiz bir gurur mu var, yoksa ona mı öyle geliyor, bilmiyor.

"Bence hayatta hiçbir gerçek gizli kalmamalı. Herkes her şeyi bilmeli. Hayat, ancak şeffaf ve açık olduğunda kıymet kazanır." Onun anlamayacağı cümleler kurduğunu düşünmüş olmalı ki tane tane konuşan sesine televizyon belgeseli seslendiriyormuş gibi yapmanın sahte ciddiyeti yerleşiyor.

"Çok zaman oldu," diyor Asiye. "Neresinden tutsam, neresinden başlasam bilemem. Sahi bi şey içmez miydin? Bir çay iyi gelirdi şimdi."

Gözlerindeki soğuk ifadeye çarpıp dağılıyor havada kalan sorusu.

Asiye derin bir soluk alıp göğüs geçiriyor. Başını öne eğiyor bir süre. Şimdi eşiğine gelmiş olduğu ertelenip durmuş bir ânın yıllara yaslanan yorgunluğu birdenbire çöküyor. Can bulmak ister gibi dizlerini ovuyor. Kemikleri, dövülmüş ahlat gibi toz kesecek neredeyse avuçlarında. Hani, ayakta geçirilen yıllar insana yaşlandığını hissettirmez de şöyle bir soluklanmaya ilk çöktüğünde nasıl yüklü bir yorgunluk bastırırsa, öyle ezici bir ağırlık duyuyor üstünde. Yüreğin bulduğu hangi kelimeler bu yükü hafifletir, bilmiyor.

Hikâyesini anlatmak, yalnızca kızın sorusuna cevap olacakmış gibi değil, kendisine hâlâ rüya gibi gelen içinde yaşadığı şu âna da hakikat kazandıracakmış gibi hissediyor. Belki başkasının başından geçmiş bir hikâye gibi uzaktan uzağa anlatırsa, çocukluğunun ocak başlarındaki ninelerden dinlediği uzak diyarların masalları gibi anlatırsa, içini yıkayıp durultur gibi anlatırsa, bin bir zahmetle yaşadığı yılların içinden bir bir geçip buraya, bu âna gelebilecek, olan bitenin hakikat olduğuna inanabilecekmiş gibi geliyor. Anlattıkça kurtulacak kaç yılın sancısından, yükünden; içinin taşlığı durulup dinecek, güneş alacak.

"Ne kadarını biliyorsun?" diye soruyor. "Ne kadarını anlattılar sana?"

"Sen hiçbir şey bilmiyormuşum gibi anlat," diyor. "Bir yabancıya anlatır gibi."

Bu laf, içinde bir yeri daha ağrıtıyor Asiye'nin. Sade iki günün kundağını bilip kucağında tuttuğu, rengi gelip gözlerini bile açamamış bir bebenin şimdi koca bir kız olup karşısında durması kaç yılın hesabını bir sözle ağrıtıyor. "Doğru diyor," diye geçiriyor içinden. Kanından, canından doğurmuş olsa da şimdi bir yabancı karşısındaki... Kim böyle olsun isterdi ki? Ama böyle oluyor.

Berke ikinci CD'yi koymadan önce, sabırsızlandığını belirtmek için korna çalıp çalmaması gerektiğine karar veremiyor. Korna çalarsa, onu kızdıracağını düşünüp cayıyor. Hiçbir durumda kızdırmaya gelmez, bunu biliyor; ona karşı duyduğu çekingenlikte aşkını besleyip güçlendiren bir şey var hep. Onun buyurgan gücünü üzerinde hissetmekten, kendini onun ellerine bırakmaktan hoşlanıyor. Hayatının ancak onu tanıdıktan sonra, onun yönlendirmeleriyle bir düzene girdiğini düşünüyor. Aynı zamanda bir kurtarıcı gibi görüyor. Tam zamanında karşısına çıkmamış olsaydı, sevmediği biriyle evli olacaktı şimdi. Berke'ye duyguların yanıltıcılığını, değişebilirliğini birkaç gün içinde öğretti o. Bunu büyük bir hayat dersi olarak görüyor Berke. Geçen yıl bu zamanlar, o sıralar nişanlı olduğu bir başkasıyla evlenmek üzereydi ve satın almak için birlikte emlakçı gezip ev bakıyorlardı ki, karşısına bir kurtarıcı melek gibi çıkıverdi o!

Kaderin armağanı olarak gördüğü hoş bir raslantı eseri, o sıradaki nişanlısıyla birlikte, onun ortağı olduğu bir emlakçıya gitmiş, gezdirip gösterdikleri evi çok beğenmişlerdi. O gün yokmuş yerinde. Ortağı olan kadın, onları uğurlarken, "Ortağım olan arkadaş daha iyi tanıyor bu evin sahibini, işinizi çok daha kolaylaştırabilir," diyerek ondan söz etmiş, ertesi gün için sözleşmişlerdi.

Ertesi gün gittiklerinde üzerinde buz mavisi bir döpiyes, gül pembesi boyalı dudaklarıyla onları bekliyordu. Evi onlara bir de kendisi gezdirmiş, evin özelliklerini ve üstünlüklerini soluk almadan kurduğu düzgün cümlelerle uzun uzun anlatmıştı. Ailelerine bile gösterme gereği duymadan evin kaporasını yatırmışlardı, mutluluk yuvalarını bulduklarından emindiler. Bunun üzerine çıkışta onlara sahilde şık bir kafede çay pasta ikram etmiş, bir çeşit kutlama yapmışlardı. "İnanın çok iyi bir seçim yaptınız, bu kadar param olsa, inanın ben alırdım bu evi, kimseye bırakmazdım," demişti. "Açık söyleyeyim benim gözüm vardı bu evde. Ama gözüm arkada değil artık, hiç olmazsa sizin gibi mutluluğa adım atan bir çifte nasip oldu, umarım yaşam boyu mutluluk yuvanız olur burası. Saadet dolu günler geçirirsiniz!"

Ardından yeni evlenecek çift ve onların aileleri hakkında uzun uzadıya sorular sormuş, ertesi gün Berke'yi tapu işlemlerini bir an önce başlatmak için bürosuna çağırmıştı. Bir ay sonra nişanı attı Berke ve hemen ardından da onunla nişanlandı.

"Evin kaporasını vermiştin zaten," diyerek evi elde tutmuş, ev sahiplerini ise bir süre oyalamayı bilmişti. Şimdiyse iki ay kalmıştı düğünlerine, sonbaharda evleneceklerdi ve o nihayet hayalindeki eve yerleşecekti! Evlenmeden önce hayatında çözmesi gereken son bir pürüzü halletmesi gerekiyormuş gibi, Berke'nin arabasıyla Gümüşhane'ye doğru yola çıkmışlardı. Ailesinin bir uzak tanışlarıyla halletmeleri gereken pek de önemli sayılmayacak bir sorun olduğunu söylemişti ona; ucunda tarla, toprak, miras olan karışık bir işe ilişkin sözler geveleyerek, birbirine bağlanmayan kopuk cümleler içinde delik deşik bir hikâye anlatmış, Berke'nin sorularına daha da kafa karıştıran yanıtlar vererek, onu yeni bir şey sormaktan caydıracak hale getirmişti. Berke'yi de bir an önce gidip dönmekten ötesi fazla ilgilendirmiyordu zaten.

"Doğrudan uçak yok oraya. Ayrıca olsa da biliyorsun uçak korkum var, uçağa binemem, otobüsle gidecek halimiz de yok herhalde," demişti.

Şimdiyse buradaydılar, üçüncü CD'yi taktı Berke.

Asiye bütün hikâyesini eksiksiz anlatmıştı.

"Doğruyu söylediğin ne belli?"

"Bu kadar yıl sonra kimse yalan söylemez," derken sesi gücenik çıkıyor.

"Kocan biliyor mu peki?"

"Biliyor, her şeyi biliyor, ondan saklım gizlim yoktur benim. Başka karı-kocalara benzemeyiz biz. Doğru adamdır, sağlam adamdır. Dedim ya, o olmasa çoktan ziyan olmuştum diye. Sahip çıktı bana. Sade kocalık değil, analık-babalık da yaptı. Yoksa hapis yüzü görmüş kadına kim nikâh kıyar?"

"Nerde şimdi kendisi?"

"Torul'a kadar gitti iş için, birkaç güne döner."

Adamın burada olmamasına canı sıkılıyor birden. Hayalinde kurduğu resimde bir parça eksik kalmış gibi oluyor.

"Çocukların çalıştıkları yerlerin adresleri, cep telefonları, gelmişken görmek isterim onları da."

"Bırak da önce ben diyeyim onlara."

"Merak etme bir şey diyecek değilim. Ne de olsa kardeş sayılırız değil mi? Şöyle bir görür, giderim."

"Gelip gidecen mi bundan sonra buralara?" diyor Asiye. Sanki bu sorunun cevabı "evet" olursa, her şey düzelecekmiş gibi yumuşak bir umutla soruyor.

Bir an duralıyor, sanki ne düşüneceğini değil de, ne söylemesi gerektiğini hesaplıyor: "Sanmam. Herkes düzenini oturtmuş, kimsenin huzurunu bozmak istemem. Hem Gümüşhane, çok uzak," diyor.

"Niye geldin peki? Madem ardını getirmiyecen?"

"Görmek istedim," diyor. "Dedim ya bu dünyada hiçbir şey gizli kalmamalı. Benim hayat felsefem budur."

Sonrasında Asiye'nin kendisi hakkındaki soruları karşısında gönülsüzce baştan savma yanıtlar veriyor. Kolejlerde okutmuşlardı onu. Şakır şakır İngilizce biliyordu. İşletme Fakültesi'ni bitirmişti. Bebek'te bir arkadaşıyla ortak olduğu bir emlakçı dükkânı vardı, Bebek semtini duymamış olabilirdi tabii, Istanbul'un en mutena semtlerinden biriydi –babası hep öyle derdi, daha küçük bir kızken babasının gözüne girmek için ezberlediği sözcüklerden biri de mutena'ydı. Mutena, müstesna, müstakil, muzahrafat, mukavemet, müstekreh, mahlukat, mukabele, muhavere: çocukken bunları ezberleyip babasının gözüne girer, ardından bu sözlerle konuşan büyükleriyle alay eder, bu sözlere kıkırdayıp gülerdi– ama arkadaşını yakında ortaklıktan çıkarmayı düşünüyor, işinin tek patronu olmak ve işleri iyice büyütmek istiyordu. Berke'den, sonbahardaki düğünden, evleneceğinden söz etmek istemedi. Düğüne çağrılması gerektiğini düşünebilirdi. Gerek yoktu. "Berke, babamın yanında çalışan, en güvendiği adamlarından biridir," diye açıkladı onun arabada bekleyip duran varlığını, babam herkese güvenmez, onun için beni onunla gönderdi."

Asiye, "Babanı aradın mı?" diyor, "Yani esas babanı, hayatta mıymış?" Tam "Deyyus" diyecekti ki, kendini tutuyor.

"Hayır. Gardiyandı demiştin değil mi, aramasam da olur. Hem belki ölmüştür çoktan."

Ne zamandır gitmek için sabırsızlanıyor. Onun için konu bitmiş, kapanmıştı çoktan. O hep acelesi olan, hep bir yerlere yetişmesi gereken, sürekli zamanın önünde koşan insanlardandı. Ayaklanıyor. "Gerçekten artık gitmeliyim," diyor.

"İyi de bir şey yiyip içmedin. Akşama kalsaydın, oğlanları da görürdün hem."

"Başka zaman inşallah," diyor. "Nasıl olsa evi öğrendim."

"He ya, öğrendin. Gümüşhane çok uzak, dersin ya belki gene yolun düşer."

Baştan savma gülümsüyor.

Ellerini karnının üstünden bağlarken, "Denk getirip ararsın artık," diyor.

"Ararım, ararım. Birbirimizi tanımış olduk, fena mı oldu?" derken sesine sahte bir iyicillik, bir savuşturma tonu gelmişti.

"Sen de adresini, telefonunu neyim bıraksan," diyor Asiye. "Dünyanın bin türlü hali var. Bakarsın aramak lazım geldiğinde, diye..."

Bir kâğıda çabuk çabuk bir şeyler karalayıp sehpanın üzerine bırakıyor.

Kapıdan çıkarken uzak duruyor ya, Asiye gene de bir sarılmak, kucaklamak, kokusunu içine çekmek istiyor. Komşuları durmuş kapi pencere önünde bekleşiyorlar hâlâ. Kapı önüne çıkmış birkaçı, onları görünce kaymış başörtülerini düzeltip sıkılıyorlar.

"Ne bakarlar ki, bir saattir buraya," diyor Asiye. "Ne dedin ki bunlara?"

Biliyor: Konu-komşunun abanan ilgisi, her zaman iyiliğe sebep değil, kirli bir meraktandır. Çoğu kez açığını, kusurunu yakalama iştahındandır.

"Hiç sizin evi aradığımı, senin annem olduğunu söyledim," derken yılan çekiği gözleri kıvılcımlanıyor. "Benden sonra onlara da anlatır, açıklarsın artık." Yüzüne artık saklama gereği görmediği kirli bir tebessüm, sesine kara bir alaycılık gelmiş, sözlerinin etkisini gözlüyor.

Asiye donup kalıyor kapı önünde. Aklı yıllar öncesine mahpus damındaki çaresizliğine gidiyor.

Yüzünde, sesinde genel bir memnuniyetsizlik ifadesiyle "Bu meyveler kuruyunca ne işe yarıyorlar, hiç anlamadım," diyor basamakları inerken. Son sözü bu oluyor.

O gittikten sonra, içinde çarpışıp duran düşünceleri sıraya koymak ister gibi bir süre yaygıların başına çöküyor Asiye, bir eli yere dayanmış, diğeriyle karıştırıp durduğu elmaların armutların tersini çeviriyor güneşe karşı.

"Beni görmeye değil, zehrini sağmaya gelmiş," diyor. "Ya gençliğinden bilmiyor, ya Istanbulluluğundan. Güneş, kuruttuğu meyvenin içini sağlamlaştırır. Tadını zenginleştirir. Ben de yılların güneşinde kurudum kızım. Ben senin babanı tanıdım, seninkisi az gelir!"

Sonra içeri geçip kapıyı örtüyor, az sonra kapısı sırayla çalınsa da kimselere açmıyor kapıyı. Merakla bir koşu gelenler seslenip seslenip yüzgeri dönüyorlar. Akşamın ermesini, oğullarının eve dönmesini bekliyor. Işıkları bile açmıyor.

2.

İçinde bir ferahlık olmuştu o savuşup gittikten sonra. Bir döl yatağı bağının ana ile kızı birleştirmeye yetmediğini sezmişti. Ana-kız olmak için bundan daha fazlası gerekti.

"İyi oldu geldiği," diyor. "Onun niyeti başkaydı ya, beni analıktan kurtardı. Bir eliyle kötü ettiyse, bir eliyle de iyi etti. Girdiği yeri didikleyip talan eden gözlerini babasından almış. Yağmacı, kirli bakışları aynı babasının. O da girdiği her yere alacaklı icra memurları gibi bakardı öyle. İyi ki kalmamış yanımda, babasının aynı olan bu gözlere, babasının aynı olan bu yüze bakarak yıllar nasıl geçerdi yoksa. Beni analıktan kurtardı."

Akşamına bozgun içinde soluk soluğa eve gelen oğlanlar, Füsun'un çarşıya geldiğini, dükkânlarına uğradığını, bir sürü şey anlattığını söylüyorlar. "Herkesin yüreğine kurdunu bırakıp gitmeye gelmiş," diyor Asiye. "Kimseden saklım gizlim yok. Babanız her şeyi biliyor ya, bir de benden dinleyin," diyerek gündüzkinden daha kuru bir sesle, "Ortaya çıkmasaydı bilmeniz gerekmezdi ya, vaktidir dinleyin," diyerek hikâyesini oğullarına tekrar ediyor.

Gençliğinde cahil aklına sebep mahpus yattığını, mahpus damındayken sütsüz bir gardiyanın tecavüzüne uğradığını, çocukluktan getirdiği bir dertle kahrını çektiği karnının şişine sebep hamile kaldığını anlamadan aylarca dolandığını –o sıralar ay halinin kesilmemiş olmasının, bu yanılmada payı olduğunu gündüzkinde fazladan anlatmışken, akşamkinde oğullarına söylemiyor– karnındakinin şiş değil çocuk olduğunu anladığında, üç ayı çoktan devirmiş olduğunu, düşürmenin, aldırmanın mümkünsüzlüğünü anlatıyor.

Bir çare bulur diye gardiyana gittiğinde, "Bir tek kendini mi sanırsın," demiş. "Hanginizinkinin babalığını kabul edeyim, hadi var git işine," deyip başından savuşturmuş. Üsteleyince, "Ne yapacaksın vuracak mısın beni? Bak hem genel af geliyor derler, yeniden mahpus damına mı döneceksin? Git başının çaresine bak! Beni de bulaştırma bu işe!"

Karnı burnundayken, hiç beklemedikleri bir zamanda sahiden genel af çıkmış, birdenbire kendini dışarıda buluvermiş. "Her şey öyle hızla üst üste geliyordu ki, hayal gibiydi sanki, neyin sahi olduğunu anlamıyordu insan," diyor. "Mahpus damına düşmem, hamile kalmam, afla salınmam hepsi bir hayaldi sanki."

"Doğum yaptığımın devrisi gününün akşamıydı, çocukları doğduktan sonra birkaç saat içinde ölmüş bir ana-baba getirdiler yanıma. Bir gün önce ölmüş bebeleri. Hemşireler derdimi demişler onlara. Benim doğurduğum bebeğin evlatlığına taliplermiş. Onca tedaviyle kaç zaman sonra ancak olmuş bebeleri, o da yaşamamış, kadının yaşı çocuk doğurmaya geçkin, dahasına takatleri kalmamış. Ümitleri de...

"Yalnız, kimsesiz, işsiz, mahpus yatmış bir kadınım. Bir sütsüzün tecavüzüne uğramışım. Kucağımda bir bebeyle ne ederim el kapılarında, deyip verdim kucağımdaki bebeği. Hiç unutmam, kaderini bilmiş gibi emzirme sütüm suya çalıp kesilmişti iki gün içinde. Adını Füsun koymuşlar. Öz anası babası bilmiş bugünece. Ancak öğrenmiş, gelip kapıya dayandı bunca yıl sonra. Dizlerimin bağı çözüldü onu öyle karşımda görünce, aklım gevşedi. Gerisi bildiğiniz gibi."

Elindeki kâğıdı gösterip "Böyle bir telefon kayıtlı değil, diyor," dedi oğlanların küçüğü, anasının deyişiyle, akıllı fikirli olan Hakan.

"Böylesi daha hayırlı," diyor Asiye. "Yabana giden yaban gelir. Kader kapılarımızı ayrı örmüş."

Durdukları benzincide telefon kulübesi görünce, "Ankesörlü telefondan arayacağım evi," dedi Berke'ye. "Daha rahat konuşuluyor, ses gidip gelmiyor hiç olmazsa." Telefon kulübesinin kapısını sıkı sıkıya kapatıyor. Ne zaman cep telefonuyla konuşsa birdenbire yanı başında bitiveriyor Berke. Kıskançlığından değil, canı sıkıldığından. Yalnız kalmaya tahammül edemiyor. Evlenmeye mahkûm erkeklerden. Gene de sinirine dokunuyor onun bu halleri. Bir eliyle hep anasının eteğini tutar gibi.

"Yoldayız anneciğim," derken sesi sevinçle parlıyor. "Aman ne var merak edecek anne, dönüyoruz işte... Gördüm, gördüm... Evlenmiş, iki çocuğu olmuş... biraz konuştuk... şaşırdı tabii... şaşırmaz mı? Ay ne olacak, ne sanıyordunuz ki bu kadar yıldan sonra, gidip yanına yerleşecek halim yok ya, benim gerçek annem-babam sizlersiniz tabii... Her zaman da öyle kalacaksınız. Ay bunları konuşmamız bile çok lüzumsuz. Yok öyle muhtaç bir durumu, halleri vakitleri iyice... Bizden iyiler valla. Ne demek nasıl buldun? Ay nasıl bulacağım? Tipik köylü kadını işte... Canım ne gerek var düğünden, evlenmekten söz edeyim! Berke'ye de annemlerin uzak akrabası falan, dedim zaten. Aman, ağzınızdan bir şey kaçırayım demeyin sakın! Siz hep demez misiniz, 'Herkesin her şeyi bilmesi gerekmez," diye. Ay anneciğim bir hoşsun vallahi, niye peşime düşsün kadın, mesele edecek bir şey yok, zaten adımı da Füsun dedim onlara, varsın öyle bilsinler... İnanın bu kadar dert edip üzüleceğinizi bilseydim, hiç aramazdım bile. Hem fena mı oldu, aradım, buldum, düğünden önce bu da aradan çıkmış oldu işte."

Temmuz 2007

Tantunicinin Karısı

Sabaha karşıydı eve döndüğünde. Sarhoş olduğu için iyice ağır sürdüğü arabayla sitenin içindeki mıcırlı yola vardığında rahatlamış, derin bir soluk almıştı. Araba lastiklerinin mıcırlı yolda çıkardığı sesi seviyordu. Bu seste ona çocukluğunu hatırlatan bir şey vardı. (Çocukluk denince, ağızda dağılan horoz şekeri tadıyla hatırlanıyordu kimi şeyler.) Arka yola dolanıp, boş arsanın kendi apartımanlarının arkasına düşen yerine gürültüyle park etti arabayı. Ayıkken bile hizasında park edemezdi ya şu mereti, şimdi sarhoş halini hoş göstermeye sebep bir de özenmeye kalkarsa, park yerindeki arabalardan birine zarar veririm kaygısıyla azıcık çapraz bıraktı; hem de orta yere. Bu saatten sonra kim gelirdi zaten. Gecenin feneri onun elinde sönecekti belli; beşe geliyordu saat. Kocası birkaç günlüğüne Antalya'ya gitmiş, o da bir ahbabıyla kadın kadına dedikodu edip, yiye içe sabahın bu saatini etmişti.

Arabanın farlarını söndürünce, tam karşısına düşen pencerede ışık olduğunu gördü. Şu uğursuz kızın dairesi olmalıydı. Her şeyi bir tuhaftı zaten. Bu saatte koca apartımanda bir tek onun dairesinin ışığı yanıyordu. Arabadan inerken saçına takılan küpesini kurtarmaya çalıştı. Küpesine mi, saçına mı, ışıklı pencerenin varlığını hatırlattığı şu uğursuz kıza sebep mi hırçınlaştığını bilemedi. Penceresindeki kır çiçeği desenli perdenin iki kanadı ortada tam buluşmamış, aralık kalan yerden içerisi gözüküyordu. "Kitap okuyor olmalı haspam," diye geçirdi içinden, "pek bilmiş bi şey, gene o fitne-fesat kitaplardan biri olmalı elinde. Perdesi de ucuz Sümerbank keteninden belli! Şöyle eteğine zengin kordonlu, saçaklı perde takacak hali yok ya!"

Bu kız taşındığından beri karı-koca hiç hoşlanmamışlardı ondan. Ne zaman yoluna çıksa, yılan görmüş gibi oluyordu. Kocası, hem kat sahibi olarak, hem apartıman yöneticisi sıfatıyla bin bir sebepten zorluk çıkarmışsa da kız dişli çıkmış, yakasını kaptırmamıştı. Avukat mıymış neymiş haspa, eh o kadar diş olacak tabii!

Birden içeri bakma arzusu doldurdu içini. Başka zaman olsa yapamazdı ya, içinin kurdunu sarhoşluğuna vermek istedi. Kızın ne yaptığını merak ettiğinden değil, içinde birdenbire parlayan kaynağı kurumuş eski bir heyecan dürtüklemesindendi bu. Kendini muzır bir çocuk gibi hissettirecek hınzırlığın neşesine ihtiyacı vardı. Yakalanırsa, sarhoşluğun gevşekliğine verilirdi en fazla. Arabanın kapısını sert çekecekken, vazgeçip yumuşak kapattı. Ayak ucuna basarak hafif adımlarla yaklaştı pencereye. Aksi gibi, adımını sakındıkça yalpalıyordu. Duvara tutundu. Bu hırsızlama heyecanın içini doldurması sahiden hoşuna gitti. Birden keyfi yerine geldi; gecenin ağırlığı, kaç günün can sıkıntısı hafifledi.

Demir çubukların koruduğu pencereye yaklaşıp camdan içeri baktı. Kurulduğu kanepede dalgın gözlerle televizyon seyrediyordu kız. Her zaman çatık kaşlı, asık suratlı görmeye alıştığı kızın yüzünde çocuksu denebilecek bir teslimiyet ifadesi vardı şimdi. Seyrettiği her neyse, yüzünü yumuşatmıştı. Her zaman yağlı kara bulduğu teninin rengi bile açılmış, ışımış gibi geldi ona. Birden hatırladı: Çocuklar böyle seyrederlerdi. Tıpkı söz dinler gibi. Bunu hatırlamak iyi geldi. Temiz bir şeydi nihayet. Çocukluğunun bütün sinemaları, sonra yazlık bahçe sinemaları, tahta iskemleler, ayçekirdeği külahları, askılı poplin elbiseler, hepsi birden karşısında canlanmış gibi oldu. Camdaki varlığının fark edilmesinden ürkse de içeriyi seyretmekten alamadı kendini. İlk kez içinde kötü duygular uyanmadan bakıyordu kızın yüzüne. Bu da, iyi geldi. İnsanın içinin zaman zaman bir şeylerle barışması iyi geliyordu. Bir şeyler onarılıyordu sanki, sökük dikiliyor, yürek arınıyor, hayat kolaylık kazanıyordu. Şimdi de öyle olmuştu.

Hafif yan durduğu için tamamını göremediği televizyon ekranında siyah-beyaz bir Türk filmi oynadığı anlaşılıyordu. Sesini kısmıştı televizyonun; bulunduğu yerden tam duyulmuyordu. Yaşlılık uykusuzluğuna yakalanmışların dışında kim bu saatte film seyrederdi ki, belli ki bu kız sinemayı da seviyordu. Bu da iyiydi.

Değişen sahnenin ekranda parlayan ışığı yeniden televizyona çekti dikkatini ve o an gözlerine de, gördüklerine de inanamadı. Sarhoşluktan hayal görüyor olabilir miydi? Ekrandan alıp bir an duvara verdiği hayretten büyümüş gözlerini kırpıştırıp yeniden televizyona döndü. Kısılmış gözler, iyice keskinleştirdiği bakışlar ve toplayabildiği olanca dikkatiyle ekrandaki görüntüleri seçmeye çalıştı. Evet, o filmdi. Yanılmıyordu. Çok insanın uykuda olduğu sabahın bu kimsesiz saatinde özel kanallardan birinde gösteriliyor olmalıydı. Aynı anda hem bir ölmüşünü hatırlamış gibi içi yanmış, hem eski bir tanışına rastlamış gibi yılların külünü silkeleyen bir sevinç parlamıştı yüreğinde.

Hiç bu kadar birdenbire ayılmamıştı.

Aniden cama giden eli bir an havada asılı kaldıysa da ardından kararlı bir biçimde camı tıklattı. Korkutmak istememişti, ama kızın yerinden ürküyle fırladığını gördü.

Pencereye gelip camı tıklatanın kim olduğunu gördüğünde kızın yüzünde beliren şaşkınlık ifadesiyse, ürküntüsünden de güçlüydü.

Perdeyi hızla çekip camı açan kıza:

"Ya, kusura bakma," dedi, "Korkutmak istememiştim. Film seyrettiğini gördüm de... Beraber seyredelim mi? Hemen yatmayacaksan..."

Şaşkınlık içinde kalmış kız ne düşünüp ne diyeceğini bilemeden büyümüş gözlerle öylece bakıyordu.

Arkasına yastık yerleştirmek için ona doğru eğildiğinde, "Yok gerekmez," dedi bir gözü televizyon ekranında filmi kaçırmamaya çalışıyordu, "İyice yayılır, uyuyakalırım sonra, böyle daha iyi, hiç olmazsa dik otururum." Kadının akşamdan kalma bayatlamış makyajı, göz pınarlarında birikmiş boya artıkları, kirpiğindeki topaklanmalar sabahın bu saatinde olduğundan daha kötü durumda gösteriyordu onu. Ama süründüğü ağır koku üzerinden uçup gitmemişti. Saman sarısına boyalı saçlarının dibinin geldiği daha çok belli oluyordu kızın durduğu yerden bakınca.

"Ne içersiniz?" diye sordu kız. "Ne ikram edeyim size?"

Duraladı. Görünüşünde, önemli bir kararın eşiğinde, birazdan yapacağı tercihten son kez emin olmak isteyen insanlara özgü ağır bir ciddiyet havası vardı. Oysa sarhoşluğuna gömüldüğü bir andı yalnızca. Başı hafif öne eğilmiş, alt dudağı sarkmıştı. Açık yakasının kaymış aralığından eti sönmüş teninin donukluğu, boyun damarının mavi, gevşek atımı görülüyordu.

"Tuzlu ayran yapayım mı, açılırsınız," dedi. "Uykunuzu kaçırmazsa kahve?"

"İçkin var mı?" dedi.

"Ne içersiniz?" diye çekinerek soran sesinde çeşit beğendiremeyeceği kuşkusu saklıydı.

"Ben rakı içerim," dedi. "En temizi."

İçi rahatlamış, "Tamam," dedi.

"Ha suyunu, buzunu ben koyarım, sen öyle getiriver."

Kız mutfağa giden koridorun ağzında kaybolduğunda, bu kez kaçamak bakışlarla değil, bütün gözleriyle baktı filme. Gençlik denebilirse, gençliğine.

Otuz yıl önceki yüzü, yakın çekimde bütün ekranı kaplıyordu şimdi. Sesiyse bir yabancınındı. Zamanın ucuz bir dublaj sanatçısı seslendirmişti onu. Filmi ilk seyrettiğinde bu nağmeli konuşma çok tuhaf gelmiş; kendi dudakları oynarken ağzından çıkan sesin bir başkasının olmasını garipsemişti. Şimdiyse garip gelmiyordu, ekrandaki yüz de, en az bu ses kadar yabancıydı artık. İlk kez keşfettiği bir gerçekmiş gibi, otuz küsur yılın bu kadar çabuk geçmiş olmasına şaşırdı.

Ne zamandır unutmuştu bu filmi. Sadece sahnelerini değil, neredeyse varlığını da. Ee, arka arkaya altmış tane özel kanal açılınca gösterecek şey kalmamış, buna bile sıra gelmişti demek. Hem filme, hem o günlere ilişkin zihnindeki sahneler pus içindeydi. Bulanık anılar birbiri ardına sökün ediyor, ama nedense hiçbirini tam hatırlamıyordu. O zaten düşündükçe hatırlayanlardan değildi, bazen bir kokuyla hatırlardı, bazen bir şarkıyla, eski bir eşyayla. Hayat yardım etmediğinde, belleği işlemiyordu sanki. Yıllar yılı o kadar çok şey unutmaya çalışmıştı ki; herhalde ondandı belleğindeki bu savrukluk.

Kutu gibi ev, dediklerindendi sahiden. Sıcak, samimi, gösterişsiz bir havası vardı evin, az eşyayla, tutumla döşenmişti. İnsana temiz olduğu; hayallerinin, ümitlerinin olduğu toy zamanları hatırlatıyordu. Gençlik doluydu. Şimdisi kıt kanaat kurulmuş olsa da gelecek ümidi taşıyan bekâr evlerindendi. Tuhaf bir tesadüf eseri, bu filmi, sabahın köründe bu evde, bugüne kadar hep nefret etmiş olduğu bu kızın yanında seyretmek, anlamadığı nedenlerle hem mutlu etti onu, hem de kötü... Dostluk ve düşmanlık ne çabuk yer değiştirebiliyor, diye geçirdi içinden. İnsan bir muammaydı. İnsanın, kendi kendini tanımadığı anlardan korkardı. Gene öyle oldu. Korktu. Bu evde, sabahın bu saatinde ne zamandır apartımandan attırmaya uğraştıkları bu kızın yanında ne işi vardı? Ama bu ev, Tophane'de, yokuşun sonundaki evin aynıydı nerdeyse. Kışın çıplak ağaçlarına konan serçeleri görürdü pencereden dışarı baktığında. Kendini o serçelerle bir tutardı. Gözlerinden birdenbire inen yaşlara hâkim olamıyordu. Ama kederden değil, sevinçten ağlıyormuş gibiydi hali. İçini hatırlamıştı, içinde nicedir unutmuş olduğu bir yerlerin varlığını hatırlamış gibiydi. Şu an kalkıp aynaya bakmaktan, kendini, şimdiki halini görmekten korkuyordu; çünkü yıllardır unuttuğu bir tazelik boyvermişti içinde ve bunu bir aynada kaybetmek istemiyordu. Dönüp yeniden televizyondaki kendine bakmayı tercih etti.

İki duvarın bitiştiği köşeye yaslanmış, iki yanı yastıklar, kırlentlerle beslenmiş eski usul patiska etekli divan, duvardaki ceylanlı halı, orta masasının üstündeki dağ çiçeği nakışlı örtü ve televizyondaki bu eski film, gençlik duygularını geri vermiş gibiydi.

Bu kadar kolay olmasa gerekti bu işler, ama bu kadar kolay olmuştu işte!

Elinde tepsiyle salona çıktığında bir an kalakaldı Zozan.

"Ağlıyorsunuz!" dedi hayretle. Bu kadın aynı gece içinde bir kez daha şaşırtmıştı onu. Demek bu gece onun şaşırma gecesiydi.

"Ağlamıyorum," dedi kadın. "Eskiden ağlardım, bu başka bir şey."

Bir süre konuşmayıp filme verdiler kendilerini. Düşündükçe durumun tuhaflığını idrak eden Zozan, huzursuzlandığını belli etmek istemiyordu; salatalık, domates dilmişti bir tabağa, beyaz peynir ve kuruyemiş çıkarmıştı. Her gün geldiği bir evmiş gibi büyük bir rahatlık içinde kanepeye yayılmış kadınsa, hiçbirine elini sürmemiş, küçük yudumlarla rakısını içip mahzun denebilecek gözlerle izlediği filme dalıp gitmişti. Kadının yüzünde Zozan'ın görmeye alışmadığı incelikte bir keder vardı.

Filmdeki haline bakıp, bir başkasından söz eder gibi, "O zamanın etek boyları ne kadar kısaymış değil mi," dedi. "Ee, ne de olsa mini eteğin moda olduğu yıllar. Sade filmlerde böyle oluyordu sanma, kadınlar daha ferah giyinirlerdi o zamanlar."

Bir gözü filmde olan Zozan'ın kendisini birdenbire tanıyıp tanımayacağını merak ediyordu daha çok. O bir şey söylemesin, kız kendisini tanısın; gönlü böyle olsun istiyordu. Filmde ne kadar az yakın çekim olduğunu fark etti.

Filmdeki çift, o günlerin popüler şarkılarından birinin eşliğinde akan görüntülerde, bütün Yeşilçam âşıkları gibi Çamlıca tepesindeki kır kahvelerinden birinde çay içip Boğaz'ı seyrediyor, ağaçlar arasında koşarak birbirlerini yakalamaya çalışıyor, mahalle aralarında bisiklete biniyor, ağızlarının kenarına bulaştıra bulaştıra kâğıt helva yiyor, sandalla denize açılıyor, dalgalar arasında koşturup birbirlerine su sıçratıyor, yüzüstü uzandıkları çimenlerde bacak sallayıp portatif piknik pikabında dönen 45'lik plakları dinliyor ve her planın sonunda birbirlerine manalı sözler söyleyerek bakışıyorlardı. Kamera ne zaman yüzüne sokulsa, göz çevresinde, boynunda derinleşmeye başlayan kırışıklıklar fark ediliyordu.

"Kadın, adamdan daha büyük gösteriyor değil mi?" diye soruyor Zozan'a. Cevabın yıllar sonra bile kendini acıtacağını bilerek soruyor.

"Evet, tabii. Kesin daha büyük. Benim de dikkatimi çekti."

Bir burukluk duygusu, dudağının kenarını çukurlaştıran bir kıvrımla ifadesini buluyor. "Hayatta bir kere geç kaldın mı, hep geç kalırsın," derlerdi. O da geç kalmıştı, ne yapsın?

Daha yirmili yaşlarını süren, o yılların modasına uygun uzun favorileri, fönlenmiş saçlarıyla güya fakir bir balıkçıyı canlandıran oğlan, zamanın adı sanı duyulmamış bir artist heveslisi. Sonradan da bir şey olmadı zaten. Her şeyi ucuza getirmeye bakmışlardı. Filmin jönünü de.

Kendi düşüncelerinin dağınıklığında iyice savrulduğu geçmişi, sabahın bu saatindeki dumanlı kafayla bir sıraya koymaya çalışırken birden Zozan'a dönüp "İnsan olmadık şeyleri hatırlıyor," diyor.

Zozan, bir şey söylemiş olmak için, "Öyle," diye yanıt veriyor.

Başıyla ekranı işaret edip "Peki sence güzel mi bu kadın?" diye soruyor.

"Güzel," diyor Zozan.

"Doğru söyle ama," diyor, yüzünde ilk kez gülümser, çapkın bir hava var.

"Valla güzel."

"İyi, peki, inandım." Donuk tenini pembe, kahverengi beneklerin lekelediği ellerini kucağında çocuklar gibi kavuşturup yüzüğüyle oynuyor. Yüzüğündeki taşın kesiksiz parıltısı karatının yüksekliğini belli ediyor.

Filmdeki kadının kendisi olduğunu ille de Zozan'ın keşfetmesini bekliyor, arada bir kaçamak bakışlarla kızın yüzünü yoklayarak kıvranıyor. Biraz daha durduktan sonra sabredemeyip "Aslında o kadın kim, biliyor musun?" deyiveriyor.

Artık bir cevap bekler gibi değil, ânın tadını çıkartmak için sormuş gibi. Belki buna sebep yukarıya çıkıp tek başına seyretmek istememişti filmi. Seyircisi olsun istemişti. Bunca yıl sonra bir seyircisi.

Dudaklarından rasgele dökülen "Tanıdığım bir artist değil," sözünün bir işe yaramayacağının, kadının sorarkenki ses tonundan daha fazlasını beklediğinin farkında Zozan. Kendisine tanınan sessizlik süresince de bilememiş olduğunu dudak bükerek belli ediyor.

Sesini tarazından temizleyip "Benim," dedi. "O kadın benim. Benzetemedin mi sahiden? O kadar mı değişmişim?"

Zozan'ın aklından bir kez daha "bu gece şaşırma gecesi" cümlesi geçti.

Yerinden doğrulurken, "Ne diyeceğimi bilemedim, kusura bakmayın," diyebildi büyüyen gözlerle. "Artist olduğunuzu bilmiyordum."

"Artist mi, ne artisti, artist falan değildim ki! Olamadım. Yalnızca bir filmim var benim. O da bu işte, hepsi o kadar. Bu film hepsi hepsi. Bütün hayatım bu film içindi aslında. Bu filmde başroldeyim. Esas kız benim. Yaş 40'a merdiven dayamış. Ne esas kızlığı? Ama kimin umuru? Bastırdım parayı oynadım. Film battı tabii. Sonra yine Mersin'e döndüm. Sen nereliydin?"

"Tunceli."

"Kürtsünüz değil mi?"

Zozan geçmişte apartıman aralığında, kapı önündeki bütün itişmeleri anımsayıp gülümsemekle yetiniyor yalnızca.

"Evet, biz de sizi Mersin'de istemeyenleriz değil mi? Apartımanda da istemiyoruz. Daha şimdiden Mersin ahalisinin yüzde kırkını geçmiş Kürtlerin nüfusu deniyor. Yakında bir Diyarbakır da burası olacak deniyor. Allahtan Genel Kurmay tümen tümen Türk gönderiyor, diyor bizimki. Halis Türk!" Gülüyor. Yumuşatılması gereken bir konu hakkında söz aldığının farkında olduğunu ama kendisine engel olamadığını belirtircesine gülüyor. "Kocam hiç istemiyor sizleri. Milliyetçidir o. Milliyetçi gençlere falan da yardım eder, artık anladığından mıdır bilmem, ama bakma iyi adamdır; duruşu bakışı bir vuruşta yedi can alacak gibidir ya, kulak asma yufka gibidir yüreği, bu gece o da olsaydı burada, onu benden daha çok severdin." Duruyor. "Beni sevdiğini nerden çıkardım ki," diyor birdenbire, "yoksa evine almaz, rakı vermezdin diye mi acaba?" Yüzüne geniş bir gülümseme yayılıyor. "Bir araya gelip konuştuğumuz mu var ki, birbirimizi tanıyalım, sevelim. Düşman olmak daha kolay. Zahmetsiz. Avukattın sen değil mi?"

"Henüz değilim, stajımı yapıyorum bir avukatın yanında."

"Ha, bak senin için bir şey duydum, o tarafını sevdim, hani 4 numaradakiler şikâyetçiydi ya senden arka bahçedeki kedileri besliyorsun diye, ben hiç ses etmemiştim, hoşuma gitmişti, sen hayvanları koruma gibi bir yerde çalışıyormuşsun!"

Zozan gülümsüyor gene "Evet," diyor "Hayvan haklarını..." diye söze başlayacak oluyor.

"Valla işiniz zor sizin de, insan hakları bir yandan, hayvan hakları bir yandan."

Bu kez ikisi birlikte gülüyorlar. Rakı kadehinde buz çıtırdıyor.

"Filmin başını kaçırdım ya, yazılar başlarken bir şarkı söylerim öyle ağların içinde, bildin mi? Deminden beri düşünüyorum hangi şarkıydı o, diye, bir türlü hatırlamıyorum."

"Valla, ben de unuttum. O zamanların şarkılar hep birbirine benziyor."

"Şimdikiler farklı mı sanki!"

Filmdeki çiftin yollarını kesen kötü adamlardan biri kelebek bıçak sallıyor esas oğlana, kadın korkuyla elini ısırarak bir ağaca yaslanıyor.

Zozan, filmin oyuncusunun yanındaki kadın olduğunu öğrendiğinden beri hafifçe terliyor. Pek kötü bir film, kadın da pek kötü oynuyor. Oynamak denirse tabii. Yarınki mahkemenin gerginliği üstünde. Akşamdan beri uyku tutmuyor. Mahkeme heyeti yarınki davada gizli örgüt bağlantısına karar verirse, işler çok can sıkıcı hale gelecek. Dosyaların birleştirilmesi her şeyin uzayıp birbirine dolaşması demek! Hem de stajını bitirmesine bu kadar az zaman kalmışken...

"Azıcık kambur mu durmuşum?"

Zozan, filmde oynayanın o olduğunu öğrenmeden önce münasebetsiz bir şey söyleyip söylemediğini hatırlamaya çalışırken, filmin kır saçlı tonton meyhanecisinin kıza dönüp "Senin de gelinlik çağın geldi be kızım, seni başgöz etmeli artık," deyişine gülmemek gerektiğini düşünüp dudaklarını ısırıyor.

"Bak para kıtlığından etrafta biriken ahaliyi kışkışlayacak adam bile tutamamışız, yoldan geçen her kereste kameraya dikiyor gözünü."

Gülüyorlar. Demin kendini tutan Zozan, daha çok gülüyor.

"Zamanın filmleri işte," diyor. "Güya bir sahil meyhanesinde fakir bir balıkçı kız oynuyorum ya, bak bir giydiğimi bir daha giymiyorum bile. Maşallah evde, gardıropta ne varsa üstümde! Rakın kaldı mı?"

"Film sonuna geldi. Kaçırmasanız..."

"Gelsin bakalım sonumuz," diyerek yeniden filme veriyor kendini. "Kaçan kaçtı zaten." Elinde olmadan iç çekiyor.

Sonunda herkesin öldüğü film bittikten sonra televizyonu kapatıyorlar. "Hadi son bir yolluk ver bana sen," diyor Kadın. "Azıcık şu divana geçebilir miyim?" Eliyle düzler gibi okşadığı örtülerden yükselen temiz sabun kokusu içine serinlik serpiyor. Zozan'ın elinden rakısını alırken, "Dinle," diyor. "Bir kerede anlatıp gideceğim. Varsın bu da filmlerdeki gibi olsun. Hani karlı bir kış gecesi, yanan ocağın başında biri diğerine hayat hikâyesini anlatır ya... Aynen öyle. Bu gece, özel bir gece."

Derin bir iç çekip söze başlıyor.

"'Deli Yurdanur' derlerdi bana. Deliliğim söz dinlemezliğimden. Aklım çalışır ya okumak istemem, güzelliğime güvenir, gençliğime yaslanırım. Mersin o zamanlar avuç içi kadar yer. Sığamazdım. Eve, mahalleye, Mersin'e sığamazdım. 'Şoförün kızı aşağı, şoförün kızı' yukarı. Babam şoför ya, ben de onun kızıyım ya, adımız da o hesap işte. 'Şoförün kızı değilim, Yurdanur'um ben,' der diklenirdim etrafa. Bir de kibirliyim ki; güzelliğimden sanma, fukara kibri diye bir şey vardır. Dilenmeyi öğrendikten sonra unutur insan. Daha öğrenmemişim o zamanlar. 'Şoförün kızını sinemada görmüşler' herkesin ağzının en bildiği laf! Okula gitmez, iki güne bir sinemaya kaçardım. Görmediğim film yoktu. Laflarını ezberler, aynalarda oynardım. Benimkinin babası o zamanlar el arabasında tantuni satar, bu da bana sevdalanmış peşimde dolanır, ama ne dolanmak! Yaşı on dört daha, bakma iriliğine, benden küçüktür. Alacağım seni, diye tutturur, yaşı tutsa kaçıracak. Benim gözümse Istanbul'da, artistlikte. Sen büyüyünce, en fazla tantunici olursun, derdim. Elinde araba Mersin sokaklarında ömür çürütürsün, ben de ola ola tantunicinin karısı! Günah değil mi bu güzelliğe! Ben bu güzelliği, bu gençliği senin gibilerin elinde soldurmam aslanım. Bu ağızlar hep filimlerden öğrenme. Hadi var git işine, der, güler geçerdim. Göğüslerim erken geldi. Boyuma posuma erken serpildim. Kendimi oldum sandım. Gazeteler evden artist olmaya kaçıp kötü yola düşen kızların haberleriyle dolu ya, kulak asan kim? Düşenler salak, biz akıllıyız ya! Onların aklı ermez de, biz biliriz ya... Daha on beşi bitirmemiştim Mersin'den kaçtığımda. Artist olmaya sebep bindim bir otobüse, doğru Istanbul! Sanırsın, Istanbul beni bekler, Istanbul benim gibisini görmemiş! Senesine kalmadan Kesik Ethem'in eline düştüm, sermayesi oldum. Sanırsın, doğduğu gün göbeğinin kordonuyla vicdanını da söküp almışlar adamın. Çalışmadığım barı, pavyonu kalmadı Beyoğlu'nun. Arada bir-iki filmin bar kulüp sahnesinde masa kalabalığı yapmaktan öteye geçemedi artistlik hevesim. Bir gün Kesik Ethem'i doğradılar sokak ortasında güpegündüz, bir insandan o kadar kan aktığına kimse inanmaz, adamları çil yavrusu gibi dağıldı, fırsat bu fırsattır deyip takıldım bir organizatörün kıçına Anadolu'ya kaçtım; o turne senin bu turne benim derken birkaç yıl uzak kaldım Istanbul'dan, piyasadan, unutturdum kendimi, bu arada gezip görmediğim şehir kasaba kalmadı desem inan.

"Ne o gözlerin bir başka bakar bana artık. Öyle ya, film gibi değil mi? Neden o filmlere herkes ağlar da, kimse inanmaz? Bir keresinde Mersin'e geldik hiç unutmam. Tanıyan çıkar diye utanırım ya, yazlık bahçe vardı o zamanlar, çocukluğumda kaç film seyretmişim rüzgârda sallanan perdesinde, şimdi çıkmış sahnesinde kıç çalkalıyorum. Kimse tanımasın beni, bilmesin istedim. İlk defa o zaman ar ettim kendimden. Salkımsaçak bir peruk taktım başıma, aha böyle belime kadar iner, elimden gelse bir de siyah gözlük takıp çıkacağım sahneye. Bir elim yüreğimde iki oynadım, üç döndüm, indim sahneden. Sandım bütün Mersin tanıyıp bildi Şoförün Kızı'nı! Bunun için mi kaçtın Mersin'den kuş akıllı diyerek dudak büküp eksikledi. Sahnem bitmiş, ben arkada hüngür hüngür ağlıyorum. Düşün: Kapıya çıksam iki mahalle ötede babamgilin evi. Senin gitmene gerek yok, yol alır götürür de kapılarına bırakır seni. Yıllar olmuş haber almayalı onlardan. Kim sağ, kim ölü, bilmiyorum bile. Hiç uyumadım o gece, sabaha karşı şehir uykudayken sahiline inip deniziyle dertleştim Mersin'in. Ağladım mı, ağlamadım mı, şimdi hatırlamıyorum.

"Istanbul'a döndüğümde, karısı ölmüş bir adam tutuldu bana. Zaten ne varsa, karısı ölmüş erkeklerde var. Çekip aldı beni pavyondan, eve kapattı, bir zaman onunla oturdum, hevesi geçene kadar, elim para, yüzüm rahat gördü. Bir gün dedim ben Mersin'den niye kaçmıştım? Artist olmaya! Ee, yaş 40'a geliyor, ne bekliyorsun? Kim bana esas kız rolü verir bu saatten sonra, dostumdan biraz sermaye istedim, bono kırdırdım, artık elde avuçta ne varsa sattım savdım şu gördüğün filme yatırdım. Afişe de gerçek adımı koca koca harflerle 'Yurdanur' diye yazdırdım. Mersin'e döndüm elimde son kalanlarla. Kalan dediysem, ev tutmaya bile güç yetiremiyorum, ucuz bir otel odasına kapılandım.

"Babam, annem çoktan ölmüş. Kardeşlerim evlenip dağılıp saçılmışlar. Bir en küçüğümüz baktı yüzüme, o da yarım yüz. Olsun, bu da bir şeydir, dedim. 'Filmimi seyrettiniz mi?' dedim. 'Ne filmi?' dediler. Duymamışlar bile.

"Geldiğimin ikinci ayı. Çay bahçesinde oturuyorum bir gün denize karşı, arkamda bir ses 'Yurdanur,' dedi. Döndüm baktım bu! Önce tanımadım, saçlar dökülmüş, kilo almış, yanını yöresini yağ bağlamış, ama gözler aynı çakır gözler. Gözlerinden bildim. 'Biliyor musun, hiç unutmadım seni,' dedi bana. Oysa ben bile unutmuşum kendimi. Gittiğimde bir el arabasında tantuni satardı babasıyla ya, sonradan Allah, yürü ya kulum, demiş, baktım paraya para demiyor şimdi. Anlattı hikâyesini: Mersin'deki ilk tantunici dükkânını babası açmış. Yıl 70'ler falan. Bunun da eli sağlam, zamanla iyice büyütmüş işleri. Şimdi Mersin'in her bir mahallesinde ayrı bir şubesi açılmış dizi dizi. Azıcık övündü bana. Karısı ölmüş yakın zaman önce, çocukları evlenmişler zati, kimi Mersin'den gitmiş, kimi ayrı eve çıkmış. Pozcu Mahallesi'nde yeni ev aldım, koca evde tek başına yalnızlık çekilmiyor, dedi, gel evlen benimle. Önce alay ediyor sandım. On dört-on beş yaşın hevesi kalır mı bunca sene? Kalırmış meğer. Kaderim Mersin'deymiş, bilememişim.

"Ben iyi bir kadın değilimdir aslında. Bilirim, kalbim kötüdür. Ama o anda birdenbire iyi bir kadın oldum, bir şeylerden utanacağım tuttu, başımdan geçenleri eksiksiz, yalansız bir bir anlattım ona. 'Bak benim mazim bu,' dedim. 'Helal olsun, mert adamsın, bana sebep arkandan alay etsinler, kaç döşeğin artığını kazıyıp almış, desinler istemem,' dedim. 'Kaybolmuşsun,' dedi. 'Yazık etmişsin kendine. Olsun, herkes kaybolabilir,' dedi. 'Diyelim ki, ben buldum seni. Allah gönderdi. Şimdi ben sahip çıkmazsam sana, ne yaparsın sen!'

"Şu meşhur yeraltı mağaralarını bilirsin Mersin'in, hani Cennet ile Cehennem derler. İkisi de bana Mersin'miş meğer. İkisinin arasında yıllarım geçmiş. Bilememişim.

Ben öyle arpacık kumruları gibi içime gömülmüşken, elimi tutup, 'Fazla düşünme,' dedi. 'Yarın gidersin çarşı hamamına, kırk tas su dökünür, arınırsın,' dedi. 'Nikâhıma alırım, helalim olursun,' dedi. 'Boş ver milleti ne diyecek diye, tantunilerin parasını ödesinler de, ne derlerse desinler!' dedi.

"İşte böyle, kaç yıl sonra tantunicinin karısı oldum."

Gün iyice ağarmıştı. Kadın susunca, ev de sustu. Zozan hayranlıkla dinlemişti kadının anlattıklarını. Şu uyduruk filmi çekmek için mahvolmuş bir hayatın asıl hikâyesi büyülemişti onu. Kadın anlattıklarından yorulmuş, sesi iyice tarazlanmıştı.

"Bütün bunları niye anlattınız bana?" dedi.

"Bilmem," dedi kadın. "Her yaptığımızı bilerek mi yapıyoruz sanki?"

"Aramızda o kadar kötü şeyler geçti, ama gene de güvenip her şeyinizi anlattınız bana."

Divanda doğruldu, ayaklarını sarkıttı yere. "Anlattıklarımın benim için bir kıymeti yok," dedi. "Senin için varsa, al kullan."

"Beni yanlış anlamayın, o anlamda demedim. Asla öyle bir şey olmaz. Sadece güveninize şaşırdım. Hoşuma da gitti doğrusu."

"Sen çok şaşırıyorsun kızım," dedi. "Bu iyi bir şey. Bak ben artık hiçbir şeye şaşırmıyorum. Bu da iyi bir şey. Hem insan bazı şeyleri yabancılarla daha iyi konuşur. Pavyonlarda yıllar yılı erkeklerden neler dinlediğimi bir bilsen asıl o zaman şaşırırdın!"

Doğrulup ayaklanırken, divanın örtüsünü düzler gibi okşadı yeniden. "Filmim bitti. Ben artık kalkıp yatayım. Sağ olasın rakı için, film için, şu divan için, her şey için. Geceni böldüm. Uykusuz bıraktım seni. Belli, iyi bir kızsın sen. Ben kokudan anlarım, sende iyi insan kokusu var. İnşallah kaybolmazsın!"

Tam kapıdan çıkarken ardına dönüp, "Bu apartımanda kim sana bir laf edecek olursa, beni karşısında bulur bundan böyle, için rahat olsun," dedi.

Apartıman aralığındaki birkaç basamak merdiveni çıkıp asansör kapısına doğru yürürken, "Dost olmak, düşman olmak ne kadar kolay," dedi içinden.

Asansörün kapısını açar açmaz, karşısındaki aynada kendi yüzüne yakalandı. İçini neye olduğunu bilmediği büyük bir pişmanlık kapladı.

Temmuz 2007

Esenler Otogarı

Kanat Turizm'in Denizli'den gelen otobüsü Esenler Otogarı'na yaklaştığında, her ne kadar dinç ve diri görünmeye çalışsa da uykusunu çözmekte zorlanan genç muavin, seri hareketlerle kolonya servisi yapıyordu yolculara. Kimi yolcular bol dökünüp ferahlamaya çalışırken, kimileri kolonyalı mendille uykusuzluğun, yol yorgunluğunun izlerini yüzlerinden silmeye; boyunlarını, enselerini, kollarını ovarak zindelik kazanmaya çalışıyorlardı.

Herkesin ağzında gecenin acısı vardı.

Aslına bakılacak olursa Meltem'i Afyon'dan sonra pek uyku tutmamış, koltuğunda bir o yana bir bu yana dönüp durmuştu. Çantasından çıkardığı el aynasında çevresini uykusuzluk moru harelerin kuşattığı gözlerine, gözaltındaki erken torbalanmalara bakarken geçmişin hayaletlerini kendinden uzak tutmakta kararlı olması gerektiğini biliyordu. Öte yandan hangi derin uyku ve ne uzunlukta bir dinlenme toparlayabilirdi ki yorgunluğun kabuk bağladığı bu yüzü? Yüzünde bir gecelik uykusuzluğun kolayına giderilebilecek yumuşak izlerini değil, yıllanmaya başlayan anıların tortularını görmeye alışmalıydı artık. Bunları dert etmemeyi; biz ne yaparsak yapalım bildiği gibi geçen zamanla didişmemeyi öğrenmek gerekiyordu; yüzünü gösteren güneşe karşın sabah serinliğini koruyan bugünden başlayarak Istanbul'un ve Tamer'le geçecek günlerin tadını çıkarmaya karar verdi. Geçmişin hayaletleriyle karşılaşmak, kimi zaman can sıksa da, insana bazı eşiklerin atlatılmasında önemli kolaylıklar sağlardı. Yaşamı, geri kalanıyla değil de keşke sadece yeni başlangıçlarla tarif edebilseydi insan!

Telaşsız hareketlerle yerinden kalktı, başüstü rafından sırt çantasını alıp otobüsten indi. Aşağıda, otobüsün iki yanındaki geniş bagaj kapakları yukarı kaldırılarak açılmış, önlerinde valiz indirme sırasının kendilerine gelmesini bekleyen yolcular birikmeye başlamıştı.

Kendi sırası geldiğinde bavulunu gösterdi muavine.

Otogara hemen hemen aynı zamanda girmiş ve bitişiklerindeki perona park etmiş olan Sinop'tan gelen otobüsün yolcuları da hemen yanı başlarında birikmeye başlamıştı; onlar da kapakları açılan bagajlardan kendi bavullarını almanın yoluna bakıyorlardı. Yıldız Hanım ve kocası, sırt sırta sayılabilecek biçimde tam arkasında duruyorlardı Meltem'in.

Birkaç günlük Sinop gezisi bile Istanbul'u özlemelerine yetmişti. Otobüsteyken bir ara Yıldız Hanım kocasına dönüp sorar gibi değil de onaylatmak istercesine, "Eskiden bu kadar değildi, değil mi?" demişti. "Şimdi nereye gitsek, bir an önce eve dönmeye bakıyorum. Yaşlanmaya mı başlıyoruz dersin?" Kocası yatıştırıcı bir şefkatle gülümseyip başını öne eğmişti.

Sinop da, Seher'in, evinin ve şu birkaç günlük kısa tatilin anıları da şimdiden geride kalmış gibi Istanbul'u haber veren kalabalığa baktılar.

Sonuçta herkes kendi hayatına dönüyordu.

Bavullarını alıp aynı anda arkalarına döndüklerinde Meltem'le Yıldız Hanım göz göze geldiler. Ellerinde bavullar, halden anlayan bakışlarla gülümseyerek yol verdiler birbirlerine. Yıldız Hanım başını hafifçe eğerek teşekkür etti. Karı koca önden yürüyüp gittiler. Ardından Meltem çantasını sırtlayıp hızlanmış adımlarla sıyrıldı kalabalığın arasından. Tekerlekli bavulunun taş zeminde dingildeyen sesine kulak vererek ilerideki ara kapıların birinden taksi duraklarının bulunduğu meydana çıkmak istedi.

Önünden geçtiği peronların birinde Kırşehir'e kalkmak üzere olan otobüsün yanında Özer, Tülay'a sımsıkı sarılmış, bir eliyle alnına düşen saçlarını düzeltiyor; sevgi dolu kucaklayışlar ve yatıştırıcı sözlerle uğurluyordu onu. "Ne demeye nemleniyor gözlerin. Kırşehir dediğin ne ki, ilk fırsatta yanındayım merak etme," diyordu. Başıyla az önce çantasına koyduğu kasedi işaret ederek, "Dinlemeyi unutma sakın," diyordu. "Sesim de, kalbim de, türkülerim de yanında." Yolcuların çoğu otobüse binmişken onlar hâlâ yerdeler, son dakikaya kadar sarılmak istiyorlar birbirlerine. Tülay başını bir kez daha Özer'in geniş göğsüne gömerek, kokusunu içine çekiyor. Yıllardır hiç hissetmediği kadar ağlamak isteği dolduruyor içini. "Geleceksin değil mi Özer?" derken sesi çatallanıyor. "Geleceksin değil mi?"

Meltem tekerleği dingildeyen bavuluyla peron bölümünü meydana bağlayan kapalı geçitin kapısına yönelmişken, az ileride genç bir kadının, ardından telaşlı adımlarla yetişmeye çalıştığı birine heyecanla seslendiğini duyuyor: "Nihal Abla! Nihal Abla!" Kendisine seslenildiğinin farkında olmayan kadın, her şeyden habersiz tam yanından geçip gidecekken Meltem, "Hanımefendi, galiba size sesleniyorlar," diyerek durduruyor onu. Ardına dönüp bu sesin sahibini meraklı gözlerle arayan kadına doğru koşturan Güzel, bir-iki adım kala şaşkınlıkla yavaşlıyor, "Ah, af edersiniz!" diyor. "Birine benzettim sizi. Kusura bakmayın, yolunuzdan çevirdim. Ah, çok af edersiniz!"

O kadar emindi ki onun Nihal Abla olduğuna; oysa karşısında duran çok daha genç bir kadın. Meltem de, yolundan çevirdiği Emine de duruma gülümseyip yollarına devam ediyorlar.

Güzel "Hay aptal kafam!" diyerek elini alnına götürüyor. Avcunun içini çarptığı alnından "şak" diye bir ses çıkıyor. Nihal Abla'yı gördüğünü sandığında içinde parlayan sevince kendi de şaşıyor, "Onu Istanbul'da görmek neyi değiştirecekti ki!" diye geçiriyor aklından. "Kaç yıl oldu hem!" Birden neye olduğunu bilmediği bir özlemle Yeşilırmak'ın sesi akmaya başlıyor kulaklarında. Bir öğle güneşinin nehir üzerindeki çakımları bugünmüş gibi gözünü alırken, sarp dağların birdenbire inen mor gölgesi kapatıyor yüzünü. Neye, kime olduğunu bilmediği toz inceliğinde bir kederle omuzları hafif düşmüş geldiği yolu gerisin geri dönüp uzaklaşıyor.

Az önce Güzel'in "Nihal Abla"sı sandığı Emine, bir yandan da kendisine seslenen genç kadının yüzündeki şaşkınlığa bir hikâye kuruyor kafasında. Kendisini benzetmiş olduğu kişinin bu genç kadın için herhangi biri olmadığı, yanıldığını anladığında yüzünden okunan derin hayal kırıklığından belli. Bir film hilesi gibi keşke bir an için onun aradığı kişi olabilseydim; kimsesiz çocuklar gibi bakan bu genç kadını sevindirebilseydim, diye geçiriyor içinden. Hayatında, ardından böyle heyecan ve telaşla koşturacak birilerinin kalmadığını; kendini düşündürenin bu genç kadının değil, kendisinin hayal kırıklığı olduğunu tıpkı insanın parmağı kesildiğinde duyduğu ani acıya benzer bir duyguyla fark ediyor. Bir otogar dolusu kalabalığın içinde, yıllardır birlikte yaşadığı yalnızlığı, bu kısa acının tazelediği bilgiyle yeniden keşfediyor.

Meydanla peron arasındaki geçiş kapılarından birinin hemen yanında neredeyse yolu kapatan iki büyük valizin başını bekleyen, ellerini karnının üstünde bağlamış başörtülü kadının yanından geçerken, kapıldığı bu düşüncelerin bir an dışına çıkıp duralıyor. Valizlere değil kadının yüzüne, gözlerinin derin mavisine takılıyor dikkati. Bu yüzde, gecikmiş birini bekliyor olmanın tedirginliği, sıkıntısı apaçık okunuyor. Çok beklememişse bile, geçirdiği zaman ona uzun gelmiş olmalı. Yüzünün sert hatlarına karşın, kaybolmuş bir çocuğun güvensizliğiyle bakınıyor çevresine. Belli, valizlerin başında durması tembihlenmiş kendisine. Kim nereden bilsin, Asiye'nin Istanbul'u ilk görmüşlüğü olduğunu. Evlenip Istanbul'a yerleşen büyük oğuldan ilk torunu görmeye gelmişler. Şimdi Gümüşhane'ye dönüyorlar. Asiye'nin iç cebinde sakladığı bebe fotoğrafları bağrını ısıtıyor şimdi.

Bazı yolcuların yüzünde belli belirsiz bir telaş, yolculuk öncesi gerginliği, bazılarında hüzün ya da hüzne benzer bir kırıklık okunurken azıcık taşra giyitli yolcuların yüzünde, bir an önce memleketlerine; tanıdıkları, bildikleri bir iklimin havasına, suyuna dönme isteğinin görüldüğünü düşünüyor Emine. Burası Istanbul değil zaten, üstleri-başları, tavırlarına baktığınız insanlarıyla burası Türkiye. İnsan, Istanbul'un dışına Esenler'de çıkıyor.

O böyle yolcu yüzlerine kafasında yazdığı hikâyelere kaptırmış giderken, Edirne otobüsünün kalkacağı peronu geçtiğini fark edip kendine kızıyor. O telaşlı insan kalabalığında rahatlıkla biriyle çarpışabileceğini hesap etmeden sert bir dönüşle geri dönüyor. Bu konuda gene söylenmek istemiyor ama, aklına iş arkadaşlarının bu geziyi ille de otobüsle yapma konusundaki ısrarlarının anlamsızlığı düşüyor. Gönülsüz yapılan bir işte karşılaşılan aksilikler, hoşnutsuzluğunu daha çok hatırlatıyor insana. Saatine bakıp adımlarını hızlandırıyor; iş arkadaşları otobüsteki yerlerini çoktan almış olmalılar.

Az önceki kadını gene aynı yerde valizlerin başını beklemeyi sürdürürken görüyor. O sırada kadına doğru ivecen adımlarla gülümseyerek yaklaşan kızıl saçlı, beyaz tenli adamın, bir süredir beklediği kocası olabileceğini, kadının yüzündeki sıkıntı ve tedirginliğin bir anda çözülüp uçuvermesinden anlıyor. Yaşamda bir şeyler yoluna girmiş gibi o da gülümsüyor. Bu Edirne yolculuğunu fazla büyütmemeye karar veriyor.

Her ne kadar firma kapısı önündeki çığırtkanın "Yirmi dakika içinde Manisa'ya hareket," diye bağırıp durması sevindirdiyse de Aslı'yı, içeri girip de banko önündeki bilet kuyruğunu görünce hevesi kaçıyor. "Nasıl olsa bulurum," diye yer ayırtmadan geldiği için kızıyor kendine. Onun için yer bulamamaktan daha kötüsü, sona kalanların arka sıra koltuklarından biri olması. Söylenerek giriyor kuyruğa. Öteki otobüs firmalarından birine bakmadan önce, şansını burada denemeye kararlı. Hem bu firmayla seyahat etmek istiyor, hem de Manisa davasını kaçırmamak... O sırada önündeki kadın birden ardına dönüp "Siz bilet mi alacaktınız," diye soruyor kırık bir sesle. "Size sıra gelene kadar yer kalmamış olabilir. Biletimi iade edecektim ben de, isterseniz siz alın." Aslı'nın yüzünde beliren güvensiz ifade üzerine, "Az önce Ankara'dan bir telefon geldi, acilen oraya gitmek zorundayım," diye açıklama yapma gereği duyuyor. Sanki ikna etmek için son bir cümleye gerek varmış gibi, "Bir cenaze için," diyor. Aslı, kadının elindeki bilete ve yer numarasına bakıyor. "Ama üzerinde adınız yazılı," diyor. "Merak etmeyin onu değiştiriyorlar," diyor Nazan. "Sorun çıkmaz."

Biletini Aslı'ya verdikten sonra, Manisa otobüsü kuyruğundan çıkıp Ankara için bilet almaya giderken bugün avukattan gelen telefonu, Cebeci'deki o evi yeniden görmenin içinde kamaştıracaklarını düşünüyor Nazan. Telefon geldiğinden beri gözünün önünde uçuşup duran geçmişe ilişkin görüntüler eşliğinde, kulağında onun sesiyle dönen "Hatırımdan çıkmaz asla" diye başlayan şarkıyı içinden mırıldanarak otogarın kalabalığı içinde kayboluyor.

Süsen, otobüsten iner inmez telaşla hemen cep telefonunu açıyor. Aralarındaki bir şifreyi seslendirir gibi sesini kırarak uzun tutulmuş bir "Alooo," çekiyor karşısındakine. "Otobüsten şimdi indim," diyor. "Evet, erken döndüm Şarköy'den, annemler biraz daha kalacaklar. Nerde olacağım? Otogardayım, Esenler'de. Feci bir yer! Nasıl mı geleceğim? Ne bileyim? Taksi durağı varmış oraya doğru gidiyorum işte. Sen neredesin? Ben karşıya geçince Cadde'ye iner miyiz seninle? Nesini dinleneceğim ya, hayret bi şey! Sanki Amerika'dan geliyorum. King'in önünde buluşalım mı Göksu? Cadde'yi özledim... Tamam, tamam sadece Cadde'yi değil..."

Göksu'nun yanıtı üzerine, sıra sıra taksilerin beklediği meydandaki durağa koşaradım seğirtirken yolunun üzerinde birkaç kişiye çarpıyor Süsen, bazısından özür diliyor, tipini beğenmediklerine ise gerek bile görmüyor.

Yanından hızla geçip gittiği kadınlardan biri de Erzurum'dan gelen otobüs perona girdiğinde nihayet derin bir soluk almış olan Suna. Otobüsle yola çıkacaklarını öğrendiği günden beri uykusu iyice kaçmıştı. Telefonda "Biliyorsun Zekiye Hanım uçaktan korkuyor kızım. Kadıncağız kaç yılın başı geliyor Istanbul'a. Hem ben geze geze gelmeyi seviyorum, şöyle etrafı göre göre," demişti annesi. "Trenle gelseniz ya o zaman," diyecek olduğunda, lafı ağzına tıkamış "Şark Ekspresi'nin dur-kalk'ından çok sıkılırım," diye kestirip atmıştı. Kendini tutmaya, bu konuda sitem etmemeye çalışıyor Suna. Sonunda gelmişlerdi ya işte, önemli olan buydu. Otobüsten inerken, yorgun ve bitkin görünseler de, ışıl ışıldı gözleri ikisinin de...

"Hoş gelmişsin Zekiye Hanımcığım benim, kaç yıl oldu bakalım sen Istanbul'a gelmeyeli," diye kucaklaştığı Zekiye Hanım'dan koparken şoförüne dönüp valizleri alıp arabaya taşımasını işaret ediyor.

Durağa varmış olan Süsen, tam taksinin kapı koluna uzanacakken yolun karşı kıyısında duran arabalardan birinin ısrarla çalan kornası üzerine başını kaldırıp baktığında, kollarını göğsünde kavuşturup arabaya yaslanmış kendisini bekleyen deriler, zincirler ve siyahlar içindeki İrem'i görünce bir çığlık atıyor. "Kahretsin! Sizi küçük domuzlar beni işletirsiniz haa!" diye onlara doğru koşarken arabanın içinden Göksu ve diğerleri de çıkıyor. Süsen, "Ne zaman geldin kız Bursalardan?" diye söze başlamışken, İrem "Sen asıl Kayseri'deki düğünden haber ver! Nasıldı?" diyerek sorusunun önünü kesiyor. "Aman düğün işte nasıl olacak, hep eskiler, hep eskiler! Başka bir şey konuştukları yok!" Sonra, ellerinin henüz geçmemiş kınasını gösteriyor herkese. "Denizde bile çıkmadı," diyor. İrem daha yakından görmek için gözündeki geniş çerçeveli, gösterişli gözlüğü çıkarıp bakarken, "Bu sefer kaç gün kalacaksın?" diye soruyor İrem'e. Göksu kolunu Süsen'in beline dolayıp kendine çekiyor, boynundan öpüyor onu. Süsen nazlanarak boynunu kısıyor.

Otobüs firmasının Taksim şubesinden Esenler Otogarı'na yolcu taşıyan servis araçlarından biri, az önce Süsen'in ve İrem'in arkadaşlarının hep birlikte bindikleri arabanın önüne çıkıp, tam hareket edecekleri sırada yolu tıkıyor.

Servis aracından inen yolcular arasında Sevgi de var. Dalgın gözlerle otobüsüne doğru ilerlerken, önünü kesen tıknaz görünüşlü, saçları dökük bir adam, "Af edersiniz Doktor Hanım, merhaba," diyor. "Beni hatırladınız mı?" Dalgınlığından sıyrılması zaman alan Sevgi, kısılmış gözlerle karşısındaki adamı hatırlamaya çalışırken, "Hani Trabzon'dan. Polis memuruydum, birlikte bayağ mesaimiz oldu sizinle.... Tabii biraz kilo aldık, saçları da döktük bu arada." Sevgi, "A, evet tabii hatırladım," diyor. Hatırlanmış olmanın hoşnutluğuyla yüzü gevşiyor adamın; avucunda sımsıkı tuttuğu elini sıkıyor kızının. Kızı, başını kaldırıp bir şey söyleyecekmiş sandığı babasına bakıyor. "Kaç yıl oldu görüşmeyeli, öyle ya," diyor Sevgi. "Nerdesiniz şimdi Doktor Hanım?" "Antep'teyim," diyor Sevgi. "Gaziantep mi?" diyor adam. "Hayır Antep," diyor Sevgi. "Sadece Antep. Urfa, Maraş, Antep. Bize okulda öyle öğretmişlerdi. Ben hâlâ o öğretmenlere inanırım." Kendi lafına gülerken gömüldüğü uyuşukluktan sıyrılıyor Sevgi. Bunun üzerine adam da gülmesi gerektiğini düşünüyor. "Peki siz nerdesiniz şimdi?.." diye başladığı cümlenin ortasında birden adamın adını hatırlamadığını fark ediyor. "Sormayın, uzaktayım Doktor Hanım. Doğuya verdiler beni, Bingöl'deyim, ama başkomiser oldum artık. Çocukları götürüyorum Kırklareli'ne. Babaannelerine." Gene kızının elini avuçlarında sıkarken bu kez eğilip çocuklarına bakıyor. Sevgi çocuklardan birinin olsun başını okşamak gerektiğini düşünerek gülümsüyor. Tayin arkadaşlıkları, diye geçiriyor içinden: Zar zor hatırlıyor insan, ama gene de görünce seviniyor. Her şey ne çabuk hatıra oluyor.

"Ya sizin yolculuk nereye Doktor Hanım?"

O sırada yanlarından geçen Nazan, meydanla peronlar arasındaki yan yana dizili otobüs yazıhanelerinin birine dalıp bankoya yöneliyor. Biletini alıp, az sonra hemen kalkacağı söylenen Ankara otobüsüne yetişmek için peron kapısına doğru koştururken, geride bekleme koltuklarında oturan yolcuların önünden geçiyor.

İkili bekleme koltuklarının birinde yan yana oturuyorlar.

Az önce yanına oturttukları genç kızı, "Biz tuvalete kadar gidiyoruz, sakın bir yere ayrılma," diye tembihliyorlar. Ağabeyiyle yengesiymiş. Dönüp gözucuyla bakıyorlar ona. Yüzlerinde "Sen de bi zahmet göz kulak oluverirsin artık," demeye gelebilecek dostça bir gülümseyiş.

"Istanbul'a ilk gelişin mi?" diyor.

"Evet, ilk gelişim. Birkaç günlüğüne öylesine gelmiştik. Burada akrabalarımız var." Kızın kucağında günün parlak kâğıtlı dergilerinden birkaçı duruyor.

"Beğendin mi peki?"

"Evet, beğendim."

"Güzeldir Istanbul," diyor. "Başka yerlere benzemez." Bunu söylerken, sesinde kendisine de yabancı gelen bir hasret var.

"Siz Istanbullu musunuz?"

"Hayır, değilim. Almanya'da yaşıyorum ben. Ya siz?"

"Biz İzmir'de."

Birbirlerine çabuk kanları kaynamış olarak bir süre öyle havadan sudan laflıyorlar.

O sırada firmanın çığırtkanlarından birinin, hoparlörle anons ediyormuşçasına bağıran sesi duyuluyor: "Istanbul'dan Samsun'a gidecek değerli yolcularımız, otobüsünüz hareket etmek üzeredir. Sayın yolcularımızın lütfen..."

Bunun üzerine ayaklanıyor Şengül. Otobüste ferah olur diye giydiği geniş, uzun eteğinin oturmaktan yapışmış yerlerini düzeltirken, "Benim otobüsüm kalkıyor," diyor. "Tanıştığımıza memnun oldum..." diye başladığı cümleyi tamamlamak için bir isim ararken, "Nurhayat," diyor şimdi kendi de ayağa kalkmış olan genç kız. "Benim adım Nurhayat." Aydınlık yüzlü, temiz bakışlı bu genç kızın elini, çoktandır tanıdığı biriymiş gibi dostça sıkarken "Memnun oldum Nurhayat," diyor Şengül. "Sana iyi yolculuklar dilerim." Ardından kendilerine doğru yaklaşmakta olan ağabeyle yengeyi başıyla işaret edip "Sizinkiler de tam zamanında geldiler bak," diyor.

Şengül uzaklaşırken ardından "Size de iyi yolculuklar," diye el sallıyor Nurhayat.

Otobüsün koridorunda ilerler, yerini ararken, tekerlek üstüne gelen koltuk numaralarını her seferinde unuttuğunu hatırlayıp hayıflanıyor Zozan. Bazı eski model otobüslerin tekerlek üstüne gelen koltuklarının nasıl zangırdadığını bazı geçmiş yolculuklardan iyi biliyor. Bilet alırken genelde, "Aman tekerlek üstü olmasın," demeyi unutmazdı, ama bu sefer kendi heyecanından söyleyip söylemediğini bile hatırlamıyor. Yerini bulduğunda rahat ediyor içi;

çantasını başüstü rafına yerleştirdikten sonra geçip cam kenarındaki koltuğuna oturuyor. Bu seferki yolculuğunun, kaç yılki geliş gidişlerinden farklı olduğunu, bu kez memleketine Hukuk Fakültesi mezunu, avukat adayı biri olmanın gururuyla döndüğünü biliyor. Memleket deyince gözünün önüne yanakları kabuk bağlamış köy çocukları geliyor ilk. Sonra bir sızı ve Dersim kırlarının keskin çiçek kokusu. Şimdi birkaç yıl birden büyümüş gibi hissediyor kendini. İçi kıpır kıpır; bu uzun yol nasıl geçecek bilemiyor. Hayalinden ailesiyle diploma sevincini paylaşacağı sahneler, her birinin yüzleri geçiyor. Hapisteki ağabeyi sızlatıyor içini. Aldığı bu diploma en çok onun işine yarasın istiyor. Ailesiyle geçirdiği günlerden sonra avukatlık stajını yapmak üzere gideceği Mersin'i, orada başlayacak olan meslek hayatını hayal ediyor. Kendi hayatını, fragmanını seyredip heyecanla beklediği bir film gibi merak ediyor. Otobüsün camına yansıyan yüzünde bakışlarını dolgunlaştıran bir sevinçle boşluğa gülümsüyor. "Bir yıl bile kaybetmeden bitireceğim bu okulu, bir tek davayı bile kaybetmeden yaşamı savunacağım," diye söz vermişti kendisine üniversiteyi kazandığında. Sözünün ilk yarısını tutmuş yüreği, gerisi için yemin tazeliyor.

Otobüse adım attığı andan itibaren tedirgin bakışlarla iki yanına bakarak koridorda koltuk başlarına tutuna tutuna ilerleyen kavruk, çelimsiz görünüşlü kadın, sonunda gelip yanına oturuyor Zozan'ın. Onu uğurlamaya geldiği anlaşılan daha çocuk denecek yaşta bir yeniyetme delikanlı, kadının elindeki çantayı alıp yukarıdaki rafa yerleştiriyor. İkisinin yüzünden de henüz taze olduğu belli olan bir acının kederi akıyor. Aralarında alçak sesle bir şeyler konuştuktan, birbirlerine sızılı gözlerle baktıktan; kadının elini öpüp Zozan'a da yarım bir gülümsemeyle selam verdikten sonra iniyor delikanlı otobüsten; aşağıda kadını görebileceği bir yerde duruyor. Otobüs kalkana kadar orada bekleyeceği, el sallayıp uğurlamadan gitmeyeceği belli. Camdan dışarı bakan kadınla Zozan birkaç kez göz göze geliyor, karşılıklı gülümsüyorlar birbirlerine. Kadının yüzünde öyle donmuş bir keder var ki, gülümsemeye çalışırken yüzü yırtılıyor sanki.

Birbirinin hayatından habersiz bir sürü insanın yollarının, hikâyelerinin, bazen kaderlerinin kesiştiği bir otogarın, hemen her günkü bilinen canlı, hareketli, tanıdık görüntüleri, kendini olanca karmaşası ve gürültüsüyle tekrar ederken, indikleri otobüslerden Istanbul'a dağılan insanlarla, otobüslerin Istanbul'dan alıp götürdüğü insanların hayatları, hikâyeleri hatta belki kaderleri adeta yer değiştiriyor. Gelenler kentin içine, gidenler bütün Türkiye'ye hayalleri, ümitleri, serüvenleri, hayatlarıyla dağılıyorlar. Kader, yol ağızlarında oturuyor sanki, ağlarını burada örüyor.

Otobüsleri hareket edip birbirlerine iyi yolculuklar diledikten sonra, koltuğunda iğneli fıçı üstündeymiş gibi huzursuz oturan kadının azıcık olsun tedirginliğini almak, kederini yumuşatmak için yarenlik etmeye, söz açmaya çalışıyor Zozan. "Yolculuk nereye teyze?" diye başlıyor. "Sen de Tunceli'ye mi gidiyorsun?" "Yok.. Ben Elazığ'da ineceğim." "Doğrudan giden arabalarda erken saate yer bulamadık. Acelemiz var, ilk kalkan otobüse bindik." Sözünün ortasında gözleri puslanıp, kelimeler tek tek düğümleniyor ağzında. Kadının yanık, titrek tınılı sesiyle "acelemiz var" dediği her neyse, bu şeyin taze ve derin bir acı olduğu hissediliyor. Kadının kendisini güç tuttuğu anlaşılıyor; çözülmekten, dağılıp gitmekten korkuyor sanki, ancak kaskatı kesilirse kendini koruyabileceğini düşünüyor olmalı. Onu zorlamaması gerektiğini anlayıp geri çekiliyor Zozan.

Az sonra daha sakin sayılabilecek bir sesle, "Vardığımızda bana haber eder misin kızım," diyor. "Ben yol iz bilmem. Geçmeyeyim Elazığ'ı." "Merak etme teyze," diyor Zozan. "Uyusan bile, ben uyandırırım seni." "Gözümün uyku tutacağını sanmam," diyor kadın.

Zozan en azından bu sefer çok daha neşeli bir yolculuk hayal etmişken kendisi için, yanına oturan şu mahzun görünüşlü, kederli kadının varlığıyla içinin bulutlandığını, yüreğinin çatallanıp ağırlaştığını hissediyor. Bugüne kadar hep olduğu gibi, her sevincin ardından gelen bir kederle gölgelenen hayatının, fazla sevinmemesi gerektiğini hatırlatırcasına bundan böyle de gene eski kurallarıyla işlemeyi sürdüreceği duygusuna kapılıyor.

Şu anda yollarda olan bütün otobüsleri, o otobüslerin farklı şehirlere, farklı hayatlara dağılan yolcularını düşünüyor. Gece olunca, yoldaki bütün otobüslerde kim bilir kaç insan uykusuz bakıyor yola, kaçı başını cama dayayıp uyuyor, kaçı rüya görüyor, kaçı iyi, kaçı kötü şeyler görüyor rüyasında? Memleketine gezmeye gidenler, tayin olanlar, kentten kente gezen satıcılar, müfettişler, mecburi hizmete gönderilenler, büyüklerinin elini öpmeye giden yeni evliler, tatile çıkanlar, baba ocağını bırakıp büyük şehirlerde bir umut arayanlar, büyük kentlerde tutunamayıp baba ocağına geri dönenler, bir yerden bir yere sürgün edilenler, emekliliğinde sakin bir yere yerleşmek isteyenler, boşanıp ailesinin yanına gönderilenler, askere uğurlananlar, askerden dönenler, bir şeylerden kaçanlar, birilerini kovalayanlar, gideceği yere bir an önce varmanın arzusuyla içi kendinden önce koşan tezcanlılar, doğduğu yeri yıllar sonra ölmeden son bir kez görmek isteyenler, kız istemeye gidenler, evden kaçanlar, yolda kimlik kontrolü yapılmasından korkanlar, izne çıkanlar, izinden dönenler, sadece seyahat edenler, öylesine seyahat edenler... İçinden bir bir sayıp çoğaltırken yolları, yolcuları, yollarda çatallanan yazgı olasılıklarını farkında olmadan usulca uykuya dalıyor Zozan.

Istanbul'dan Tunceli'ye hareket etmiş olan otobüs dağların, ovaların arasında yol alırken, otobüs camlarından geçen bulutlar, ağaçlar, sular, manzaralar, kentler bir sonrakine kadar arkalarında kalıyor.

Temmuz 2007 - Şubat 2008

2003-2008

Murathan Mungan'ın Yapıtları

Şiir Kitapları

OSMANLIYA DAİR HİKÂYAT 1981, 6. Basım
KUM SAATİ 1984, 9. Basım
SAHTİYAN 1985, 9. Basım
YAZ SİNEMALARI 1989, 7. Basım
ESKİ 45'LİKLER 1989, 7. Basım
MIRILDANDIKLARIM 1990, 11. Basım
YAZ GEÇER 1992, 17. Basım
ODA, POSTER VE ŞEYLERİN KEDERİ 1993, 5. Basım
OMAYRA 1993, 6. Basım
METAL 1994, 4. Basım
OYUNLAR İNTİHARLAR ŞARKILAR 1997, 3. Basım
MÜREKKEP BALIĞI 1997, 3. Basım
BAŞKALARININ GECESİ 1997, 3. Basım
ERKEKLER İÇİN DİVAN 2001, 3. Basım
TİMSAH SOKAK ŞİİRLERİ 2003, 2. Basım
ETEĞİMDEKİ TAŞLAR 2004
DAĞ 2007

Hikâye ve Romanları

SON ISTANBUL 1985, 10. Basım
CENK HİKÂYELERİ 1986, 10. Basım
KIRK ODA 1987, 14. Basım
LAL MASALLAR 1989, 11. Basım
KAF DAĞININ ÖNÜ 1994, 7. Basım
ÜÇ AYNALI KIRK ODA 1999, 6. Basım
YEDİ MÜHÜR, Özel Öykü Toplamı, 2002
YÜKSEK TOPUKLAR 2002, 3. Basım
ÇADOR 2004, 3. Basım
YEDİ KAPILI KIRK ODA 2007
KADINDAN KENTLER 2008

Oyunları

Mezopotamya Üçlemesi
MAHMUD İLE YEZİDA 1980, 6. Basım
TAZİYE 1982, 6. Basım
GEYİKLER LANETLER 1992, 4. Basım

BİR GARİP ORHAN VELİ 1993, 4. Basım
KÂĞIT TAŞ KUMAŞ 2007

Senaryoları

DÖRT KİŞİLİK BAHÇE 1997, 2. Basım
DAĞINIK YATAK 1997, 2. Basım
BAŞKASININ HAYATI 1997, 2. Basım

Deneme Kitapları

MESKALİN 60 DRAJE 2000, 2. Basım
SOĞUK BÜFE 2001, 3. Basım
BİR KUTU DAHA 2004, 2. Basım
KULLANILMIŞ BİLETLER 2007

Diğer Kitapları

MURATHAN '95 1996, Özel Tek Basım
LI ROJHILATÊ DILÊ MIN 1996
PARANIN CİNLERİ 1997, 7. Basım
METİNLER KİTABI 1998, 3. Basım
DOĞDUĞUM YÜZYILA VEDA 1999, Özel Tek Basım
13+1 FAZLADAN BİR KİTAP 2000, Özel Basım
ELLİ PARÇA 2005
SÖZ VERMİŞ ŞARKILAR 2006

Seçki Kitapları

RESSAMIN İKİNCİ SÖZLEŞMESİ 2005 (1996), 3. Basım
ÇOCUKLAR VE BÜYÜKLERİ 2001, 4. Basım
YAZIHANE 2003
YABANCI HAYVANLAR 2003
ERKEKLERİN HİKÂYELERİ 2004, 4. Basım
KADINLIĞIN 21 HİKÂYESİ 2004, 3. Basım
BÜYÜMENİN TÜRKÇE TARİHİ 2007, 2. Basım